KB033603

이방원

이방원

박충훈 역사장편소설

도화

차 례

◆◆책 머리에

생성生成과 소멸消滅

생성과 소멸은 동시에 이루어진다. 생성되는 그만큼 소멸되는 천지만물의 조화에 있어서 그 앞과 뒤를 가릴 수는 없다. 다만 그 흐름의 빠르고 느림만 있을 뿐이다.

조선朝鮮의 생성과 고려高麗의 소멸은 한 세기가 넘는 오랜 세월 동안 역동적으로 진행되었다. 그 생성과 소멸의 과정에서 많은 인물이 시대에 따라 엎치락뒤치락 패권覇權을 다투었지만, 결국 천기를 받았든 조직적이든 간에 '이성계李成桂'라는 걸출傑出한 인물이 나타나 이 씨에 의한 조선이 생성하면서 우리나라 500년 역사의 한 장을 열게 되었다.

500년 역사의 고려는 생성과 소멸의 과정을 거치며 속속들이 쇠락하여 멸망하게 되어 있었고, 그 과정에서 얼마든지 또 다른 역사가 이루어질 수도 있었다. 고려가 소멸하고부터 오늘에 이르기까지, 이성계가 건국한 조선이 아니었더라도, 나라가 한 번이 바뀌든 두 번이 바뀌든 반 천년의 역사는 이어졌을 것이다.

이성계에 의해 건국된 조선이 아니었다면, 지금 이 나라 한반도는 어떻게 되었을까? 역사에 있어서 가정은 있을 수 없지만 구태여 간단하게 말한다면, 세종대왕과 우리나라 글자인 훈민정음訓民正音이 없었을 것이다. 대왕세종과 한글만으로도 조선왕조의 500년 역사는 오늘날까지 찬란하고 위대하다.

세종은 선대왕 태종의 셋째 아들로서 법통에 따라 순리적으로 보위에 오른 임금이 아니었다. 그러나 그것은 우연이거나 인위적인 억지에 의해서가 아니라 필연적이었다. 세종이 보위에 오르게 되는 그 필연적인 과정은 부왕인 태종대에서만 이루어진 것이 아니었다. 태종 이방원이 태조대왕의 다섯째 아들로서 보위에 오르는 과정에서부터 세종의 시대가 싹트고 있었지만, 고려의 멸망과 조선의 건국에서부터 조선조 제4대 임금 세종의 시대는 이미 열리고 있었음이 역사의 갈피갈피에서 드러나고 있다.

고려가 소멸되고 조선이 생성되는 과정에서 수많은 인물들이 명멸했지만, 정몽주鄭夢周와 이방원李芳遠을 빼고서는 고려의 멸망과 조선의 건국을 말할 수 없다. 이들 두 사람의 당시 심중을 고스란히 드러내는 시조 〈하여가何如歌〉와 〈단심가丹心歌〉 두 편의 시조가 있다.

이방원

우왕 14년(1388) 5월 23일 이른 아침, 성주에 주둔한 팔도 도통사 진영이었다.

말을 달려온 편복 차림의 사내가 영문 앞에서 말에 앉은 채 말했다.

"영문을 여시오."

초병이 창을 겨누며 외쳤다.

"누구냐?"

"조전사 최유경 장군의 급사다. 빨리 문을 열어라!"

사내를 꼬나 보던 초병이 외쳤다.

"급사라면 군복을 입어야지, 왜 편복이냐? 여기가 어딘지 아느냐?"

"도통사 장군을 빨리 만나야 한다. 문을 열어라."

도통사 장군이란 말에 초병은 찔끔하여 목책을 열었다. 출근하여 영문으로 들어오던 군관들이 주위에 몰려들었다. 그중 삼십 대의 군관이 물었다.

"당신 의주에서 왔소?"

군관 복장을 알아본 사내가 대답했다.

"그렇소. 빨리 도통사 장군을 뵈어야 하오"

군관이 한발 다가서며 물었다.

"나는 우군 도통사 아들 이방우요. 전장의 상황은 어떠하오?"

사내는 찔끔 놀라는 표정을 짓더니 이내 대답했다.

"아직 전투는 벌어지지 않았소. 다급하니 어서 도통사 장군을 뵙게 해 주시오."

"나를 따르시오."

사내는 말을 탄체 군관을 따르다가 마침 말을 타고 막사 모퉁이를 돌아오는 삼도도통사 최영崔瑩 장군을 만났다. 사내는 최영을 알아보고 말에서 뛰어내려 그 앞에 읍을 하며 말했다.

"도통사 장군, 최유경 조전사 급사입니다. 드릴 말씀이 있습니다."

"급사라니, 무슨 일이냐?"

사내는 옆에 서 있는 이방우를 힐끗 돌아보며 말했다.

"여기서 드릴 말씀이 아닙니다."

최영은 말을 몰며 말했다.

"따르라."

막사를 벗어난 최영이 멈추며 말했다.

"나는 지금 전하께서 계시는 행재소로 가는 길이다. 여기서 기다려라."

"장군, 매우 급한 일입니다."

최영은 주위를 돌아보고 말했다.

"그래? 여기서 말해라. 괜찮다."

"일이 다급하여 조전사의 명으로 편복을 입고 밤을 도와 달려왔습니다. 좌우 원정군은 위화도에서 회군하여 지금 안주에 도착하여 주둔했습니다. 곧 도성으로 진격할 것이라 합니다."

최영은 화들짝 놀라 눈이 화등잔만 해지며 광채가 발했다. 조정의 명을 받고 요동정벌에 출병한 원정군이 회군을 했다면 이것은 곧 반역이다.

격노하여 저절로 목소리가 높아졌다.

"안주에 도착하도록 뭣하다가 이제야 보고를 하느냐?"

"원정군의 감시가 워낙 심하여 조전사(전장의 상황을 수시로 조정에 보고하는 장수)장군이 기회를 보다가 제게 편복을 입혀 보냈습니다."

최영은 감정을 가라앉히고 조용히 말했다.

"알았다. 너는 다시 조전사에게 돌아가 상황을 정탐해 오도록 하라."

이방우李芳雨는 조전사 최유경崔有慶이 보냈다는 사내와 최영의 뒷모습을 보며 아무래도 이상하여 막사 벽에 붙어서서 지켜보다가 두 사람의 대화를 들었다. 마침내 큰일이 벌어졌다. 아버지가 조정의 명을 거역하고 원정군을 이끌고 회군했다면 이것은 반역이다. 최영은 급사를 인솔해온 이방우를 보았다. 살아남을 길은 병영에서 도망치는 길이다.

방우가 임시 집무소 천막에 가보니 아우 방과芳果와 퉁화상(이성계 의형제 퉁두란의 아들)이 있었다. 옆구리를 쿡 질러 밖으로 데리고 나왔다. 어리둥절하는 두 아우에게 귓속말을 했다.

"큰일이 일어났다. 원정군이 위화도에서 회군하여 안주에 도착했다. 여기 있다가는 잡혀 죽는다. 지금 당장 나와 방과는 안주 아버지에게로 가고, 화상이 너는 말을 달려 개경 방원이에게 가거라. 방원이는 즉시 포천에 가서 두 어머니와 아이들을 피신시켜야 한다. 어물거리다 잡히면 멸족을 당한다. 빨리 행동하자."

세 사람은 즉시 마구간에 가서 말을 끌어내 타고 도통사 군영을 빠져나갔다.

성주에서 개경은 말을 몰아 평양을 거처 꼬박 하루를 달려야 하는 거리다. 퉁화상은 쉬지 않고 말을 달려 새벽녘에 이방원李芳遠의 집에 도착했다. 새벽에 들이닥친 퉁화상의 말을 듣고 방원은 기겁을 했다.

"아우, 차근히 말해봐. 그게 사실이야?"

"그렇습니다. 두 형님은 안주에 주둔한 아버님께 갔으니 안전할 것입니다. 우리도 어서 피해야 해요."

방원은 잠시 생각하다가 말했다.

"나는 지금 포천 재벽동으로 갈테니까, 너는 식구들과 우리 집사람을 데리고 여흥으로 가거라. 빨리 서두르자."

이방원의 부인 민경옥은 한양부윤 민제閔霽의 딸인데 친정이 경기도 여홍이었다. 경기도 포천이나 경기도 여흥은 개경에서 말을 타고 밤낮 하루를 달려가야 하는 거리다. 두 가족은 한밤중에 각각 흩어져 살길을 찾아 떠났다.

방원은 이튿날 새벽에 포천 재벽동 어머니 집에 들이닥쳤다. 잠에서 깨었던 어머니 한 씨는 땀을 뻘뻘 흘리며 숨을 헐떡이는 아들을 잡고 놀라 물었다.

"대체 이 신새벽에 어인 일이냐?"

방원은 부엌에 들어가 물을 한 바가지 들이켜고 대답했다.

"엄니, 어여 아이들 깨워요. 피난 갈 채비를 하세요."

"피난이라니? 뭔 난리가 났다는 말이냐?"

"그게 아니구요. 상감이 요동을 정벌하라고 아버지를 보냈잖아요? 그런데 아버지가 요동에 가지 않고 군사를 되돌려 개경을 친답니다."

한 씨는 눈이 동그래서 듣고는 의외로 침착하게 말했다.

"큰일이 벌어지기는 했다만 난 느이 애비를 믿는다. 그래두 잡히면 죽으니 우선 피란을 하자."

한 씨는 경신 경선 두 딸을 깨워 옷을 입히며 물었다.

"대체 피란을 어디루 간단 말이냐?"

"우선 동북으루 가야지요. 가더라두 한 곳에 정착 할 수는 없어요."

"알았다. 근데 네 처는 어찌했니?"

"친정으로 보냈으니 걱정마세요."

"알았다. 넌 어서 철현에 가서 식구들을 데려오너라."

방원은 발끈해서 소리쳤다.

"우리 네 식구 피란 가기두 벅찬데, 또 세 식구를 어떻게 데리구 가요? 그냥 우리끼리 가요."

한 씨는 얼굴이 벌겋게 달아올라 저고리를 입히던 막내를 밀치며 외쳤다.

"너 지금 사람 새끼라고 하는 말이냐? 거기는 식구가 아니란 말이냐?"

"그게 아니라 한꺼번에 갈 수가 없으니까 하는 말이지요."

"그래? 그럼 너 혼자 도망치거라. 나두 안간다."

한 씨는 두 딸에게 입혔던 옷을 벗겨 내던지고, 두 아이는 영문도 모르고 엉엉 울었다. 난장판을 지켜보던 방원이 퉁명스레 말했다. 어머니의 고집을 아는 터였다.

"그만 하세요. 데려오겠어요."

이웃 마을 철현에는 이성계李成桂의 둘째 부인 강지화가 살고 있었다. 포천은 이성계의 고향 함경도 덕원군 동북면 가는 길목으로 이성계의 대규모 전장(田莊: 농지)이 있었다. 붐하게 동트는 새벽에 나타난 방원을 보고 지화는 놀라 물었다.

"네가 이 새벽에 어쩐 일이냐?"

방원의 자초지종을 들은 지화는 침착하게 말했다.

"나는 네 아버지를 믿는다. 잘 해내실 것이다. 그럼 상감은 어찌되었느냐?"

"오늘 최영과 개경에 들어오겠지요. 쉽게 끝날 사태가 아닐 것 같아요. 어서 준비를 하세요."

지화는 방번, 방석 두 아들을 깨우고 간단한 짐을 챙겨 큰집으로 갔다. 두 집 식구는 일곱인데 말은 두 필이었다. 방번은 일곱 살, 방석은 여섯 살, 경신은 아홉 살, 경선은 일곱 살이었다. 방원은 여섯 식구를 말에 태웠다. 한 씨는 경선이, 지화는 방석이를 안고 네 사람이 말에 타고, 경신이와 방번이는 조랑말에 태웠다. 방원은 무거운 등짐을 지고 경마잡이가 되어 두 말의 고삐를 잡고 집을 나와 걷기 시작했다. 일곱 식구는 하루종일 오십 리도 못가서 날이 저물었다. 여름이라 춥지는 않으니 숲속 개천가에 이슬막이 천막을 치고, 준비해온 주먹밥을 먹고 잠을 자야 했다.

사흘을 걸어 또 해가 저물고 있었다. 남 보기 참 기이한 행렬도 그렇지만, 도망가는 신세로 사람들 눈을 피해 산길 소로를 택해야 하기 때문에 길은 늦고 힘은 배로 들었다. 산자락길 작은 언덕에 이르러 지화가 말에서 내리며 말했다.

"날이 저무는데 오늘은 여기서 자는 게 좋겠네요."

한 씨도 말에서 내리며 받았다.

"그렇게 하자. 방원아, 오늘은 여기서 자야겠다. 아이들도 모두 지쳤다."

방원은 발끈해서 말했다.

"나흘에 이백 리도 못 왔어요. 이러다가는 동북에 가려면 한 달이 넘어요."

"그렇다구 한밤중에 이 산길을 가겠다는 것이냐? 좀 쉬고 천막을 치자."

심통을 부리기는 했지만, 방원도 어쩔 수 없이 노새에서 짐을 내려 천막을 쳤다. 준비해온 주먹밥은 어제부터 떨어져 생쌀을 씹으며 곰곰이 생각하던 방원이 말했다.

"이런 행태로 동북까지 갈 수는 없겠어요. 다른 방도를 찾아야 합니다."

지화가 받았다.

"어디 산골짜기 아늑한 곳에 천막을 치고 며칠 기다려 보지요. 그동안 방원이 나다니며 수소문 해보는 것이 좋겠어요. 이런 산촌에서 방원이를 알아보는 사람은 없을 테니까요."

한 씨도 거들었다.

"그렇겠다. 급할수록 침착하구 더 신중해야 한다."

쌀도 아이들 넷을 위하여 아껴야 한다. 생쌀을 한입 씹은 한 씨가 물로 입을 헹구고 말했다.

"산속에서 천막을 치고 며칠을 살 수는 없다. 방석이와 경선이는 감기가 들었다. 이러다 애들 죽이게 생겼다."

방원이 받았다.

"날이 밝으면 마을에 내려가 보겠어요. 애들 때문에 구걸을 해서라도 우선 먹고 살아야지요."

방원은 속이 부글부글 끓었다. 대체 이게 뭔 고생이란 말인가! 가족 문제는 장남이 책임져야 한다. 한데, 장남과 차남은 이 엄청난 책임을 다섯째인 자기에게 떠넘기고 안전한 아버지 밑으로 도망갔다. 게다가 눈엣가시인 아버지 첩 세 식구까지 떠맡았다, 울화가 치밀어 벌떡 일어났다.

지화는 황혼이 지는 서녘 하늘을 물끄러미 쳐다보며 시름에 잠기고, 한 씨가 머리를 주억거리며 잠시 생각하다가 말했다.

"너두 기억할지 모르지만, 이천에 우리 먼 집안 한충韓忠이라는 사람이 살고 있을 것이다. 옛날 네 아비 밑에서 시중을 들던 사람인데 자기 아비가 죽어 고향으로 갔었다. 찾아가면 박정하게 내치지는 않을 것이다."

방원은 시큰둥하게 말했다.

"이름은 들었지만, 얼굴두 모르는 집에 어떻게 욱 몰려가요? 그러다 고발이라도 하면 꼼짝없이 잡히게요?"

"내가 그 사람 잘 안다. 먼 집안 조카뻘이다."

"이 난국에 믿을 사람 없어요. 우리를 고발하면 벼슬 벼락감투를 쓸 것인데…."

한 씨는 벌컥 짜증을 냈다.

"넌 되놈들처럼 의심이 어찌 그리 많으냐? 니가 젖멕이때 널 업구 다니던 사람이다. 내치기는커녕 반가워 할거다."

방원은 발끈해서 대들었다.

"우리가 잡히면 아버지는 천하를 뒤엎을 세력을 갖추었어도 스스로 걸어와 묶여야 합니다. 그러니 함부로 행동을 할 수 없다는 말이지요."

한 가닥 희망의 줄을 잡았던 지화도 한 씨도 목을 움츠리며 기가 죽었다. 대체 어쩌다 이 지경이 되었단 말인가! 그러나 한 씨는 스스로 용기를 돋으며 말했다.

"세상이 아무리 이렇기로서니 핏줄을 고발한 사람은 아닐 것이다. 충이두 그 아버지두 내가 잘 안다. 이 판국에 다른 방도는 없다."

듣고 난 지화도 일단 안심을 하고, 방원의 생각도 다른 방도가 없다. 만약 수상한 낌새가 있으면 잡아 죽이고 그 집을 차지할 수도 있을 것이다.

"어머님 말씀에 따르지요. 이천이라면 삼사십 길이 될 것 같은데, 지금 출발하면 새벽에 닿을 수 있겠어요. 서두릅시다."

밤길을 간다는 말에 아이들은 울며 앙탈을 부렸지만, 거기 가면 따뜻한 밥을 먹을 수 있다는 지화의 말에 순순히 말에 올랐다.

한 씨는 20여 년 전에 강원도 이천 한충의 집에 갔던 기억을 살려 밤길을 더듬어 찾아갔다. 산 밑의 외딴집인데, 안채 행랑채 외양간으로 건물이 세 채였다. 동이 트고 새들이 우짖는 이른 아침이었다. 중늙은이가 텃밭을 손질하다가 난데없이 들이닥치는 기이한 일행을 보고 놀란 몸짓으로 다가가며 물었다.

"이 새벽에 대체 뉘들이시오?"

두 말의 고삐를 잡은 방원이 머뭇거리자, 한 씨가 말에서 내리며 반가이 말했다.

"충아, 나를 알아보겠느냐? 안변 문하부사댁 딸이다."

사내는 놀란 얼굴로 잠시 멍하더니, 다가가서 들여다 보다가 와락 그러안으며 말했다.

"아이구우, 고모님! 이게 대체 뭔 일이래요?"

한 씨는 조카 등을 두드리며 눈물을 흘렸고, 지화와 방원은 긴 한숨을 내쉬었다.

"어여 안으루 들어가세. 남의 눈이 무서워…."

일행은 안으로 들어가 대문을 걸어 잠갔다. 일행이 마루에 앉자 막 잠에서 깬 식구들이 방에서 나왔다. 충의 처와 사 남매였다. 수인사를 나누고 방원이 자초지종을 설명했다. 한충도 요동 정벌군이 위화도에 회군하여 개경으로 진격한다는 소문은 들었다. 정벌군 우도통사가 이성계라는 말은 들었지만, 그의 두 부인과 자식 다섯이 거렁뱅이 꼴이 된 줄은 꿈에도 몰랐었다.

한충이 촌수가 먼 고모 손을 잡으며 말했다.

"고모, 잘 오셨습니다. 이제 안심하세요. 방원이와 내가 오늘부터 연통을 놓아 도통사 장군 근황을 수소문하겠어요. 저는 고모부 장군님을 믿습니다. 걱정마세요."

지화도 방원도 비로소 마음을 놓았다. 수많은 사람을 겪어온 두 사람은 상대방 얼굴을 보면 그 마음을 안다.

한충의 집은 산 밑의 외딴집이어서 천만다행이었다. 그래도 못 미더워 이튿날부터 두 부인과 아이들 넷은 이른 아침을 먹은 뒤에 주먹밥을 싸 들고 산으로 올라가 숨고, 방원은 농부 차림으로 호미와 낫을 들고 한충과 함께 텃밭을 손질하며 망을 보았다. 한충은 열아홉 살인 큰아들을 매일 십 리, 이십 리 밖까지 내보내 주변 동정을 살피고 소문을 듣보게 했다.

한 이레가 되는 날 해가 기운 저녁나절이었다. 염탐을 나갔던 한충의 아들이 한 패거리 기마병에 앞장서서 달려오고 있었다. 콩밭에 있던 방원은 밭고랑에 납작 엎드렸고, 한충은 호미를 들고 밭고랑을 걸어 나갔다. 앞장섰던 젊은 기마병이 말했다.

"이방원 나으리는 어디 계십니까?"

방원은 콩밭 고랑을 기어 가까이 다가가다가 깜짝 놀랐다. 마상에서 방원은 찾는 사람은 퉁화상이 아닌가! 너무 반가워 벌떡 일어나려다가 머리가 띵해서 다시 납작 엎드렸다. 아버지의 의동생이지만 퉁두란은 여진족이었다. 전세가 바뀌면 배신도 할 수 있는 사람이었다. 더구나 그 아들임에랴! 더 납작 배를 깔고 엎드려 대화를 들었다. 충의 아들이 말했다.

"아부지, 난리가 평정되었답니다."

충이 아들 말을 자르고 나섰다.

"당신은 뉘시오?"

"난 퉁두란 장군 아들 퉁화상이오. 수시중 대감 가족들이 여기 계시다는 말을 듣고 왔소이다. 어서 이방원 형님을 불러 주시오."

방원은 '수시중 대감'이라는 말에 몸이 퉁겨져 일어나며 외쳤다.

"화상아 내 여기 있다."

퉁화상은 콩밭을 마구 달려와 방원과 얼싸안았다.

"형님, 무사해서 다행이오."

방원은 퉁화상 어깨를 잡고 흔들며 재촉했다.

"대체 뭐가 어찌 되었다는 것이냐? 자세히 말해보아라"

"형님, 성공입니다. 도통사 장군께서 상감을 몰아내고 수시중에 오르셨습니다."

방원은 믿어지지 않았다. 팔도 도통사 최영이 그렇게 맥을 못 쓰고 무너질 세력이 아니었다.

"최영은 어찌 되었느냐?"

"최영은 꼼짝없이 잡혀 구금되었습니다. 모두 평정되었다니까요. 어서 도성으로 가셔야 합니다."

반란에 성공하여 이성계가 조정을 접수하자, 이성계의 장남 이방우는 퉁화상을 시켜 피신한 어머니와 방원을 찾게 했다. 명을 받은 퉁화상은 가병家兵 10기를 이끌고 포천 재벽동에서부터 피난 가족 행방을 찾기 시작하여 마침 이천에서 한충의 아들을 만났던 것이다. 그날은 이미 날이 저물어 기병들은 한충의 집에 묵고 이튿날 새벽에 개경을 향해 길을 떠났다.

반격

우왕 14년(1388) 6월 3일. 반란군 조민수의 좌군은 개경 서대문으로 진격하고 이성계의 우군은 동대문으로 진격했다. 이미 최영의 군사들이 항복한 도성 점령은 일사천리로 끝났다. 최영의 도성 수비군은 4천여 명이었고, 원정 반란군은 5만여 명이었다.

궁중 화원 팔각정. 임금은 왕비 영비와 나란히 앉아 침통한 얼굴로 앞에 앉은 최영에게 물었다.

"이제 어찌해야 합니까?"

최영은 잠시 머리를 숙였다가 아뢰었다.

"전하, 모사재인 성사재천(謀事在人, 成事在天: 일을 꾸미는 것은 사람이요, 일의 성패는 하늘의 뜻)이라 하였습니다. 만사 천명이니 기다려 보시지요."

상호군上護軍 곽충보郭忠輔가 무장한 병사 10여 명을 이끌 들어와 어전에 엎드려 아뢰었다.

"전하 시중대감을 모시러 왔습니다."

왕과 왕비는 눈물을 쏟았고, 최영은 두 번 절하고 곽충보의 뒤를 따라 전각을 나갔다. 휘하 장수들을 거느리고 태정문에서 기다리던 조민수와 이성계는 백발 노장 최영이 군사들에게 잡혀 나오는 것을 보고 허리를 굽혀 예를 올렸다. 최영은 불꽃이 튀는 눈으로 두 사람을 노려보았다. 조민수는 고개를 돌리고 이성계가 말했다.

"이번 일은 소장들의 본심이 아닙니다. 요동정벌은 대의를 거역할 뿐만 아니라 백성은 피로 곤비하게 되고, 나라는 하루도 편치 못하게 될 것이므로 원성이 하늘에 닿아 만부득이 일을 거행하였습니다."

최영이 눈을 부릅뜨고 질책했다.

"지금 그것을 말이라고 하는 거요? 나는 더 듣고 싶은 말이 없소."

조민수가 말했다.

"잠시 고봉현에 모시기로 했습니다. 부디 안녕히 가십시오"

이성계는 울컥하며 돌아서서 눈물을 흘렸다. 이성계는 최영이 아니었으면 예전에 한 줌의 흙이 되었을 만큼 은혜를 입은 사람이었다. 최영은 곽충보가 고삐를 잡은 말에 올라타고 처연한 얼굴로 장수들을 둘러보았다.

6월 4일 아침. 조민수와 이성계는 수창궁에 들어가 어전에 엎드렸다.

"신 조민수 아뢰오. 난국에 하루라도 시일을 헛되이 보낼 수는 없사옵니다. 전하께서 속히 기강을 바로잡고 서정을 일신할 방안을 강구하셔야 합니다. 통촉하소서."

임금은 즉시 대답했다.

"나는 아직 정신이 없소. 좌도통사 조민수를 좌시중으로, 우도통사 이성계를 우시중에 제수하니 만사 알아서 처리하기를 바라오."

두 시중은 집무실로 돌아와 즉시 최영이 내렸던 전시 동원령 해제를 선포하고, 최영에 협력했던 무리들을 색출하기 시작하고, 도성에 계엄령을 내리며 어수선한 하루가 저물었다. 깊어가는 밤. 환관과 궁녀들은 절반이 도망치고 궁중은 쥐죽은 듯 조용했다. 도성을 5만의 병력이 둘러싸고 있다. 임금과 왕비는 침전 탁자에 마주 앉아 서로 손을 잡고 울었다. 궁중을 지키는 군사도 없다. 언제 미친놈들이 들이닥쳐 칼을 휘두를지 짐작도 할 수 없다. 천하를 호령하던 임금의 권세는 불과 두 달 만에 땅바닥에 떨어졌다. 환관도 궁녀도 임금 앞에 머리를 숙이기는커녕 콧방귀를 뀌며 비켜간다. 임금과 왕비는 울며 뜬눈으로 밤을 지새웠다.

이튿날 저녁답이었다. 남은, 이화, 조인옥이 퉁두란의 막사를 찾았다. 의자에 앉아 장검을 닦고 있던 퉁두란이 반갑잖은 얼굴로 힐끗 쳐다보았다. 남은은 번쩍 빛나는 시퍼런 칼을 보며 섬뜩하여 말했다.

"장군께서 손수 장검을 닦으십니다."

퉁두란은 퉁명스레 대답했다.

"출정해서 한 번도 뽑아보지 않은 칼이라 닦는 중이오. 내 처소에 어인 일이오?"

"의논드릴 말씀이 있어서 왔습니다."

퉁두란은 여전히 칼을 닦으며 말했다.

"게 앉으시오."

세 사람은 엉거주춤 의자에 앉았고, 순군만호 남은이 심각한 표정으로 말했다.

"장군, 간밤에 희한한 일이 일어났습니다. 우리 셋이 얘기하다가 하도 기가 막혀 장군을 찾아왔습니다."

퉁두란은 남은의 말을 절반은 허풍이며 거짓말임을 알고 있는 터라 시큰둥한 표정으로 바라보기만 했다. 남은은 약간 멋쩍은 얼굴로 말을 이었다.

"간밤에 상감이 병정들을 휘몰아 좌시중 댁과 우시중 댁을 습격했습니다."

퉁두란은 하도 같잖은 말이라 콧방귀를 뀌고는 남은을 물끄러미 바라보았다.

남은과 일행은 민망한 얼굴로 서로 마주 보았고, 퉁두란이 말했다.

"그래서, 두 시중 댁 강아지라도 베었단 말이오?"

조인옥이 받았다.

"상감이 직접 왔었는데, 두 분 시중이 안 계신다고 했더니 난데없이 선물을 놓고 돌아갔다고 합니다."

퉁두란은 픽 웃고는 닦은 칼을 칼집에 꽂으며 세 사람을 둘러보았다.

이화가 말했다. 이화는 이성계의 이복 동생이다.

"장군은 이 사건을 어떻게 보십니까?"

"난 모르겠소. 하도 희한한 일이라…."

남은이 말했다.

"장군께서도 협력해 주셔야 할 일입니다."

퉁두란은 그제서 정색을 하고 물었다.

"뭘 어떻게 협력하란 말이오?"

"차제에 상감을 제거해야 합니다."

퉁두란은 노한 얼굴로 남은을 쏘아보았다. 남은은 찔끔하여 말했다.

"어차피 살려둘 수 없는 상황이 아닙니까?"

"그런 거 나한테 얘기하지 마시오."

조인옥이 말했다.

"장군은 우시중 대감께서 가장 신임하시는 분입니다. 장군께서 앞장 스셔야 일이 성사됩니다."

퉁두란은 발끈했다.

"난 못하겠소. 난 당신들처럼 책사가 아니오?"

남은도 발끈하게 대들었다.

"누군 책사라서 이럽니까? 우시중 대감을 믿고 나라를 위하여 하는 말이지요."

"난 우시중께 그런 말 못하오. 그만 돌아들 가시오."

세 사람은 머쓱해서 나왔다.

그날 밤, 퉁두란이 이성계를 찾아왔다. 두 사람은 술상을 놓고 마주 앉았다. 퉁두란은 남은 일행이 왔었던 일을 말하자 듣고 난 이성계가 말했다.

"이제는 전쟁을 논할 때가 아니라 나라 정치를 논할 때가 되었소."

"저도 그리 생각합니다."

"정치도 전쟁과 마찬가지로 상대방을 이겨야 해요. 패자는 할 말도 못 하고 밀려나는 게 정치야. 전쟁에 정식이 통하지 않듯이 정치에도 그런 면이 있어요."

"이해가 됩니다."

이성계는 술잔에 입매만 하고 말했다.

"그런 의미에서 남은의 생각도 일소에 부치고 말 것은 아니라고 생각돼."

퉁두란은 말없이 술잔을 비웠다. 퉁두란의 성정을 아는 이성계가 말을 이었다.

"이제 상감은 어차피 조치를 취해야 해요. 최영을 제거하고 상감을 그냥 둘 수는 없어요."

퉁두란은 비로소 입을 열었다.

"하기는 그렇습니다."

이성계는 퉁두란의 잔을 채우고 말했다. 퉁두란은 말술을 마신다.

"문제는 상감을 옥좌에서 밀어내느냐, 깨끗이 없애버리느냐 하는데 있어요."

퉁두란은 심각하게 생각하다가 말했다.

"사백 년 넘게 이어지는 왕 씨의 나라입니다. 이제 백성들은 전쟁은 없을 것이라고 좌시중과 우시중 대감을 믿고 있습니다. 이러한 때에 임금을 죽이거나 내치면 민심이 임금을 동정하여 조정을 이반하는 일이 벌어지지 않을까 염려됩니다."

이성계는 잠시 침묵하다가 대답했다.

"나도 그 생각을 했어요. 그러니 난제지요."

퉁두란은 다시 술잔을 비우고 말했다.

"장군께서는 상감 문제에 대해서는 간여하지 마십시오. 내버려 두면 남은 일파가 알아서 처리할 것 같습니다."

"남은이 과연 그런 그릇이 되겠소?"

"그는 책사지요. 그와 어울리는 몇몇이 그렇습니다. 책사는 술책을 부리지 않고는 못 배깁니다."

"퉁장군 생각이 그럴 듯 하오. 일단 두고 봅시다."

6월 6일, 장맛비가 그치고 구름 사이로 햇살이 언뜻언뜻 비치는 아침이었다. 좌시중 조민수의 집 대청에 회군 장수들 여남은 명이 모였다. 조민수, 이성계, 변안렬, 퉁두란 등 수장들은 없었다. 남은이 회의를 주도하며 열변을 토했다.

"상감이 밤중에 환관들을 대동하고 좌우 시중 자택을 찾은 것은 공을 세운 시중을 위로하기 위한 어주를 하사하기 위함이었다고 합니다. 그러나 상감을 호위하고 간 환관들은 모두 무예가 뛰어난 상감 직속이었는데, 품속에 칼을 품고 있었답니다. 두 시중께서 밤중에 상감을 맞아들였다면 즉석에서 살해되었을 것입니다. 이런 배은망덕이 또 어디 있겠습니까?"

좌중은 중구난방으로 떠들썩해졌다. 남은이 손을 내저으며 진정시켰다.

"여러분, 고정하시오. 상감은 좌우 시중과 변안열 장군을 암살하고 근왕병을 일으켜 회군한 반란군을 일망타진할 계책을 세웠다고 합니다. 우리가 지금 왈가왈부하는 이 시각에도 상감과 그 무리들은 회군한 반란군을 제압할 근왕병 징모 파발마를 전국에 보내고 있을 것입니다."

며칠간 승리감에 들떠 거리낌 없이 홍청거리던 장수들은 마침내 흥분하여 발을 구르며 일어섰다. 오백 년 역사의 나라에 최영, 정몽주, 이색 등을 따르는 충신들은 방방곡곡 있을 것이다. 그들이 들고 일어나면 위화도 회군은 다시 반란군으로 토벌대상이 된다. 조인옥이 나섰다.

"우리가 어물거리다가 이대로 당할 수는 없소이다. 선수를 치는 것이 최선의 방법입니다. 대궐로 갑시다."

저마다 한마디씩 하며 대들자 장내는 질서가 없어지고 혼란에 빠졌다. 남은이 손을 내저으며 진정시키고 도원수 심덕부에게 다가섰다.

"심 원수께서 이 자리의 상석이시니 결판을 내려 주시지요."

심덕부는 잠시 생각하다가 말했다.

"이 판국에 어디 상하를 찾게 되었소? 중의에 따르시오."

내동 침착하게 듣고 있던 이화가 말했다.

"일단 궁중에 들어가 병장기와 말을 압수하고, 우리 병사들로 하여금 대궐을 지키는 것이 어떠하겠소?"

심덕부를 비롯하여 모두 찬성하였다. 대표로 뽑힌 심덕부, 조인벽, 남은, 이화가 급히 군사들을 거느리고 수창궁으로 향하였다.

이튿날 6월 7일. 서산에 해가 설핏하게 기울었는데, 무장한 장수들이 궁중 대전관에 도열하여 임금이 나오기를 기다리고 있었다. 임금이 환관의 선도를 받으며 나와 옥좌에 앉았다. 푸석한 용안에 핏기 서린 눈으로 장수들을 내려다 보았다. 장수들은 일제히 두 번 절하고 엎드렸다. 심덕부가 앞줄 중앙에서 엎드려 말했다.

"신 심덕부 황공하오나 제장의 결의를 아뢰오. 전하께서 익히 아시는 바와 같이 이 혼란을 초래한 것은 오로지 역신 최영의 죄책입니다. 성은을 입어 최영은 유배로 그쳤지마는 멸족을 하여도 모자랄 중죄인입니다. 하온데 아뢰옵기 황공하오나 최영의 여식이 곤전에 왕비로 있음은 천리를 거역함이 아닌가 합니다. 조정 대신들이 불편하고 민심이 흉하오니 폐서인하여 민심을 다스림이 지당하실 줄 아나이다."

옥좌에 앉은 임금은 마침내 입술을 부들부들 떨며 말했다.

"며칠간 생각할 여유를 주시오."

심덕부가 말했다.

"제장들은 회의에서 상상의 즉답을 받들기로 결의되었습니다. 통촉하소서."

임금은 마침내 격노하여 벌떡 일어서며 내쏘았다.

"신하로서 어찌 감히 국모를 두고 왈가왈부한단 말이오. 정 그렇다면 나도 영비와 함께 대궐을 나가겠소."

영비는 최영의 딸로 임금의 정비였다. 장내가 술렁거렸다. 임금이 스스로 대궐을 나가겠다고 했다. 임금의 말은 어명이다. 누구도 거스를 수 없다. 남은은 희색이 만면하여 일어나서 말했다.

"그러하옵시면 그것도 만부득이 신들은 받들겠나이다. 이제 제장들의 결의를 돌이킬 수도 없사오니 전하의 어의를 따르겠나이다."

임금은 옥좌에 털썩 주저앉았다. 남은이 주저 없이 장수들에게 물었다.

"성상 전하의 어의를 받드는 것이 신하로서 당연한 도리입니다. 제장들은 어찌 생각하십니까?"

이야말로 일석이조였다. 최영의 딸 영비를 내쫓으려다 임금까지 한꺼번에 내쫓게 되었다. 하기는 임금도 며칠 뒤에 내쫓을 계획이었다. 엎드린 제장들은 이구동성으로 대답했다.

"성상의 어의를 따르겠나이다."

임금은 기가 막혔다. 화가 나서 얼결에 내뱉은 말인데 스스로 옥좌를 버린 꼴이 되고 말았다. 임금이 정신을 못 차리고 어벙벙하는 사이, 남은이 썩 나서서 말했다.

"전원 일치로 찬동하였습니다. 소장이 마무리를 짓겠습니다."

남은은 제장들을 둘러보다가 말석에 있는 별장 둘을 불러냈다.

"너는 당장 말 열 필을 끌어와라. 너는 내전에 들어가서 영비를 모시고 나와라."

일사천리로 지시한 남은은 제 자리로 돌아와 엎드렸다. 임금은 정신이 나가서 옥좌에 기대앉아 눈을 감았다. 어전을 술렁거리고 예서제서 킥킥대는 웃음소리가 들렸다. 별장들의 지휘로 안장을 얹은 말들이 정전 마당에 끌려 나오고, 단장도 하지 않은 영비와 근비가 흐느끼며 끌려 나왔다. 제장들은 모두 일어서고 남은이 옥좌 앞으로 다가서며 말했다.

"전하, 어서 내려오시지요."

임금은 아직도 정신을 차리지 못하고 어벙벙하다가 별장 두 명이 다가가서 옆구리에 붙어서자 비로소 말했다.

"내전에 들어가 옷이나 갈아입고 나오겠소."

남은이 재촉했다.

“옷은 모두 뒤따라 보내겠습니다. 조금도 염려하지 마시지요.”

임금은 두 말도 못 하고 별장에게 껴 잡힌 채 층계를 내려와 마당에 서서 제장들을 둘러보며 애원하듯 말했다.

“날이 이미 저물었는데, 내일 떠나면 좋겠소이다.”

“전하, 강화도에 이미 거처를 마련했나이다. 어서 말에 오르시지요”

마당에 둘러선 장수들은 누구도 입을 열지 않았다. 남은이 별장들에게 외쳤다.

“뭣들 하느냐 어서 왕비마마들을 말에 태우고 출발하거라.”

고려 제32대 우왕은 그렇게 스스로 옥좌를 버린 임금이 되어 오백 년 도읍 개경을 떠나 강화도로 유배되었다.

음모

우왕이 어이없이 강화도로 쫓겨난 이튿날 6월 8일, 그의 아들 창이 아홉 살로 왕위에 올랐다. 고려 제33대 창왕昌王이다. 임금이 어리니 섭정을 두어야 한다. 이성계와 마주 앉은 조민수가 말했다.

"섭정을 내어야 하는데, 누굴 냅니까?"

"당연히 왕대비가 아니겠습니까?"

"그렇겠지요. 달리 누가 없지 않소."

공민왕 정비 안 씨는 그날로 섭정이 되었다. 왕대비는 창왕의 할머니였다. 폐위된 우왕의 생모는 궁녀였는데 우왕이 어렸을 때 죽었다. 이성계가 잠시 생각하다가 말했다.

"사실 지금 궁중의 정리보다 군대의 통제가 더 시급합니다. 장수들이 서로 계파를 지으며 중구난방으로 떠들고 있습니다."

"나도 그 문제를 심각하게 보고 있습니다. 우시중 대감께 무슨 대책이 있으십니까?"

이성계는 조민수를 물끄러미 보다가 대답했다.

"출병 때의 좌우군 편제가 아직 유지되는 상황입니다. 이참에 아주 군대를 양분하여 대감과 제가 통제하면 질서가 잡히지 않을까 생각합니다."

조민수는 고개를 끄덕이며 받았다.

"그러시다면 그 안을 말해 보시오."

"대감께서는 그동안 하삼도(경상, 전라, 충청도)의 군대를 지휘하셨으니 하삼도 출신 장수들은 대감을 따를 것입니다. 또한 저는 동북에 근거하여 경험이 있으니 그쪽에는 자신이 있습니다."

조민수는 표정이 밝아지며 말했다.

"묘안이오. 그럼 어떻게 편재를 하면 좋겠소?"

"저는 변방으로 동북면, 삭방, 강릉도 도통사를 맡고, 대감께서는 양광, 경상, 전라, 서해, 교주도 도통사를 겸하시면 어떻겠습니까?"

조민수는 만족하여 대답했다.

"좋습니다. 그렇게 합시다."

이튿날 도당회의에서 대사헌 조준이 제안설명을 하였다.

"지금 나라는 내외로 다사다난한 가운데서도 특히 중요한 두 가지가 있습니다. 안으로는 전제를 개혁하여 백성으로 하여금 안심하고 생업에 종사케 하는 일이며, 밖으로는 명나라에 사신을 보내 요동 출병에 관한 의심을 풀도록 하는 문제입니다."

이에 정도전, 심덕부, 성석린 등이 찬성하고 대다수는 잠자코 있었다.

상좌에 앉은 시중 조민수가 좌중을 둘러보며 말했다.

"좋은 안이오. 전제田制를 바꾼다는 것은 중요한 일이기는 하나, 자칫하면 평지풍파를 일으켜 전국에 혼란을 초래할 염려가 있소이다. 이는 더 두고 신중히 토론할 필요가 있을 것이오. 오늘은 명나라에 사신을 보내는 일부터 토론합시다."

윤소종이 반박하였다.

"전제를 개혁하는 일은 급하지 않다는 말씀입니까?"

"시급하지 않다는 게 아니라, 땅의 임자가 바뀌게 된 사정도 조사해야 하고, 겸병된 땅을 갈라서 옛 주인에게 돌려주려면 많은 혼란이 일어날 수도 있소이다. 아직 7월인데, 지금 전답 문제로 시비가 벌어지면 농사를 망칠 수도 있다는 말입니다."

조민수의 말에 윤소종은 목청을 높이고, 찬성하던 패거리가 들고 일어났다.

"지금 나라의 혼란으로 국고가 비고 민생이 도탄에 빠졌는데, 시중대감은 그것을 모르십니까?"

지금 상항에서 시중의 말이 옳지만, 이성계파인 윤소종은 어깃장을 놓은 것이다. 그러나 조민수파의 숫자가 더 많았다. 우홍수를 필두로 서로 발을 구르며 설전이 벌어졌다. 우홍수가 외쳤다.

"국고가 빈 것을 빌미로 이 농사철에 전제를 개혁하자는 것은 억지가 아니오? 그보다 급한 것이 명나라에 사신을 보내는 것이오."

중구난방 떠들어대며 장내는 혼란에 빠졌다. 내동 잠자코 앉았던 이성계가 나섰다.

"진정들 하시오. 엄숙해야 할 도당회의에서 이게 무슨 짓들이오. 시중대감의 뜻에 따라 전제에 대한 논의는 다음으로 미룹시다."

장내는 마침내 진정되고 조민수가 회의를 진행했다.

"명나라에 사신을 보내는 일에 대해서 의견들을 말하세요. 명나라가 철령 이북에 철령위를 설치하겠다 하고, 제주도를 명나라 말 목장으로 삼겠다 하니 큰일입니다."

씁쓸한 표정으로 묵묵히 앉았던 문하평리 정몽주가 말했다.

"잘 설득하면 철령위 문제는 무사히 해결될 듯하고, 제주도 목장 문제는 원나라 출신 유중의 주장이니 곧 가라앉을 것으로 보입니다."

말 많은 윤소종이 또 나섰다.

"그게 문제가 아닙니다. 난데없이 군사를 일으켜 요동을 친다고 진격했으니 명나라가 가만있겠습니까? 전 왕이 물러나고 새 임금이 등극했으니 이를 고하고 아울러 요동 진격의 책임 소재를 분명히 밝혀 대명의 용서를 바라는 수밖에 없다고 생각합니다."

조민수가 물었다.

"책임 소재를 어떻게 밝힌다는 것이오?"

윤소종은 주저 없이 대답했다.

"책임은 최영에게 있지 않습니까? 상감도 반대한 일을 최영이 주장했습니다."

조민수가 침통하게 말했다.

"제 나라의 중신을 남의 나라에 고자질해서 죽게 한다? 난 못하겠소."

남은이 발끈했다.

"그러면 시중께서는 달리 무슨 방도가 있습니까?"

조민수는 대답을 못하고, 남은이 다시 말했다.

"최영이 중합니까, 나라가 중합니까?"

조민수가 책상을 치며 말했다.

"그렇다고 선수를 써서 고자질 할 문제도 아니오."

남은이 픽 웃고는 대들었다.

"그러면, 명나라가 요동 진격을 응징하겠다며 군사를 몰아 처들어오면 대감은 막아낼 방법이 있습니까?"

조민수는 말문이 막혀 얼굴만 붉으락푸르락하였다. 이성계가 조용히 말했다.

"오늘 회의는 이만 마치는 것이 좋겠습니다."

궁지에 몰렸던 조민수는 한숨을 쉬면서 자리에서 일어났다.

그날 밤. 조민수의 집에 진무(참모장, 조민수의 심복)남성리와 허인이 술상을 놓고 마주 앉았다. 허인이 분개하여 말했다.

"이성계 일당의 동태가 심상치 않습니다. 젊은 패거리들이 이성계를 둘러싸고 국사를 좌지우지하니 큰일이 아닙니까?"

남성리가 맞장구쳤다.

"이성계는 바탕이 음흉한 인물입니다. 장차 무슨 일을 저지를지 알 수 없습니다."

허인이 더욱 분개하여 대꾸했다.

"배은망덕도 유분수지, 최영의 은혜를 그렇게 입고도 뻔뻔하게 배반하는 꼴을 보면 의리도 없는 인간입니다."

늙은 조민수가 침통하게 말했다.

"그렇다고 어쩌는 도리가 없지 않은가? 그저 답답하기만 하다."

허인이 격하게 나왔다.

"차제에 군사를 일으켜 이들을 쳐야 합니다. 우리가 군세는 월등하니까 승산이 있습니다.

조민수가 격하게 말했다.

"지금 이성계와 내가 무력충돌을 한다면 나라는 어찌 되겠느냐? 서로 화합하여 나라를 이끌어야 한다. 오늘 두 사람을 부른 것은 그 방도를 찾아보자는 것이었다."

대책없이 흥분했던 두 참모는 시무룩했다.

한편, 같은 시각. 심덕부의 사랑방에 남은, 조준, 이무, 이방과, 이방원 등이 모여 누군가를 초조하게 기다리고 있었다. 한밤중, 안방에 있던 심덕부가 잔뜩 흥분한 얼굴로 사랑방에 나왔다.

"마침내 저들의 흉계가 드러났다. 조민수와 그 참모장 남성리 허인 등이 모여 군사를 일으켜 우리를 칠 계책을 꾸미고 있다."

남은이 벌떡 일어나며 말했다.

"아니, 그게 사실입니까? 그걸 어떻게 아셨습니까?"

심덕부가 뒤에 서 있던 체격이 건장한 사내를 돌아보았다. 사내가 앞으로 나서며 말했다.

"제가 대감의 명을 받고 초저녁부터 조민수 집을 망보고 있었습니다. 남성리, 허인이 조민수의 사랑방에 들어간 뒤에 지붕에 올라가서 그들의 대화를 엿들었는데, 군사를 일으켜 이성계 일파를 치겠다고 분명하게 말했습니다."

심덕부가 짐짓 분노하여 말했다.

"우리는 저들에 비해 군세가 열세요. 그렇다고 이대로 당할 수는 없소."

모두 이방원의 눈치를 보았지만, 그는 입을 꾹 다물고 눈만 디룩거렸다. 이무가 말했다.

"우리가 열세면 오늘밤 저 세 놈을 치는 수밖에 더 있겠습니까?"

조인벽, 정지가 거들었다.

"가장 쉬운 방법 아닙니까? 우두머리만 치면 꼬리는 저절로 사그라질 것입니다."

심덕부가 마침내 결연히 말했다.

"이무 장군은 즉시 휘하 장병들을 이끌고 가서 조민수, 남성리, 허인을 잡아다가 순군옥에 가두시오. 결사적으로 반항하면 죽여도 좋소. 조인벽 장군은 병력을 동원하여 모든 성문을 닫고 경비하시오. 정지 장군은 특히 대궐 수창궁의 모든 문을 차단하여 잡배의 출입을 막으시오."

세 장수가 떠나자 심덕부는 다시 말했다.

"이 밀직(이방과, 방원)형제는 호군 조영규 휘하 장병들을 지휘하여 순군옥을 점령하고, 저들이 잡혀오면 옥에 가두시오. 이는 상감의 어명임을 명심하시오. 나의 위치는 여기 내 집이오."

즉위한 지 사나흘인 아홉 살 임금은 있으나 마나였다.

한밤중에 끌려가 옥에 갇혔던 조민수, 남성리, 허인은 이튿날 어명으로 대역 죄인이 되어 조민수는 창녕으로, 남성리는 공주, 허인은 봉주로 각각 귀양을 갔다. 이성계는 이른 아침에 심덕부의 보고를 받고 아연실색했지만, 사건은 이미 말끔하게 끝난 뒤였다.

입 가진 자들마다 잘났다고 떠들며 같잖은 주장을 하고 편을 가르던 무리들은 찍소리도 없이 수그러지고 이성계 밑으로 모여들었다. 그의 말이 곧 법이고 어명이었다. 이성계의 명으로 정당문학 성석린이 명나라에 보낼 표문을 지어 올렸다. 우왕을 폐하고 그 아들로 새 임금을 세웠으니 명나라에 보고해야 하고, 요동을 정벌하려 했으니 죄를 청해야 했다. 이성계는 표문을 보았다.

—신(臣)이 어려서 선왕(공민왕)이 세상을 떠나니 조모 홍(충숙왕비가 섭정)씨의 훈회(訓誨)에 의지하여 오던바, 불행히도 조모마저 세상을 떠났나이다. 근자에 이르러 병마도통사 최영은 권신 임경미 등을 잡아 죽이고 스스로 문하시중이 되어 권세를 휘두르다가 자만에 취하여 요동을 공격하려 하였나이다. 이에 장수들이 불가하다 말렸으나 끝내 군사를 일으켜 진격하자, 도통사 이성계와 조민수가 위화도에 이르러 논의 끝에 군사를 휘몰아 회군하여 최영 일당을 제압하였나이다. (중략)이에 신은 능력이 부족함을 자각하고 아들 창(昌)으로 하여금 임시로 대행케 하였습니다. 엎드려 바라옵건대, 폐하께서 신의 죄를 용서하시고 신의 고충을 양해하사 신의 아들 창으로 하여금 폐하의 은덕을 입고 신의 명작(名爵)을 이어받게 하여 주신다면 천행으로 여기겠나이다.

읽고 난 이성계는 눈을 감고 말이 없다. 표문은 이미 폐위된 우왕이 최영의 죄를 뒤집어쓰고 물러나 아들 창에게 양위하니 인정해 주고, 고려의 대명국에 대한 불충을 용서해 달라는 내용이었다. 성석린은 불안하여 떨리는 목소리로 말했다.

"여러모로 생각해 보았으나 그렇게 쓰는 수밖에 없었습니다. 중신들과 의논해 보겠습니다."

이성계는 잠시 더 침묵하다가 말했다.

"중신들이라고 별수 있겠소. 그대로 하오."

성석린은 긴 숨을 내쉬며 표문을 받았다.

참 희한한 사신 사죄사謝罪使 설장수偰長壽는 이십여 명의 일행을 이끌고 7월 28일 명나라를 향하여 떠났다.

8월 5일, 이성계는 한산부원군 이색李穡을 시중으로 앉히고 스스로 수시중이 되었다. 그러나 도총중외제군사 즉 군정과 군령을 장악한 전군의 총수로 전권을 잡았다. 신임 판삼사사 심덕부는 정당문학 성석린, 전 평양판윤 윤정하, 밀직부사 최유경, 밀직상의 김사형 등을 불러 각 도의 관찰사로 임명하며 말했다.

"이제부터 각도의 관찰사를 도관찰출척사都觀察黜陟使로 이름을 바꾸었소. 그 이름이 명시하는 바와 같이 관찰하고 출척하는 권한을 가졌으니 조정의 시책을 조금이라도 거역하거나 이상한 분자들은 용서 없이 처단하고 보고하시오. 즉 종이품 이하는 여러분에게 즉결처분권이 있다는 것을 명심하기 바라오. 아울러 농지를 다시 측량하고 현주와 구주 사이의 전후 사정을 면밀히 규명하여 앞으로 있을 전제 개혁에 만전을 기해주기 바라오."

서릿발 같은 개혁의 시작이었다.

늦가을 10월이었다. 백성들 마음은 바람을 탄다는 옛말이 있다. 이성계가 위화도에서 회군하여 남편과 아들을 살려 왔을 때는 영웅으로 떠받들던 백성들은 불과 몇 달이 지난 요즘에는 과연 최영이 옳았다는 쑥덕공론이 퍼지고 있었다. 게다가 이성계가 나라를 명나라에 팔아먹는다는 소문까지 퍼지고 있었다. 그러나 이성계는 병사들이 겹겹이 호위하는 송교리 집에 틀어박혀 두 달이 넘도록 두문불출하고 있었다. 이성계의 둘째 부인 지화는 밤중에 잠이 깨었다. 남편의 방에 불이 켜있어 들어가 보았다. 남편은 책상머리에 앉아 무엇을 들여다보고 있었다.

"아직도 그 청감국표請監國表인가요?"

이성계는 책상에서 눈을 떼지 않은 채 고개만 끄덕였다.

"한 달두 더 보았으면 어지간히 되었을 터인데…."

"잘못하면 매국노가 될 일이여. 오늘 고쳐왔는데 아무래도 신통찮아."

지화는 다가앉아 말했다.

"당신, 어디까지 갈 참이세요?"

이성계는 비로소 돌아앉아 지화를 보았다. 밤중에 보아도 고운 얼굴이라고 생각하며 받았다.

"어디까지 가다니?"

"나랏일 말이에요."

"가봐야 알지."

"지금 당신을 두고 소문이 뒤숭숭하다고 해요. 그 표문 봐두 돼요?"

이성계는 고개만 끄덕였고 지화는 책상에 다가앉았다.

—나라를 보전함은 사대(약자가 강자를 붙좇아 섬김)에 있고, 먼 지방을 평정함은 감독관을 두는 데 있기에 하찮은 성의를 다하여 아뢰고자 하나이다. 가만히 생각하옵건대 이 조그만 나라는 멀리 떨어진 변방에 처하여 비록 성교의 혜택을 입었다 할지라도 아직 예의의 습속에 어둡나이다. 이에 소망은 왕관(국감)이 오셔서 성화를 베풀어 주시는데에 있나이다. 엎드려 바라옵건대 폐하께서는 어진 뜻을 넓히시와 같은 백성으로 보시옵고 원리(국감의 설치)를 명하사 이 요황(국도에서 멀리 떨어진 변방)을 안정케 하소서. 신(臣: 창왕)은 삼가 제후로써의 법도를 어김없이 지키오리다. 황제 폐하의 만수무강을 비나이다.

읽고 난 지화가 말했다.

"아무리 그렇더라도 이건 너무 비루하지 않아요? 명나라 국감이 오면, 그가 곧 임금이잖아요. 백성들이 가만 보고 있겠어요?"

"속국이지만 임금은 임금이오. 단지 명색만 국감일 뿐이지. 아직 북원과 전쟁이 마무리되지 않은 신흥국 명 황제가 국감을 보내지도 못할뿐더러 설령 보낸다고 하더라도 우리가 조정할 따름으로 유리한 점도 있어요. 나두 생각이 있으니 두고 보아요."

"그렇더라도 이건 너무 납작 엎드린 꼴이잖아요."

"내가 엎드린 게 아니라 아홉 살 어린 임금이 엎드린 것이지. 요동을 친다구 군사를 일으켜 위화도까지 진격했는데, 용서를 빌지 않으면 어쩔 것이여. 우리 땅 철령 이북에 철령위를 설치하지 못하게 하구, 제주도를 명나라 말 목장으로 내주지 않을 방도는 이것뿐이오."

듣고 난 지화는 비로소 이해가 되어 고개를 끄덕였다. 이성계는 만족한 표정으로 말했다.

"방원을 들게 하오."

"밤중에 방원을 왜요?"

"부르라면 불러요."

방원이 들어서자 미처 앉기도 전에 말했다.

"너 명나라에 가야겠다."

"제가요?"

"이 시중이 하정사 겸 감청국사로 가는데 서장관으로 따라가란 말이다."

"서장관이야 글 잘하는 이숭인이 가지 않습니까?"

"이숭인은 글쓰는 서장관, 너는 그들을 감시하는 서장관이다."

방원은 고개를 끄덕이며 대답했다.

"어버님 뜻 알겠습니다."

"그들이 멋대로 입을 놀리지 못하도록 붙어 다녀라. 아마 최영의 문제가 나올 것이다. 지난번 표문과 어긋나지 않도록 단속해야 한다."

말없이 주억거리는 아들을 보며 말을 이었다.

"고급 관리를 자주 접촉하여 우리 왕실에 대한 감정을 떠보아라."

"그야 좋을 까닭이 없겠지요."

"좋아하지 않는 데도 구분이 있다. 고려 왕실의 혈통을 생각할 필요가 있을 것이다."

방원은 머리가 아찔했다. 느닷없이 왕실의 혈통이라! 그는 이해 하는데 시간이 걸리지 않고 앞질러 나갔다.

"과연 그렇습니다. 상감 부자는 큰 걸림돌이 될 것입니다. 조만간…"

이성계는 아들 말을 자르고 명했다.

"내일 이원경이가 금은을 넉넉히 줄 것이다. 명나라에 가면 요긴하게 쓸 일이 많을 것이다."

10월 5일, 하정사 겸 감청국사 이색, 이숭인, 김사인, 이방원 등 사신 일행이 명나라를 향하여 떠났다.

11월 28일, 사신 일행이 명나라에 간 지 두 달이 가까워진 날이었다. 이성계 처소에 밀직부사 정도전이 코끝이 빨개져서 들었다. 그가 마주 보며 말했다.

"날이 몹시 춥소?"

"예, 눈이 쏟아질 것 같습니다."

정도전은 앉으며 품속에서 봉서 하나를 꺼내며 말했다.

"금릉(당시 명나라 수도)에서 편지가 왔습니다."

이성계는 성명이 없는 밀봉된 봉투를 뜯었다.

—겨울철에 아버님 기체 만강하시기를 멀리서 빌고 있습니다. 여기 와서 몇몇 높은 어른들과 사석에서 의견을 나눈 바 있지마는 혈통 문제는 역시 아버님 보시는 바에 어김이 없었습니다. 우선 최영을 처단하는 것이 저들의 의심을 푸는데 기여할 것이며, 제주도 문제는 아무래도 저들의 요구를 들어 주야할 것 같습니다. 머잖아 명나라 조야가 호의로써 만사 방관(傍觀)할 때가 올 것으로 보았습니다. 정도전 부사에게도 같은 내용의 글을 보냈으며 이 편지도 그를 통해 전달될 것입니다.

아들 방원의 편지를 읽고 난 이성계는 말없이 편지를 건네주었다. 정도전은 받아 읽고 밝은 얼굴로 말했다.

"하늘이 대감께 길을 열어 주셨습니다."

이성계는 말없이 눈을 감고 몸을 일렁이고 있었다. 정도전이 말을 이었다.

"우선 최영부터 처단하고 다음 단계를 생각하는 것이 순서가 아닐까 생각합니다."

이성계는 여전히 눈을 감고 말이 없다. 정도전은 말을 계속했다.

"저에게 온 편지를 보면, 금릉에서 예상보다 비용이 많이 드는 모양입니다."

이성계의 눈은 떠지지 않았다.

"명분 없이 사신을 또 보내기 어렵기는 하지만, 자금을 전달하려면 금릉에 있는 감청국사의 주장을 살려 청조견표(고려 왕이 직접 명나라에 가서 천자에게 인사를 올리겠다고 요청하는 글)를 주어 보내는 것이 좋을 듯합니다."

이성계는 빙긋이 웃으며 고개를 끄덕였다. 정도전도 빙긋 웃고는 말을 이었다.

"서장관으로 맏 자제분을 딸려 보내면 만사 실수가 없을 듯합니다."

이성계는 여전히 눈을 뜨지 않았고, 정도전은 일어나 읍을 하고 방을 나갔다.

사흘 뒤 12월 2일, 청조견표 사신으로 밀직사 강회백, 정도전의 밀서를 가진 밀직부사 이방우 등 사신 일행은 섣달의 북풍한설을 무릅쓰고 명나라로 떠났다.

명나라 금릉의 객관. 해가 한나절이었지만 이방우는 자리에 누워있었다. 고려의 청조견표 사신 일행은 한 달만인 어제 저녁나절 금릉에 도착하였다. 혹한과 눈보라에 죽을 고생을 한 사신 일행은 도착하여 실신하다시피 했지만 비교적 젊은 이방우는 정신을 차렸다. 방우가 깨어났다는 소식에 방원이 들어와 침상 옆에 앉아 물었다.

"형님, 좀 어떠세요?"

방우는 일어나 기지개를 켜며 받았다.

"자고 났더니 몸이 좀 풀렸다. 다른 일행들은 어떠냐?"

"모두 녹초가 되어 아직 못 일어납니다."

"내 엄동설한을 전쟁터에서도 견뎠지만, 이런 고생은 처음이었다."

"참 고생 많으셨습니다. 며칠 푹 쉬세요. 혹시 정도전이 무슨 기별이 없었습니까?"

"그래, 있지. 저 작은 짐보따리를 풀어보아라."

방우는 열 살 더 먹은 맏형을 아버지처럼 어려워한다. 방우 또한 다섯째 동생을 어린애 취급하기 일쑤다. 작지만 묵직한 보따리를 풀었다. 금과 은괴가 제법 많고 정도전의 편지가 있었다. 방우가 금괴를 집어 들고 말했다.

"이 많은 걸 다 어디에 쓰려느냐?"

"여기선 뇌물이 아니면 통하지 않습니다. 고관을 만나려면 돈, 만나도 돈입니다. 되놈들은 체통도 없어요?"

"하긴, 그래도 아껴 써야한다."

방우는 정도전의 편지를 읽었다.

—이 밀직, 지난번 편지는 잘 받았소. 형의 활약이 눈에 훤히 보입니다. 형의 진언대로 최영은 일간 처형될 것이며 왕실에 관련된 문제는 남은, 조준, 조인옥 등과 더불어 극비리에 신중히 검토하고 있소이다. 대감께서는 이런 문제가 나오면 언제나 묵묵부답이시지마는 천명은 이미 대감께 돌아간 듯하오. 요청하신 공작비로 영형(令兄)편에 금은을 보내니 받아 쓰시오. 부디 자중자애 바라오. 개경에서 정도전 배

편지를 읽은 방우는 분노가 이글거리는 눈으로 방원을 노려보다가 편지를 구겨 얼굴에 내던지며 말했다.

"최 시중을 죽여? 너 따위가 감히 고려의 충신을 죽여!"

방원은 얼떨결에 대답을 못 하고 얼굴이 벌게졌다. 방우가 다시 외쳤다.

"인면수심의 아귀들이구나. 임금을 내치고 이제 충신을 죽여?"

방원도 정신을 차리고 대들었다.

"우리가 지금 이 금릉에 와있는 이유가 뭡니까? 최영이 저지른 일 때문이 아닌가요? 최영은 우리가 죽이려는 것이 아니라 명나라에서 죽이는 겁니다. 형님은 대세를 모르세요? 위화도 회군은 형님도 찬성하셨잖아요."

"그것과 이것은 다르다. 위기에 처한 나라를 구해야 할 절체절명의 시기에 반역을 꾀하는 건 인간의 도리가 아니다. 최 시중과 왕실이 우리 집안을

어떻게 대해 주었느냐? 우리 집안이 이렇게 번성한 것은 최 시중과 왕실의 덕이다. 아버지가 이러실 줄 몰랐다."

방원은 잠시 말문이 막혔지만 이내 말했다.

"우왕에 이르며 고려는 위기에 처하고 있습니다. 간신들이 임금 눈과 귀를 막고 난신적자가 판을 칩니다. 이 난국에 아버지가 어떻게 지켜만 보아야 합니까?"

기가 죽어 시무룩한 방우는 씹어 뱉듯이 말했다.

"잘들 해 먹어라. 나는 안 한다."

방우는 이불을 뒤집어쓰고 누워버렸다.

최영

선달의 눈보라 속에 충주서 끌려 온 최영은 순군옥에 갇혔다. 전법판서 조인옥과 문하낭사 허웅 등 십여 명이 상소를 올렸다.

–최영은 나라에 공이 크지만 나이가 들면서 노쇠하여 천지를 구분하지 못하고 대명천자를 거역하여 군사를 일으켜 대국을 치려 하였으니, 이는 그가 일생의 공을 내던지고 반역지죄를 저지른 것입니다. 이에 나라는 백척간두(百尺竿頭) 이르렀나이다. 이에 천하의 공론은 이른바 인물은 아까우나 죽여야 한다는 결론에 이르렀나이다. 전하께서는 대의로서 결단을 내리시어 대명천자 앞에 사죄하여 나라를 구하소서.

이튿날, 최영을 처형한다는 소문이 퍼진 개경 거리는 인파로 넘치고, 최영을 죽일 수 없다고 외치며 통곡하는 백성들이 늘어났다. 장사꾼들은 점포문을 닫고, 일손을 멈춘 백성들이 거리에 쏟아져 나와 최영을 살리라고 외쳤다. 순군옥 병사들은 백성들 사이를 뚫고 최영을 형장으로 끌고 갈 방도가 없었다. 변장을 시키고 철통같은 호위 속에 북문을 빠져나와 인적이 드문 산골짜기에 이르러 최영을 꿇어 앉혔다. 형리가 공손히 말했다.

"장군, 황송합니다. 유언이 있으시면 말씀하시지요."

최영은 의연히 늠름하게 말했다.

"유언이 무슨 유언이냐! 무너지는 나라가 안타까울 뿐이다."

형리가 말했다.

"눈을 가려 드리겠습니다."

최영은 고개를 흔들며 말했다.

"그냥 진행하라. 석양이 아름답구나!"

형리가 물러서서 눈물을 쏟으며 팔을 치켜들었다. 좌우에서 칼을 든 병사 두 명이 다가서며 번갈아 칼을 내리쳤다. 목이 땅에 떨어지며 호호백발 수염이 피로 붉게 물들고 김이 모락모락 피어올랐다. 형리들도 형을 집행한 병사도 칼을 내던지고 주저앉아 서럽게 울었다.

동지밀직사 윤사덕이 진주사(최영을 사형에 처했음을 고하는 사신)로 명나라 금릉에 왔다. 표문과 함께 금은보화를 챙겨온 윤사덕을 이방원은 반갑게 맞이했다. 사신 임무도 그렇지만 명나라 조정의 권신들을 구워삶을 자금이 떨어져 난처하던 참이었다. 이제 조금만 더 손을 쓰면 만사는 사신들의 뜻대로 해결될 판국에 이르러 있었다.

명나라 조정 예부상서 이원명이 자기 집으로 고려 사신들을 초청하여 술자리를 베풀었다. 이방원이 따라주는 첫 잔을 마신 이원명이 탐스러운 수염을 쓰다듬으며 말했다.

"나는 고려 사람들이 좋소, 고려 사람들은 상냥하고 예의가 밝아서 정감이 가요."

연달아 사신으로 나온 고려 관리들은 일제히 허리를 굽혔다. 하정사 겸 청감국사 이색, 이숭인, 김사안, 이방원. 청조견사 강회백, 이방우, 어제 도착한 진주사 윤사덕을 둘러보며 이원명이 거드름을 피웠다.

"우리 대명 천자를 모시는 고려국 국왕 전하를 비롯하여 그대들 정성이 오죽 각근하면 천만리 험한 길을 이렇듯이 마다 않고 왔겠소. 내가 그 일편단심이 가상하여 그대들을 한 자리에 불렀으니 오늘 흉금을 털어놓고 마음껏 즐기시오."

이색은 미간을 찡그리며 고개를 돌렸고, 이숭인이 말했다.

"합하께서 이렇듯 신들의 객고를 풀어주시니 황송하기 그지없습니다."

이원명은 좌중을 둘러보며 다시 은근하게 말했다.

"내가 황후전(명 천자 주원장의 처)에도 잘 말씀 드렸소이다. 고려 사신들은 하나같이 예의 바르고 충성이 지극하다고 말이오."

이 말은 곧 황후를 챙기라는 뜻이었다. 이방원이 알아듣고 머리를 조아렸다.

"감사합니다. 후의를 잊지 않겠습니다. 아까 잠시 인사를 올렸습니다마는 여기 이 사람은 어제 내조한 진주사 윤사덕인데 아직 예부에 보고하지 못했습니다."

이원명은 눈을 크게 뜨고 받았다.

"진주사라! 그 임무가 무엇이오?"

이방원이 대답했다.

"요동 출병의 원흉 최영의 처단을 천조에 아뢰올 진주사입니다."

이원명은 만면에 웃을 띠고 말했다.

"호오! 최영을 처단했단 말이지요? 매우 장한 일이오. 황제 폐하께서도 흡족해하실 일이오. 잘 처리했소이다."

이방원이 받았다.

"과분한 말씀입니다. 대명의 신하로서 천자를 거역한 죄인을 처단함은 당연한 조치입니다."

말석에 앉아 술만 마시던 이방우는 동생 방우를 쏘아보다가 일어섰다. 눈치를 챈 방원이 이원명에게 읍을 하고 일어서며 말했다.

"우리 형님은 몸이 약해서 이만…,"

그는 형의 겨드랑이를 끼고 나왔다. 방우가 뿌리치며 말했다.

"내 참, 구역질이 난다."

"형님 그저 잠자쿠 계시오. 다된 밥에 코 빠트리지 말구…."

"치사하구 용렬하다."

방원은 형을 껴안아 끌고 밖에 나가 대기하던 고려 관원들에게 말했다.

"많이 취하셨다. 잘 모시구 가거라."

그가 다시 방으로 들어가자, 이원명은 전에 방원이 선물한 금불상을 쓰다듬으며 상기된 얼굴로 말했다.

"고려는 복받은 땅이오. 중국에도 금은이 나지마는 드물뿐더러 고려의 금은과는 광채가 다르오. 이 석씨지상(釋氏之像: 금불상)은 특히 빛깔이 천하일품이오."

이방원은 뇌물에 맛을 들인 관리의 습성을 잘 안다. 예부상서 이 자만 잘 다루면 만사형통일 것이다.

"고려에서 이런 불상쯤은 보물도 아닙니다. 윤 밀직, 그걸 가져오시오."

윤사덕은 구석에 두었던 붉은 보자기를 상 위에 놓고 풀었다. 금으로 장식한 푸른 상자를 열고 안에 것을 들어 내놓았다. 일렁이는 황초 불빛에 눈이 부시었다. 금강산 만물상 조각에 금을 입히고 옥을 박은 보물이었다. 이원명을 눈을 생긴 대로 뜨고 외쳤다.

"띵 하오! 띵 하오!"

방원의 눈짓으로 윤사덕은 만물상 조각을 이원명 앞에 놓았다.

"합하, 이런 금강산 조각은 고려에도 하나밖에 없는 보물입니다."

방원의 말에 이원명은 넓다데한 얼굴에 웃음이 가득한 채 어루만지며 말했다.

"우리 중국에도 명승지는 많지만, 고려 금강산만은 못한 것 같소. 원생고려국願生高麗國하야, 일견금강산一見金剛山이란 말이 과연 헛말이 아니었소. 한데, 앉아서 금과 옥으로 빚은 금강산을 보니 내 마음이 유쾌하오."

이방원이 금강산을 이원명 앞으로 밀며 말했다.

"마음에 드시니 저희도 흡족합니다."

"아니, 이것을 날 주는 거요?"

"물론입니다."

"호오! 이거 미안해서…. 띵 하오! 띵 하오!"

이방원은 속으로 이를 갈며 머리를 숙였다.

"합하의 은덕이 깊습니다. 명감하겠습니다."

이원명이 비로소 정색을 하고 말했다.

"우리 폐하께서는 한번 의심을 하면 좀체 풀지 않으십니다. 폐하의 의심을 풀 수 있는 분은 황실에서 황후 전하만 계실 뿐입니다."

이방원은 말귀를 알아듣고 대답했다.

"준비에 유류는 없습니다. 염려 마시지요."

"알겠소. 고려가 이렇듯이 충성을 다하니, 우리 대명에서 참견할 일이 뭐 있겠소. 잘 될터이니 안심들 하시오."

고려 사신들은 일제히 머리를 조아렸다. 뇌물은 혼자 먹어야 배가 부르고, 제집 안방에서 받아야 뒤탈이 없다.

꽃이 만발하는 3월 중순. 명나라에 3차에 걸쳐 사신으로 갔던 사람들이 돌아왔다. 제1차 사신 이색과 이방원은 여섯 달만이었다. 이색은 명 황제 주원장의 자문咨文을 이성계에게 전했다.

ㅡ고려는 산으로 가로막히고 바다를 등진 나라로 대명국과 풍속이 다르고 서로 통한다 할지라도 이합(離合)이 무상하도다. 지금 신하들이 그 아비를 몰아내고 아들을 세워 임금을 삼아 놓고 친조(親朝)를 청하니 생각건대 인륜이 크게 무너지고 군도(君道)가 전부하고 신하로시 있을 수 없는 반역이 판을 치고 있으니 사자(청조견사 강회백, 이방우)를 타일러 돌려 보낼지로다. 동자(창왕)가 중국에 올 필요도 없고, 임금을 세우는 것도 그들의 임의요, 임금을 내쫓는 것도 그들의 임의이니 중국은 상관하지 않을 지니라.

자문을 읽은 대신들은 중구난방으로 떠들었다.

"천자의 노여움이 풀리지 않았다."

"대명이 가만있지 않을 것 같다."

이성계는 시종일관 말없이 듣고만 있다가 일어섰다. 이방우는 아버지 얼굴에 나타나는 희미한 미소를 알아보았다. 그 작은 미소를 정도전, 남은, 조준, 조인옥도 알아보고 회심의 미소를 지었다. 정도전이 이방우를 따라 나와 말했다.

"이 자사, 수고 많으셨습니다."

방우는 정도전을 힐끔 보고는 그 길로 집에 돌아와 짐을 챙겨 황해도 해주로 내려갔다. 이방우는 해주 자사였다.

반 년간 명나라 수도 금릉에서 활약하고 돌아온 이방원은 자기 집 안방에 동료들을 불러 모았다. 남은, 정도전, 조인옥 등이었다. 이방원이 명나라에서 있었던 일들을 자신만만하게 말했다.

"명나라에서 나는 지면서 이기는 법을 배웠소. 하나를 두고 시비를 거는 자들에게 둘을 내놓으면 뭐라 라겠소? 이게 비결이오. 철령 이북을 내놓아라. 제주도를 내놓아라 하지 않았소? 이에 우리는 감국을 보내서 고려를 다 먹으라 했어요. 전체를 먹으라는데 부분이 뭔 문제요. 그들은 다 먹은 줄 알고 있소. 그런데, 우리가 어디 땅 한 조각이라도 먹혔소? 동자가 중국에 올 필요도 없고, 임금을 세우는 것도 그들의 일이니 중국이 상관하지 않겠다고 했어요. 이제 중국 문제는 깨끗이 해결했으니 안심하고 국내 문제에 전념합시다."

모두 박수를 치고는 남은이 물었다.

"제주도 문제는 어찌 되었소?"

"원나라 황족들이 항복을 했으니 죽일 수는 없지요. 그렇다고 명나라에 두자니 꼴보기 싫어서 아주 멀리 고려의 제주도에 보내 방치하겠다는 뜻이지요. 우리 제주도는 전부터 원나라와 인연이 깊은 곳이잖아요. 아마 한 40여 가구가 올 것 같아요. 하지만 걱정 없습니다. 원래 의심이 많은 주원장은 몽골 종자들을 그냥 놔두지 않을 것이오."

남은이 치사했다.

"하여튼 이번에 밀직사 공로가 컸어요."

방원이 자신 있게 말했다.

"이제 우리는 소신껏 일할 수 있게 되었습니다. 명나라 간섭은 없을 테니까요. 자, 오늘 이렇게 모였으니 한 잔들 합시다."

모두 우르르 일어나 행랑채로 갔다.

그해 여름, 이성계는 싸리골에 새로 지은 저택으로 이사를 했다. 승교리 집은 너무 좁아 퉁두란 정도전 등이 중의를 모아 지은 집인데 궁궐 못지않게 크고 으리으리했다. 이성계가 너무 크고 번잡하다고 하자, 퉁두란이 말했다.

"정도전이 설계하고 감독을 했는데, 대감만의 댁이 아니라 공청이라고 했어요. 딴은 맞는 말이 아닙니까?"

이성계는 빙긋 웃으며 말했다.

"공청이라! 하긴 그럴만두 하오."

이성계가 싸리골 새집으로 이사를 하자, 승교리 이성계 집은 방원이 차지했다. 매번 모임 장소가 마땅찮아 불만이던 정도전, 남은 등 일파는 이제 넓은 방원의 행랑채 사랑방이 집합장소가 되었다. 게다가 마당에 큰 느티나무가 있어 그늘이 좋아 평상을 놓고 앉아 토론을 하고 정책을 구상했다. 나무그늘 밑에서 결정되는 한 마디에 관리들 감투가 붙고, 떨어지고, 귀양을 가고 목이 잘리기도 했다.

추석이 지났지만 늦더위가 기승을 부리는 8월 그믐께였다. 그날도 이방원의 집 느티나무 밑에 정도전, 조준, 남은, 조인옥, 이제 등이 모였다. 조인옥이 말했다.

"대감께서는 무슨 생각으로 상왕을 개경으로 불러들인다는 겝니까?"

남은이 받았다.

"지년 여름 대감께서 한성에 가는 길에 여흥에 들르셔서 상왕을 만났던 모양입니다(강화도에 안치되었던 상왕은 이방원의 주장으로 봄에 경기도 여홍으로 옮겼다. 여홍은 방원의 처 민경옥의 고향이었다). 이때 상왕이 개경으로 가겠다고 떼를 쓴 모양입니다. 마음 약하신 대감께서 응답을 하신 모양인데, 상왕을 부추기는 무리들이 더욱 나서서 오막살이라도 좋으니 개경으로 가겠다고 우기는 모양입디다."

조준이 받았다.

"만약 상왕이 개경으로 온다면 정몽주를 비롯한 무리들이 가만 두고 보겠소이까? 판세가 뒤집어질 수도 있어요. 대책을 세워야 합니다."

정도전이 말했다.

"마음 약한 우리 대감께서 그래도 임금으로 떠받들던 우왕이 하도 보채니까 말막음으로 둘러댔을 수도 있어요. 그러니 벌써 몇 달이 지나도 그럴 기미가 보이지 않는 거 아니오?"

조인옥이 나섰다.

"그거야 우리가 벌써 몇 번이나 불가하다고 했으니까 대감께서 기회를 보시는 거 아니오. 어디, 이 밀직이 말해보시오."

방원이 듣고만 있다가 말했다.

"난 아버지 앞에서 상왕의 상자도 못 꺼내요."

남은이 이제에게 물었다. 이제는 지화의 맏딸 경순의 남편으로 이성계의 사위였다. 그는 열아홉 살로 무리에서 가장 어리다.

"자네한테 장모님 의중을 떠보라고 했었는데, 어찌 말이 없는가?"

"말두 마세요. 장모님 역시 그 문제로는 입도 벙긋 못하시게 역정을 내신답니다."

조준이 투덜거렸다.

"목숨이 걸린 일인데 속수무책이니 참 답답한 일이오."

남은이 머리를 주억거리며 한참 생각하다가 빙긋 웃고는 말했다.

"이런 방법도 생각해 볼 필요가 있을 것 같아요."

조인옥이 바투 대들었다.

"방법이라니? 이 판국에 있으면 써야지요."

모두 솔깃하자 남은이 말했다.

"지금 용상에 앉아있는 저 어린애 말이오. 왕 씨가 아니라 조 씨라든가 염 씨라고 소문을 내는 거요."

조준이 픽 웃고는 말했다.

"아니, 그걸 누가 믿겠소?"

남은은 이미 방원과 왕실 혈통 문제를 논의했던 터였다. 이것은 이성계의 뜻이기도 했다.

"백성들이야 뭘 알겠소. 솔직히 털어놓고 말해서 조형은 아들이 조형 아들이라고 장담할 수 있소? 전장에 나간 사이에 야밤중에 어느 놈이 기어 들어가 씨를 뿌릴 수도 있다, 이런 말이오."

조준은 발끈해서 대들었고, 좌중은 배꼽을 잡으며 웃었다. 정도전이 거들었다.

"거 참, 일리 있는 말이오. 기왕이면 그럴듯하게 죽은 염흥방이를 써먹어 봅시다."

방원이 짐짓 빙긋 웃고는 모처럼 끼어들었다.

"염흥방이를 써먹는다! 어떻게…?"

"염흥방이가 대궐을 제집 드나들 듯했잖소. 그러니 우왕이 후궁 처소에 들어간 사이에 근비를 살짝 건드려 그 아이 창이 태어났다구 소문을 내는 겁니다."

조인옥을 무릎을 치며 탄성을 내질렀고, 더러는 킥킥 웃었다.

조인옥이 말했다.

"거짓말도 백 번을 계속하면 참말이 된다는 말이 있소이다. 소문을 내고 계속 우기면 먹힐 수도 있어요. 염흥방이는 우왕의 외숙이 아니오? 임금 마누라를 외숙이 건드렸다는 소문이 나면 왕족들은 챙피해서라두 대거리를 못 할 것이오."

이방원까지 모두 묘안이라고 감탄하며 찬성했지만, 정도전이 잠시 생각하다가 말했다.

"기왕 가짜를 만들 바에는 우왕부터 가짜로 만들어야 합니다. 어린애만염 씨라고 쳐내면 그 우왕은 살아남잖소. 가짜의 아들 역시 가짜이니 둘다 한꺼번에 잡을 수 있잖소?"

조준이 반대했다.

"그렇지만 십사 년이나 용상에 앉았던 사람을 이제 가짜라고 하면 누가 믿겠소?"

조준의 말을 무시하고 남은이 적극적으로 나왔다.

"정형의 말이 옳소. 내 거기까지는 생각 못 했어요. 기왕 벽을 문이라 내밀 바에야 철저히 밀어야지요."

왕실 내력에 밝은 정도전이 신중히 말했다.

"이는 사실 당시에도 쉬쉬하며 잠시 떠돌던 소문이었어요. 우왕이 태어난 것은 공민왕이 서른다섯 살 때였어요. 요승 신돈이 한참 세도를 펼칠 때였으니, 신돈의 아들이라고 하면 어떻겠소? 게다가 우왕은 죽은 궁인 한 씨의 소생이오."

모두 심각하게 고개를 끄덕였지만 남은이 말했다.

"기왕 꾸밀 바에야 아주 왕실과는 관계가 없는 아이였다고 합시다. 신돈이 좋아하던 여자 중에 반야般若가 있었소. 그 반야 소생을 신돈이 왕자로 만들었다고 소문을 내는 거요."

일동은 모두 명안이라고 찬성했지만, 방원이 말했다.

"그렇기는 한데, 우리 아버지께서 안 믿으면 어떻게 되는 것이오?"

남은이 말했다.

"논의만으로 다 됐다는 게 아니오. 대감께서는 더 잘 아시지만, 우왕이 왕 씨가 아니라 신돈의 자식이라고 많은 백성들이 알고 믿게 되면 대감께서도 어쩔 수 없게 될 것이오. 참, 그러고 보니 우가 신돈을 닮은 것 같지 않소?"

일동은 손뼉을 치며 웃고 조준이 말했다.

"그럼, 그 소문을 어떻게 퍼지게 하냔 말이오?"

"우리 입으로 떠들고 다녀서는 아니 되오. 우선 우리 인척들, 그리고 군사들에게 귀띔을 하여 소문이 퍼지게 해야 하오. 각자 수단껏 소문을 퍼트립시다. 우리가 살 길은 이것뿐이오."

좌중은 두말 없이 만장일치였다. 고려 말의 역사가 뒤집어지는 순간이었다.

풍전등화

심사우윤 겸 순군만호 남은은 순군 집무실에서 여흥 상왕의 유배지에 있던 밀정의 보고를 받았다. 이방원은 처가 마을에 상왕을 유배해 놓고 처가 인척들로 하여금 감시하고 있었다. 그들은 상왕을 찾아오는 사람이나 그 하인들이 외지로 나가는 것을 철저하게 감시했었다.

밀정의 보고에 의하면 대호군 김저金佇와 부령 정득후鄭得厚가 며칠 전 여흥 상왕의 처소에 와서 한나절을 머물다 갔다는 것이었다. 김지는 대호군으로 최영의 막하에서 오랫동안 종사한 심복이었다. 또한 부령 정득후는 최영의 생질이었으니 이들이 맹목적으로 상왕을 만나지는 않았을 것이다. 목적이야 어떻든 이들이 상왕을 찾아갔었다는 것만으로도 이것은 절호의 기회였다.

남은은 심복 순군별장 두 명을 불러 명령을 내렸다.

"김 별장, 너는 지금 당장 김저와 정득후를 잡아다가 옥에 쓸어 넣어라."

"알겠습니다."

"장 별장, 너는 예의사에 가서 곽충보 판서 나으리를 모시구 오거라."

두 별장이 나가자 남은은 홀로 책상에 앉아 턱을 고이고 깊은 생각에 잠겼다가 비죽이 웃으며 붓을 들어 종이에 썼다. 이거이, 이을진, 정지…. 밖에 인기척이 있어 붓에 먹을 진하게 찍어 쓴 이름을 지웠다. 곽충보가 만면에 웃을 띄고 들어섰다. 순군부에서 오라면 좋은 일은 아닐 터였다. 그 웃음은 불안감을 감추려는 어색한 웃음이었다.

"만호 나으리 안녕하십니까?"

남은은 일어서서 깍듯이 인사를 받았다.

"추운데 오시라고 해서 죄송합니다."

예의판서와 순군만호는 장수와 군관 같은 차이가 있다. 남은은 서 있는 별장에게 말했다.

"너는 나가 있거라."

별장이 나가자, 곽충보는 여전히 일그러진 웃음을 머금고 말했다.

"요즘 많이 바쁘시겠습니다."

"글쎄요. 뭔 일들이 자꾸 생깁니다. 그리 앉으시지요."

남은은 곽충보를 은근히 노려다가 말했다.

"나으리가 그러실 줄은 몰랐습니다."

곽충보는 그예 더럭 겁이 났다.

"무슨 말씀이신지요?"

"김저를 아시지요?"

"예, 압니다."

"가까운 사이신가요?"

곽충보는 펄쩍 뛰었다.

"가깝다니요? 김저는 최영의 측근인데, 저는 임금 앞에서 최영을 끌어낸 사람입니다. 원수지간이 되어서 만난 적도 없습니다."

"그건 나두 알지만, 들은 소문은 영 딴판이어서 나으리를 오시라고 했습니다."

곽충보는 머릿속에 찬바람이 일어 머리를 흔들고는 물었다.

"무슨 소문을 들으셨습니까?"

"김저가 순군옥에 잡혀온 걸 모르십니까?"

곽충보는 마침내 온몸이 떨려 말이 나오지 않았다. 천하의 모사꾼 남은에게 걸렸다. 남은은 입가에 은근한 웃음을 물고 말했다.

"최영을 잡아낸 나으리를 나는 동지로 알았는데, 그게 아니었습니다."

곽충보는 덥석 매달렸다.

"만호 나으리, 저는 나으리 동지입니다. 예의판서를 시켜주신 수시중 대감을 하늘같이 믿고 따르는 충복입니다."

남은의 작전은 빈틈이 없었다.

"글쎄요. 그렇다면 좀 더 얘기해 봅시다. 김저의 안방에서 정득후와 세 사람이 밀담을 하신 적이 있지요?"

곽충보는 가슴이 철렁 내려앉고 정신이 아득했다.

"저-저, 저런! 근자에 그 두 사람 얼굴도 본 적이 없습니다."

남은은 비죽이 웃으며 다그쳤다.

"김저, 정득후가 여흥에 가서 상왕을 만났잖아요?"

"그랬습니까? 저는 모르는 일입니다. 정말입니다."

"그 두 사람이 상왕 밀명을 받고 와서 나으리를 불러 밀담을 했잖아요?"

곽충보는 속이 펄펄 끓고 입술이 바작바작 탔다.

"대체 무슨 밀담을 했다는 말씀입니까?"

남은은 귀찮다는 듯 미간을 찡그리며 다그쳤다.

"서로 피곤하니 톡 까놓고 말합시다. 최영이 처형당하자, 최영의 생질인 정득후가 대호군 김저와 여흥에 가서 이성계를 죽이라는 상왕의 명을 받았고, 두 사람은 개경에 올라와 그날 밤 나으리와 김저의 집에서 만나 밀담을 했습니다. 그렇지요?"

곽충보는 정신이 아득했다. 이성계를 죽이려는 모의를 했다면 살아남을 길이 없다. 남은은 얼굴이 백지장이 되는 곽충보를 노려보며 이죽거렸다.

"예의판사 나으리가 이러실 줄은 몰랐습니다. 세상 무서워서 어디 살겠습니까?"

곽충보는 그저 기가 막혔다. 정말 무서운 세상이었다. 우선 살고 볼 일이었다. 무릎을 꿇고 남은의 손을 잡았다.

"만호 나으리, 옛정을 생각해서 살려 주시오. 어떻게 좀 해 주시오!"

잠시 생각하던 남은이 은근하게 말했다.

"한 가지 방법이 있기는 합니다. 솔직하고 정직한 것! 수시중 대감은 정직한 사람을 좋아합니다. 대감께 정직하게 고하면 혹시 모르겠습니다."

곽충보는 덥석 매달렸다.

"예, 정직! 저는 정직합니다. 어떻게 고하면 정직이 됩니까?"

남은은 발끈했다.

"있었던 그대로가 정직이지요. 김저, 정득후, 나으리가 팔관회八關會 행사에서 시중 대감을 세 사람이 일시에 대들어 칼로 내리쳐 죽이려고 했잖아요? 그대로 정직하게 고하면 시중 대감도 살고, 나으리도 살 수 있겠지요. 안 그래요?"

곽충보는 남은의 손을 다시 잡았다. 불현듯 정말 김저, 정득후와 이성계을 죽이려는 모의를 했던 것처럼 느껴졌다.

"그렇게 하겠습니다. 정직하게 고하겠습니다. 나으리 고맙습니다. 결초보은 하겠습니다."

남은은 빙긋 웃고는 말했다.

"나원, 별 말씀을요. 오늘 여기서 주고받은 얘기는 대감을 뵐 때까지 절대 발설하지 마시오. 대감께 고하실 날짜는 나와 다시 논의합시다. 기회가 맞아야 하니까요."

곽충보는 허리를 굽실하고 대답했다.

"그렇겠지요. 부르시면 달려오겠습니다."

곽충보는 허청걸음으로 나갔고, 남은은 앉은 채 배웅하고 김 별장을 불렀다.

"그자를 잡아들였느냐?"

"예, 지금 막 잡아 넣어습니다."

"뒷마당에 끌어내서 반쯤 죽여놔라. 아무 말도 시키지도 하지도 마라. 알겠느냐?"

별장은 군례를 하며 받았다.

"잘 알겠습니다."

"잠시 다녀 올테니 잘 처리해라."

남은은 말을 끌어내 타고 승교리 이방원의 집으로 달렸다.

입에 재갈이 물린 채 형틀에 묶인 김저는 육모방망이를 들고 둘러선 형졸들과 벌겋게 피어오르는 숯불을 보며 몸서리를 쳤다. 김 별장의 눈짓으로 형졸 둘이 양쪽으로 다가서며 형틀에 앉은 김저의 허벅지와 등짝을 내려치기 시작했다. 입에 재갈이 물려 끙끙대던 김저의 고개가 푹 꺽였다. 형졸이 물을 한 바가지 씌웠다. 섣달 매섭게 추운 날, 피투성이 그의 몸에서 김이 무럭무럭 피어올랐다.

별장의 눈짓으로 주리를 틀었다. 무릎뼈가 퉁겨지고 발목이 뒤틀렸다. 이제 끙끙대는 몸부림도 없다. 벌겋게 단 인두로 등짝을 지졌다. 살이 타는 누린내가 진동하고 김저가 몸부림치지만 벌건 인두로 번갈아 등이며 허벅지를 지졌다. 마침내 신음도 몸부림도 없다. 찬물을 동이째 쏟아붓고 질질 끌어다 옥에 처박았다.

김저와 정득후를 밤낮으로 사흘간 고문했다. 형틀도 필요없다. 땡땡하게 언 땅에 엎어놓고 패고 불 인두로 지졌다. 나흘째 이른 아침, 남은이 형틀에 묶인 두 사람 앞에 나타났다. 별장이 글자가 가득한 한지를 김저 눈앞에 펼치고 남은이 말했다.

"이걸 읽어라."

김저가 불이 튀는 눈으로 쳐다보았다. 남은의 눈짓으로 형졸이 달려들어 두들겨 팼다. 머리가 터지고 코피가 쏟아졌다. 벌건 인두를 코 앞에 들이대자 읽겠다고 했다. 별장이 한지를 코 앞에 들이댔다.

"정지, 이거인, 유혜손, 이을진, 조홍방, 이유인, 조호."

남은이 말했다.

"다시 큰 소리로 읽어라."

큰 소리가 나올 턱이 없지만 악을 쓰며 읽었다.

"그 사람들이 누구냐?"

"모릅니다."

"몰라? 읽고도 모른다. 누구냐?"

"알기는 알지만 나와 상관없는 사람들입니다. 모두 만난 지 한 해가 넘었소이다."

남은이 팔을 쳐들었다. 형졸이 달려들어 등짝을 패고, 주리를 틀었다. 까무러치자 물을 끼얹었다. 정신이 든 김저 앞에 별장이 한지를 들이댔고, 남은이 말했다.

"정득후, 곽충보와 너는 상왕을 만나 밀명을 받고 수시중 이성계를 살해하려 했다. 그리고 그 사람들과 모의하여 군사를 일으켜 조정을 뒤엎으려고 역모를 꾸몄다."

김저는 비로소 번쩍 정신이 들어 묶인 몸을 부르르 떨었다. '역모!' 삼족이 멸할 죄를 뒤집어썼다. 정득후와 여흥에 가서 상왕을 만난 것은 사실이었으니 빠져나갈 구멍이 없겠다고 생각했다. 그러나 우선 살고 볼 일이었다. 별장이 한지를 다시 들이댔고, 남은이 말했다.

"이제 생각이 나느냐?"

"생각납니다. 시중 대감을 살해할 모의는 했지만 역모를 꾸미지는 않았습니다."

남은이 회심의 미소를 지으며 말했다.

"알겠다. 그 명단을 다시 큰 소리로 읽어라."

김저가 두 번을 거푸 읽었다. 남은이 명했다.

"그 이름들을 단단히 기억해야 한다. 다 외우지 못하면 너는 죽는다. 옥졸들은 그자를 옥에 가두어라."

남은은 정득후가 형틀에 묶인 앞에 걸상을 놓고 앉았다. 정득후가 눈을 치뜨며 쏘아보자, 남은이 눈짓을 했다. 형졸들이 달려들어 재갈을 물리고 개 패듯 팼다. 등짝이 터지고 허벅지가 터져 피가 낭자했다. 한 차례 주리를 틀고 찬물을 끼얹었다. 김이 무럭무럭 피어올랐다. 별장이 재갈을 풀고 한지를 눈앞에 펼쳤다. 남은이 명했다.

"읽어라."

옆에서 김저가 당하던 광경을 맨정신으로 보던 정득후는 순순히 읽었다.

"그 사람들이 누구냐? 잘 아는 사람들이지?"

"알기는 알지만 나와 상관없는 사람들이다."

"김저는 상관이 있다고 했는데, 왜 너와는 상관이 없느냐? 곽충보도 모른다고 할 테냐? 상왕이 불러서 김저와 여흥에 갔었지?"

"불러서 간 것이 아니라 우리가 고향 창녕에 다녀오는 길에 상왕을 찾아가 뵙기는 했다."

"그래, 갔잖아. 그래서 네놈이 곽충보가 무장이니 힘을 합해야 한다고 말했잖아. 그래서 상왕이 셋이 주동이 되구, 여기 명단 일곱 사람들과 힘을 합쳐 시중 대감과 그 일파를 모조리 잡아 죽이라고 했잖아?"

정득후는 기가 막혔다. 상왕을 만난 자리에서 곽충보 이름이 나오기는 했었다. 상왕이 최영을 끌어내던 곽충보 근황을 물어서 예의판서로 승진했다고 알려 주었었다. 그는 기가 막혔다. 대체 그 일이 어떻게 알려져 이렇게 발전했는지 땅띔도 할 수 없다. 이들이 참 절묘하게 엮었다고 생각되었다.

"내가 곽충보를 말한 것은 사실이지만 그런 게 아니었다. 억지 부리지 말고 어서 날 죽여라."

남은이 비죽이 웃으며 이죽거렸다.

"죄가 있으니 죽여달라고 하는 게 아니냐? 주도한 셋 중 두 사람이 실토했다. 네놈이 아니란다고 아닌 게 되겠느냐? 그러나 정직하게 말하면 사는 수도 있다. 김저가 정직하게 인정하는 거 너도 보았지? 이 명단 잘 외우고 있거라."

정득후도 만신창이가 되어 옥에 처박혔다.

11월 15일 보름, 팔관회 날이었다. 팔관회八關會는 원래 팔관재계八關齋戒라는 불교 행사였는데, 고려 시대에 이르러 나라에서 관장하며 고유신앙과

습합하여 토속 신에게 제사를 지내는 국가적인 행사가 되었다.

팔관회는 나라의 명절이라 모든 관청이 휴무였다. 이른 아침, 이성계의 싸리골 저택에 예의판서 곽충보가 왔다. 팔관회 명절날이라 퉁두란과 차남 방과를 비롯한 가족들이 모였는데, 방원이 나가보니 곽충보가 새파랗게 질린 얼굴로 서 있다가 말했다.

"밀직사 나으리, 시중대감께 긴히 드릴 말씀이 있습니다."

방원은 이미 알고 있던 일이라 짐짓 빙긋 웃고는 정색을 하고 물었다.

"하필 오늘 같은 날 아침부터 뭔 일이오?"

"급하게 대감께 아뢸 일이오. 뵙게 해주시오."

방원은 들어가 아버지에게 전했다.

"예의판서 곽충보가 아버지를 급히 뵙겠다고 합니다."

"곽충보가? 그가 날 볼 일이 뭣이라더냐?"

"급하게 드릴 말씀이라고만 합니다."

"알았다. 내 방으로 들게 해라."

이성계와 퉁두란이 집무실로 들어가고, 방원이 곽충보를 데리고 들어갔다. 곽충보는 이성계 앞에 넙죽 절을 하고 엎드려 말했다.

"대감마님, 오늘 팔관회에 참석치 마소서. 큰일이 벌어질 것이옵니다."

이성계와 퉁두란은 멍한 표정이었고, 방원이 다그쳤다.

"대체 그게 무슨 말이오? 차근히 고해보시오."

곽충보는 납작 엎드려 머리를 조아리고는 말했다.

"김저와 정득후가 상왕의 밀명을 받고 팔관회의 연회장에서 시중 대감을 살해할 음모를 꾸몄습니다."

이성계는 눈을 감은 채 무표정이었고, 퉁두란은 놀란 표정이었다. 방원이 말했다.

"김저와 정득후가 여흥에 상왕을 찾아갔었다는 말은 나도 들었소. 한데, 그들이 그런 음모를 했다는 말이오? 예의판서는 도대체 그 내용을 어떻게 알았소?"

곽충보는 부들부들 떨며 잠시 엎드렸다가 말했다.

"실은 저도 그들을 만났습니다. 김저가 저를 불러서 같이 거사를 하자고 했습니다. 그래서 저는 생각해 보겠다고 했는데, 순군만호 남은이 어떻게 알고 김저와 정득후를 잡아다 순군옥에 가두었습니다. 그래서 저는 며칠 숨어있다가 오늘 대감마님께 고하는 바이옵니다. 용서해 주시옵소서."

이성계는 여전히 감은 눈을 뜨지 않았고, 퉁두란이 혀를 끌끌 차다가 말했다.

"남은이 그 둘을 잡아넣었단 말이냐? 방원이는 알고 있었더냐?"

방원은 정색을 하고 말했다.

"저는 며칠 팔관회 준비를 하느라고 남은을 만나지 못했습니다. 알아보겠습니다."

이성계가 눈을 뜨며 불쾌한 목소리로 말했다.

"데리고 나가거라. 음-고이한 놈들…!"

퉁두란이 노하여 말했다.

"남은을 불러라. 이런 일을 어찌하여 혼자 처리했는지 알아보아라."

방원이 곽충보를 데리고 나와 광에 가두고 지키게 했다.

이성계의 저택 공청에 사람들이 모여들었다. 이성계는 안채 집무실에 있고, 퉁두란과 방원 사형제, 정도전, 조인옥, 조준 등이었다. 아침 새참 나절에 남은이 왔다. 방원이 말했다.

"아침에 곽충보가 왔었소. 김저와 정득후를 잡아 넣었다던데, 그게 사실이오?"

남은은 눈을 크게 뜨고 대들 듯이 말했다.

"아니, 곽충보가 여길 왔었다는 말입니까? 그래서, 그놈 지금 어디 있습니까?"

퉁두란이 격노하여 물었다.

"김저와 정득후를 잡아넣었다는 게 사실이오?"

"사실입니다. 그 세 놈이 모의를 했는데, 곽충보를 잡은 뒤에 고하려고 했었습니다. 곽충보가 사흘 전에 도주하여 찾고 있었는데 여길 왔습니까?"

좌중은 모두 멍하여 남은을 주시했다. 잔뜩 흥분하여 방과가 물었다.

"대체 뭐가 어떻게 된 일이오. 어찌 감히 저들이 이런 엄청난 일을 모의했단 말이오. 자세히 말해 보시오."

남은이 정색을 하고 말했다.

"곽충보 마저 잡아 세 놈을 한꺼번에 국문하려 했는데, 그놈이 도주하는 바람에 사흘이 걸렸습니다. 오늘 보고를 하려던 참이었습니다. 그 점은 제 불찰이고 죄송합니다. 저들이 여흥에 가서 상왕의 밀명을 받고 시중 대감과 그 일파를 일망타진할 음모를 꾸민 것은 사실입니다."

퉁두란이 물었다.

"그럼 김저와 정득후는 어디 있소?"

"순군옥에 있지요. 제가 사실을 자백받으려고 심문을 좀 했는데, 모두 사실이라고 두 놈이 자백을 했습니다. 한데, 정득후는 간밤에 옥에서 혀를 물고 죽었습니다. 이것이 김저가 직접 쓴 모의자들 명단입니다."

남은은 품속에서 한지를 꺼내 방과에게 주었다. 방과가 피 칠갑이 된 한지를 펼쳐 퉁두란에게 주었다. 읽은 퉁두란이 혀를 끌끌 차며 방과에게 주었다. 좌중이 우쑥 달려들었다. 종이에 적힌 이름들은 이렇다. 유혜손, 이유인, 조방홍, 이기인, 조호, 이을진. 정지.

조준이 잔뜩 흥분하여 말했다.

"이거 큰일 났군. 이러고 있을 때가 아니오, 당장 김저와 광충보를 끌어다가 사실 여부를 규명해야겠소."

정도전이 말했다.

"밀직사는 어서 가서 시중대감을 이리 모셔 오시오"

이성계가 들어와 좌정하자 남은이 일어서서 읍을 하고 고했다.

"김저와 정득후가 여흥에 가서 상왕을 만났습니다. 그리고 개경에 돌아와 예의판서 곽충보를 김저의 집에 불러 셋이서 시중 대감을 살해하고 그

심복들을 일망타진할 음모를 꾸몄습니다. 제가 그 정보를 입수하고 김저와 정득후를 순군옥에 잡아들였는데, 곽충보는 이들이 잡힌 것을 알고 도주했습니다. 그래서 곽충보를 마저 잡은 후에 대감께 고하려 했었습니다."

듣고 난 이성계는 잠시 생각하다가 방원에게 물었다.

"곽충보는 어찌했느냐?"

"광에 가두었습니다."

"데려 오거라."

남은이 말했다.

"곽충보가 아침에 대감께 왔다는 것을 저는 지금 알았습니다. 이것이 저들과 함께 거사하기로 한 무리들 명단입니다."

피 칠이 된 명단을 받아 들여다보는 이성계 눈에 분노가 일었다. 남은이 거듭 말했다.

"곽충보에게 함께 모의한 사람들이 누구누구인지 물어보면 전모는 밝혀지는 것입니다."

곽충보가 끌려 들어왔다. 좌중을 둘러 보다가 남은과 눈이 마주치자 고개를 푹 꺾었다.

남은이 짐짓 분노하여 외쳤다.

"네 이놈, 어디 숨어있다가 여기에 나타났느냐?"

곽충보가 꿇어 엎드리며 말했다.

"난 살길을 찾아 왔소이다. 날 탓하지 마시오."

명단을 받은 방원이 말했다.

"예의판서, 김저, 정득후와 함께 모의한 사람들이 있을 터인데. 어디, 말해보시오."

곽충보는 머리를 들어 남은을 힐끗 보고는 말했다.

"있습니다. 정득후의 집에서 두 차례 모여 모의를 했습니다. 이유인, 이기인, 유혜손, 정지 으-음, 또 이을진, 조호, 조방홍 일곱입니다."

방원이 아버지에게 고했다.

"모두 맞습니다."

이성계는 침통한 표정으로 눈을 감고 있다가 말했다.

"어찌 이런 일이 벌어졌단 말이냐? 일단 수습을 잘해야 한다. 김저와 정득후는 어찌했느냐?"

남은이 일어서서 읍을 하고는 대답했다.

"두 사람을 옥에 가두고 제가 사실을 확인하고자 심문을 했는데, 정득후는 간밤에 옥에서 혀를 물고 자결을 했습니다. 김저는 순군옥에 있습니다."

이성계는 일어서며 말했다.

"다행으로 일이 일어나지 않았으니, 무리하지 않게 일을 수습해야 한다."

이성계가 나가자 좌중은 난장판이 되었다. 조준, 조인옥은 이를 갈았고, 남은이 펄펄 뛰었다. 조인옥이 말했다.

"시중대감께서는 상왕을 가엽게 여겨 개경으로 데려올 생각을 하셨는데, 그가 어찌 이런 음모를 꾸민단 말입니까? 배은망덕도 유분수지…."

조준이 받았다.

"그러게 말입니다. 생각할수록 인종지말에 틀림 없습니다. 왕 씨가 아니라 신 씨라는 소문이 틀리지 않은 것 같아요."

남은이 분노를 씹으며 말했다.

"곽충보는 일단 광에 가두고 논의합시다."

가병들이 들어와 곽충보를 끌어내자 남은이 말을 이었다.

"그게 무슨 상왕입니까? 옥좌에 앉은 어린애는 또 뭡니까? 그런 아비 아들을 섬겨야 하는 처지도 이가 갈리는데, 감히 대감을 어쩌고 그 일당을 일망타진 한다니, 이게 인간이 할 짓입니까?"

조인옥이 받았다.

"대간을 맡은 입장에서 가만 보고만 있을 일이 아닙니다. 전에 하륜이 말한 적이 있습니다. 우왕은 재왕의 상이 아니라고 했어요. 지금 생각하니 하륜이 바로 보았습니다. 역적 신돈의 씨였으니 왕의 상일 수 없지요."

듣고 있던 방원의 얼굴에 핏기가 오르며 말했다.

"상왕이네, 왕이네 하는 저 어린 것들을 당장 폐위 서인시켜 몰아내고, 대간과 순군에서는 유혜손 등 관련된 자들을 철저히 색출하여 처단해야 합니다. 이러다 우리가 멸문지화를 당할 처지가 되었습니다."

정도전이 묵묵히 앉아있는 퉁두란에게 분연히 물었다.

"퉁 장군께서는 어찌 생각하십니까? 한 말씀 해주세요!"

퉁두란이 비로소 말했다.

"두 임금을 폐위 서인하는 것은 큰일이오. 시중대감과 논의해야 합니다. 몇몇이 대감 집무실로 갑시다."

조준이 냉큼 받았다.

"장군 말씀이 옳습니다. 우리끼리 왈가왈부할 일이 아닙니다."

모두 우쑥 일어났지만 정도전, 조준, 남은, 이방원, 이방과가 퉁두란 뒤를 따라 이성계 집무실로 갔다. 이성계의 부인 지화가 있었다.

부부가 차를 마시다가 우르르 몰려든 일행을 보며 지화가 놀란 얼굴로 물었다.

"아니, 왜들 한꺼번에 몰려오십니까?"

눈을 크게 치뜨는 이성계를 보며 퉁두란이 말했다.

"대감, 이들의 주장을 덮어놓고 무시할 수만은 없을 것 같습니다."

"주장이라니, 뭔 주장을 한단 말입니까?"

정도전이 받았다.

"두 임금을 언제까지 우리가 섬겨야 합니까? 저들이 왕 씨가 아니라 신 씨라는 소문은 이미 산골짝 백성들도 알고 있습니다. 이번 음모도 그런 소문이 퍼지니까 저 일파들이 선수를 치려 했던 것이 분명합니다. 우리가 앉아서 당할 수는 없습니다."

이성계는 묵묵부답이고 지화의 눈이 동그래졌다. 남은이 거들었다.

"대감, 결단을 내려 주십시오!"

젊은 패들은 앉아서 머리를 조아렸지만, 이성계는 여전히 말없이 눈을 감고 있었다. 정도전이 앞으로 다가앉으며 목청을 높였다.

"대감, 차제에 영단을 내리시어 운이 다한 왕조를 쓸어 버리시고 대계를 설계하셔야 합니다. 대세는 시기가 맞아야 한다는 대감 말씀을 저희들은 기억하고 있습니다."

방원이 썩 나섰다.

"아버지, 당장 도통사 휘하 병력 2만을 동원하여 도성에 진병하고, 궁성과 도당을 접수하고 중신회의를 열어야 합니다."

방원은 여전히 말이 없는 아버지를 바라보다가 정도전에게 말했다.

"정 부사는 내일 회의에서 폐왕을 선언할 문귀를 작성하여 준비해야 할 것이오."

젊은 패들이 일시에 거들었다.

"옳은 의견입니다. 즉시 시행해야 합니다."

퉁두란이 여전히 묵묵부답인 이성계에게 말했다.

"대감, 젊은이들의 주장이 맞습니다. 차제에…!"

지화가 끼어들었다.

"대감, 퉁 장군께서도 찬성하셨습니다. 혼자 버티실 일이 아닙니다. 어찌 대세를 모르십니까?"

이성계는 눈을 감은 채 머리를 흔들었다. 지화가 남은에게 턱짓을 했다. 남은이 일어나서 분연히 외쳤다.

"앉아서 죽을 수는 없습니다. 퉁 장군, 영을 내리십시오. 당장 진발 할 것입니다."

퉁두란이 일어서고 이성계는 눈을 뜨고 좌중을 노려보다가 고개를 숙였다. 젊은이들은 일어나 읍을 하고는 우르르 쏟아져 나갔다.

비운의 임금

그날 밤, 개경 성내에 말발굽 소리가 요란했다. 대갓집에 문을 박차고 들이닥친 순군들이 주인을 잡아내고 한밤중에 놀란 가족들 아우성이 밤의 정적을 흩트리며 개경은 아수라장이 되었다.

새벽부터 내리기 시작한 눈이 아침까지 퍼부으며 거리는 온통 새하얀 세상이었다. 발목까지 빠지는 눈길에 무장을 하고 말을 탄 군사들이 이리저리 내닫고, 창을 어깨에 멘 군사들이 거리 요소요소에 배치되었다. 수창궁을 군사들이 철통같이 에워싸고, 말을 탄 기병들이 군사들을 지휘하고 있었다. 수창궁 문이 열리고 조정 중신들이 입궐하기 시작했다.

태정전 문 앞에 무장한 군사들이 도열하였고, 문이 열려있는 정문 앞에 창을 든 군관이 좌우에 두 명씩 마주보고 서서 장창을 앞으로 내밀어 통로를 차단하였다. 네 군관은 장수의 구령에 따라 대신이 들어갈 때마다 창을 바로 세워 통과시키고 들어가면 다시 빗장을 세웠다.

중신들은 영문을 모른 채 잔뜩 긴장하여 하나 둘 태정전에 입장하고 서로 눈인사를 하지만 누구도 입을 여는 사람은 없었다. 마침내 중신들이 입장이 끝나자, 무장한 장수들이 대신들이 앉은 뒤에 도열하기 시작하여 이내 태정전은 무장한 장수들로 들어찼다. 조정 중신들은 마침내 얼굴이 백지장이 되고 와들와들 떠는 사람도 있었다.

판삼사사 심덕부, 문하찬성사 정몽주, 이용기, 정당문학 설장수, 문하평리 성석린, 대사헌 조준, 판자덕부사 박위, 밀직부사 정도전 등이 좌정하였다. 뒤이어 대소 신료들 20여 명이 차례로 앉았다. 장내는 무겁게 가라앉아 기침 소리도 없다. 이어 무장한 퉁두란, 조영무를 거느린 이성계가 천천히 걸어와 옥좌 밑에 앉았다.

열 살 어린 임금은 잠이 덜 깬 얼굴로 환관 손에 이끌려 나오다가 정전에 들어찬 무장 군사들을 보고 금방 울상이 되어 비틀거렸다. 환관이 덥석 안아다 옥좌에 앉히자 와들와들 떨었다. 임금이 옥좌에 앉은 정전에 무장 장수들이 빼곡하게 들어찬 어전회의는 고려 역사상 없던 일이었다.

정도전이 일어나 앞으로 나가 임금에게 읍을 하고 돌아서서 대소 신료들을 훑어보았다. 신료들은 바짝 긴장하여 숨소리를 죽였다. 정도전이 옥판선지를 펼쳐 들여다 보다가 우렁차게 말했다.

"여흥에 있는 상왕이 대호군 김저와 전 부령 정득후를 불러 팔관회의 날 이성계를 살해하고, 그 일당을 처단하라는 밀명을 내렸습니다. 이에 두 사람은 개경에 올라와 곽충보, 유혜손 등 일곱 명을 불러모아 음모를 꾸몄습니다. 이러한 기미를 순군만호 남은이 알아내고 김저와 정득후를 순군옥에 가두었는데, 곽충보가 이를 알고 도주하였습니다. 사흘간 숨어있던 곽충보가 팔관회날 이른 아침에 수시중 대감 댁에 가서 수시중의 팔관회 참석을 막고 사실을 고하여 팔관회의는 결국 무산되었음은 대소 신료들 모두 아실 겁니다."

장내는 마침내 술렁거리기 시작했다. 문하찬성사 정몽주가 일어나 분노한 목소리로 말했다.

"그러한 중대한 일이 발생했으면 조정 중신들과 상의하여 처리했어야지, 어찌 사흘이나 지난 뒤에 이런 평지풍파를 일으킨단 말이오?"

정도전이 대답했다.

"찬성사 말씀이 옳습니다. 그러나 순군부에서는 도주한 곽충보를 잡아 이미 수감한 김저와 정득후를 삼자대면시켜 내용을 확인한 후 조정에 보고할 계획이었습니다. 그러나 어제 팔관회 날 이른 아침, 곽충보가 수시중 대감 댁에 가서 밀고하는 바람에 일이 이렇게 되었습니다."

이유가 타당한 말이라 중신들은 더 할 말이 없어졌다. 정도전이 선지를 들여다보며 말을 계속했다.

"지금 온 나라에 상왕이 고려 왕족 왕 씨가 아니라 요승 신돈의 자식이라는 말이 나돌고 있음은 여러 신료들도 알고 있을 것입니다. 이런 소문이 퍼지자, 상왕은 겁이 나서 선수를 치겠다고 이런 엄청난 음모를 꾸몄던 것으로 드러나고 있습니다."

장내는 술렁거림을 넘어 예서제서 웅성거리기 시작했다. 문하찬성사 이용기가 일어나 말했다.

"이런 엄청난 일이 어떻게 보잘 것 없는 세 사람에게서 일어난단 말이오?"

정도전이 발끈해서 대들었다.

"보잘 것 없다니요? 김저는 대호군으로 최영의 부관이었고, 부령 정득후는 최영의 생질입니다. 왕비와는 외고종 사촌간입니다. 곽충보는 시중대감을 가까이서 모실 수 있는 사람이니 포섭을 했습니다. 지금 상왕이 믿을 사람이 이들 말고 또 누가 있겠습니까?"

이 또한 맞는 말이 아닌가! 대소 신료들은 할 말이 없고 장내는 다시 가라앉았다.

정도전이 잔뜩 분노한 목소리로 말을 이었다.

"우리 대소 신료들은 15년간 왕 씨가 아닌 신 씨를 2대의 임금에 앉혀놓고 신칭臣稱을 하였습니다. 어찌 이런 참담한 일이 있단 말입니까? 이제 오늘에 이르러 저 두 임금이 가짜였다는 사실이 만천하에 드러났습니다. 이 엄청난 일을 어찌 처리해야 할지 대소 신료들은 논해 주시기를 바랍니다."

대사헌 조준이 썩 나섰다.

"논하긴 뭘 논합니까? 모의한 세 주동자가 실토하였고, 가담했던 관리 일곱 명을 이미 구금했습니다. 이미 끝난 일입니다. 우리가 언제까지 임금이 아닌 열 살 어린 아이에게 신칭을 해야 합니까? 당장 끌어내야 합니다."

어린 임금은 사색이 되었고, 장내는 물을 끼얹은 듯 가라앉았다.

조준이 다시 덧붙였다.

"그러므로 우리는 당장 반역의 무리를 처단하고 왕실의 혈통을 바로 잡아야 합니다."

정도전이 결연히 말했다.

"대사헌의 의견에 대해 이론이 있는 분은 앞으로 나와 주시기 바랍니다."

왕실의 혈통을 바로 잡겠다는 대세에 이론이 있을 턱이 없다. 심덕부가 침통하게 말했다.

"조정의 막중한 자리를 차지하고 앉았던 관리로서 이 참담한 지경에 이르러 할 말이 없소이다. 다만 이미 드러난 사실에 대하여 급히 사태를 수습하는 일이 급하다고 생각합니다."

정몽주 등 몇 사람은 사태가 믿어지지 않지만, 이미 기울어진 대세를 거부할 명분이 없었다. 문하평리 성석린 역시 침통한 얼굴로 말했다.

"이미 밝혀진 가짜 임금을 더 앉혀 둘 수는 없게 되었습니다. 그렇다면 용상은 하루라도 비워 둘 수 없는 것이 법도입니다. 어찌해야 할지 논하는 것이 우선 순서일 것입니다."

이성계가 앉은 채 옥좌를 힐끗 쳐다보고 비로소 말했다.

"이미 밝혀진 사실이니, 옥좌에 앉은 저 아이를 우선 내보내고 논의합시다."

이성계 뒤에 서 있던 조영무와 군사 두 명이 옥좌에 올라가자 어린아이는 마침내 울음을 터트렸다. 조영무가 아이를 끄잡아 일으키자 환관이 달려와 덥석 안고 내전으로 달려갔다. 히죽히죽 웃는 사람도 있고, 길게 한숨을 내쉬는 사람도 있었다.

지켜보던 이성계가 말을 이었다.

"문하평리 의견이 지당합니다. 이는 지체할 일이 아닙니다. 여러분들이 왕실에서 대위를 이어받을 왕족을 천거해 주시기 바랍니다."

서로 눈치를 보며 말하는 사람이 없다. 장내가 조용하자 이성계가 말했다.

“내 생각으로는 신종대왕 칠대손 되시는 정창군 요瑤 저하가 합당하다고 생각합니다.”

장내가 역시 조용하자 정도전이 나섰다.

“어찌 이리 조용합니까? 가부를 말들 해보세요. 입 다물 일이 아니지 않습니까?”

성석린을 비롯한 여러 대신들이 이구동성으로 찬성했다.

“지당하신 말씀입니다. 따르겠습니다.”

이성계가 일어서며 말했다.

“다른 이견이 없을 줄 압니다. 나는 문하찬성사 정몽주 대감과 대왕대비를 뵈러 갈 것이니, 중신들이 폐위되는 두 신 씨의 유배지를 논해보기시 바랍니다.”

퉁두란과 조영무, 장수 셋이 따르고 정몽주는 일어나 이성계 뒤를 우두커니 바라보다가 따라 나갔다. 이내 장내는 중구난방이 되었다. 귀양은 무슨 귀양이냐. 당장 끌어내 목을 베어야 한다는 측과 수시중 대감의 명을 따라야 한다는 측이 설왕설래했지만 유배쪽으로 결정되었다. 창왕은 강화도로 추방되고, 여흥의 우왕은 강릉으로 추방시키로 결정이 났다. 이어 두 임금이 폐위되는 사실을 왕실 태묘에 고해야 하므로 심덕부, 성석린, 조준이 선정되어 떠나며 사태는 수습되었다.

이튿날 1389년 11월 17일 아침이었다. 날씨는 살을 에는 듯 추웠다. 옥새玉璽를 안치한 대왕대비 궁에 이성계, 심덕부, 정몽주 이하 만조백관과 종친들이 조복 차림으로 대기하고, 뒤에는 무장한 의장병들이 도열하였다.

의장병들의 경호하에 예의판서 곽충보(곽충보는 음모를 밀고한 공로로 예의판서에 복권되었다)의 인도를 받으며 장창부원군 왕요가 들어와 이성계 앞에 섰다. 이성계가 정중하게 읍을 하자 정창군은 부들부들 떨었다.

나인들의 부액을 받으며 나타난 대왕대비 안씨(공민왕 정비)는 대청에 마련된 자리에 앉아 문무백관과 창검을 번득이는 의장병을 내려다보았다. 밀직부사 정도전이 정전에 올라가 교서를 받들어 올렸다. 대왕대비가 받아 떨리는 손과 목소리로 읽었다.

—태조부터 공민왕에 이르기까지 자손이 계승하여 종묘사직을 받들어 왔으나 불행히도 공민왕이 서거하시고 사자(嗣子)가 없으매 당시 군신들은 어진 이를 세우려고 의논하던 차에 권신 이인임이 오랫동안 국병(國柄)을 잡고 불의를 자행하던 터이라 자기 죄책을 면하고 권력을 잡기 위하여 역적 신돈의 아들을 공민왕의 소생이라 모칭(冒稱)하고 그 생모를 죽여 입을 봉하였다. 이 사실을 천자께서 아시고 이르시기를 '왕족이 아닌 이성(異姓)을 왕으로 삼고 있으니 이는 삼한 세수(世守)의 양모가 아니로다.' 천자의 말씀을 받자옵고 이를 국론에 부친 즉 대소 신료들이 모두 이르기를 종친 정창부원군 요(瑤)는 태조의 정통이며 가장 가까운 왕족으로 후사를 삼음이 마땅하다 하였도다. 이에 요에게 명하여 왕위에 올라 종묘사직을 받들게 하고 우와 창을 폐하여 서인을 만드노라.

오십대 후반의 대왕대비가 떨리는 목소리로 더듬거리며 교서를 마치자 왕요는 대왕대비 앞에 엎어지며 눈물을 쏟았다.

"대왕대비 전하, 신은 왕실의 법도도 모를뿐더러 집안에만 틀어박혀 있어서 세상 물정도 모르니 왕기가 되지 못합니다. 성지를 거두어 이를 면하게 하여 주소서. 신의 간절한 소망입니다."

마흔다섯 살의 왕손은 두꺼비처럼 납작 엎드려 펑펑 울며 애걸했다. 교서의 내용이며 둘러선 대신과 군사들의 번득이는 눈초리며, 최근에 연달아 일어나는 사태로 보아 임금이 아니라 범 같은 권신들의 꼭두각시가 될 것은 불을 보듯 뻔하고, 우왕과 창왕 꼴이 될 것은 당연할 터였다.

대신들은 눈을 부릅뜨고 대왕대비 거동을 주시하였다. 대비는 마당에 늘어선 대신들과 무장 군사들을 둘러보고는 옥새함을 만지작거릴 뿐 결단을 내리지 못하고 있었다. 남은과 조인옥이 당상에 올라가 대비 앞에 엎드린 왕요를 양쪽에서 껴잡아 일으켰다. 남은이 말했다.

"두 번 절하고 옥새를 받으소서."

왕요는 뿌리치며 분노하여 말했다.

"이러지들 마시오. 내가 언제 임금이 되고 싶다고 했소? 조용히 살고있는 사람을 가만 두시오"

두 사람이 강제로 꿇어 앉히자, 대비와 눈이 마주친 왕요는 납작 엎드렸다. 대왕대비가 옥새함을 받들어 왕요에게 내렸으나 왕요는 고개를 들지 않았다. 남은과 조인옥이 엎드린 왕요의 양손을 잡아 올리자, 대비가 그 손에 옥새함을 쥐어주고 일어나서 비틀거리며 안으로 들어가 버렸다.

왕요는 어쩔수 없이 옥새함을 안은 채 남은과 조인옥에 이끌려 전정에서 내려왔다. 마당에는 임금이 타는 왕여가 대기하고 있었다. 껴잡은 두 사람이 왕여로 이끌자 앙탈을 부렸다.

"난 죽어도 안 타겠소. 대비를 다시 뵙고 옥새를 바치겠소. 날 놓아 주시오."

조복을 입은 이성계가 다가와 정중하게 읍을 하고 말했다.

"전하, 타시지요. 수창궁에 가서 즉위식을 거행해야 합니다."

이성계의 천둥같은 목소리에 왕요는 기가 팍 죽었다. 하기는 옥새를 받아 안았으니 꼼짝없이 임금이 되고 말았다. 왕요는 하릴없이 걸어가 왕여에 올라앉았다. 수창궁에 들어온 새 임금은 환관들의 안내를 받으며 용상에 올라 일사천리로 즉위식을 거행했다. 고려 제34대 공양왕 즉위식이었다.

즉위식 지주사 정도전이 임금에게 옥판선지 명단을 주며 말했다.

"전하, 새 조정을 이끌어갈 신임 중신들 명단이옵니다. 발표하소서."

임금이 떨리는 손으로 명단을 받아 보고는 정도전에게 주며 말했다.

"난 마음이 산만하여 못 하겠소. 지주사가 읽으시오."

정도전이 정중하게 받아 펼쳐 들고 읽었다.

"판문하부사 이색, 영삼사사 변안열, 시중 심덕부, 수시중 이성계, 판삼사사 왕안덕, 문하찬성사 정몽주, 지용기, 장당문학 설장수, 문하평리 성석린, 지문하부사 겸 대사헌 조준, 삼사우사 정도전을 임명하노라."

발표가 끝나자 장내가 술렁거렸다. 이성계가 서열 4위 수시중이었다. 퉁두란을 비롯한 무장들이 불만을 터트렸으나 이성계의 눈짓으로 이내 사그라졌다. 사실 이번 새 조각組閣은 간밤에 대비전에서 이성계, 정몽주, 심덕부 등이 입회하에 조직된 것으로 대비의 입김도 있었지만, 이성계 스스로 수시중으로 내려앉은 것이었다.

새 임금은 옥좌에 앉으면서부터 허수아비였다. 조정의 돌아가는 일을 알지도 못할뿐더러 좀 미심쩍은 일에도 이의를 말하면 눈을 부라리며 반박했다. 임금은 금방 터득했다.

"그거 참, 좋은 생각이오. 그대로 시행하오."

임금이 할 수 있는 말은 그것 뿐이었다.

섣달 초사흘, 김저를 저자거리에서 처형한 날이었다. 전법판서 조인옥과 순군만호 남은이 어전에 입시하여 아뢰었다.

"전하, 이번 반역에 가담한 자들을 죄의 경중에 따라 처결하는 것이 마땅한 줄 아뢰오."

임금이 잠시 생각하다가 말했다.

"누구누구가 어떤 죄인지 말해 보시오?"

남은이 아뢰었다.

"정지, 유혜손, 이을진, 이유인, 이거인, 등 이십칠 명은 김저와 공모하였으니 유배를 보내는 것이 가할 줄 아나이다."

"반역에 가담한 자들을 그대로 둘 수는 없지요. 그대로 시행하시오."

전법판서 조인옥이 아뢰었다.

"조방홍은 정득후와 머리를 맞대고 음모를 꾸민 자이니 목을 베는 것이 가할 줄로 아나이다."

"그거 옳은 판단이오. 그대로 시행하오."

좌사의 오사충이 올린 상소를 조인옥이 임금에게 올렸다. 받아 읽은 임금이 말했다.

“이 일은 어찌 처결하면 좋겠소?”

조인옥은 주저 없이 아뢰었다.

“이색은 역적 신우(우왕)를 두둔하여 왕위에 앉히고, 그 아들 신창(창왕) 마저 옥좌에 앉힌 역신입니다. 아비를 믿고 파당을 일삼은 그 아들 종학種學도 삭탈관직하여 두 부자를 귀양 보내는 것이 지당할 줄 아뢰오.”

그래야지요. 그대로 시행하오.“

이색은 판문하부사에 임명된지 불과 열흘 만에 파직되어 장홍으로 귀양을 가고, 아들 종학은 순천으로 귀양을 갔다.

이튿날, 대사헌 조준이 어전에 입시하여 아뢰었다.

”밀직사서 이숭인과 하륜(이인임의 아우 이인실의 사위)은 우, 창 시절에 이들을 받들어 충성하고 종실을 모독하였으니 그대로 둘 수는 없사옵니다.

“그러면 어찌해야 좋겠소?”

“벼슬을 박탈하여 귀양을 보내는 것이 타당할 줄 아나이다.”

“그대로 시행하오.”

선달 열사흘 밤 싸리골 이성계의 저택 침실, 나란히 누웠던 이성계의 부인 지화가 돌아누우며 남편 가슴에 손을 얹고 물었다.

“들리는 소문이 사실인가요?”

“무슨 소문이오?”

“귀양보낸 상왕 부자를 죽인다면서요.”

이성계는 표정 없이 잠시 생각하다가 되물었다.

“누구한테 들었소?”

“사재부령 윤회종이 상소를 올렸다고 방과가 그러더군요.”

“그렇소.”

전에 없이 무뚝뚝한 남편 말에 지화는 몸을 일으켜 얼굴을 보았다. 눈을 감고 움직임이 없다.

“그래서, 죽이실 거예요?”

그는 누운 채 머리만 끄덕였다. 두 달여 만에 수많은 사람이 죽고 귀양을 갔다. 이제는 임금을 하던 두 사람을 죽인다고 한다.

"죽이지 않으면 안 되나요?"

이성계는 눈을 뜨고 비스듬히 팔을 짚고 앉은 아내를 보고는 다시 눈을 감으며 말했다.

"가짜 왕이라고 내친 두 부자를 언제까지 그대로 둔단 말이오. 내 마음대로 되는 일이 아니오. 알면서 오늘따라 왜 그래."

"불쌍해서 어떻게 해요?"

"죽는 사람은 다 불쌍해요."

"그 어린 애를 어떻게 죽여요?"

이성계는 짜증스레 대꾸했다.

"어린애면 만날 어린애야. 십년 후에는 스무 살이오."

지화는 다시 누우며 말했다.

"방원이와 남은 등 패거리들이 너무 날쳐요. 가끔은 소름이 끼칠 때도 있어요."

이성계는 잠시 침묵하다 말했다.

"별 걱정…, 한창 때 아니오? 나이 들면 달라질 게요. 그만 잡시다."

이틀 뒤인 섣달 보름이었다. 예문관 대제학 유구와 정당문학 서균형이 순군부 도사가 되어 어명을 받고 순군부 군사들 여남은 명과 개경을 떠나 강화도로 향했다. 강화도 바닷바람은 무서웠다. 나뭇가지가 윙윙 울고 땅에 쌓인 눈이 바람에 흩날려 눈보라를 일으켰다. 오래 묵어 제법 굵은 뽕나무 밑에 작은 오두막이 있었다.

오두막에 들이닥친 군사들은 문을 꼭 닫고 이불 밑에 앉은 어린애를 끌어냈다. 아이는 아우성치며 울었다. 유모가 따라 나와 아이를 안았다. 서균형이 외쳤다.

"아이를 꿇어 앉혀 어명을 받으라. "

유모는 소스라치게 놀랐다. '어명!' 어명은 거역할 수 없다. 유모는 춥기도 하려니와 겁에 질려 부들부들 떨며 아이를 꿇어 앉혔다. 대제학 유구가 추위에 덜덜 떨며 교서를 읽었다.

—역적 신돈의 손자 창은 세자를 모칭하여 왕궁에서 9년을 살았고, 대위를 찬탈하여 1년여를 살았다. 이는 천인공노할 일이라 교수(絞首)형을 명하노라

유모는 아이를 안고 목놓아 울며 쓰러졌다.

"나으리, 날 죽이고 아이를 살려 주시오!"

군사들이 달려들어 여자를 끌어냈다. 순군별장이 외쳤다.

"뽕나무에 밧줄을 걸어라."

군사들이 뽕나무에 밧줄을 매고 올가미를 지었다. 별장의 명에 따라 군사 두 명이 겁에 질려 아우성치는 아이를 안아다 올가미에 목을 걸었다. 군사가 안았던 아이를 놓자, 대롱대롱 매달려 잠시 끅끅거리다가 축 늘어졌다. 지켜보던 별장이 명했다.

"내려서 방안에 두거라."

착한 별장은 얼어붙는 눈물을 닦았다. 그는 아홉 살 아들이 있었다.

그날 밤을 강화도 관사에서 묵은 순군부 도사 일행은 이튿날 강릉을 향하여 출발했다. 여흥에 있던 상왕이 이번 사건으로 강릉으로 유배지를 옮긴지 열흘만이었다. 이들은 사흘 만에 강릉 관청에 도착하여 상왕을 관청으로 끌어왔다. 이제는 왕이 아니리 대역 죄인이었다. 관청 마당에 꿇어 앉히고 순군부 도사 대제학 유구가 교서를 읽었다.

—역적 신돈의 아들 우는 옥좌를 찬탈하여 십유 사년, 상왕에 있기를 일년 유여, 그간 살인을 자행하고 민재를 약탈하고 군사를 일으켜 대명 천

자 앞에 대죄를 지었으니 실로 천인공노할 죄인이었다. 이에 조정 중신들의 주청에 따라 교수형을 명하노라.

순군별장이 명했다.

"대들보에 밧줄을 걸어라."

군사들이 대들보에 밧줄을 걸고 올가미를 지었다. 군사들이 꿇어앉은 상왕을 양쪽에서 팔을 껴잡고 가서 발판 위에 세웠다. 상왕이 무표정한 얼굴로 말했다.

"돌아가거든 이성계에게 일러라. 무고한 사람 그만 죽이라고 말이다."

군사들이 목에 올가미를 걸자, 부도사 서균형이 발판을 발로 걷어차고 말했다.

"성은이 망극하사 참형이 아닌 교수형에 처하니 고마운 줄 알아라."

향년 34세, 왕위에 있기 14년이었다. 순군부 도사 일행이 관사로 들어가자, 영비(우왕의 정비. 최영의 딸)가 달려들어 껴안고 통곡을 했다.

공양왕 3년(1391) 9월이었다. 경신, 경선 두 딸과 포천 재벽동에 살던 이성계의 본부인 한 씨는 지병이 깊어져 개경 씨리골 이성계의 집에 와 있었다. 해주자사 방우는 어머니가 지병으로 개경에 왔다는 소식을 듣고 왔다. 병색이 완연한 한 씨는 맏아들 방우 손을 더듬어 잡았다.

"너 해주에서 혼자 얼마나 쓸쓸하겠니?"

"엄니, 저는 괜찮아요. 몇 해 살다 보니 마음 맞는 지기두 생기구, 시원한 바다가 있어 산골짜기 개경보다 좋아요."

"그래두 동기가 같이 모여 살아야 없던 정두 생기는 법이다."

"엄니, 저는 동생들과 뜻이 맞지 않아요. 그래서 멀리 나가 있는 것이 좋아요."

한 씨는 길게 한숨을 쉬고는 말했다.

"그래, 니가 방과, 방원이와 마음이 맞지 않는 거 안다. 그렇더라두 동기간이 제일이다."

"엄니, 그 애들 너무 과격해요. 이제 함께 사시니 좀 타이르세요."

노인은 침통하게 말했다.

"방원이는 어려서부터 그랬다. 애미 말이라면 일부러 어깃장을 놓았지. 어떤 때는 제정신이 아닌 것도 같아 타이르지만 어디 애미 말을 듣더냐. 내 생전에 니가 개경에 돌아와 모두 함께 사는 걸 보는 것이 소원이다마는 이젠 틀렸다."

방우는 어머니 손을 어루만지며 울컥하여 말했다. 어머니 손은 이제 앙상하게 뼈만 남았다.

"엄니, 왜 그런 말씀을 하세요."

"이제 내 죽는 날을 알구 있다. 살 만큼 살지 않았느냐."

"엄니 왜 그러세요. 오래오래 사셔야지요."

오랜만에 맏아들을 만난 한 씨는 회포를 풀었다.

"내 열다섯 살에 시집와서 속두 많이 탔다. 네 애비 툭하믄 전쟁에 나가구, 밤잠 못자구 걱정하며 기다리다가 돌아와두 집에 붙어있을 날이 없었다."

방우도 어릴 때 속태우는 어머니를 보았었다. 앙상한 어머니 얼굴을 가슴에 안고 울었다. 어머니도 울면서 말했다.

"그 속에서 느이들 팔 남매가 태어난 게 기적이다(막내 아들 방연은 어려서 죽었다). 나는 느이들 키우는 낙으루다 살았다."

맏아들 얼굴에 흐르는 눈물을 손으로 닦아준 어머니가 말했다.

"방우야, 내 죽거든 네 손으로 수의를 입혀다오. 네 애비는 이제 이 에미게는 너무 큰 사람이 되었다."

황혼이 짙어지는 저녁에 어머니와 아들은 손을 잡고 앉아 소리 없이 울고 있었다.

방원이 들어왔다. 맏형을 와락 그러안고 말했다.

"형님, 오래간만입니다."

"그렇구나. 잘 있었느냐?"

방원은 대답하고, 어머니 손을 잡고 말했다.

"엄니, 약 잘 드셨어요?"

"그래, 내 처가 챙겨줘서 잘 먹었다."

방원이 형과 마주 앉으며 말했다.

"형님, 소문에 술로 세월을 보내신다던데, 건강도 생각하셔야지요."

"그럼, 내가 뭘로 세월을 보내겠느냐?"

방우의 뜻을 알고 있는 방원은 할 말이 없다. 듣고 있던 어머니가 말했다.

"방원아, 남에게 억울한 일 하지 마라. 에미 소원이다."

방우는 아우를 물끄러미 바라보았다. 이들의 만남은 3년 만이었다. 세도의 중심에 있는 방원이 많이 달라졌다고 생각했다. 우부대언이 되어서 낮은 벼슬아치의 티는 찾을 수 없다. 패기 만만한 대인의 기품이 보였다. 술로 세월을 보내는 자신이 초라하다고 생각되어 서글펐다.

오곡이 풍성하게 무르익는 가을이었다. 공양왕 3년에 접어들어 고려 조정은 안정되는 듯한 분위기였다. 9월 중순에 접어들어 이성계는 임금의 아우 왕우에게 영삼사사 자리를 물려주었다. 이어 억울하게 밀려난 사람들을 불러들이기 시작했다. 남은을 비롯한 심복들은 반대했지만, 그는 이제 들은 척도 하지 않았다.

원성이 많은 정도전을 평양윤으로 내보내고, 쫓겨났던 심덕부를 시중에 앉혔다. 귀양 보냈던 정지를 개경부사, 유구를 예문관 대제학, 이거인은 경상도 관찰사, 하륜도 전라도 관찰사로 임명하였다. 이성계 자신은 여전히 시중 심덕부 밑이었다.

정도전은 이제 누구에게서나 인심을 잃었다. 그가 평양윤으로 좌천되었으나 문하부와 사헌부 관원들은 들고 일어나 극형에 처해야 한다고 주장하였다. 임금은 이성계의 눈치를 살피면서 결단을 내리지 못하는 사이에 더욱 강경한 상소가 올라왔다.

—정도전은 외람되이 공신의 반열에 올라 속으로는 간악한 생각을 하면서도 겉으로는 충직을 가장하고 나라의 정사를 어지럽히고 있습니다. 청컨대 엄벌에 처하소서.

정도전을 항상 못마땅하게 여기던 임금이 이성계의 의견을 물었다.

"만사 성지대로 하소서. 다만 죽이는 것은 보류하시는 것이 어떨까 합니다."

"어떻게 죽일 수야 있겠소."

서슬이 시퍼렇던 정도전은 삭탈관직 당하여 봉화현으로 귀양을 갔다.

왕세자 석奭이 시중 심덕부, 문하찬성사 설장수, 밀직부사 민개 일행을 거느리고 하정사(명나라가 북원을 멸하고 천하를 통일한 축하사절)로 명나라에 가는 것을 전송한 이성계는 한 씨 부인이 위독하다는 전갈을 받고 말을 몰아 집으로 달려갔다.

그가 급히 방으로 들어가자, 아들 다섯 형제와 두 딸이 일어서며 맞이했다. 그는 부인 머리맡에 앉아 내려다보았다. 앙상한 얼굴에 숨소리가 고르지 못하다. 손을 잡았다. 싸느랗다. 아득한 옛날, 북방 안변에서 열다섯 나이로 시집온 여자. 두 살 더 먹은 이성계는 여자를 그저 집안에서 써먹는 물건처럼 생각하며 버려두었었다. 안변, 동북, 포천, 개경 그냥 아무데나 버려두고 전쟁터로 쏘다녔다. 가끔 찾아가 안아주는 것이 남편인 줄 알았다.

그것이 아니라는 것을 알면서 권문세가 판삼사사 강윤성의 딸 지화를 둘째 부인으로 맞았다. 지화는 그의 앞길에 꽃을 뿌리는 여자였다. 그때부터 이 여자는 아예 이성계가 버린 여자였다. 이성계의 눈에서 눈물이 흘러내렸다. 부연 시야에 건장한 아들 다섯이 보였다. 그는 비로소 깨달았다. 생명이 다해가는 이 여자가 집안의 기둥이었다는 것을…!

자정이 넘은 시각, 담 넘어 이웃집에서 새벽닭이 울었다. 한 씨가 가늘게 눈을 뜨고 둘러보다가 남편과 눈이 마주쳤다. 입을 오물거리다가 말했다.

"다, 다 당신 왔구려!"

남편은 다가앉아 갈퀴 같은 손을 잡았다. 부인은 실눈을 억지로 뜨며 말했다.

"자, 잘… 있으오!"

남편은 스르르 눈이 감기는 부인을 부둥켜안았다. 앙상한 얼굴에 얼굴을 비볐다.

아들 딸들이 달려들어 목 놓아 울었다.

1391년 9월 23일. 증영문하부사 한경韓景의 딸. 향년 55세였다. 훗날 조선이 건국되며 신의왕후로 추증되었다.

방원은 어머니 장례를 치르고 아버지로부터 시묘(부모 무덤 옆에 여막을 짓고 3년간 아침저녁 상식을 올리며 살아야 한다)의 명을 받았다. 이성계는 다섯째 아들 방원에게 3년 귀양살이, 위리안치圍籬安置를 시킨 것이나 마찬가지였다.

선달 초순, 이성계는 귀양간 우인열, 왕안덕 등을 외방종편의 특전으로 방면했다. 정도전은 다시 탄핵을 받아 나주로 이배移配되고 직첩과 공신 녹권을 몰수했다. 정도전과 패거리를 이루던 남은과 조인옥 등은 자라목처럼 쏙 들어갔다. 선달에 접어들며 화해의 바람은 한층 더 불었다. 파직되었던 권중화를 삼사좌사로, 김진양을 산시싱시로 임명했다. 귀양 보냈던 이색, 종학 부자를 방면하여 개경으로 오게 하고, 이숭인도 유배를 풀어 개경 집으로 오게 했다.

선달 말에는 이색에게 한산부원군 직책을 돌려주고, 우현보를 단양부원군, 그의 아들 홍수를 동지밀직사사에, 정오륜을 형조판서, 김진양을 좌산기상시, 이확을 우산기상시로 등용 승격시켰다. 이들은 모두 정도전, 조준, 남은, 이방원 등의 사주로 귀양을 가고 삭탈관직 되었던 사람들이었다. 정도전 이방원이 있었다면 이들의 복권은 어려웠을 것이라는 소문이 공공연히 나돌았다.

생성과 소멸

공양왕 4년(1392) 3월 3일이었다. 문하시중이며 삼군도통사 이성계가 임금 앞에 부복했다. 임금 옆에 환관 한 사람밖에 없는 독대였다.

"전하, 신을 찾아 계시오니까?"

임금이 활짝 웃으며 말했다.

"그렇습니다, 문하시중. 내가 시중께 부탁이 있어 드시라고 했습니다."

"예, 전하. 하교 하소서."

부복한 이성계는 보지 못했지만, 임금은 어색한 웃음을 억지로 웃으며 말했다.

"경도 아시다시피 명나라에 갔던 세자가 돌아옵니다. 게다가 명황제의 칙서를 받들고 오니, 환영을 소홀히 할 수는 없는 일입니다. 하여, 시중께서 중신들을 대동하고 황주성에 가서 세자를 맞이하고, 황제의 칙서를 받들어 오는 것이 격에 맞을 것 같아서 부탁을 드립니다."

이성계는 잠시 생각하다가 아뢰었다.

"세자저하께서 막중한 사신 임무를 수행하시고 귀국하시는데, 더구나 명황제의 칙서를 받들고 오시니 당연히 대신이 환영해 맞이하는 것이 법도에 옳사옵니다. 하명 받자와 신이 황주로 가겠나이다."

임금은 여전히 어색하게 웃으며 받았다.

"고맙습니다, 시중. 내가 시중의 노고에 보답을 할 것입니다."

이성계는 정중하게 머리를 조아리며 아뢰었다.

"황공한 말씀이옵니다, 전하. 신은 다만 임무를 수행할 따름입니다."

"아닙니다. 연로하신 시중께서 먼길을 왕복하시는 어려운 부탁을 드리는 것입니다. 당연히 그 수고로움에 보답을 해야 합니다."

이성계는 잠시 생각하다가 고개를 들어 임금을 쳐다보며 말했다.

"전하, 신이 기왕 황주성까지 가면, 나선 길에 선영이 있는 함흥에 잠시 들려오고 싶은데 허락하여 주소서."

임금이 반색을 하며 받았다.

"그거참, 잘 되었습니다. 시중께서 국사에 바빠 오랫동안 선영을 다녀오지 못했을 것이니, 이참에 가셔서 참배하여 돌보시고 느긋하게 오세요. 때가 마침 사냥하기 좋은 계절입니다. 왕복 길에 사냥도 즐기면서 천천히 다녀오시면 좋겠습니다."

이성계는 내심 즐거웠다. 오랜만의 나들이에 사냥을 즐기며 선영에도 다녀오게 되었으니 참 잘됐다고 생각했다.

"전하, 성은이 망극하나이다."

"시중께서 내 부탁을 기꺼이 들어주시니 나도 기쁩니다. 말 한 필과 전포를 내릴 것이니 부디 잘 다녀오시기 바랍니다."

"전하, 신은 오직 직분을 다 할 뿐이옵니다. 과분한 은전을 내리시니 성은이 망극하나이다."

이튿날, 이성계는 퉁두란과 조영무 등 수하 기병 30여 기와 판삼사사 배극렴과 문하평리 김주 등 조정신료 20여 명을 대동하고 황주로 떠났다. 작년 9월 10일에 왕세자 석이 수시중 심덕부 등 일행을 이끌고, 명나라가 북원을 멸망시키고 중원을 통일한 축하 봉헌奉獻 사신으로 명나라에 갔었다. 게다가 명황제 주원장의 칙서를 받들고 돌아오니 대신이 환영해 맞이하는 것은 당연한 법도였다.

3월 7일, 황주성에서 세자를 맞이하여 환영행사를 끝낸 이성계는 저녁나절 예정에 따라 퉁두란, 조영무 등 직계 수하 30여 기의 기병만 거느리고 선영이 있는 함흥으로 떠났다. 봉주성에서 그날 밤을 묵은 그들은 이튿날 일찍 출발하여 매사냥을 즐기며 행군하다가 한낮쯤에 해주 검산성이 마주 보이는 벌판에서 중화(길을 가다가 먹는 점심)겸 휴식하였다.

중화를 마친 그들은 검산성에서 사냥을 하게 되었는데, 노루를 쫓던 이성계가 말에서 떨어져 큰 부상을 입었다. 쫓기는 노루를 화살로 겨누던 이성계는 달리던 말이 숲속의 늪을 의식하고 뒷발을 차며 솟구치는 바람에 허공을 날아 나무둥치에 부딪쳤다. 두 길 높이에서 떨어진 이성계는 그만 정신을 잃었다.

근위병의 비명을 듣고 달려온 퉁두란은 이성계를 안아 일으켰다. 머리가 터져 얼굴에 선혈이 낭자하였고, 오른쪽 다리가 맥없이 축 처졌다. 황급히 갑옷을 헤치고 보니 부러진 정강이뼈가 바짓가랑이를 삐죽이 꿰뚫고 있었다. 퉁두란은 조영무의 품에 이성계를 안기고는 전대(전쟁이나 여행 시에 비상 용구를 넣고 허리나 어깨에 차던 자루)를 풀어 명주천으로 머리를 싸매 지혈을 시키고는 행동이 날렵한 군관 둘을 불러 명했다.

"너희는 급히 달려가 해주 목사에게 이 사실을 알리고, 즉시 주야로 말을 달려 개경 본가에 알려라. 촌각이라도 지체해서는 아니 된다."

명을 받은 군관이 말을 짓쳐 달려갔고, 퉁두란은 군사들에게 명했다.

"너희는 굵은 버드나무 껍질을 벗겨오고, 버드나무 가지를 한 척 길이로 잘라 오너라."

명을 내린 퉁두란은 조영무와 힘을 합쳐 이성계의 부러진 다리를 잡고 뼈를 맞추었다. 마침내 정신이 든 이성계는 고통을 못 이겨 비명을 질렀지만, 퉁두란은 침착하게 부러진 정강이뼈를 맞추고는 벗겨온 버드나무 껍질과 가지로 부목을 만들어 동여매고 정강이뼈와 다리 상처를 보강했다. 여진족 추장으로서 수많은 전쟁을 겪었던 퉁두란은 이만한 상처쯤은 간단하게 응급처치할 수 있는 능력이 있었다. 응급처치를 끝낸 퉁두란은 말안장 두 채를 손질하여 자신의 애마 앞 등에 얹고 뒷등에 올라탔다. 이성계의 애마 천풍은 주인을 가까스로 퉁겨내어 구하고는 그대로 늪에 빠져 죽고 말았다. 이성계를 받아 올려 손질한 안장에 앉히고 품어 안은 퉁두란은 조심스레 산길을 벗어나 행로에 이르러 말배를 차며 내달렸다.

이성계를 세자 귀국환영 특사로 내보내고 사냥을 즐기게 한 것은 공양왕과 정몽주의 음모였다. 이성계의 위엄과 그를 추종하는 세력이 날이 갈수록 왕권을 능가하자, 이성계를 제거할 기회를 엿보던 정몽주를 비롯한 그 일파는 세자의 귀국 일정에 맞추어 변방으로 보내고, 그사이에 일당을 탄핵할 계획을 세웠던 것이다.

정당문학이며 이성계의 참모역인 정도전은 다섯 달 전에 이미 국정을 농단하고 정사를 어지럽힌 죄를 받아 봉화현으로 귀양을 갔고, 이성계의 둘째 아들 밀직사 방과는 모친상을 당하여 등청하지 못하고, 다섯째 아들 우대언 방원은 어머니 묘에서 시묘를 살고 있으니 이성계 일파를 타도하기에는 절호의 기회였다.

이성계가 도성을 떠난 이튿날부터 각본에 따라 좌산기상시 김진양과 우산기상시 이확 등 대간들이 연명으로 상소를 올렸다.

> 이성계의 수하로써 국정을 농락하는 삼사좌사 조준과 이미 귀양을 가 있는 정도전, 남은, 윤소종, 남재, 조박 등은 일찍이 우왕과 창왕을 폐서인하여 죽이고, 최영을 죽이는데 앞장섰나이다. 또한 전하께서 보위에 오르신 후에도 오직 이성계에게만 충성하였나이다. 이들은 이미 한패가 되어 이성계를 왕으로 추대하려는 반역의 기미마저 드러내는 실정에 이르렀나이다. 신 등의 주청이 만약 거짓이라면, 실로 하늘이 노하여 신 등을 죽일 것입니다. 전하께서는 이들의 직첩과 녹권을 몰수하시고, 그 죄를 국문하여 처단하시옵소서.

상소를 접한 임금은 막상 일이 현실로 닥치자 더럭 겁이 났다. 나중에 이성계가 환궁하여 사태에 개입했을 경우, 하다못해 수습을 위한 시간을 끌

명분을 축적하기 위해서라도 상소를 즉시 윤허할 수 없다고 생각했다.

임금은 충성스런 신하들의 상소를 짐짓 물리치며 말했다.

"이는 국가의 중대사로다. 시중이 환궁하는 대로 처결할 것이니 더는 거론치 마라."

상소를 올린 중신들도 첫날은 사안이 사안인 만큼 으레 그러려니 넘어가고, 이튿날 다시 상소를 올렸다. 임금은 또 불윤(임금이 허락하지 않음)이라고 결재했다. 대간들은 즉시 처결할 것을 주장했으나, 심덕부가 중간에서 이들을 조정했다. 임금과 신하들 간에 명분을 위한 밀고 당기기가 사흘째 계속되었다. 이성계는 이번 사냥길에 선영이 있는 함흥을 들려오기로 했기 때문에 한 달 정도의 시일이 있으므로 이들은 나름대로 치밀하게 일을 진척시키고 있었다.

그날 저녁답이었다. 해주에서 달려온 파발마가 도평의사사(종2품 이상의 대신들이 국정을 논하는 관청)에 들이닥쳐 급변을 보고했다.

"세자저하 환영식을 마친 도통사 이성계가 나흘 전에 해주 사냥터에서 낙마하여 크게 부상을 당했습니다."

그러잖아도 조준 등의 탄핵 문제를 논하던 김진양을 비롯한 대간들은 펄쩍 뛸 듯이 반겼다.

이확이 대들듯이 물었다.

"그게 사실이냐? 어디를 어떻게 다쳤다더냐?"

"머리가 깨지고 오른쪽 다리가 부러졌는데, 다리를 잘라야 한다고 했나이다."

김진양이 나섰다.

"그럼, 이성계는 지금 어디 있느냐?"

"그날로 해주 감영에 들어왔으나, 오늘 아침에 치료를 위하여 벽란도로 떠난다고 했습니다."

급변의 소식을 확인한 김진양 등은 이미 퇴궐한 시중 정몽주와 수시중 심덕부를 들게 하여 함께 어전에 입시했다.

김진양이 아뢰었다.

"전하, 신 좌상시 김진양 아뢰나이다. 황주에서 사냥에 나섰던 이성계가 낙마하여 크게 다쳤다 하옵니다."

임금이 용상에서 벌떡 일어나며 반색을 했다.

"뭣이라! 그게 어김없는 사실이오?"

이확이 받았다.

"사실이옵니다. 신 등은 도통사가 도성을 떠날 때부터 밀정을 붙여 감시하고 있나이다."

그때였다. 이확의 말을 확인이라도 시키려는 듯 두 번째 밀정의 보고가 들어왔는데, 말에서 떨어져 중상은 입은 이성계는 목숨이 위태롭다고 했다. 이는 바로 고려의 재기를 위하여 하늘이 주신 천재일우의 기회였다. 임금은 마침내 결심을 하고는 김진양을 비롯한 상소를 올린 대간들을 물리고, 정몽주와 심덕부를 탑전 가까이 불러 의논했다.

"두 분 시중께서는 이 일을 어찌하면 좋겠소?"

심덕부가 어정쩡하게 받았다.

"저들을 탄핵하더라도 아직은 신중을 기해야할 줄 아나이다."

심덕부의 넷째 아들 종이 이성계의 둘째 사위였다. 그러나 사돈 간에 사이가 별로 좋지 않은데다, 심덕부는 정몽주와 함께 고려의 두 기둥으로 백성들이 수앙하는 중신이었다. 심덕부가 신중론을 펴자, 임금은 정몽주에게 눈길을 돌렸다. 그러나 말하기보다는 이미 정해진 일이었다.

정몽주는 임금의 눈길을 일별하고 단호하게 말했다.

"정도전, 조준의 무리가 저지른 패악과 죄는 하늘을 찌르고도 남음이 있사옵고, 백성들의 원성이 이미 하늘에 닿았나이다. 대간들이 올린 상소는 당연하오니, 성지대로 단안을 내리소서."

흡족한 미소를 짓던 임금이 그래도 다짐을 받겠다는 듯 심덕부에게 다시 물었다.

"수시중은 어찌 생각하시오?"

심덕부는 정몽주가 워낙 대차게 나오자 슬며시 꼬리를 내렸다.

"대간들의 주장과 시중의 말씀이 옳은 줄로 아나이다."

이성계가 중상을 입고 사경을 헤맨다고는 하지만, 그 아들 우대언 방원과 밀직사 방과 형제들을 생각하면 임금은 뒤가 켕기면서도 조급증이 일었다. 두 시중의 생각도 마찬가지였다. 이성계 말고도 그 아들 방과와 방원의 세력도 이미 무시할 수 없는 지경에 이르고 있었다.

"대간들의 주청과 두 분 시중의 말씀이 옳기는 하지만…."

절호의 기회를 잡고서도 이성계의 위세에 눌려 어쩔 줄 모르는 임금이 안타까워 정몽주는 속이 타는 듯 번조로워 보다 못해 단호히 나섰다.

"전하, 망설일 일이 아니옵니다. 단안을 내리소서."

설핏 표정이 밝아진 임금이 그래도 못미덥다는 듯 심덕부에게 또 물었다.

"수시중의 뜻도 같소이까?"

"전하, 어찌 다른 뜻이 있겠나이까. 성지에 따르겠사옵니다."

"알겠소. 두 시중께서 단호히 처리하시오."

추상같은 어명이 아니라, 두 시중에게 슬쩍 떠넘긴 임금은 불안한 용안으로 좌불안석이었다.

명을 받은 정몽주는 지체 없이 왕명으로 교지로 내렸다.

> 조준은 니산(논산)으로, 남은, 윤소종, 조박, 남재는 수원으로 각각 부처하라. 봉화에 유배 된 정도전에게는 사약을 내려 자진케 하라.

임금이 내린 교서를 본 김진양, 강희백 등은 즉시 반박했다. 대간과 문하부 낭사들을 이끌고 어전에 부복하여 김진양이 격한 어조로 아뢰었다.

"옛일을 상고하건대, 풀만 자르고 그 뿌리를 뽑지 않으면 머잖아 더욱 무성하게 자라는 것이 이치옵나이다. 이제 저 간악한 무리들을 살려 유배만 한다면, 반드시 엄청난 보복으로 되돌아 올 것이옵니다. 전하, 청하옵건대, 저들을 모두 일률적으로 극형에 처하여 후환을 없이 하소서."

조정이 이틀간이나 결정을 못 내리고 격론을 벌이는 사이에 방과와 방원이 마침내 사태를 알고는 그 수하들을 동원하여 극한 저항을 하기 시작했다. 그러나 이성계가 부상으로 사경을 헤매는 데다, 그들의 주 세력인 조준 등이 이미 귀양을 갔으니, 이방원 형제도 힘을 쓸 수 없는 상황이었다. 조정은 잠시 설왕설래하였으나, 이내 기강을 잡고 형조정랑 이반, 김구련, 강은 등을 국문관에 제수하여 유배된 죄인들을 국문하여 역모의 죄로 처형하라고 명했다.

4월 3일, 낙마부상으로 사경을 헤맨다던 이성계가 멀쩡하게 살아 개경 도성으로 돌아왔다. 이성계가 귀경했다는 소식에 조정은 발칵 뒤집혔다. 게다가 이성계 일당의 궁성 침공에 대비하여 궁 밖에 매복시켰던 수비대장 황희석 부대가 귀경하는 이성계 일당을 맞이하여 합류하였고, 궁궐을 지킬 병력으로 이성계 저택을 경비하며 진을 치고 있다는 어이없는 보고가 들어왔다.

임금은 급히 대소 신료들을 불러 모았다. 임금의 아우 왕우, 사위 강회계, 우성범 등이 임금을 시립하고 심덕부, 정몽주 등 중신들이 대책을 논했으나 뾰족한 수 나올 수 없었다. 믿었던 궁성수비대장 마저 수하 군사를 이끌고 역적 편에 붙었으니, 역적이 된 삼군도통사를 토벌할 장수도 군사도 있을 턱이 없다. 그런데나 이미 이쪽의 계획이 수비대장 황희석에 의해 저쪽에 낱낱이 알려졌으니 속수무책이었다. 수시중 심덕부가 말했다.

"급히 전령을 보내 봉화의 정도전에게 보낸 순군부 도사를 소환하고, 수원으로 보낸 형조의 국문관들을 소환하시오소서. 저들을 죽인다면 더 큰 일이 벌어질 것이옵니다."

임금은 새파랗게 질린 용안으로 시중 정몽주를 보았다. 정몽주는 침통하게 말했다.

"그리 하소서. 이제는 일단 저들의 반응을 지켜볼 수밖에 없나이다."

심덕부가 아뢰었다.

"저들이 어떻게 나오던 간에 결과를 미루시고 시간을 벌어야 하나이다. 대간들로 하여금 유생과 사림들을 일으키게 하고, 유생과 사림들로 하여금 백성들을 부추기게 하여 역적들을 탄핵하는 것만이 유일한 해결책이 될 것이옵니다."

정몽주도 거들었다.

"그러하나이다. 서둘렀어야 했는데 이미 늦었나이다. 저들을 면대하지 마시옵고 사나흘만 견디시옵소서."

"알겠소이다. 두 분 사중의 말씀대로 하겠소이다."

동쪽 하늘이 황금빛으로 물들기 시작하는 새벽이었다. 새벽노을이 짙어지는 것으로 보아 오늘도 화창한 봄 날씨가 계속될 터였다. 금년 봄 들어 보름이 넘게 아침노을이 짙어지며 봄 가뭄이 두 달째 계속되고 있었다.

하릴없이 마당을 거닐며 지붕 너머의 하늘을 바라보던 정몽주는 시름없이 중얼거렸다.

"파종할 시기가 나날이 지나고 있는데 어찌 이리 가뭄이 계속되는고! 이리도 천재까지 겹치니 하루도 마음 편할 날이 없음이야."

가뭄 걱정뿐만 아니라 연 사흘간이나 계속되는 정국의 혼돈으로 정몽주는 식음을 전폐한 채 잠도 이루지 못하고 있었다. 계획을 서둘렀더라면 깨끗이 끝났을 일을, 임금이 우유부단하게 미적거리다가 막중한 일을 크게 그르치고 말았다. 사건은 이제 걷잡을 수 없이 벌어졌고, 추진하던 계획들은 공교롭게도 상대방의 의도에 역으로 휘말리는 형국이 되고 있었다.

하릴없이 마당을 거닐던 그는 걸음을 멈추었다. 대문에서 내객의 낌새가 있더니, 이내 중문이 열리며 제자 변중량卞仲良이 들어섰다. 다급하게 걸어온 변중량이 엎어질 듯 인사를 올리는게 너무 뜻밖이라 심상찮게 여기던 정몽주가 물었다.

"자네가 이른 아침에 어인 일인가?"

변중량은 한발 다가서며 억양을 죽여 말했다.

"스승님, 그예 큰일이 벌어질 것 같사옵니다."

정몽주는 이미 각오를 하고 있던 터라 느긋하게 받았다

"일이 벌어지다니, 그게 무슨 말이냐?"

"방원이 스승님을 살해하겠다고 합니다."

정몽주는 들은 둥 만 둥 무심한 얼굴로 동쪽 하늘을 쳐다보고 있었다. 붉게 타오르던 노을이 사방으로 흩어지며 태양이 솟아오르고 있었다. 황금빛으로 빛나는 찬란한 태양이었다.

변중량은 조급하게 스승의 팔을 잡으며 말했다.

"어서 피하셔야 합니다. 며칠만 피하시면 수습이 될 수도 있을 것입니다."

"피하다니, 어디로 피한단 말이냐? 일을 벌여놓은 내가 피한다고 수습될 일이라면, 애초부터 이토록 꼬일 일이 아니었다. 모든 일이 저들의 의도대로 되어가고 있음이 아니더냐!"

"하오면 스승님, 오늘부터 도당에 나가지 마시고 칩거하시면서 집안을 단속하소서. 며칠만 저들의 동태를 살피소서."

정몽주는 제자의 손을 잡아 굳게 쥐며 고개를 끄덕였다. 아끼던 제자였지만, 언제부턴가 이방원의 수하가 되어 감을 보고 안타깝게 여기던 터였다. 변중량은 이성계의 서형 원계의 사위였다. 방원과는 사촌 처남 매부지간이었으니 당연하다고 생각했던 제자가 첫새벽에 달려와 귀띔해 주는 것으로 보아 사건이 막바지로 치닫고 있음을 알 수 있었다. 어차피 어느 한쪽은 깡그리 소멸되어야 할 마지막 단계에 이르렀음이었다.

여전히 조급한 눈길로 스승을 주시하던 변중량이 말했다.

"스승님, 저로서는 더 드릴 말씀이 없습니다. 이만 돌아가겠습니다."

"그래, 고맙네."

변중량은 공손히 머리 숙여 예를 올리고는 거듭 당부했다.

"스승님, 오늘부터 이옵니다. 부디 조심하소서."

"알겠네, 잘 가게나."

선지교의 꽃

정몽주는 지난밤을 지세며 많은 생각을 하고 결심을 했었다. 이번에 귀양을 간 조준과 남은을 비롯한 그 일당들은 벌써부터 이성계를 왕위에 옹립하려는 행위를 노골적으로 드러내기도 했었다. 그에 따라 권력을 붙좇는 자들이 그 수하에 모여들어 막강한 세력을 이루고 있었다.

그러나 정몽주는 지금까지 그들이 두렵지 않았다. 자신을 따르는 충직한 자들도 많고, 요승 신돈에 의해 많은 고려 왕족들이 살해되었지만, 500여 년을 이어온 왕실에는 아직 보위를 지키려는 왕족들이 많았다. 어디 그뿐이랴. 면면히 이어온 나라를 지키려는 충신열사도 많을 것이며, 그보다도 정몽주가 믿는 것은 백성들의 눈과 귀였다. 오랜 세월 동안 왕실의 혼란과 왕족들의 흥망을 지켜보며 무엇이 옳고 무엇이 그른지를 백성들은 벼슬아치들보다 더 잘 알고 있었다.

정몽주는 특히 자신을 따르는 동료 즉 고려의 충신이 될 몇몇 벼슬아치들을 믿었다. 그러나 아니었다. 누구보다 충신이 될 줄 알았던 무장 황희석이 가장 중요한 시기에 배반을 하였고, 사경을 헤맨다던 이성계가 귀경한 사흘 동안에 많은 벼슬아치들이 슬금슬금, 또는 아주 당당하게 이성계 쪽으로 가버렸다. 이제는 돌이킬 수 없는 한계에 이르렀다. 정몽주는 자신의 소멸이 곧 고려의 소멸이라는 것을 알고 있었다. 살아있는 모든 것들은 능력이 다하면 멸하는 것이 자연의 이치다. 제자 변중량은 대문을 닫아걸고 칩거하라고 했다. 그 말이 정몽주에게는 치욕이었다. 그것은 소인배들이 하는 짓이다. 정몽주는 하인이 끌어낸 말에 올랐다. 언제나 그림자처럼 따르는 충복 검이가 따라나섰지만 물리쳤다. 대문을 나선 그는 이성계의 제택으로 말을 몰았다.

이성계의 제택 사랑에 사람들이 가득 모여 있었다. 퉁두란, 방과, 방원, 이성계의 이복동생 이화, 사위 이제 등이었다. 방원이 말했다.

"장군, 도와주십시오. 아버지는 저를 속히 여막廬幕으로 돌아가라 하시나, 지금 이 상황에서 저와 형님이 갈 수는 없습니다."

작년 1월에 이성계의 본처 한 씨가 죽었는데, 방원은 속촌粟村의 묘소에서 시묘를 살다가 이번 사건을 당하여 본가로 내려왔다. 퉁두란은 굳은 표정으로 방원을 쏘아보다가 말했다.

"도통사께서 좀 더 두고 보자고 하시지 않는가? 정몽주는 지금 고려의 기둥일세. 그를 죄과도 묻지 않은 채 격살한다면 백성들이 가만있지 않을 것이야."

"장군, 하루가 급합니다. 아버님과 뒷일은 제가 책임을 지겠습니다."

"나는 어른의 명이 아니면 할 수가 없네. 그도 그렇지만, 우대언이 정몽주를 한번 만나 설득을 해보는 것이 어떤가?"

방과가 받았다.

"그러기엔 너무 늦었습니다."

방원은 눈을 지릅뜨고 말했다.

"임금은 진상을 조사해 보자는 우리의 주청을 세 번이나 묵살하고 귀양간 정도전과 조준 등을 죽이려 하고 있습니다. 아버지가 하루만 늦게 귀경하셨어도 저들은 죽었을 것입니다. 그것이 임금의 뜻이겠습니까? 정몽주의 농간입니다. 그놈을 살려두고는 아무 일도 할 수 없습니다."

방과가 거들었다.

"내가 세 번이나 입궐하여 임금을 뵙고 조준 등과 대질하여 진상을 가려

보자고 했지만, 사태를 수습 중이니 기다리라고만 합니다. 이는 시간을 벌어 유생과 사림, 백성들을 충동질하여 우리를 탄핵코자 함이 분명합니다."

이화도 격앙하여 나섰다.

"그렇소이다, 퉁 장군. 사림과 백성들이 들고 일어나면 사태는 건잡을 수 없이 우리가 불리해질 것이오."

그때였다. 대문을 지키던 도통사 호위무관 조영무가 섬돌에 올라서며 말했다.

"지금 정몽주가 왔습니다."

방안은 순식간에 긴장하여 이화가 문을 열어젖혔고, 방원이 벌떡 일어서며 물었다.

"정몽주가 왔다니? 지금 어디 있단 말이오?"

"대문에서 도통사 대감 문병을 왔다면서 들어가기를 청하고 있습니다."

방과가 물었다.

"정몽주가 혼자 왔더란 말이냐?"

"그렇습니다. 단신으로 말을 타고 왔습니다."

퉁두란이 일어서며 말했다.

"문병을 왔다니 들이는 게 좋겠네. 내가 대감 곁에서 지켜보겠으니 안심하게. 마침 잘 됐지 않은가? 돌아갈 때 이 방에 불러들여 의중을 타진해보게. 사태가 불리해짐을 알면 돌아설 수도 있음이야. 죽일 때 죽이더라도 명분이 있어야 하고, 그게 순서일 것이네."

퉁두란이 방에서 나갔고 방원이 조영무에게 일렀다.

"정몽주를 들게 하고 제택 경비를 강화하라 명하시오."

문을 닫은 방원은 매부 이제에게 말했다.

"매부는 빨리 나가서 조영규를 데려오게. 별채 뒷방에서 무리들과 골패를 놀고 있을 것이야."

이성계의 제택 별채에는 도통사를 따르고 수호하는 군관들과 장사들 몇이 기거하고 있었는데, 방원은 아버지가 부상을 입고 돌아온 뒤부터 이십여 명을 대기시켜 놓고 밤이면 집안 경계를 강화하고 있었다.

정몽주가 조영무의 안내를 받아 이성계의 침실로 들어갔다. 이성계는 머리와 다리에 흰 천을 감고 침상에 누워있었다. 퉁두란이 교의에서 일어서며 맞이했다.

"시중께서 어려운 걸음을 하셨습니다."

"웬걸요. 도통사께서 변을 당하셨으니 당연히 뵈어야지요."

정몽주는 퉁두란이 권하는 교의에 앉으며 문병했다.

"도통사 대감, 졸지에 변을 당하셨으니 심려가 크시겠사옵니다. 그래도 이만하기가 천만다행입니다."

이성계의 얼굴은 퉁퉁 부은 데다, 시퍼렇게 멍이 들어 보기에도 참혹했는데 잠이 들었는지 반응이 없다. 정몽주는 퉁두란을 힐끔 보고는 거듭 말했다.

"대감, 차도가 있으신지요?"

이성계는 부어 감긴 눈을 애써 뜨고는 말했다.

"많이 좋아지고 있소이다. 이렇게 찾아주니 고맙소이다."

"별 말씀을요. 참으로 그만하기가 다행입니다. 속히 쾌차하시어 정국을 수습하셔야지요. 조정은 지금 어지럽습니다."

이성계는 목소리에 힘을 주어 말했다.

"나는 시중을 믿습니다. 소인배들의 농간을 단호히 배척해야 합니다. 수시중 심덕부와 협력하여 국문을 중지하고 진상을 밝혀야 합니다."

"국문은 이미 중지하였고, 수시중과 더불어 사태를 수습하고 있으니 심려치 마십시오."

이성계는 잠시 숨을 고르고 나서 말했다.

"성상께서는 유약하십니다. 소인배들의 접근을 막아야 합니다. 특히 종친들을 유념하시오."

"명심하겠습니다. 염려 놓으시고 어서 쾌차하소서."

"내가 웬만큼만 거동을 하게 되면, 시중과 나눌 얘기가 많소이다."

"그러시겠지요. 기다리고 있겠습니다. 그럼 오늘은 이만…."

이성계는 오른손을 들어 인사를 받았다.

"고맙소이다."

정몽주는 일어서서 정중하게 예를 올렸다.

"속히 쾌차하소서."

퉁두란이 대청까지 따라 나와 배웅했다.

"살펴 가십시오."

정몽주가 마당으로 내려서자, 방원이 나와 정중하게 인사를 했다.

"시중께서 이렇게 납시어 주시니 고맙습니다."

정몽주는 허허롭게 받았다.

"졸지에 당한 일이라 우대언이 심려가 크시겠소."

"어찌하겠습니까. 기왕 당한 일인 것을요. 스승님께 드릴 말씀이 있사옵니다. 저 방으로 잠시만 드시지요."

정몽주는 방원의 스승이었다. 정몽주의 표정이 순간적으로 굳어졌다가 이내 풀렸다. 여기서 죽게 된다면, 이보다 더 좋은 자리가 세상에 없을 것이라고 생각했다.

"할 말이라? 그래, 듭시다."

방원이 먼저 방으로 들어갔고, 정몽주가 뒤따랐다. 방안은 비어 있었는데, 방 한가운데 연상이 놓여 있었다. 방원이 상좌를 권하고 따라 앉았다.

방원은 마주 앉은 정몽주를 뚫어질 듯 바라보았다. 눈길이 마주친 정몽주는 흠칫했다. 가슴이 서늘해지는 묘한 감정을 느끼며 어쩔 수 없이 머리를 끄덕였다. 방원이 자란 뒤에 이토록 가까운 자리에서 마주보기도 처음이었지만, 그런 눈길을 받아보기도 처음이었다. 뭇사람들이 이방원의 눈빛에는 함부로 범접 못 할 위엄이 있다고 말하는 것을 들은 적이 있었다. 그 뒤에 때때로 방원의 눈빛을 눈여겨보았지만, 그 눈빛은 위엄이 아니라 살기라고 보았던 터였다. 누구든 거슬리면 가차 없이 죽이겠다는 살기殺氣. 정몽주는 지금 마주친 방원의 눈빛이 폐부를 찌르는 살기로 보았다.

정몽주를 마주보던 방원은 연상에 놓였던 봉서를 집어 내밀며 말했다.
"제가 드릴 말씀은 이 봉서에 있습니다. 예서 보시지요."

정몽주는 말없이 받아 들고 방원을 주시했다. 얼굴은 웃고 있었지만, 눈빛에는 여전히 살기가 번득였다. 봉서를 열고 꺼내 펼쳤다. 먹물이 채 마르지도 않은 글자가 살아서 꿈틀거렸다. 정몽주는 그 글자들을 거푸 두 번을 읽었다.

> 이런들 어떠하며 저런들 어떠하리
> 萬壽山 드렁 칡이 얽어진들 어떠리
> 우리도 이같이 얽혀 백 년까지 누리라.
> *만수산(萬壽山): 개성 서쪽에 있는 산으로 고려왕의 능 7기가 있다.

정몽주가 봉서를 읽는 동안, 방원은 연상에 옥판선지玉板宣紙를 펴놓고 먹을 갈고 있었다.

먹을 놓고 허리를 펴는 방원을 물끄러미 바라보던 정몽주는 연상을 당겨 놓고 붓을 들었다. 붓에 먹물을 찍는 정몽주를 지켜보던 방원은 조용히 일어서서 방을 나갔다.

정몽주는 붓을 들고 눈을 감았다. 진한 묵향이 코끝에 감돌았다. 방안은 물속처럼 고요하고, 정몽주의 마음도 아득한 심연으로 가라앉았다. 묵향을 맡으면 정몽주는 늘 마음이 차분하게 가라앉고는 하였다. 이윽고 눈을 뜬 정몽주는 일필휘지一筆揮之로 써 내렸다. 붓을 놓고 잠시 눈을 감고 앉았던 정몽주는 연상을 짚고 일어서며 비틀거렸다. 마음을 다져 먹어도 몸은 흔들렸다.

툇마루에 섰던 방원이 공손히 읍을 하며 말했다.
"가시겠습니까?"

정몽주는 허허롭게 웃으며 받았다.
"허허허, 할 말을 했으니 가야겠지요."

"스승님, 조심해서 가시오소서"

방원의 배웅은 정중했고, 정몽주는 침착한 걸음걸이로 대문을 향했다.

방원은 방으로 들어와 연상에 놓인 옥판선지를 집어 들었다. 살아서 꿈틀거리는 글씨는 과연 명필이었다. 정몽주의 대답을 읽는 그의 입가에 싸늘한 웃음이 감돌았다.

이 몸이 죽고 죽어 일백 번 고쳐죽어
白骨이 塵土되어 넋이라도 있고 없고
님 향한 一片丹心이야 가실 줄이 있으랴.

사람들 한 무리가 방으로 우루루 몰려들었고, 방과가 물었다.

"어찌 되었는가?"

방원은 말없이 정몽주의 대답을 내밀며 소리쳤다.

"조 판사, 어서 일행을 이끌고 뒤를 따르시오."

방원의 명을 받은 조영규의 벼슬이 판전객사사였다.

"알겠소이다. 조금도 걱정 마시오."

조영규는 말끝을 발꿈치에 끌고 별채를 향해서 뛰었다.

선지를 숙부 이화에게 넘긴 방과가 근심어린 표정으로 말했다.

"저자를 믿어도 될까? 공연히 일만 버르집어 놓을까 걱정이야."

"방원은 여유 만만하게 빙긋이 웃으며 받았다.

"형님, 염려 놓으셔도 됩니다. 조영규 혼자가 아니라 조영무, 고여, 이부가 있습니다. 모두 일당백의 무사들입니다."

"그렇기는 하지만, 만에 하나라도…!"

"정몽주는 단신입니다. 그래도 걱정이 되시면 어서 집으로 가서 가병들을 대기시키세요. 저들이 실패하면 형님이 가병들을 이끌고 선지교를 봉쇄하세요."

방과는 그제서 화들짝 놀랐다.

"참, 그렇구먼!"

방과의 집은 선지교 옆에 있었다. 정몽주가 집으로 돌아가자면 선지교를 건너야 한다. 조영규, 조영무, 고여, 이부 등 네 사람은 말을 타고 이성계의 제택을 뛰쳐나갔다. 그 뒤를 방과의 말이 뒤쫓고 있었다.

정몽주는 말을 타고 가며 생각했다. 변중량은 당장 변란이 날 것처럼 말했지만, 이성계도 그렇거니와 그 집에서도 그런 낌새를 전혀 느낄 수 없었다. 뜻밖에 맞닥뜨린 방원의 글귀는 최후통첩일 것이라고 생각했지만, 그에 대한 자신의 댓귀 또한 통첩을 당당하게 받아들이는 글이었다고 자부했다. 저들이 어떻게 나오든 이제는 정면으로 맞설 수밖에 없는 상황이었다. 그러나 그 상황이 저쪽의 분위기로 보아 갑작스레 벌어질 것 같지는 않다고 생각하며 고개를 들었다. 저만큼 앞에 선지교가 보이고, 바로 옆에 유원의 집이 있었다. 개경부사를 지낸 유원이 이틀 전에 죽었는데 정몽주는 아직 문상을 못 했었다. 유원은 정몽주의 문하생이었다. 나선 김에 마침 잘 되었다 싶어 상갓집 대문 앞에 이르렀다.

대문은 활짝 열려 있었지만, 상갓집은 썰렁했다. 권력의 주변에서 밀려나기는 했지만, 개경부사를 지낸 대신의 상가가 이 지경이 된 것은 시국이 어수선한 탓도 있을 터였다. 정몽주가 상갓집으로 들어간 뒤에 조영규 일행이 달려왔다. 저만큼 앞서가던 정몽주가 별안간 종적 없이 사라졌다. 그들이 당황하여 두리번거릴 때 방과도 달려와 마주쳤다. 방과가 외쳤다.

"어찌 되었소! 그놈 어디 있소이까."

조영규가 멍한 얼굴로 두리번거리며 받았다.

"글쎄올시다. 분명 뒤를 보고 쫓았는데, 여기서 금방 없어졌소이다."

방과도 사방을 둘러보다가 머리를 끄덕이며 말했다.

"옳거니, 저 상갓집에 들렀을 것이오. 유원이 정몽주 문하생이니 틀림없을 것이야. 그자가 집으로 가든 입궐을 하든 저 선지교를 건너야 할 것이니 일단 우리 집으로 갑시다. 우리 집에서 보면 상갓집과 선지교가 훤히 내려다보이니 잘 되었소이다."

그들은 말을 몰아 선지교 언덕바지에 있는 방과의 집으로 들어갔다. 이부에게 대문 앞에서 망을 보게 하고 그들이 말에서 내려 각자 무기를 점검하고 있을 때 였다. 이부가 외쳤다.

"온다! 정몽주가 상갓집 대문을 나섰다."

조영규 등 세 사람이 말에 올라 대문을 뛰쳐나갔다. 그 뒤를 이부가 따랐다. 정몽주가 선지교 다릿목에 이르렀을 때, 네 필의 말이 들이닥쳤다. 무슨 생각을 골똘하게 하며 말이 가는 대로 몸을 맡겼던 정몽주는 깜짝 놀라 고개를 들었다. 두억시니 같은 장정들 넷이 길을 막고 있었다. 순간적으로 온몸이 화끈해진 정몽주가 말고삐를 잡아챘다. 조영규가 이죽거렸다.

"시중대감 기다리고 있었소이다."

정몽주는 치미는 격정을 꺾어 누르며 말했다.

"조 판사가 어인 일이오?"

바투 다가선 조영규가 불문곡직 장검으로 정몽주의 목을 후려쳤다. 그러나 정몽주도 이성계의 부장으로서 전장을 누비던 문무를 겸한 대신이었다. 이미 직감했던 터라 몸을 틀어 검을 피하고 말 배를 찼다. 말이 껑충 뛰며 다리를 달렸고, 그 뒤를 네 필의 말이 좇았다. 선지교 가운데서 따라잡은 조영규는 철퇴로 정몽주의 말머리를 내리쳤다. 머리가 터진 말이 요동치자 정몽주는 말에서 떨어져 나뒹굴었다. 땅에서 일어서는 정몽주를 고여가 달려들어 장검으로 어깨죽지를 내려쳤다. 피를 뿜으며 쓰러진 몸을 조영무와 이부가 말에서 뛰어내려 창으로 가슴을 찍었다.

정몽주가 눈을 부릅뜨고 절규했다.

"아, 고려가 망하는구나!"

조영규가 달려들어 얼굴을 발로 짓이기며 씹어 뱉었다.

"이런 쳐 죽일 놈!"

숨이 끊어진 것을 확인한 조영규가 숨을 헐떡이며 소리쳤다.

"영무는 빨리 달려가서 우대언께 역적 놈을 격살했다고 알리라!"

말에 오른 조영무는 장수에게 하듯 군례를 올리고는 내달렸고, 조영규가 거듭 외쳤다.

"뭣들 하는가? 송장을 다리 밑으로 던져!"

고여와 이부는 아직도 선혈이 솟구치는 정몽주의 상투와 발목을 움켜잡고 다리난간 너머로 던졌다. 오백 년 고려 사직이 그렇게도 간단하게 골백 년 흐르는 선지교 물 밑으로 가라앉았다. 오백 년 선지교에 정몽주의 선혈이 홍건하게 고여 식어가고 있었다.

조영무의 보고를 받은 방원은 벌떡 일어섰다. 일각이 여삼추로 안절부절 못하다가 정몽주를 죽였다는 말에 순간적으로 숨이 컥 막히고 가슴이 쿵쿵 뛰었다. 방원은 조영무의 어깨를 잡고 흔들며 확인했다.

"죽였단 말이지? 숨이 끊어진 걸 확인했소?"

조영무는 한껏 가슴을 내밀며 자랑했다.

"물론입죠. 가슴에 칼을 맞고 나자빠진 놈을 창으로 심장을 몇 번이나 찍어 죽이고, 송장을 선죽교 다리 밑으로 던져버렸습지요."

"그래, 장하오. 큰일을 했음이야."

방원은 조영무의 어깨를 두드려 주고는 안채로 들어갔다. 안방 문 앞에서 잠시 숨을 고르고는 고했다.

"아버지, 소자 방원이옵니다."

지화가 대꾸했다.

"어서 들어오게."

방원은 방에 들어가서 아버지가 누운 침상 앞에 앉았다. 지화에게는 이미 계획을 귀띔했었던 터라 눈짓을 주고받았다. 이성계가 누운 채 물었다.

"어인 일이냐? 묘소로 가라 일렀거늘, 어찌 가지 않았느냐?"

방원은 치미는 격정을 억누르며 말했다.

"아버님, 정몽주를 격살했사옵니다."

이성계가 벌떡 일어나며 소리쳤다.

"뭣이야!"

방원은 찔끔했으나 내친김에 말했다.

"조영규를 비롯한 수하들이 집으로 돌아가는 정몽주를 선지교에서 죽였다고 고해왔사옵니다."

이성계는 침상을 주먹으로 치며 대로했다.

"이런 못된 놈들이 그예 일을 저질렀구나. 방원이 네 이놈!"

이미 각오는 하고 있었지만, 너무 심한 질타에 불끈한 방원도 대들었다.

"정몽주 일당이 우리 집안을 도륙 내려는 판국인데 소자가 어찌 보고만 있겠습니까? 유생과 사림들이 지금 수창궁 앞에서 아버님을 탄핵하는 농성을 하고 있사옵니다."

"듣기 싫다, 이놈! 그래도 일을 순리대로 풀어야지, 나라의 대신을 백주대로에서 쳐 죽여! 그게 사람이 할 짓이더냐?"

"순리대로 풀기 전에 우리가 먼저 떼죽음을 당할 급박한 처지였사옵니다."

격정이 가라앉은 이성계가 분노를 삭이며 말했다.

"우리 집안의 충효는 지금까지 세상 사람들이 우러르던 바였는데, 너희들이 앞뒤 대중없이 나라의 중신을 죽였으니, 세상 사람들이 이 애비를 어떻게 보겠느냐. 내가 임금께 사약을 청해 마시고 죽어야 할 것이로다."

방원은 아버지의 분노가 심상찮음을 느꼈지만, 자신이 한 일에 후회 따위는 없다고 자위하며 여전히 당당하게 말했다.

"정몽주는 비열하게도 아버님께서 우환인 틈을 타서 우리의 수족을 자르고 아버님과 저희들의 숨통을 죄고 있었사옵니다. 어찌 앉아서 죽으라 하시옵니까? 저들의 음모를 아시고 나면, 소자의 효도를 비로소 아시게 될 것이옵니다. 그만 고정하시옵소서."

이성계의 분노는 여전히 풀리지 않았다.

"듣기 싫다. 당장 내 앞에서 나가거라. 다시는 너를 보지 않으리라."

아버지의 분노가 가라앉지 않자, 방원은 처음부터 모든 사실을 알고 동조했으면서도 입을 닫고 있는 지화가 원망스러워 대들었다.

"어머니께서는 이 판국에 어찌 저를 변명해 주시지 않습니까?"

지화는 걱정말라는 듯이 옅은 미소를 보내고는 분연히 말했다.

"대감께서는 항상 대장군으로 자처하시면서 두려움을 모르셨는데, 오늘 그만한 일로 어찌 이 같은 말씀을 하십니까. 큰일을 해냈는데 칭찬을 못 할 망정 원망을 하시니, 소첩은 아들 앞에서 차마 듣잡기 민망하옵니다."

이성계는 그제서 노기를 가라앉히고 말했다.

"정몽주는 백성들이 추앙하는 나라의 대신입니다. 내게도 생각이 있었는데, 이렇게 처리할 일이 아니었단 말이외다. 더구나 나를 문병하고 돌아가는 길이었어요."

지화는 방원에게 살짝 웃어 보이고는 침착하게 받았다.

"어찌 되었건 간에 급한 불을 끈 셈입니다. 그만 고정하시고 후속 대책은 대감께서 세우셔 합니다. 한시가 급하질 않습니까?"

몹시 괴로운 표정이던 이성계는 자리에 누우며 말했다.

"방원이 듣거라. 이와 같은 일이 다시 있어서는 너를 용서치 않으리라. 즉시 장사길에게 명하여 집 주위를 경계하게 하고, 저쪽의 동태를 감시하거라. 오늘은 이미 늦었으니 모든 사태는 내일부터 차근차근 해결할 것이로다."

방원은 그제야 안심을 하고 머리를 조아렸다.

"이미 방비 태세를 강화하고 있사옵니다. 소자 물러가옵니다."

군신동맹

이튿날 아침, 이성계는 도성 수비대장 황희석을 불러 명했다.

"정몽주가 김진양, 이확 등과 대간들을 꾀어서 조준, 남은 등 충신들을 모함하다가 발각이 되었다. 이를 수습하는 과정에서 정몽주가 이미 복죄(죄를 자백함)하여 처형되었다. 이제는 마땅히 저들이 죄를 씌워 귀양 보낸 조준, 남은 등을 불러와서 그들을 탄핵한 대간들과 더불어 대질하여 진상을 가릴 것이다. 너는 즉시 입궐하여 성상께 이 사실을 아뢰라."

황희석은 등골이 서늘했다. 역적 이성계의 도성 입성을 막으라는 명을 받고 매복했다가 임금이 역적이라고 말한 이성계에게 투항했는데, 이제 역적을 등에 업고 임금에게 그 정당성을 밝히라니 눈앞이 캄캄했다. 황희석이 하얗게 질려 멍해지자 곁에 있던 이화가 호통을 쳤다.

"어찌하여 그런 얼굴을 하는 게요. 그대도 저놈들의 행위가 반역이었기에 도통사께로 투항했던 것이 아닌가? 본대로 아는 대로만 임금께 아뢰면 될 것이오. 어서 입궐하시오."

황희석은 말 한마디 못하고 식은땀을 흘리며 이성계 앞을 물러나와 대궐로 향했다.

황희석은 입궐하여 임금 탑전에 부복했다. 편전에는 문하부의 김진양, 이확, 사헌부의 정희, 서진 등이 모여 있었으나 수시중 심덕부는 보이지 않았다. 임금은 황희석이 왕명을 거역하고 배반하여 이성계 쪽에 붙은 것을 번연히 알면서도 추궁할 수 없었다. 이미 정몽주도 죽은 판국에 이들이 궁으로 난입하지는 않았으니 그나마 다행이지만, 분노를 씹으며 모르는 채 말했다.

"수비대장은 어이하여 그간의 정황을 보고하지 않았는가? 시중이 죽었는데도 그 상황을 몰랐더란 말인가?"

황희석은 납작 엎드려 말했다.

"전하, 황공하나이다. 소장은 도통사 휘하의 군사들에게 대항할 수가 없었습니다. 소장이 도통사의 입경을 막고 대항했다면 더 큰 일이 벌어졌을 것입니다. 소장의 불충을 굽어살피시옵소서."

임금도 그렇게 생각하고 있었던 터였다. 황희석이 만약 이성계의 군대와 대항했다면 여지없이 패했을 것이고, 이성계의 무리는 궁으로 난입하여 궁은 쑥대밭이 되었을 터였다.

임금은 격한 감정을 가라앉히며 물었다.

"그래, 도통사가 전하라는 말이 무엇이란 말이오?"

황희석은 이성계가 한 말을 그대로 아뢰었다. 임금은 용안이 하얗게 질렸다. 정몽주는 이미 죽었고, 수시중 심덕부라도 있어야 대책을 세울 터인데 갑자기 병이 났다는 기별을 하고 입궐치 않았다. 그 속내가 빤히 들여다보이지만 어쩔 수 없었다. 그렇다고 이성계의 주장대로 귀양 보낸 자들을 소환하여 임금 앞에서 대간들과 대질을 시킬 수는 없다고 생각했다.

"내 앞에서 대간들과 탄핵을 당한 사람들이 맞서서 변명을 하게 할 수는 없다. 사태가 수습되는 대로 대간들을 도당에 보낼 터이니 경들은 다시 말하지 말라."

임금 앞에서 가슴을 졸이던 김진양 등 신료들은 의외로 강하게 대처하는 임금의 처사에 일단 안도의 한숨을 쉬었다. 역시 그래도 임금이었다.

대궐을 나온 황희석은 이성계의 제택으로 달려가 임금의 말을 그대로 전했다. 간밤에 고심을 했던 탓인지 병세가 더하여 누웠던 이성계는 임금의 처사에 분노가 치밀었다. 임금 앞이 아닌 도당에서 저희들끼리 싸우라니!

유생과 사림이 들고일어나 저들과 합세한다면 일이 맹랑하게 벌어질 것이 뻔했다. 분노에 떨던 이성계는 상처의 통증이 심하여 정신을 잃을 지경에 이르렀다.

아버지를 지켜보던 방과와 방원, 이화 등은 사랑방에 모여 앉아 대책을 강구했다. 우선 충복 이자분을 수원으로 보내 조준과 남은 등을 도성으로 불러오고, 방과가 입궐하여 임금과 정면 대결을 하기로 의견을 모았다.

방과는 즉시 말을 달려 대궐로 들어갔다. 임금 앞에 부복한 방과는 격하게 대들었다.

“전하, 지금 당장 신 등을 모함한 대간들을 잡아들여 문죄하지 않으시겠다면, 병이 위중하신 도통사께서 직접 신 등을 거느리고 입궐하여 죄주시기를 청할 것이옵니다.”

임금은 등골이 서늘했다. 이 판국에 도통사가 무리를 이끌고 입궐한다면, 궁궐은 그대로 저들의 천지가 되고 말 것이다. 임금은 어쩔 수 없이 형조에 명하여 대간들을 모조리 잡아들여 순군옥에 구금하라고 명했다.

곧이어 판삼사사 배극렴, 동순군제조 김사형 등에게 명하여 하옥된 대간들을 국문하게 했다. 사태가 졸지에 이런 지경에 이르자 다급해진 좌상시 김진양, 우상시 이확이 방원과 국문관들 앞에 납작 엎드려 자복했다.

“전일에 정몽주와 이색, 우현보가 신 등에게 이숭인을 보내 말하기를, ‘삼군도통사 이성계가 그간의 공을 믿고 제멋대로 권세를 부리다가 천벌을 받아 말에서 떨어져 사경을 헤매니, 마땅히 먼저 보좌역인 조준과 남은 등을 제거한 후에 이성계를 도모할 것인즉 힘을 보태라 하였습니다.”

국문을 지켜보던 방원은 그제서 회심의 미소를 지었다.

반면에 대간들을 국문하던 국문관들도, 국문을 당하던 대간들도 너무 기막히고 허탈하여 그만 맥이 풀리고 말았다. 이들이 조준, 남은 등을 탄핵할 때, ‘신 등의 주청이 만약 거짓이라면 실로 하늘이 노하여 신 등을 죽일 것입니다.’ 하며 만고 충신임을 자칭하고 일을 주도했던 주축이 묻기도 전에 스스로 자백을 했으니, 역도들을 국문하는 국문장이 아니라 아수라장이었다. 역도가 충신이 되고 충신이 역도의 무리가 되었으니, 국문은 중단되고 조정은 훌러덩 뒤집히고 말았다.

순군부 나졸이 흩어져 우현보, 이숭인, 이종학을 잡아들여 옥에 가두었다. 잡혀온 이들은 문초도 하기 전에 술술 불었다. 정몽주와 수시중 심덕부, 김진양 등이 이번 사건의 주범이며 이미 구금된 대간들 외에 우간의 이래와 이감, 권홍 등이 공모하여 사건을 꾸몄다고 자백했다.

역도가 충신이 되어, 잡아들이고 국문하는 아수라장이 열흘간이나 계속되었다. 김진양 이확 등 25명이 태형을 맞고 전국 각지로 귀양을 갔다. 그뿐만 아니라 조정 안팎에서 눈곱만치라도 사태를 비방하거나 태도가 미지근한 자는 여지없이 숙청되었다. 반면에 귀양 갔던 정도전과 조준, 남은을 비롯하여 조정에서 쫓겨났던 많은 벼슬아치가 복권되었고, 곧이어 조정이 개각되었다.

이번 내란음모 사건에서 어정쩡하게 정몽주 편을 들었지만 나중에 발을 뺀 수시중 심덕부는 이성계와 사돈지간인 데다가 오랜 지기였으므로 명목상 판문하부사로 승진하였고, 이성계는 그 밑자리인 문하시중으로 내려앉았다. 배극렴이 수시중, 조준은 문하찬성사로 승진했고, 퉁두란은 지문하부사, 방과는 판밀직사사, 방원은 밀직제학, 조영규는 밀직부사, 조인옥은 이조판서 등 조정 요직은 이성계의 수하 인물들로 채워졌다.

이성계가 낙마 사고를 당한 지도 넉 달이 되어가는 7월 초닷새였다. 임금은 밀직제학 이방원과 성균사예 조용을 탑전에 불렀다. 임금은 애써 미소를 지으며 두 사람을 맞이했다. 최근 들어 부쩍 초췌해진 임금은 눈이 퀭하고 용안이 핼쑥했다.

두 사람은 부복하여 임금을 잠시 일별하고는 바로 앉았다. 임금이 손짓으로 부르며 말했다.

"이리 가까이 앉으시오. 내가 이 제학께 부탁이 하나 있소이다."

이방원은 고개를 들어 임금을 바라보았다. 비굴한 웃음을 억지로 웃고 있음을 한 눈으로 알 수 있었지만 그래도 임금이었다.

"전하, 무슨 말씀이시옵니까?"

"조 사예도 들으시오. 내가 곰곰이 생각해 보았는데 이 시중과 동맹을 맺어야 하겠소이다."

두 사람은 멍해서 서로 마주 보았다. 대체 동맹이라니! 임금은 분명 시중과 동맹을 맺는다고 말했다. 조용이 무릎으로 다가앉으며 말했다.

"전하, 동맹이라 하셨사옵니까?"

"그래요, 동맹입니다. 이 시중과 동등한 입장으로 나라를 다스리고 싶은 것이 내 심정이오. 경들이 시중을 만나 뵙고 말씀을 드려 주시오."

이방원은 터지는 웃음을 참느라고 입을 비죽거렸고, 조용은 안타까운 얼굴로 임금을 바라보며 말했다.

"전하, 그런 일은 있을 수 없나이다. 군신 간에 어찌 동맹을 맺으오리까?"

조용은 젊은 나이지만 학문이 깊어 박학다식하기로 이름이 난 사람이었다. 조용을 성균사예로 천거한 사람이 바로 임금이었다.

"조 사예, 중국 고사를 찾아보세요. 비슷한 예가 있을 것이오."

"경전에도 그런 고사는 없사옵니다. 동맹은 나라와 나라 사이에 있어서도 어쩔 수 없을 경우에 맺는 것이고, 맺는다고 해도 하루아침에 깨지는 것이라 결코 숭상할 것이 못 되나이다. 더구나 군신 간의 동맹이라는 것은 상고할 가치도 없나이다."

임금은 안타깝다는 듯 혀를 차며 말했다.

"조 사예. 그래서 내가 그대를 부른 것이외다. 없으면 없는 대로 초안을 만들어 보시오."

혼자 속으로 키득거리던 이방원은 임금이 정색을 하고 대들자 숙연해졌다. 임금이 신하와 동등한 입장을 원한다면 일단 생각해 볼 문제였다.

"전하께서 그리 생각하신다면 신이 가친과 의논을 해보겠나이다."

임금은 비로소 밝게 웃으며 받았다.

"그리하세요. 조 사예도 함께 가서 도통사께 말씀드리고, 아예 동맹의 초안을 잡아 즉시 내게로 오시오."

조용은 어처구니가 없지만, 이방원이 이렇게 나오면 할 말이 있을 턱이 없다. 두 사람은 일어서서 읍을 하고 물러 나왔다.

방원은 조용을 대동하고 아버지 앞에 앉았다. 이성계는 엉뚱한 일을 하도 잘 꾸미는 방원이 또 무슨 일로 성균관 박사까지 끌고 왔는가 싶어 노려보았다. 방원이 싱글싱글 웃으며 말했다.

"아버님, 성상께서 아버님과 동맹을 맺자고 하나이다."

이성계는 눈을 크게 뜨며 멍해졌다. 그예 또 일을 저지른 것이라 여기고 냅다 호령했다.

"네 이놈! 한동안 잠잠하더니만, 또 그따위 짓을 했느냐?"

방원은 졸지에 기가 콱 막혀 말문이 막혔고, 이들 부자지간의 관계를 알 턱이 없는 조용은 그만 기겁을 했다. 방원이 두 손을 내저으며 변명했다.

"아버님, 어찌 노염부터 내십니까? 이것은 상감께서 내리신 어명입니다."

"이-놈, 그걸 말이라고 하느냐? 어찌 그따위 생각까지 해서 애비 얼굴에 먹칠을 하려는 게냐?"

방원이 기겁을 하고는 조용의 옆구리를 찌르며 말했다.

"이보시게 조 사예, 아버님께 말씀 좀 드리게."

조용이 정중하게 머리를 조아리고는 말했다.

"시중대감, 이는 사실이옵니다. 상감께서 우리를 탑전에 부르시어 그리 말씀하셨사옵니다."

이성계는 여전히 뜨악한 표정으로 언성을 높였다.

"그래, 상감께서 나와 동맹을 맺자고 하셨단 말이냐?"

"그렇다니까요, 아버지."

"시끄럽다. 조 사예가 대답하라!"

이성계를 이토록 가까이서 대하기는 처음이라 조용은 목을 잔뜩 움츠렸다. 크지도 않은 목소리에 가슴이 드르르 울리는 듯싶게 위엄이 있었다.

"그렇사옵니다. 상감께서 신에게 명하시기를, 대감을 뵈옵고 동맹의 초안을 잡아 오라 하셨사옵니다."

이성계는 어이없다는 듯 허허 웃고는 조용을 보며 물었다.

"허허허, 그 참. 군신 간에 동맹이라니! 대체 그런 경우도 있느냐?"

"소생도 고전이나 경전에서는 본 적이 없사옵니다."

이성계는 씁쓸하게 웃었다

"허―어, 이게 뭔 변이란 말이냐!"

"아버님, 어찌 할까요?"

"상감의 뜻이 정 그렇다면 내가 뭐라 하겠느냐? 둘이 사랑에 나가 초안을 잡아 보려무나."

사랑으로 물러나온 두 사람은 연상에 마주 앉아 전무후무할 군신동맹의 초안을 쓰기 시작했다.

쓰기를 마친 두 사람은 이성계의 방으로 다시 들었다. 조용이 군신동맹 초안을 올렸다.

"소생이 초안을 잡았나이다. 보시오소서."

이성계는 미간을 찡그리며 같잖다는 투로 말했다.

"볼 거 없다. 그대로 상감께 올리거라."

두 손으로 받쳐 올리던 조용은 머쓱해서 거둬들이며 씩 웃었다.

방원이 그럴 줄 알았다는 듯 일어서며 말했다.

"조 사예, 어서 갑시다. 상감께서 눈이 빠지게 기다릴 것이외다."

두 사람이 물러가자 옆에 앉았던 지화가 방그레 웃으며 말했다.

"한번 보시지 않구요. 대체 군신동맹서라는 게 궁금하지도 않으세요?"

이성계는 핑 콧방귀를 뀌고는 받았다.

"그따위를 볼게 뭐 있겠소. 다시는 그 일을 거론치 마오. 속이 메스꺼워서 원…."

지화는 까르르 웃었고, 이성계는 헛기침을 킁킁 하다가 종내 껄껄 웃었다.

입궐한 이방원과 조용은 임금 탑전에 부복하여 군신동맹서를 올렸다.

"전하, 군신동맹서 초안을 작성했나이다."

임금은 반색을 하며 받았다.

"오, 그래요? 어디 봅시다.

임금은 흡족한 용안으로 봉투에서 초안을 뽑아 읽기 시작했다.

경(卿)이 아니었으면 내가 어찌 보위에 올랐겠는가. 경이 옆에 있지 않았으면 내가 어찌 오늘에 이르겠는가. 황천(큰 하늘)과 후토(토지의 신)가 위에 있고 곁에 있으니, 자손들은 대대로 서로 해치지 말 것이다. 내가 경에게 믿음이 있는 것은 처음과 끝이 같기 때문이다. 하여 이와 같이 동맹하노라.

벙글벙글 웃으며 읽은 임금이 말했다.

"아주 잘 되었소이다. 시중께서도 보셨겠지요?"

두 사람은 서로 마주 보다가 조용이 아뢰었다.

"황공하옵니다, 전하. 물론 시중께서도 보셨나이다."

임금은 여전히 흡족하게 웃으며 말했다.

"허허허…! 아주 잘 되었습니다. 이로써 조정이 안정되고 나라가 평안해질 것이로다. 내가 경들에게 상을 내릴 것이오."

두 사람은 짐짓 깊게 부복하며 받았다.

"전하, 성은이 망극하나이다."

공양왕 4년(1392) 7월 12일, 수시중 배극렴과 동지밀직사 남은이 사헌부 관원들 6명을 이끌고 대왕대비 전에 들었다. 놀란 상궁과 나인들이 댓돌에서 맞이하자 남은이 외쳤다.

"상궁은 어서 들어가 대왕대비마마를 뫼시고 나오라."

놀란 상궁은 방으로 들어가고 나인들은 댓돌에 올라섰다. 나인의 부액을 받으며 대청으로 나온 왕대비는 교의에 앉아 마당에 늘어선 신료들을 바라보며 근엄하게 미소를 지었다. 대대적인 개각이 있었다더니 새로 임명된 신료들이 취임 인사를 하러 온 것일 터였다. 근간에 없던 일로서 이제야 나라가 제대로 되는구나 싶어 마음이 흡족했다.

대왕대비는 밝은 얼굴로 말했다.

“어서들 오시오. 이렇게들 찾아주니 고맙소이다.”

신료들이 마당에 엎드려 머리를 조아렸고, 배극렴이 댓돌 밑으로 다가서서 목청을 높여 말했다.

“수시중 배극렴 아뢰오. 제왕의 자질이 부족한 금상은 보위에 올라 여전히 혼암하여 임금의 도리를 잃었고, 인심도 떠난 지 오래였나이다. 더이상 사직과 백성의 주재자가 될 수 없사오니 금상을 폐하기를 청하나이다.”

금상을 폐하다니! 왕대비는 얼굴이 하얗게 질리고 앞이 캄캄했다. 극락과 지옥이 따로 없음이었다. 입안이 마르고 목이 컥 막혔지만, 왕실의 어른으로서 체통을 지켜야 했다.

“경이 수시중이라 하셨소?”

배극렴이 뻣뻣이 선 채 받았다.

“그러하옵니다, 왕대비마마.”

“갑자기 금상을 폐한다면, 대체 또 누구를 세워 보위를 잇는단 말이오.”

수시중 배극렴은 지체 없이 받았다.

“고려의 왕씨 보위는 이미 신돈의 자식인 우왕대에서 끊어졌소이다. 이제 또 누가 있어 보위를 이으리까. 다만 천기를 받은 인재가 무너진 나라를 일으켜 세울 것입니다. 통촉하소서.”

배극렴의 눈짓을 받은 남은이 대청으로 올라가 문서를 왕대비에게 올리며 말했다

“왕대비마마, 금상을 폐하는 교서이옵니다. 보시오소서.”

왕대비는 눈을 왕방울만 하게 뜨고 남은을 노려보았다. 가슴이 쿵쿵 뛰고 하늘이 노래졌다. 나라가 망했음이 아닌가! 태조대왕이 세운 오백 년 역사의 나라. 남편 공민왕이 국초의 부국강병 정책을 본받아 강국으로 일으켜

세우려고 애쓰던 나라가 망하다니! 눈을 부릅뜨고 교의에 앉은 채 엉덩이만 들썩이던 왕대비는 마침내 교의에서 고꾸라져 대청에 나뒹굴었다.

비죽비죽 웃으며 지켜보던 배극렴이 일행을 재촉했다.

"그만 됐소이다. 어서 북천궁으로 갑시다."

임금은 김진양 사건이 있은 뒤에 수창궁에서 이어하여 북천궁에 머물고 있었다.

북천궁 정전에는 대소신료들이 차서대로 도열해 있었고, 임금이 용상에 앉아 흐뭇한 용안으로 신료들을 내려다보고 있었다. 오늘은 임금이 이성계의 제택에 납시어 군신 동맹의식을 맺기로 한 날이었다. 몇몇 중신들만 대동하고 행차하려던 임금은 이른 아침부터 대소신료들이 정전에 모여들자 놀라고 의아했다. 어전 조회를 열기는커녕 국정 현안조차 품신하지 않았고, 임금을 용천뱅이 보듯 피하던 신료들이 아니던가. 그런 신료들이 부르지도 않았는데 관복을 갖추어 입고 구름처럼 모여들었다.

역시 이성계와 동맹을 맺기로 한 것이 잘한 일이라고 생각되어 임금은 가슴이 부풀었다. 임금을 능가하는 이성계의 위세가 두렵기는 하지만, 대소신료들이 믿는 중신과 동등한 입장으로 나라를 다스려 사직과 나라가 튼튼해진다면 더 바랄 나위가 없음이었다. 이제야 나라 꼴이 제대로 되는가 싶어 한없이 기쁘지만 임금은 궁금증을 못 참고 넌지시 물었다.

"경들이 이토록 입조를 하다니, 대체 무슨 일이라도 난 게요?"

밀직부사 조규가 능청스레 아뢰었다.

"오늘은 성상께옵서 시중대감과 동맹의식을 치르는 날이 아니옵니까? 경사스러운 날 신 등이 어찌 보고만 있겠나이까."

그러면 그렇지! 임금은 희색이 만면하여 용상에서 일어서며 말했다.

"참 그렇습니다. 오늘 같은 성전의식이 있는 날, 대소신료들의 경축이 없어서야 되겠습니까? 참으로 고맙소이다."

늘어선 신료들은 임금의 치하에 답하기는커녕 서로 눈치를 보며 비죽비죽 웃기도 하고, 더러는 딴전을 피우기도 하였다. 머쓱해진 임금이 앉았던 용상에서 다시 일어서며 말했다.

"대소신료들이 모두 참석했으니 어서 시중 사저로 출발합시다. 내관은 어서 앞서거라."

귀양에서 풀려 봉화군충의백 작호를 다시 받은 정도전이 나서며 말했다.

"수시중이 아직 오지 않았나이다. 잠시 기다리소서."

"참 그렇구려. 하면 수시중은 뒤따라오게 하고 우리가 먼저 갑시다."

임금이 층계를 내려서자 정도전이 매서운 눈길로 쏘아보며 말했다.

"기다리소서. 수시중이 와야 합니다."

임금은 찔끔해서 되올라가 용상에 앉으며 생각했다. 하기는 수시중이 앞장서 인도하여 나가는 것이 법도에도 맞을 터였다. 임금은 금방 환하게 웃으며 말했다.

"경의 말을 듣고 보니 참 그렇습니다. 당연히 수시중이 앞서야지요."

신료들이 노골적으로 키득키득 웃을 때 수시중 배극렴이 남은 등 관료들을 이끌고 정전으로 들어섰다. 배극렴이 양쪽으로 도열한 신료들 사이로 걸어와 임금 앞에 섰다.

임금이 용상에서 일어서며 말했다.

"수시중 어서 오시오. 기다리고 있었습니다. 자, 이제 모두 출발합시다."

임금 앞에 섰던 배극렴이 외쳤다.

"우부대언은 이 교지를 전하께 올리라!"

임금은 정신이 멍해졌다. 난데없이 교지라니? 대체 누가 있어 임금에게 교지를 내린단 날인가!

한상경이 교지를 받아 당상으로 올라가자 배극렴이 다시 외쳤다.

"왕대비전에서 교지가 내렸소이다. 자리에서 내려와 꿇어앉아 공손히 받으시오."

임금은 용안이 하얗게 질려갔다. 느닷없이 왕대비전의 교지라니! 그렇다면 폐왕이 되는 것이 아닌가? 속이 타고 숨이 막혔다. 입을 벌리고 어쩔 줄 모르는 임금을 한상경이 껴잡아 일으켜 세웠다. 끌려 일어선 임금은 하릴없이 용상 앞에 꿇어앉았다. 한상경이 교지를 펼쳐들고 읽었다.

> 성상은 들을 지어다. 그대는 보위에 오른 지 4년차가 되지만, 여전히 패만하고 혼암하여 정사를 어지럽히니 하늘도 노하여 천재가 잇달아 국운이 기울고 있는 바라…

꿇어앉은 임금은 부들부들 떨었다. 천둥 같은 말소리가 한 마디도 귀에 들어오지 않았다. 다만 '폐왕정창군'이란 말만 귓속에 말뚝처럼 쿡 박혔다. 임금은 팔을 짚고 엎드려 흐느껴 울었다. 자신이 폐왕이 되는 것은 조금도 억울하거나 서럽지도 않다. 누가 되든 왕 씨가 보위를 잇는다면 목숨을 버려도 아깝지 않다. 신하와 동맹을 맺어서라도 오직 나라를 지키려고 몸부림쳤지만 끝내 모두가 허사였다. 자신이 폐왕이 된다는 것은 곧 고려가 망하는 것이고, 이성계가 왕위에 오른다는 뜻이 아니던가! 그러나 임금은 한 가닥 희망의 줄을 잡고 매달렸다. 비틀거리며 일어서서 기라성 같이 늘어선 신료들을 둘러보았다. 흐르는 눈물을 닦을 염도 않고 더듬더듬 말했다.

"나는 본디 우매한 사람으로서 임금이 되고 싶은 생각은 추호도 없었소이다. 시중을 비롯한 대신들이 강제로 보위에 앉혔지만 늘 불안하고 두려웠소이다. 성품이 불민하여 사기를 알지 못하니 대소신료들의 심기를 거스른 일이 어찌 없었겠습니까. 비록 늦게나마 왕대비전의 교서를 받들어 나는 물러나지만, 부디 어진 이를 골라 오백 년 사직을 잇게 한다면 나는 죽더라도 여한이 없겠소이다."

말을 마친 임금은 벌통처럼 웅성거리는 신료들을 바라보며 용상에 주저앉았다. 옆에 있던 남은과 한상경이 기겁을 하고 달려들어 임금 팔을 껴잡아 일으켰다. 남은이 임금의 머리에서 관을 벗기고, 당상에서 끌어내리며 꾸짖어 말했다.

"그대는 임금이 아니오. 옥좌는 임금만이 앉는다는 것을 모르시오?"

당상에서 끌려 내려온 임금을 좌 우대언이 양쪽에서 껴잡아 정전 밖으로 끌고 나갔다. 임금이 사색이 되어 끌려나가자, 마당에는 어느새 말이 대기하고 있었다. 군사 두 명이 달려들어 임금을 답삭 안아 말 등에 태웠다. 뒤따라 나온 남은이 말고삐를 잡은 군사에게 일렀다.

"정중하게 모셔라!"

경마잡이와 군사 둘이 한꺼번에 읍을 하며 대답했다.

"명심하겠습니다!"

폐왕이 탄 말이 희빈문을 나섰다. 우왕이 끌려나갔고 창왕이 끌려나간 희빈문을 공양왕도 끌려 나왔다. 폐왕이 희빈문을 돌아보며 눈물을 왈칵 쏟았다. 무심한 말은 뚜벅뚜벅 걸었고, 멀어지는 북천궁 정문에서 눈길을 거둔 폐왕이 물었다.

"대체 어디로 가는 것이냐?"

호위군사가 받았다.

"사저로 모시랍니다."

폐왕의 사저라면 강원도 원주였다. 보위에 오르기 전에 20대 왕 신종의 7대 손자인 정창군 요는 원주에 살고 있었다.

이튿날, 수시중 배극렴이 남은, 정희계를 대동하고 왕대비전에 들었다.

배극렴이 대청에 올라서며 나인에게 명했다.

"왕대비께서 여쭈어라!"

나인이 잔뜩 겁에 질려 말했다.

"아직 못 일어나고 계십니다."

세 사람이 문 앞에 읍을 하고 서서 배극렴이 말했다.

"왕대비마마, 수시중 배극렴 환후 어떠하신지 문안 여쭙나이다."

안에서는 아무런 대응이 없다. 배극렴이 다시 말했다.

"왕대비마마, 국사는 하루도 소홀히 할 수 없사옵니다. 대비께서도 환후 위중하시니 시중 이성계로 하여금 감록국사監錄國事로 삼아 만기를 재결하게 하심이 어떠하리까?"

안에서는 여전히 대응이 없고, 이내 가느다란 흐느낌 소리가 들리기 시작했다.

서로 마주 보며 머리를 끄덕이고는 배극렴이 말했다.

"왕대비마마, 신 등은 그리 알고 이만 물러가나이다."

안에서 흐느끼던 울음소리가 통곡으로 변하여 커지고 있었다.

새로운 나라 조선

7월 16일, 날씨는 쾌청하고 찌는 듯이 무더웠다. 한 달이 넘도록 가뭄이 들어 여물던 곡식이 말라비틀어지고, 개울물이며 우물물도 말라 도성의 백성들은 아우성이었다. 이른 아침부터 도성 거리 요소요소에 군사들이 배치되었고, 왕궁에서 이성계의 제택까지는 행길 양쪽으로 대여섯 걸음마다 군사들이 창을 잡고 늘어서 있었다. 물동이와 물장군을 이고지고 물을 찾아 나서던 백성들은 난생 처음 보는 근엄한 광경에 눈이 휘둥그레졌다. 백성들이 삼삼오오 모여들기 시작하여 군사들이 지키는 길가와 골목에 가득 메어 찼다.

며칠째 계속되는 뒤숭숭한 민심 속에서 사태를 주시하던 뜻있는 백성들은 끼리끼리 모여 망국을 한탄하며 눈물을 흘리기도 했지만, 대부분 백성들은 영문을 모른 채 큰 구경거리라도 난 듯이 호기심으로 두런거렸다.

마침내 왕궁에서 나라의 대소신료들이 쏟아져 나오기 시작했다. 수문하시중 배극렴과 조준, 정도전, 김사형 등 중신들이 말을 타고 앞장섰고, 그 뒤를 국새함을 높이 받든 내관이 탄 4인교가 따르고, 그 뒤로는 이제, 이화, 퉁두란 등 대소신료들이 탄 말 50여 필이 줄줄이 따르고 있었다. 그 뒤를 도성의 사림과 한량들까지 따랐다.

이윽고 선두가 이성계의 제택 대문 앞에 이르렀다. 기다리고 있던 방과, 방원 형제들과 이성계의 사촌 이천우가 대문을 활짝 열었다. 말에서 내린 중신들은 국새를 받든 내관을 앞세우고 대문으로 들어갔다. 때가 마침 점심 때라 이성계는 내실에서 부인 지화와 물에 만 밥을 먹다가 난데없는 소란에 놀라 내다보았다. 마침내 상황을 알아차린 이성계가 중문을 닫아걸라고 소리쳤다. 경비병이 부리나케 달려가 중문을 닫고 빗장을 질렀다. 이성계가 거듭 소리쳤다.

"문을 단단히 걸고 아무도 들이지 말라!"

중문 앞에 몰려든 대소신료들은 웅성거렸다. 그러나 이것은 이미 정해진 과정이었다. 살아있는 임금을 내쫓고, 오백 년 사직을 뒤엎어 새로운 나라를 세우는 역성혁명의 순간이었다. 임금이 역적이 되고 신하가 임금이 되는 과정이었다. 자칫 잘못하다가는 내쫓겼던 임금이 되돌아오고, 임금이 되려던 신하가 역적이 되어 피바다가 산하를 시뻘겋게 물들일 엄청난 일이 벌어질지도 모를 숨 가쁜 순간이기도 했다.

이성계의 집 앞에는 유림을 비롯하여 도성의 백성들이 구름처럼 모여들었다. 백성들이 보는 앞에서 나라의 상징인 국새를 자랑스레 받아들인다면, 이는 백성을 속이고 나라를 뒤엎은 역적이다. 백성이 없는 나라는 없다. 백성들의 신임을 잃은 임금은 이미 임금이 아니다. 민위귀民爲貴 사직차지社稷次之라고 했다. 백성이 가장 귀하고, 나라가 그다음이며, 임금은 가장 가볍다고 했다.

대소신료들은 국새를 받들고 중문 앞에 엎드려 한가지로 외쳤다.

"문을 열어 주소서!"

"막중한 보위는 하루도 비울 수가 없나이다. 통촉하시오소서!"

신료들의 아우성이 악머구리 떼처럼 들끓었지만, 한 식경이 지나고 두 식경이 지나도 문은 열리지 않았다. 신료들의 관복은 찌는 듯한 복더위에 땀으로 흠뻑 젖었고, 어느덧 해가 뉘엿뉘엿 지고 있었다. 정몽주를 격살한 조영규가 나섰다.

"아니 되겠소이다. 대문을 부수더라도 해가 지기 전에 내전으로 들어가야 합니다."

젊은 벼슬아치들이 기다렸다는 듯이 다투어 달려들었다. 어디선가 곡괭이가 나오고 도끼가 나왔다. 그 연장들은 이미 밭을 일구고 장작을 패는 도구가 아니라 무기였다. 무기를 들고 달려들어 대문을 찍고 곡괭이로 틈새를 벌렸다. 성난 도끼날에 배겨날 문짝이 있을 턱이 없다. 이성계의 제택 중문이 마침내 도끼에 찍혀 활짝 열렸다.

한바탕 격전을 치른 젊은이들은 환성을 내질렀고, 중신들은 전열을 재정비했다. 우부대언 한상경이 국새 함을 높이 받들어 엄숙하게 앞장섰고, 그 뒤를 배극렴, 정도전, 조인옥 등이 따랐다. 한상경이 국새 함을 받들고 댓돌에 올라가서 대청에 놓인 탁상에 올리고는 뒷걸음질로 내려왔다. 대소신료들이 일제히 마당에 꿇어 엎드렸다. 수문하시중 배극렴이 목소리도 우렁차게 아뢰었다.

"감록국사 저하, 어서 납시어 국새를 받으시옵소서!"

"국새를 받으시오소서!"

신료들의 외침으로 저택이 떠나갈 듯했다.

마침내 방에서 나온 이성계는 대청위에서 백관들의 나배와 만세를 받고 이천우가 권하는 교의에 앉았다. 수문하시중 배극렴이 대청 중앙에 올라와 공손히 읍을 하고는 준비한 두루마리를 펼쳐 읽기 시작했다.

나라에 임금이 있는 것은 위로는 사직을 받들고 아래로는 백성을 편안하게 하는데 근본이 있는 것입니다. 고려가 건국되어 거의 5백 년이 되었는데 공민왕은 아들이 없이 세상을 떠났습니다. 그때 실권을 쥔 권신이 자기 마음대로 요승 신돈의 아들 우를 공민왕의 후사라 일컬어 왕위를 도둑질하여 15년이 되었으니, 왕씨의 보위는 이미 그때에 폐했던 것입니다. 이에 하늘이 견책하는 재앙의 징조를 번갈아 일으키니, 정창군이 스스로 임금의 도리를 잃었음을 알고 물러나 사저로 갔나이다. 때가 이에 이르매, 군정과 국정의 사무는 지극히 중대하므로, 하루라도 통솔이 없으면 아니 될 것으로서, 이제 마땅히 공께서 왕위에 올라 하늘과 백성의 기대에 부응

하소서.

배극렴은 물속처럼 가라앉은 무거운 분위기 속에서 크고 낭랑하게 장문의 추대 교서를 읽었다.

묵묵히 듣고 있던 이성계가 일어서서 마당에 도열한 백관들을 둘러보며 말했다.

"예로부터 제왕帝王의 일어남은 천명天命이 있지 않으면 아니 된다. 나는 실로 덕이 없는 사람으로 어찌 대업을 감당하겠는가?"

배극렴이 이성계의 교의 앞에 꿇어앉으며 권고했다.

"공이 아니면 누가 있어 이 나라와 백성들을 다스리겠나이까? 천명은 이미 공에게 내렸나이다. 사양치 마시오소서."

이성계는 교의에서 일어서며 받았다.

"거듭 말하지만 나는 제왕의 그릇이 못되오. 그만 물러들 가시오."

이성계는 뿌리치고 안방으로 들었고, 대소신료들은 마당에 엎어지며 부르짖었다.

"천명을 받으소서!"

"나라와 백성들을 굽어 살피소서!"

배극렴, 조인옥 등이 대청에 올라 의견을 나눈 뒤에 방으로 들어갔다. 이미 해가 지고 이성계의 제택 안팎에 초롱불이 대낮같이 밝혀졌다. 한참 뒤에 들어갔던 사람들이 나왔다. 안마당과 바깥마당에 빼곡하게 들어찼던 사람들 시선이 대청으로 쏠렸다. 정도전이 댓돌에 내려서서 말했다.

"공께서 마침내 의중을 밝히셨소이다. 밝는 날 수창궁에 거둥하시어 백관들과 만백성의 염원에 따르기로 하셨소이다. 자, 이제 물러들 가십시다."

많은 사람들이 일시에 썰물처럼 빠져나갔다.

이튿날 1392년 7월 17일이었다. 이성계는 말을 타고 수창궁 정문 앞에 이르렀다. 그 뒤를 이지란(李之蘭: 이성계의 의형제 퉁두란은 이때부터 이지란이 되었다.)과 방간, 방원 등 다섯 아들과 조카 이천우가 호위해 모시고 따랐다.

만조백관이 정문에 나와 새 임금을 맞이했다. 말에서 내린 이성계는 양쪽으로 도열한 대소신료들의 영접을 받으며 걸어서 수창궁에 들어갔다. 지밀로 안내된 이성계는 미리 준비된 강사포(임금이 조하때 입는 붉은 예복)로 갈아입고 원유관을 썼다.

옷이 날개라고 했던가! 문하시중 관복을 입고 입궐했던 사람이 금방 제왕의 예복으로 갈아입었는데, 그대로 하늘이 내린 제왕처럼 빛이 발하고 위엄이 넘쳤다. 시중을 들던 상궁과 내관들은 내심 놀라 벌어진 입을 다물지 못했다. 예복을 입은 수많은 임금을 보아왔지만, 이토록 옷이 어울리고 위엄에 찬 임금을 본 적은 없다고 모두 치하를 올렸다. 누가 보아도 예복을 입은 이성계는 티끌만큼도 빈틈이 없는 타고난 임금의 자태였다.

임금이 상궁과 내관들의 안내를 받아 정전으로 나와 당상 정면에 섰다. 청아하고 유량한 궁중주악이 정전에 울려 퍼졌다. 수문하시중 배극렴과 정도전이 어좌에 오르기를 청하였으나 임금은 사양했다. 백관들이 거듭 권하였으나 임금은 끝내 사양하고 당상 중앙에 서서 의식을 재촉했다.

잠시 소란했으나 이내 장내를 정리하고 의식이 거행되어 만조백관이 홀을 들고 나배를 올렸다. 새로이 등극한 임금이 만조백관의 추대를 받아 왕위에 올랐음을 홀기를 높이 들어 답례하였다. 이로써 오백 년 고려의 사직이 소멸되고 새로운 나라가 생성되었다. 조선왕조의 태조가 되는 이성계의 춘추 58세였다.

대소신료들이 신례를 올리고 새 임금과 새 나라의 천추만세를 불렀다.

"신왕조新王祖 만세!"

"성상전하 천세!"

조하를 받은 임금은 육조의 판서 이상 중신들을 전상으로 오르게 하고 임금으로써 제일성을 토했다.

"내가 수상이 되어서도 오히려 늘 두려운 생각으로 직책을 다하지 못할까 노심초사했는데, 어찌 오늘날 이 같은 일을 볼 것이라 생각하였겠는가. 내가 만약 전처럼 몸만 성했다면 필마를 몰아서라도 오늘과 같은 일을 피했으리라. 허나 공교롭게도 마침 병이 들어 몸이 자유롭지 못한지라 이와 같은 대업을 받게 되었으니, 경들은 마땅히 각자 맡은 바 책임을 다하고 힘을 합하여 덕이 부족한 나를 보좌하라!"

중신들이 일제히 읍하며 아뢰었다.

"성상전하, 감축 드리옵니다. 어명 받자와 명심하겠나이다."

"고맙소이다."

"황공하나이다, 전하!"

새 임금은 만조백관을 둘러보며 말했다.

"조정과 지방의 대소 중외 신료들은 그 직분을 그대로 수행할 것이며, 모든 정무政務 또한 전조(前朝: 고려)의 예에 따를 것이로다."

등극 의식을 마친 임금은 수행관만 대동하여 제택으로 돌아갔다. 당연히 등극 연회가 베풀어져야 하지만 백성들의 눈과 귀를 의식한 의도적인 처사였다.

8월 10일, 조정이 웬만큼 안정이 되자 임금은 작년 1월에 세상을 떠난 본처 한 씨를 신의왕후로 추존하고, 부인 강 씨를 현비로 봉했다. 또한 여러 왕자들과 종친을 군君으로 봉했다. 뒤이어 공신들에게도 새로운 관직을 제수하고 군호를 내렸다.

장남 방우芳雨를 진안군鎭安君으로 봉하고, 방과芳果 영안군永安君, 방의芳毅 익안군益安君, 방간芳幹 회안군懷安君, 방원芳遠 정안군靖安君, 서자 방번芳蕃 무안군撫安君, 방석芳碩 의안군義安君, 부마 이제李濟 흥안군興安君으로 봉했다.

배극렴을 보조공신 문하시중으로, 조준 좌명개국공신 문하우시중, 이화 좌명개국공신 상의문하부사, 정도전 좌명공신 문하시랑찬성사, 이지란 보조공신 참찬문하부사, 남은 좌명공신 판중추원사, 황희석 상의중추원로 제수하고, 그 외 30여 명에게도 관직을 내리고 공신에 봉했다.

임금은 등극을 하고도 궁궐 수창궁에 들어가지 않고 사저에 그대로 있었다. 임금이 어디에 있던 그 곳을 시좌소라 하여 상궁 나인과 내관이 따르게 마련이었다. 워낙 좁았던 이성계의 사저는 임금의 처소로서 많은 사람이 기거하기에는 불편했다.

중신들은 수창궁으로 이어하기를 수차 청했으나 임금은 번번이 거절했다. 임금의 생각에 전조의 왕들이 셋이나 쫓겨나간 궁에 들어가기가 께름칙했는지도 모를 일이었다. 더구나 그 왕들을 모두 자신의 의도로 쫓아냈음에랴. 보다 못한 중신들이 의논해서 웬만한 궁에 못지않게 넓은 문하찬성사 윤호의 제택으로 시좌궁을 정해 이어하게 했다. 임금은 그것도 거절했으나, 워낙 불편하여 7월 28일에 윤호의 제택으로 이어했다.

퇴궐한 임금은 대청에 교의를 놓고 앉아 밖을 내다보고 있었다. 지난 20여 일이 꿈같이 어수선하게 지나갔다. 정신없이 바쁜 나날이기도 했다. 명나라에 새 왕조의 등극을 알리는 사신이 떠났고, 경향 각지에서 전조의 멸망에 항거하는 크고 작은 반란이 연달아 일어나고 있었다. 전쟁경험이 많은 이지란, 조준, 조영무 등 충직한 장수들을 각 도에 보내 병권을 장악하여 진압하고 있지만, 반란은 언제 어디서 터질지 가늠할 수도 없었다.

이성계는 국경 근방의 변방에서 태어나 수많은 전쟁과 변란을 겪으면서 자랐고, 성인이 되면서부터 칼을 차고 전장을 누볐다. 그 많은 전쟁에서 단 한 번도 패해본 적이 없는 임금에게 있어서 그만한 반란쯤은 조금도 두렵지 않았다. 다만 두려운 것은 민심이었다. 반란을 진압하되 민심을 잃지 않고, 백성들에게 새 나라가 일어서게 된 정당성을 주지시키게 하였지만 그것이 짧은 시일에 이루어지지는 않을 터였다.

임금은 시원한 바람을 이마에 느끼며 눈을 들어 밖을 보았다. 해가 지는지 담장 너머의 오동나무 그림자가 바람에 일렁이며 별채 바람벽에 걸려 있었다. 바람에 오동잎이 흔들리며 몇 잎이 때이르게 이따금 떨어져 마당에 널리고 있었다.

진안군에 봉해진 맏아들 방우가 오늘 해주에서 온다는 기별이 있었다. 3년 만에 보게 되는 아들이다. 이성계의 맏아들 방우는 성격이 고지식하고 강직했다. 불의를 못 참아 했고, 의로운 사람에게는 지위 고하를 막론하고 머리를 숙였다.

따라서 당대에 가장 존경하는 사람이 삼군도통사 최영이었다. 밀직부사 방우는 사신 서장관으로 명나라에 들어간 후 최영이 참형을 당한 사실을 알게 되었다. 최영이 반역을 꾀하다 발각되어 참형 되었음을 명나라에 알리는 사신이 뒤따라 들어온 것이다. 한 달 전에 먼저 사신으로 명나라 황궁에 들어와 있던 아우 방원을 만난 그는 비로소 모든 사실을 알게 되었다.

두 달장간에 사신이 연달아 세 차례나 명나라에 들어온 동기며, 최영이 참형을 당한 것이 모두 정도전과 남은, 조준, 방원 등이 꾸민 공작이었으며, 그 위에 아버지 이성계가 있다는 것을 방우는 비로소 알게 되었다. 당시 명나라는 오왕吳王으로 자칭하던 주원장朱元障이 원나라를 멸망시키고 스스로 황제가 되어 국호를 명明이라 칭하고 건국한지 20년이 되던 해였다.

넉 달 만에 명나라에서 돌아온 방우는 걷잡을 수 없이 기울어지는 나라를 보았다. 사태를 지켜보던 방우는 긴 여행의 노독이 풀릴 겨를도 없이 한때 방어사로 근무했던 해주로 떠났다. 이성계는 모든 것을 뿌리치고 변방으로 떠나는 아들에게 다시 해주방어사를 제수했었다. 방우는 아버지가 새 나라의 임금이 되어 등극을 해도 오지 않았다. 그러나 임금이 된 아버지가 도성으로 오라는 어명을 거역하지 못해 돌아오는 것이다.

중문이 열리고 방우가 들어섰다. 멀리서 보아도 몰라볼 만치 모습이 초췌했다. 마흔을 바라보는 나이라고는 하지만 너무 초라한 모습이 안쓰러워 임금은 가슴이 찡했다. 3년간이나 없는 듯이 잊고 있었던 보위를 이을 맏아들이었다. 방우가 대청으로 올라와 절을 올리고 문안했다.

"아버지, 소자 문후 여쭙나이다."

방우에게는 아직 임금이 아닌 아버지였다.

"오냐, 참 오랜만에 보는구나."

"죄송하옵니다, 아버지."

방우는 꿇어앉은 채 눈물을 떨구었다. 임금은 뒤에 시립한 나인들에게 일렀다.

"교의를 내다 놓고 너희들은 물러가거라."

내관이 교의를 내다가 임금 앞에 놓았다.

임금이 꿇어앉은 아들의 손을 잡아 일으켰다.

"일어나 앉거라."

방우는 교의를 뒤로 물리고 아버지와 마주 앉았다. 지근에서 교의를 놓고 아버지와 마주 앉기는 처음이었다. 3년 만에 보는 아버지도 이제 많이 늙었다. 방우의 눈에 또 눈물이 괴었다.

아버지는 너무 초췌해진 아들을 안타까운 눈으로 어르며 말했다.

"그 얼굴하며, 어찌 그리 심약해졌느냐?"

아들은 애써 웃어 보이며 받았다.

"아니옵니다. 아버지께서 쇠약해지신 듯싶어서…!"

"허허, 그랬더냐? 다친 몸도 이제 많이 좋아졌으니 걱정 마라."

"참으로 다행입니다, 아버지."

"그래, 나보다 네가 더 수척해졌구나. 술을 자주 많이 먹는다더니 그 탓이냐?"

지난 3년을 오직 술로 흘려보낸 아들은 말없이 고개를 숙였다.

안쓰러운 눈으로 아들을 바라보던 아버지는 임금의 입장이 되어 타일렀다.

"너는 이제 네 한 몸이 아니라 임금의 적장자니라! 막중한 몸이 되었으니 오늘부터 처신을 바로 해야 할 것이야."

방우는 그제서 임금이 된 아버지를 우러러보았다. 우러르는 눈에 또 눈물이 고였다가 흘러내렸다. 왕이 된 아버지! 방우는 왕이 된 아버지를 보면서 왜 자꾸 눈물이 나는지 알 수 없어 그냥저냥 서러웠다. 침전문을 열고 부자 상봉을 지켜보던 방우의 서모 현비가 조용히 문을 닫고 있었다. 임금이 교의를 당겨 앉아 아들 손을 잡고 말했다.

"허어, 어찌 그리 눈물이 헤프냐?"

방우는 아버지 얼굴에서 최영의 모습을 떠올리고 있었다. 아버지와 최영은 흔들리던 고려의 두 기둥이었다. 두 사람이 힘을 합쳐 고려를 지켰더라면, 고려는 보란 듯이 재기했을지도 모른다. 그러나 아버지는 위화도 회군으로 고려에 반기를 들었고, 끝내 오백 년 사직과 함께 용장 최영과 충신 정몽주는 소멸되었다.

방우는 해주에 있으면서 해마다 한 번씩 행주 덕물산에 있는 최영의 묘소를 찾았었다. 아버지가 새 나라의 왕으로 등극하는 날도 방우는 최영의 묘소에 앉아 아버지의 죄를 대신 사죄하며 울었다. 그러나 이제는 방우도 많은 것을 깨달았다. 구석구석 낡고 병들었던 고려는 소멸되어 군주만 바뀌었을 뿐, 백성은 매양 그 백성이 아니던가! 새 나라의 임금이 된 아버지 앞에 앉은 방우는 슬프지만 감격스럽기도 했다. 방우는 마음을 가다듬고 진솔하게 말했다.

"임금이 되신 아버지를 뵈오니 저절로 눈물이 흐르나이다."

임금도 숙연해지며 받았다.

"그래, 그래! 어이 아니겠느냐. 지고지난 했던 지난날들을 생각하면 눈물인들 어찌 나지 않으리. 하지만 나는 이미 늙었다. 마음은 천지를 뒤집을 것 같지만 어느새 환갑이 눈앞에 다가왔구나."

아들은 정색을 하고 말했다.

"아니옵니다. 어려운 시기에 아버지께서 국초의 기틀을 바로잡으셔야 합니다. 심기를 굳건히 하시오소서."

"그야 물론이다. 그러자면 우선 왕실의 기강이 바로 서야 한다. 너는 적장자다. 조만간 너를 세자로 책봉할 것이니 그리 알거라."

아들은 흠칫 놀라며 아버지가 아닌 임금을 바라보았다. 세자라니! 그렇게 될지도 모른다는 생각은 하고 있었지만, 그렇더라도 그 일은 먼 훗날일 터이고, 자신은 적장자지만 보위를 이어받을 세자가 되고 싶은 생각은 추호도 없었다. 그렇게될 것이 오히려 두려웠다. 그런데 그 일이 코앞에 닥쳤다. 방우는 굳어진 얼굴로 아버지를 보다가 정색을 하고 대답했다.

"아버지, 저는 그 자리에 오를 자격이 없나이다."

고개를 숙인 아들을 착잡한 표정으로 바라보던 임금이 꾸짖어 말했다.

"자격이라니? 너는 적장자니라! 자격은 지금부터 갈고 다듬으면 되느니라."

방우는 분연히 말했다.

"사람은 각자 타고난 자질이 다릅니다. 소자는 아무리 갈고 다듬어도 제왕이 될 자질이 되지 못합니다. 저 자신을 제가 아는데 어디를 어떻게 갈고 다듬겠나이까? 명을 거두어 주시오소서."

임금은 안타까운 용안으로 어르며 받았다.

"나는 너를 잘 안다. 너는 심성이 곧고 강직하다. 그것이 장점이다. 제왕의 자질은 배우고 다듬으면 된다. 새로이 건국된 나라에 적통으로 보위를 잇지 못한다면 천하의 웃음거리가 되지 않겠느냐? 이것은 어길 수 없는 법도니라."

방우는 애원하다시피 거듭 사양했다.

"아버지, 소자는 아니 되옵니다. 국초의 제왕은 기상이 높고 그 위엄이 천하를 제압해야 합니다. 저는 그럴만한 그릇이 못 되옵니다."

"대체 어찌 그리 심약해졌느냐? 세상이 바뀐 것을 왜 모르느냔 말이다."

"세상은 조금도 바뀌지 않았습니다. 소자가 보는 세상은 예나 지금이나 허무하고 허망합니다. 소자를 이대로 살게 둬 두시오소서."

임금은 용안에 노기가 어렸다. 옥음이 높아졌다.

"왕실의 법도라 하지 않았느냐?"

언제부터였던가 임금의 등 뒤 침전문이 빠끔하게 열려있었다. 현비가 부자의 동정을 엿보고 있을 터였다. 나인과 내관들이 시좌궁에 불을 밝히기 시작했다. 방우는 주저 없이 받아 신하의 도리로 아뢰었다

"아바마마, 용서하소서. 신은 법도를 따를 수 없나이다. 죽여 주소서."

임금은 어둠이 내리는 마당을 내다보며 탄식했다.

"허-어, 이 난제를 어찌한단 말이냐!"

"아바마마, 소자를 벌하여 주시오소서!"

임금은 안타까운 용안으로 아들을 어르며 나직이 물었다.

"네 뜻이 그러하다면, 어제오늘의 결심이 아니었을 터. 그러면 누가 너를 대신하면 되겠느냐?"

방우는 잠시 침묵하다가 아뢰었다.

"소자가 아니면 당연히 방과가 아니겠습니까? 방과라면 국초의 제왕으로서 능히 나라의 기틀을 다질 것이옵니다."

임금은 그새 평정을 되찾고 교의에 기대앉아 밖을 내다보고 있었다. 별채 지붕 위의 별들이 점차 새파랗게 되살아나고 있었다. 시원한 바람 한 줄기가 대청을 휘돌아 지나갔다.

묵묵히 앉았던 임금이 일어서며 말했다.

"네 뜻이 확고함을 알았다. 먼길에 피로했을 터이니 쉬어라."

방우는 일어서서 읍을 한 체, 아버지가 침전으로 들 때까지 그렇게 서 있었다.

초열흘 달빛이 대낮같이 밝아 불을 끈 방안이 희끄무레하게 밝았다. 임금과 현비는 나란히 누웠지만, 맏아들 방우를 두고 각각 딴 생각을 하고 있었다. 맏이가 세자를 사양한다면 당연히 차자가 뒤를 잇는 것은 당연하다. 그러나 임금은 당연함을 두고도 썩 마음이 내키지 않았다. 일곱 아들들을 차례로 떠올리며 생각해 보아도 마음이 번조하기는 마찬가지였다.

자는 줄만 알았던 현비가 돌아누우며 말했다.

"방우가 세자 되기를 사양한다구요?"

"아직 안 잤소?"

"잠이 올 턱이 없지요. 대체 방우는 왜 싫다는 겝니까?"

임금은 짧게 한숨을 쉬고는 받았다.

"워낙 심약한 애가 아니오. 일단 책봉이라도 해 놓으면 어떻게 되리라 했었는데, 굳이 마다니 어쩔 수 없게 되었소."

"그럼 어쩌실 작정이오?"

"당연히 방과지만 썩 내키질 않아요. 그간의 공으로 본다면 방원이 적임이지만 성정이 워낙 과격한 데다 위로 세 아이가 걸리고…. 부인 생각은 어떻소?"

현비는 잠시 뜸을 들이다가 말했다.

"국초의 혼란한 시기입니다. 굳이 적통을 주장해서 차례를 따질 일만은 아니라고 생각하네요. 개국 공신들이 세자를 싸고 권력을 다툰다면 큰 혼란이 올 수도 있지 않겠어요?"

임금도 한참 뜸을 들이고 받았다.

"공신들이라…! 어느 아이가 세자 위에 오르더라도 공신들은 당연히 편을 가르게 될 것이오. 그것은 어느 왕조 어느 왕대에서도 흔히 있었던 일이니까. 편 가르는 무리들을 어떻게 단속하여 다스리느냐가 관건이지. 그래서 적장자가 아닌 세자책봉이 어려운 것이오."

"이미 권력을 쥐고 공신들과 편 가르기를 하고있는 왕자들 중에서 누가 세자가 된다면, 임금도 세자 자신도 어쩌지 못하고 그들에게 등 떠밀려 갈 수도 있어요. 그래서 큰 혼란이 올 수도 있다는 것이 제 생각입니다."

임금은 또 한숨을 쉬고는 말했다.

"그래서 어렵다는 게 아니오."

현비는 임금의 허리를 감았던 팔을 풀고 바로 누우며 한숨을 폭 쉬고는 짜증스레 말했다.

"나는 불안해서 못 살겠어요. 재상의 아내로 마음 편히 살 때가 좋았어요."

"불안하다니, 뭐가 불안하다는 게요?"

현비는 돌연 벌떡 일어나 앉으며 토라진 음성으로 대꾸했다.

"생각해 보세요. 우리 둘이 죽고 나면 적실 임금과 그 왕자들 틈에서 후실 자식인 제 아이들이 어떻게 되겠어요? 잘 되면 천덕꾸러기요, 못 되면 어느 귀신이 잡아갈지 누가 알겠어요."
임금도 일어나 앉으며 받았다.
"아니, 그게 무슨 말이오? 금수가 아니고서야 어찌 제 피붙이를 이유 없이 천대하고 잡아간단 말이오?"
"상감께서는 그동안 뭘 보시고 사셨소? 그게 어디 임금과 왕자들만 잘한다고 되는 일이었나요? 권력을 붙좇는 자들의 심사는 오늘 다르고 내일 다르다는 것을 소첩은 알고 있나이다."
임금은 섬뜩한 생각이 들기는 했지만 짐짓 과묵하게 대꾸했다.
"별걱정을 다 하는구려. 어찌 될지도 모르는 먼 훗날을 두고 그런 걱정을 왜 벌써부터 한다는 게요?"
현비는 쌩그랗게 대들었다.
"소첩은 내일이 어찌 될지 모르면서 불안하게 살고 싶지 않습니다. 아이들을 데리고 친가로 가겠어요. 보내주세요."
"아니, 뭐요?"
"뭘 그리 놀라십니까?"
"놀라지 않다니, 임자는 이제 나라의 국모요. 가벼이 처신할 수 없다는 것을 모르시오?"
현비는 극한 상황이 눈앞에 닥치기라도 한 듯이 황망하게 대들었다.
"적실의 왕자가 다섯이나 있는 후실 국모는 허깨비에 불과합니다. 소첩은 허깨비로 살고 싶지 않으니 제발 보내주세요."
임금은 멍하니 앉았다가 비로소 현비의 뜻을 알고 말했다.
"그러면, 부인은 지금…!"
"소첩의 눈에는 훤하게 보입니다. 우리 둘 중에 누가 하나라도 죽는다면 내 소생들은…!"
현비는 끝내 무릎에 얼굴을 묻고는 흐느꼈다. 임금은 당황하여 어깨를 껴안고 다독이며 말했다.
"임자의 뜻을 알겠소이다. 나라고 어찌 그 생각인들 안 했겠소. 하지만 국초의 이 어려운 시기에 아직 어린아이를 세운다면 어찌 되겠소? 더 큰 혼란이 올 수도 있음이오."

눈물을 거둔 현비가 얼굴을 들고 받았다.

"어린아이는 언제까지나 어린아입니까? 차라리 어린아이를 세워 공신들이 어린 세자를 보필하고 가르치며 힘을 뭉친다면, 어린 세자가 자랐을 때는 권력이 하나로 집중되겠지요. 천하를 호령하고 나라를 세우신 상감이십니다. 공신들을 한 손에 움켜쥐고 아직 권력이 없는 왕자를 세워 따르게 한다면, 왕실과 나라는 저절로 태평해질 것이옵니다. 소첩의 말이 틀렸습니까?"

임금은 비로소 머리를 끄덕였다. 이미 권력을 쥐고 무리를 이룬 왕자들보다 권력을 모르는 어린 왕자를 세워 가르치고 보필하게 한다면 권력의 중심은 점차 세자에게로 몰릴 것이다. 그 뒷받침을 내가 한다! 옳은 말일 수도 있음이었다. 임금은 무거운 짐을 내려놓은 듯 홀가분해졌다. 밝게 웃으며 현비를 다독였다.

"듣고 보니 임자의 말이 옳소. 하마터면 대사를 크게 그르칠 뻔했소."

"소첩의 뜻을 이해하시니 고맙사옵니다."

"알다마다요. 큰아이로 정합시다."

현비는 와락 달려들어 상감을 안았다. 가슴에 얼굴을 부비며 울먹였다.

"고맙사옵니다, 상감마마! 국초의 기틀이 잡힐 것이옵니다. 천하를 호령하고 평정하시던 그 위용을 더욱 떨치소서. 누가 있어 감히 거역하오리까."

그로부터 열흘이 지난 8월 20일이었다. 그동안 조정 중신들은 하루빨리 세자를 책봉해야 한다고 수차 주청했다. 하지만 임금은 생각 중이라며 미루고는 몇몇 중신들에게 현비와 그 소생들을 두고 슬쩍슬쩍 언질을 던지기도 했었다. 생각했던 대로 무작정 밀어붙였다가는 시끄러운 일이 벌어질 수도 있는 매우 민감한 중대사였다. 며칠간 조정은 당연히 세자책봉을 두고 어수선했다. 왕자들은 왕자들끼리 눈치를 살피고, 중신들은 중신들끼리 수군거리는 것을 임금은 그저 묵묵히 눈여겨 살피고 있었다.

조회를 끝내고 국정을 살피던 임금은 저녁답에 좌시중 배극렴과 조준, 정도전을 편전으로 들게 했다. 세 중신이 탑전에 부복하며 여쭈었다.

"전하, 찾아 계시오니까?"

임금은 짐짓 근엄한 용안으로 받았다.

"그렇소이다. 경들은 전부터 하루빨리 세자를 세워야 한다고 했는데 과연 누가 적임이라고 보시오?"

적장자 방우가 세자 되기를 극구 사양했다는 것을 알고 있는 세 중신은 서로 쳐다보며 말을 아꼈다. 왕자 일곱 중에 서자가 둘이다. 서자를 두고 이미 언질을 받은 중신들은 함부로 입을 열기 어려웠다. 적실 왕자 방과와 방원은 개국에 큰 공이 있고, 그 휘하에 만만찮은 세력이 형성되고 있음을 보고 있는 터였다. 임금의 의중이 서자에게 있다는 것은 알지만 자칫하다가는 왕자들 틈바구니에서 떼죽음을 당할 수도 있는 중대사였다.

무작정 침묵할 수만은 없어 배극렴이 공식적인 대답을 아뢰었다.

"진안군께서 사양하셨다면 법도로 보아 응당 영안군께서 대를 이음이 마땅하지 않을까 사료되나이다."

임금이 하나마나한 소리라는 듯 딴전을 보며 말했다.

"적통을 놓고 본다면 당연하겠지만 사람을 놓고 보아서는 미진한 점도 있소이다. 국운이 걸린 막중대사이거늘…."

세 사람이 서로 눈치를 보다가 정도전이 아뢰었다.

"왕자들께서 모두 하나같이 영특하시니 신들이 어찌 감히 적임을 아뢰오리까. 옛말에도 아들을 알기는 아버지만 한 이가 없다고 하였나이다."

명답 중의 명답이었다. 정도전은 민감한 상황에서 왕자 일곱을 모두 세자후보로 추천하고는 슬며시 발을 빼었다. 조준도 꽉 막혔던 속이 뚫린 듯 시원해서 얼른 거들었다.

"전하, 찬성사의 주청이 옳사옵니다. 신 등은 성심을 따를 뿐이옵니다."

임금은 그럴 줄 알았다는 듯 고개를 끄덕이다가 옥음을 낮추며 말했다.

"과인의 생각으로는 방번이 어떨까 하오!"

세 중신은 하나같이 흠칫했다. 이미 예상했던 말이기는 했지만 막상 임금의 입에서 떨어진 말은 섬뜩했다. 임금의 수족이나 다름없는 이들 세 중신은 이미 의논을 했었다. 임금의 의중이 후실의 소생에 있다면 왕재로는 둘째인 방석이었다. 의논이 있었으면서도 이들 세 사람은 서로 눈치를 보며 밀고 당기고 있었다. 성정이 급한 배극렴이 쭈뼛쭈뼛 혼잣말 하듯, 자기들끼리 의논하듯이 말했다.

"무안군께서는 좀 부앙한 면이 있어서 어떨지…"

임금이 기다렸다는 듯이 즉시 받아 말했지만 역시 조심성이 깃들어 있었다.

"좌시중 말이 맞소. 그 아이는 좀 부박한 면이 있긴 있어."

세 중신은 한꺼번에 머리를 조아렸다.

"황송하옵니다, 전하!"

임금은 좀 과장되게 손을 내저으며 말했다.

"알았소이다. 말인즉슨 옳은 말이야. 과묵하고 영특함이야 방석이 월등하지. 그렇지 않소?"

세 중신은 또 서로 눈짓을 하다가 한꺼번에 아뢰었다.

"전하, 옳은 결단이시옵니다. 하례 드리나이다."

"허허허, 고맙소이다. 보는 눈은 같은 것이야. 역시 방석이 왕재였어. 그럼 그렇게 결정이 났소이다. 세자 문제를 두고 더이상 논의가 있어서는 아니 되고, 뒷말들이 오가서도 아니 될 것이오."

조준과 정도전은 속으로 찔끔했지만 배극렴이 받아 아뢰었다.

"전하, 어찌 뒷말이 있겠사옵니까. 심려치 마시오소서."

임금은 그래도 못 미더워 다짐을 받듯 거듭 말했다.

"그래도 그렇지 않을게요. 혹여라도 대소신료들 간에 이 일로 시끄러워지면 경들에게 책임을 물을 것이외다. 반면에 왕자들에게서 문제가 생기면 내가 해결할 것이오. 그리 알고 세자 책봉의식을 준비하시오. 오늘이라도 좋소이다."

"전하, 성심을 받들어 거행하겠나이다."

이리하여 태조의 일곱째 아들 방석이 11세에 세자로 책봉되었다. 세 중신은 어전을 물러나오며 길게 한숨을 내쉬었다. 큰 걱정이던 끌방망이 같은 적실 왕자들의 불만을 임금이 책임진다면 만사형통이었다. 환갑이 다된 임금의 시대는 이제 머지않을 것이고, 어린 왕자를 세자로 보필하다가 보위에 오른다면 자손 대에까지 영화를 누릴 터였다. 반면에 적실 왕자 중에 이미 권력을 쥔 방과든 방원이든 간에 보위에 오른다면, 소위 개국 공신들의 권세는 견제를 받거나 그날로 땅에 떨어질 것이 불을 보듯 뻔했다.

왕자 이방원

그해 11월 27, 계품사로 명나라에 갔던 밀직사 조임이 명나라 예부의 자문을 받아 돌아왔다. 나라의 국호를 정하겠으니 허락해 달라는 계품에 대한 자문이었다.

> 고려국 권지국사(權知國事)가 본국(本國) 예부(禮部)에 주문(奏文)하기를, '황제께서 신에게 이미 권지국사의 작호(爵號)를 내리시었으니, 이제 마땅히 국호를 새로이 정하여 나라의 기강을 세우고 백성을 위무하고자 하오니 윤허하소서.' 하였다. 이에 본국 황제폐하께서 윤허하시기를 '짐은 주문을 허락하노니, 어떤 칭호(稱號)로 고칠 것인가를 즉시 보고하라.' 하시었소. 귀국에서는 칙지를 받들어 즉시 시행하시오.

임금은 즉위한 즉시 명나라에 사신을 보내, 고려왕을 폐하고 삼군도통사 이단(李旦: 이성계가 즉위한 뒤에 바꾼 이름)이 보위를 이었으니 승인해 달라는 주문을 청했었다. 이에 명나라에서는 왕호를 허락하지 않고 권지국사라는 작호爵號를 내렸었다.

명나라로부터 국호개정 승인을 받은 조정에서는 며칠에 걸쳐 국호를 정하는 논의를 했다. 최종으로 정해진 가칭 국호는 '조선朝鮮과 화령和寧'이었다. '조선'은 고대 단군조선의 맥을 잇는다는 뜻이었고, '화령'은 이성계가 태어난 고을의 이름이었다. 국호를 결정한 조정에서는 즉시 예문관학사 한상질을 주문사로 삼아 명나라 수도 남경에 보내 조선과 화령 중에서 국호를 지정해 주도록 요청했다.

태조 2년(1393) 2월 15일, 명나라에 갔던 주문사 한상질이 돌아왔다. 임금은 관아에서 명황제의 자문을 받든 한상질을 맞이했다. 자문은 다음과 같다.

> 본국 예부에서 우시랑(右侍郎) 장지(張智) 등이 윤12월 9일에 삼가 황제폐하의 성지를 받들었는데, 그 조칙에, '동이(고려를 지칭)의 국호에 다만 조선(朝鮮)이라는 칭호가 아름답고, 또한 이것이 전래한 지가 오래되었으니 조선으로 하되, 그 명칭을 근본으로 하여 본받을 것이며, 하늘의 뜻으로 백성을 다스려서 후사를 영구히 번성케 하라.' 하시었소. 이에 본 예부에서 삼가 성지의 사의를 갖추어 앞서 전하는 바이오. 후일에 국호를 정한 고명(誥命)을 받든 사신이 방문할 것이오.

자문을 읽은 임금은 기뻐하며 두 번이나 명나라에 다녀온 한상질에게 전지 50결(1결은 600평)을 하사하였다.

임금은 그날로 예조에 명하여 국호를 ≪조선朝鮮≫으로 반포하는 선지를 내리게 하였다.

> 왕은 이르노라. 과인이 덕이 적은 사람으로서 하늘의 아름다운 명을 받아 전조를 이어 새 나라를 세우게 되었다. 이에 따라 과인은 국호를 '조선과 화령'으로 고칠 것을 명나라에 청하였다. 이에 명나라 황제께서 '조선(朝鮮)이라는 칭호가 아름답고 또한 전래한 지가 오래 되었으니 그 명칭을 본받으라.' 하시었다. 오-호라! 제왕의 기업을 세워 자자손손 전하매 이미 국호를 정하게 되었으니, 정사를 발포하고 인정을 시행하여 마땅히 백성을 위한 정치를 펴게 될 것이다.

임금은 그날로 전국에 국호가 '조선'이 되었음을 반포했는데, 명나라의 자문에 의미 있는 대목이 있다. '조선朝鮮이라는 칭호가 아름답고, 또한 이것이 전래한 지가 오래되었으니 조선으로 하되, 그 명칭을 근본으로 하여 본받을 것이며'라고 했다. 임금이 조정에 계달하여 국호를 지으라할 때, 조정에서는 ≪단군조선檀君朝鮮≫의 역사와 맥을 잇는 뜻에서 '조선'을 택했다.

그런데, 명나라 역시 그러한 뜻에서 ≪기자조선箕子朝鮮≫의 '조선'을 의식하고 국호로 정하게 했다. 명나라의 뜻은 논어에 근거한 것으로서, 은殷나라 사람 기자箕子가 조선으로 망명하여 단군왕검이 세운 조선의 왕이 되었는데, 주郑나라가 기자를 제후諸侯에 봉했다는 한서지리지漢書地理志를 그대로 믿은 결과였다. 즉 기자조선이 중국의 제후국이었으니, 이제 너희도 명나라의 제후국임이 분명하다는 명황제 주원장의 얄팍한 의도였다.

태조 7년(1398) 8월 13일, 신덕왕후의 대상제를 홍천사에서 베풀었다. 현비 강지화는 이태 전 8월 13일에 홍(사망)했었다. 조선의 수도가 개성에서 한양으로 천도한지 2년 만이었다. 현비는 백일장으로 궁궐 서쪽 언덕에 장사지냈다. 봉상시(나라의 제사와 시호를 맡아보는 관청)에서는 현비의 시호를 신덕왕후라 하고, 능호를 정릉이라 지어 올렸다.

이듬해 봄, 돌아간 현비를 잊지 못한 임금은 정릉 경내에 신덕왕후를 추모하는 절을 짓고 홍천사興天寺라고 이름을 지었다. 임금은 나이가 이여 년 아래인 둘째 부인 지화를 끔찍이 사랑했다. 지화는 첫 부인 한 씨와 달리 아름답고 총명했으며, 권문세가의 딸로서 남편 이성계가 웅지를 펴는데 많은 힘을 보태었다. 왕후가 된 뒤에는 의도적으로 개국공신 정도전, 남은 등 중신들을 가까이하고 포섭하여 자신의 소생인 방석을 세자로 책봉하는 등 막강한 영향력을 행사했다.

신덕왕후 대상제를 지내고 환궁한 임금은 그날 밤부터 병환이 났다. 대상을 치르느라 심신이 고단하여 몸살이 난 줄 알았으나 하루가 지나고 이틀이 지나도 낫기는커녕 환후가 위중해졌다. 임금은 전신이 쑤시고 아프다면서 고통스러워하였고, 음식은커녕 탕약을 입에 넣어도 금방 토하는 지경에 이르렀다.

개국의 후유증을 씻어내고 안정을 잡아가던 조정은 갑작스런 임금의 환후로 어수선했다. 경복궁에 중僧과 복술인卜術人들의 출입이 잦아졌고, 왕자들이 소격전에서 초례醮禮를 베풀어 부왕의 환후쾌차를 빌었으나 차도가 없었다. 도성에는 임금이 다시 일어나지 못한다는 흉흉한 소문마저 퍼지고 있었다.

개국이후 국호가 정해지고, 세자가 계모의 소생인 방석으로 결정되자 정안군 방원은 어쩔 수 없이 정치 일선에서 밀려나게 되었다. 적실의 왕자들을 다섯이나 두고 후실의 둘째 아들인 열한 살 어린 왕자를 세자로 세운 임금과 왕비의 의도적이고 노골적인 배척이 작용한 결과였다. 또한 어린 세자를 둘러싼 정도전과 남은, 심효생(세자의 장인)등 현비의 세력을 등에 업은 개국 공신들의 치밀한 공작도 작용했을 터였다.

적실 왕자들의 세력이 약화 되자 자연스레 개국 공신들의 세력과 지위는 급격히 상승되었다. 개국 초에 고려 때의 삼군도총부를 개편하여 의흥삼군부(친군위, 좌군위, 우군위)기 설치되었을 때, 판삼사사 겸 삼군부사에 오른 정도전은 임금의 후원을 힘입어 병권집중과 중앙집권화 정책을 구사하면서 굳건한 지위와 세력을 형성하는 데에 일단 성공하였다.

그에 반하여 훈신 세력과 종친세력은 약화되었고, 개국 핵심세력인 무신들조차 시나브로 정치 일선에서 소외되기 시작했다. 그렇게 5, 6년이 지나 태조 7년에 이르렀을 때, 정도전은 병권을 세자의 형님인 의안군 방번에게 맡기고 있었는데 물론 임금의 의도였다. 이때 방번의 나이 17세였다. 정도전은 개국 이전부터 이성계를 따랐으며, 개국 후에도 자신의 이득과 임금을 위해서라면 물불을 가리지 않고 모의하기를 서슴지 않았고, 정적들을 순위대로 숙청했다. 그는 스스로를 한나라의 장자방에 비유하며, '한고조漢高祖 유방劉邦이 장자방을 쓴 것이 아니라 장자방이 한고조를 쓴 것이다'라고 호언하면서, 조선의 개국은 자신이 주역임을 은연중에 내세우기도 했다.

실권을 잃었지만 정계 복귀를 위하여 사병을 모집하고 강화하는 등 꾸준히 노력하던 방원을 비롯한 적실 왕자들은 계모인 현비 강 씨가 죽자, 소외당했던 훈신과 무신들을 주축으로 세력을 확장하기 시작했다. 이에 당황한 정도전은 진법훈련강화를 주장하며 왕족들이 공공연히 거느리는 사병을 해체해야 한다는 '사병혁파제도'를 조정에 공론화했다. 이 공론은 마침내 결정되어 임금의 재가를 얻어 실행단계에 이르게 되었다. 그리하여 왕자들이 거느리던 막강한 사병은 임금의 명에 의해 해체되었다.

8월 22일, 정안군 이방원의 집 안방에 주인과 지안산군사 이숙번이 마주 앉아 있었다. 이숙번이 몸을 숙이며 나직이 말했다.

"전하께서 환후가 그토록 위중하신가요?"

방원도 나직하게 받았다.

"그렇소이다. 그래서 안산군을 불렀소이다."

"나으리, 그렇다면 좋은 기회가 아닙니까?"

"그렇기는 하지만 저들의 동정은 지금 어떻다고 보시오?"

이숙번은 한 무릎 다가앉으며 나직이 말했다.

"이무를 시켜 동태를 살피고 있는데 최근 들어 솔고개에 있는 남은의 첩 집에 모여 연일 비밀 모의를 하고 있습니다."

"틀림없겠지요?"

"그렇습니다. 이무는 참찬 벼슬이 떨어진 걸 불만 삼아 저들에게 접근하여 신임을 얻고 있으니 틀림없습지요."

방원은 표정이 굳어지며 물었다.

"모이는 면면들이 누구라고 합디까?"

"정도전, 남은, 심효생, 이근, 장지화, 이직, 노석주 등이라고 합니다."

고개를 끄덕이며 듣던 방원은 침통하게 말했다.

"역시, 으-음! 이제는 더 지체할 수 없는 상황에 이른 듯싶소이다."

이숙번이 어깨를 으쓱 펴며 받았다.

"그렇습니다. 서둘러야 합니다."

방원은 이숙번을 뚫어지게 쳐다보며 말했다.

"안산군, 막중한 일입니다. 자신 있소?"

숙번은 벌쭉 웃으며 손바닥을 훌떡 뒤집어 보이고는 말했다.

"말해 뭘 합니까. 여반장입지요!"

"쉽게는 생각지 마시오. 지금 왕족들의 사병까지 병합한 막강한 병권을 방번이 쥐고 있소이다."

숙번은 같잖다는 듯 픽 웃으며 받았다.

"나으리, 방번은 고작 열여덟입니다. 그 애숭이가 병권을 쥔들 뭔 실권이 있겠소이까?"

"그렇질 않아요. 대궐에는 내갑사(內甲士: 임금 호위군사)제조 이천우가 있고, 친군위 도진무 박위와 조온이 있소이다."

숙번은 자신 있게 받았다.

"조온은 이미 내 수하가 되었습니다. 또한 이천우는 나으리의 사촌이 아닙니까?"

"그가 어찌 나에게만 사촌이우? 세자와 방번에게도 사촌이외다."

숙번은 대수롭지 않게 받았다.

"그건 그렇지만, 이천우는 나으리 편인 줄로 알고 있는데 아닌가요."

"확실치는 않지만 이천우는 내 말에 따를 것이니 걱정마시오."

"그러면 됐습니다. 내갑사제조가 호응을 한다면 성공입니다. 조영무, 고려, 이부는 일당백의 용장들입니다. 게다가 박포, 서익, 마천목, 심구령 등은 피로 맹세를 했고, 나으리 처남 민무질 무구 형제와 사위 이백강과 사돈이거이도 있습니다. 이만하면 십만 대군도 두렵지 않습니다."

방원은 자신감에 넘치면서도 일침을 놓았다.

"정도전과 남은, 심효생은 모사꾼임을 명심해야 합니다. 특히 정도전과 남은은 죽었다가도 되살아날 놈들이오. 만사 불여튼튼이외다."

숙번은 가슴을 펴며 장담했다.

"걱정마십시오. 이미 만반의 준비가 되었고, 기회만 잡으면 전광석화로 들이쳐 우선 정도전과 남은 일파부터 박살을 내고 도성을 장악하여 궁중을 고립시킬 것입니다. 궁궐 점령은 못하더라도 일단 고립만 시키면, 나으리께서 종친들과 따르는 중신들을 대동하고 입궐하여 환후 위중하신 상감을 회유하여 세자를 폐위하고 거사를 정당화하는 겁니다."

곰곰이 생각하던 방원이 받았다.

"그리 된다고 해도 내세울 명분이 약해…!"

숙번은 발끈해서 대들었다.

"참, 답답하십니다. 정도전과 남은 일당이 세자를 둘러싸고 나으리와 동복형제들을 살해할 음모를 꾸미는지라, 상황이 급박하여 우선 거사를 감행하는 것입니다. 이만하면 명분이 정당하지 않습니까?"

"좋소이다. 나는 책임을 다할 것인즉, 쓸어내야 할 자들은 남김없이 쓸어야 할 것이오. 모든 책임은 내가 지겠소."

"알겠습니다. 언제든지 출동할 수 있도록 대기하겠습니다."

두 사람은 서로 손을 내밀어 힘차게 움켜잡으며 호탕하게 웃었다.

이들의 웃음소리를 들은 방원의 처 민경옥이 하인에게 술상을 들리고 들어왔다.

"두 분 웃음소리가 듣기에 좋습니다. 이 좋은 날 술이 없어서야 되겠사옵니까?"

두 사람은 또 한바탕 호탕하게 웃으며, 한창 무르익어 기품이 넘치는 아리따운 여인이 따르는 향기로운 술잔을 받았다.

돈의문 안에 있는 이방원의 집이다. 부인 민 씨가 대청에 앉아 짜증스런 얼굴로 뜰을 내다보고 있었다. 이미 추석이 지났지만 날씨는 한여름처럼 무더웠다. 들리는 소문은 뒤숭숭하고, 입궐한 남편은 사흘째 나오지 못하고 있다. 임금의 환후가 위중하여 왕자와 종친들이 입궐했는데 언제 어떻게 될지 몰라 숙직을 하며 지키고 있었다.

남편과 그 수하들을 믿기는 하지만 워낙 엄청난 일이라 자칫 잘못된다면 적실 왕자들은 물론, 왕족과 대소신료들이 떼죽음을 당할 긴박한 상황이 시시각각 다가오고 있었다. 민 씨는 다탁에 놓인 물 대접을 들어 목을 축이고는 짜증스레 중얼거렸다.

"대체 이 녀석들은 어디서 뭣들을 하는 게야. 벌써 해가 기울지 않나!"

그때 중문이 열리며 둘째 동생 민무질이 들어섰다. 눈이 빠지게 기다리던 동생이었는데, 무질은 외려 느긋하게 두리번거리고 볼것 다 보며 천천히 걸어와 댓돌에 올라섰다.

민 씨가 뱃성을 내며 외쳤다.

"늘 보던 집안에 뭘 볼게 있다구 두리번거리느냐? 사람이 급할 땐 좀 급해야지."

무질은 콧잔등을 찡긋하고는 대청에 올라서며 받았다.

"누님두 참, 급할 게 뭐 있수? 뒤댕긴다구 될 일이면 첫새벽부터 뛰었지요."

"원, 저런 능청하구는 쯧쯧…."

"누님, 방으로 들어갑시다."

민 씨는 새삼스레 주위를 둘러보고는 동생을 따라 안방으로 들어가 앉기도 전에 재촉했다.

"대체 어떻게 돼가는 것이냐? 답답해서 살 수가 없다."

무질은 덜퍽 주저앉으며 목소리를 낮추어 말했다.

"상감께서 위중하답니다. 오늘 밤을 못 넘기겠대요."

"확실하냐?"

"침전에서 금방 나온 말입니다. 제가 대궐 밖에서 이틀 밤을 꼬박 새웠다니까요."

입을 앙다물고 머리를 끄덕이던 민 씨가 말했다.

"알겠다. 너는 빨리 가서 이숙번에게 이 사실을 알리고 준비를 서둘러라. 나가다 행랑채에 들어 소근이를 들여보내거라."

민 씨는 혼잣말로 중얼거렸다.

"숨줄도 참 끈질긴 노인네구나. 생사람 피를 있는 대로 말리고 가시는 구먼."

민 씨가 대청으로 나가자 가노 소근이 댓돌 밑에서 읍을 하며 물었다.

"마님, 부르셨사옵니까?"

"오냐, 이리 올라오거라."

소근이 엉거주춤 댓돌에 올라서자 민 씨가 대청 끝에 다가서며 나직이 말했다.

"빨리 대궐에 들어가서 어른을 나오시라고 일러라."

소근이 눈을 동그랗게 뜨고 물었다.

"나리마님께서는 종친 여러분들과 함께 계실 터인데 소인이 뭐라 아뢰어야 할런지요?"

민 씨는 잠시 생각하다가 받았다.

"내당 마님이 창졸간에 복통이 나서 사경을 헤맨다고 다급히 고하거라."

"알겠습니다요. 그럼, 다녀오겠습니다."

역신과 충신

근정문 밖의 서쪽 행랑에 왕자들과 종친들이 모여 사흘째 임금의 환후를 지키고 있었다. 여차하면 강녕전으로 뛰어 들어갈 지근의 거리였다. 정안군 방원, 익안군 방의, 회안군 방간, 방원의 사위 상당군 이백강, 삼촌 의안군 이화, 임금의 부마 흥안군 이제, 청원군 심종 등이 초조하게 대기하고 있었다. 임금의 장남인 진안군 방우가 이태 전에 죽었으니 둘째 방과가 적상사였는데 소격전에서 홀로 닷새째 임금의 환후 쾌차를 빌고 있었고, 세자 방석과 그의 형 방번은 침전에서 부왕의 환후를 지키고 있었다.

왕자들의 숙소를 경비하던 처소별감이 방원의 가노가 급한 전갈로 왔음을 알렸다. 방원이 문을 열고 소근에게 물었다.

"아니, 너 웬일이냐?"

소근은 연방 허리를 굽실거리며 말했다.

"아이구, 나리마님! 큰일 났습니다. 내당 마님께서 갑자기 복통이 나서 방안을 데굴데굴 구르십니다요."

방에있던 사람들이 일어나 내다보았다. 방원은 짐작이 가면서도 짐짓 걱정 어린 투로 말했다.

"하필이면 이럴 때 복통이란 말이냐? 운종가에 가서 의원을 부르지 않구."

옆에 섰던 삼촌 이화가 허리에 찼던 주머니를 끄르며 말했다.

"언제 또 가서 의원을 부른단 말인가? 내 청심환과 소합환을 줄 테니 어여 가서 돌보게. 여기선 뭔 일이 있으면 급히 알리겠으니 걱정말게."

방원은 여기도 못 미덥기는 하지만 바깥 사정이 더욱 궁금하던 터라 못 이기는 채 약을 받아들고 나가서 소근이 끌고 온 말에 올랐다.

방원이 집에 들어갔을 때는 땅거미가 지고 있었다. 예상대로 복통이 일어 사경을 헤맨다던 부인이 반색을 하며 맞이했다. 대청에 올라서는 방원에게 부인이 다가서며 물었다.

"아버님 환후가 위중하시다구요?"

방원은 도포를 벗어주며 받았다.

"아직은 그냥 그래요. 대체 뭔 일이 났던 게요?"

민 씨가 눈을 동그랗게 뜨고 받았다.

"그냥 그렇다니요? 좀 전에 무질이 와서 그러는데 오늘 밤을 못 넘기겠다고 하더래요."

그때, 무질이 이무를 대동하고 들어왔다. 민 씨가 나가서 두 사람을 안방으로 안내했다.

두 사람이 인사를 올리고 마주 앉자 민 씨가 무질에게 재촉했다.

"네가 말씀 드려라."

무질이 누님을 힐끗 쳐다보고는 말했다.

"강녕전 침전에 있는 나인이 궐 밖에 대기하던 제게 기별을 했는데요. 의원 말이 상감께옵서 오늘이 고비라고 하더랍니다. 의원은 피병避病이라도 해보자구 했는데, 내관 김사행은 안 된다구 했답니다."

방원은 침통한 얼굴로 듣고 있었다. 임금 침전에서 그런 일이 있었는데도 강녕전 행랑에 있는 왕자들 대기실에서는 모르고 있었다. 임금의 환후가 위중하면 결과가 어찌 되던 궁궐 내의 다른 전각이나, 왕자들의 사저나 때로는 대신들의 사가로 피병을 나가는 것이 도리이며 법도이기도 한데 저들은 의도적으로 임금의 피병을 막고 있는 것이 분명했다. 심각하게 듣고 난 방원이 분연히 말했다.

"무질은 얼른 가서 이숙번을 오라고 해라."

무질이 그럴 줄 알았다는 듯이 머리를 곧추세우고 대답했다.

"지금 거기서 오는 길입니다."

이무도 거들었다.

"저두 저녁때부터 거기 있었는데 그쪽은 준비가 완벽합니다. 저는 저들의 모의처소인 남은의 집에 가서 동정을 살필 것입니다."

이무는 무질의 외가 쪽으로 인척이었는데, 벼슬이 떨어지고 종친들로부터 멸시를 당하자 남은의 수하가 되었다. 그러다가 임금의 계비 현비가 죽자 고종 간인 무구, 무질형제에게 붙었다.

방원이 이무에게 물었다.

"정도전과 남은 일당이 지금 그 집에 모여 있단 말이냐?"

"그렇습니다. 오늘 밤 상감께옵서 환후 위중하시다는 소식을 듣고 모두 모인다구 했습니다. 필시 저들도 오늘 밤에 일을 낼 것이 분명합니다."

방원은 잠시 생각하다가 말했다.

"자네는 즉시 그리로 가게. 가서 저들에게 오늘 밤 상감께서 영안군 제택으로 피병을 납신다구 말하게."

듣고 난 세 사람이 환하게 웃었고 민 씨가 말했다.

"좋은 계책입니다. 상감께서 적장자 제택으로 납신다는데 누가 뭐라겠습니까? 그리되면 저들도 함부로 움직이지 못할 겁니다. 무는 어서 가거라. 임무를 충실히 수행해야 한다!"

이무가 나가고 뒤이어 무구가 들어와 굽실 인사를 하고 말했다.

"퇴궐하셨단 말을 듣고 왔습니다."

민 씨가 받았다.

"그래, 잘 왔다. 그러잖아도 사람을 보낼 참이었다."

깊은 생각에 잠겼던 방원이 말했다.

"숙번은 뭐라더냐?"

"만반의 준비가 끝났습니다. 대궐의 사정이 어찌 되던 상관 없이 오늘 밤 거사를 해야 한다구 했습니다."

고개를 끄덕이던 방원은 마침내 결심을 하고는 분연히 말했다.

"무구는 숙번이한테 가서 무장을 갖추라 이르고 모자라는 병장기는 우리 집에 와서 충당하라고 해라. 부인은 무질이와 병장기를 내놓으시오."

열흘 전에 조정에서 내린 엄명으로 왕자들이 거느리던 사병이 혁파되었다. 그 사병들이 거의 궁궐 수비병으로 편입되었는데, 궁궐 수비대장이 방번이었다. 그때 사병들의 병장기도 회수되었지만, 방원의 부인 민 씨는 이런 날을 대비하여 질이 좋은 병장기를 일부 감춰두었었다.

"무구는 즉시 가서 숙번에게 일러라. 무장이 끝난 장사들을 신극례의 집에 집결시켜 대기하게 하고, 발이 빠른 자들을 선발하여 솔고개 남은의 집을 감시하게 하라."

지시를 받은 무구는 급히 달려나갔고, 방원도 횃대에 걸린 도포를 집어 들었다.

민 씨가 기겁을 하고 소매를 잡으며 물었다.

"어딜 가시게요?"

"입궐해야지."

"입궐이라니요! 적들의 소굴로 가신다는 겁니까?"

방원은 팔을 뿌리치고 도포를 입으며 받았다.

"걱정 없어요. 의안군이 내갑사를 장악하고 있는 한 급한 변은 면할 수 있어요. 내가 가지 않으면 형님들이 위험에 빠질 수도 있어."

민 씨는 눈을 지릅뜨고 말했다.

"사람을 보내 피하라구 하면 되잖아요. 가지 마세요."

"안 돼! 자칫하다가는 형님들까지 적을 만들 수가 있어요. 그리되면 만사를 그르치는 것이야. 제깟 놈들이 감히 나를 어쩌지는 못해."

민 씨는 댓돌에 내려서는 남편에게 간절한 목소리로 당부했다.

"나으리! 조심, 또 조심하소서!"

마당에 내려선 방원이 돌아보며 받았다.

"걱정말고 집안이나 잘 단속하세요."

방원이 다시 입궐했을 때는 이미 밤 초경(8시경)이었다. 강녕전 행랑에는 왕자들과 종친들이 그대로 있었고 방번도 나와 있었다. 방원이 방번에게 물었다.

"아바마마께서 위중하시어 피병을 하신다는데 그게 사실이냐?"

"내의가 그런 말을 했으나 아직은 어찌 될지 모르겠습니다."

그때였다. 내관 조순이 나인에게 호롱불을 들리고 와서 고했다.

"상감께옵서 환후 위중하시어 서량정으로 피병을 납시십니다. 왕자 제군께서는 급히 입시하여 호종하시라는 어명이 계셨나이다."

이화가 벌컥 화를 내며 나섰다. 이화는 임금의 이복동생이었다.

"피병을 납시려면 진즉 했어야지, 어째서 밤중에 그것도 위중할 때 납신단 말이냐?"

"소관이 그걸 어찌 알겠나이까. 아마도 유언을 내리실 듯하나이다."

방안에 있던 왕자들과 종친들이 모두 밖으로 나왔다.

내관 조순이 말했다.

"강녕전으로 드시되, 시종들은 들어오지 못하게 하라는 엄명이 계셨나이다."

방원이 조순에게 다가서며 물었다.

"시종을 들이지 말라니, 어명이 그러하단 말이냐?"

"그렇사옵니다. 어서 듭시옵소서."

"헌데, 어찌하여 궁문에 등불이 없고 강녕전 뜰도 저리 어두우냐?"

조순은 쭈뼛거리며 대답했다.

"상감께옵서 주위가 너무 밝아 정신이 혼란하다 하시며 실외의 등촉을 끄라 하시었나이다."

이화가 나섰다.

"그야 어쨌건 어여 들어가야지."

방번과 이화가 앞서자 심종과 이제가 뒤를 따랐고 방의, 방간, 이백강이 머뭇거렸다.

방원이 고개를 갸웃거리며 혼잣말처럼 중얼거렸다.

"궁문과 침전에 불을 껐다! 아이구 배야, 내 잠시 뒷간에 좀 가야겠다."

방원은 행랑 서쪽에 있는 뒷간으로 뛰어 들어갔다. 컴컴한 뒷간에서 곰곰 생각해 보아도 이상했다. 상감께서 피병을 나가는데 불을 끄다니! 그렇다면, 정말 정도전의 무리가 강녕전에 매복하고 왕자들을 노린단 말인가? 게다가 시종들의 접근까지 막는다면…, 그럴 수 있었다. 이쪽의 상황을 눈치챈 저들이 선수를 칠 수도 있음이었다.

그때 밖에서 방의가 불렀다.

"배가 많이 아픈가? 피병을 납신다는데 지체할 시간이 없네."

방원은 급히 나와 두 형님을 불러 모아 말했다.

"아무래도 이상합니다."

방간이 물었다.

"이상하다니, 뭐가 이상하단 말인가?"

"정도전 일당이 우리 형제들을 몰살시킬 계획을 세운다더니 오늘 밤이 틀림없소이다."

두 왕자와 이백강은 기겁을 했고, 방의가 물었다.

"그게 참말인가?"

"틀림없어요. 아버님이 위중하신데도 지금까지 우리를 침전에 부르지 않은 것이며, 시종은 강녕전으로 들일 수 없다는 것이며, 밤중에 피병을 납신다면서 궁중의 불을 모두 끈 것이 이상합니다. 우린 들어가지 맙시다."

"듣고 보니 그렇기는 하다만, 아버님이 위중하신 판에 설마 그런 엄청난 짓을 하겠느냐?"

"형님두 참 답답합니다. 그러니 더 위험하지요. 저들이 세자 방석을 옹위해서 싸고도는 걸 보면서도 못 믿으시오? 난 나가겠으니 형님들은 맘대루 하시구려."

방원은 행랑채 뒷켠을 향해 소리쳤다.

"소근이 게 있느냐? 말을 대령하라!"

담 밑 어둠속에서 말고삐를 잡고 대기하던 가노 소근이 달려오자 방원은 훌쩍 말에 오르며 소리쳤다.

"저는 나갑니다!"

방원은 말 배를 차며 궁궐 서문 쪽으로 내달렸고, 사위 이백강은 기겁을 해서 소근이와 냅다 뛰었다. 두 왕자는 마주보고 눈을 멀뚱거리다가 방간이 말했다.

"형님, 아우 말이 맞습니다. 아버님이 돌아가시면 우린 죽은 목숨입니다. 어서 나갑시다."

두 왕자는 그제서 머리끝이 쭈뼛했다. 죽음이 눈앞에 닥쳤음이었다. 방의가 냅다 뛰자 방간은 형의 옷자락을 잡으며 덩달아 뛰었다. 두 형제는 창끝이 뒷덜미를 찌르는 듯싶어 진동한동 어둠속을 내뛰다가 방간이 돌부리에 걸려 덜퍽 엎어졌다. 뒤따르던 방의가 발에 걸려 잇달아 엎어지며 비명을 지르자 성문을 지키던 초병들이 달려왔다.

콧등이 까진 두 왕자가 엉거주춤 일어서자 성문 초병들이 횃불을 들이대고 소리쳤다.

"웬 놈들이냐!"

방간이 옷소매로 까진 콧등을 가리며 소리쳤다.

"네 이놈늘, 눈에 뵈는 게 없느냐?"

그제서 왕자들을 알아본 초병들이 납작 엎드렸다.

"아이쿠, 이거 군 나으리들 아니십니까? 몰라 뵈어 송구 하옵니다 만은, 밤중에 어찌 시종도 없이 천방지축으로 뛰십니까요?"

두 왕자는 그제서 정신이 들고 맘이 놓였지만 까진 콧등과 손바닥, 무릎이 아파 설설 기며 궁문을 나왔다.

말을 달려 궁궐 서문을 나온 방원은 신극례의 집으로 달려갔다. 질풍처럼 달려오는 방원을 알아본 문지기 병사가 즉시 이숙번에게 알렸고, 갑옷차림을 한 이숙번이 이부와 고려를 대동하고 방원을 맞이했다.

"어서 오서소, 나으리."

"어찌 되었는가?"

이숙번이 군례를 올리며 받았다.

"명만 내리소서. 준비는 완벽합니다."

방원은 안으로 들어갔다. 대기하던 사람들이 마당으로 나와 방원을 맞이했다. 이숙번, 이맹종,이거이, 조영무, 이부, 고려, 신극례, 서익, 문빈, 심귀령, 민무구, 민무질, 심구령, 박포 등 장수 급 15명은 갑옷 차림에 투구를 썼다. 이숙번의 수하에 무장을 갖춘 기병이 10명이었고 보졸이 9명이었다. 그밖에 여러무장들의 수하와 노복들이 20여 명이었으나, 십여 명만 무장을 갖추었고 나머지는 튼튼한 몽둥이를 들었다. 50여 명의 장졸들을 천천히 둘러 본 방원이 말했다.

"성상께서 환후 위중하진 틈을 탄 불손한 무리들이 세자를 둘러싸고, 적실 왕자인 우리 형제들을 몰살시킬 음모를 꾸미고 있소이다. 궁중에는 저들의 무리인 환관 김사행과 조순 일당이 혼미하신 아바마마와 어린 세자를 인질로 잡고 보위를 찬탈하고자 지금쯤 살육을 감행하고 있을 것이외다. 저들의 음모를 눈치챈 나는 말을 달려 궁을 빠져나왔지만, 두 형님은 어찌 되었는지 생사를 알 수도 없는 급박한 상황이 벌어졌소이다. 여러분들은 바로 오늘을 위하여 이 자리에 모였소이다. 여러분 나를 따라 역적을 토벌하고 국초의 종사를 바로 세우는 대업에 동참하시겠습니까?"

무장들은 일제히 군례를 올리며 합창했다.

"따르겠습니다!"

"명만 내리소서. 기꺼이 따르겠나이다."

"와-아! 와-아!"

군졸들의 함성이 어둠 속을 진동했다. 그때 방의와 방간 두 왕자와 이백강, 소근이가 들어왔다. 이맹종이 기다렸다는 듯 아버지 방간과 큰아버지에게 갑옷과 투구를 씌우고 장검을 들려주었다. 두 왕자의 합류에 용기백배한 장졸들은 필승을 다짐하는 함성을 질렀다.

"와—아, 역적들을 토벌하자!"

"종사를 바로 세우자!"

방원이 장졸들을 진정시키고 이숙번에게 말했다.

"안산군, 이제 어디서부터 시작하면 되겠소?"

"그렇습니다. 이제 거사는 시작되었습니다. 대궐은 조온이 장악하고 있으나, 만일을 대비하여 대궐 정문(광화문)에 우리 군사를 매복시켜 적도들의 출입을 막아야 합니다. 나머지 소수병력으로는 정도전 남은 등 간당의 수괴들이 모의하는 소굴을 들이쳐 일거에 박살을 낼 것입니다. 출정하기 전에 우선 군호(암호)를 정해야 합니다."

"군호라! 과연 그렇소이다. 적과 아군을 구별하자면 군호가 있어야지. 음, 군호는 산山과 성城으로 정합시다."

"산—성! 좋습니다. 고려 장군, 전령을 각 매복지에 보내 군호가 산과 성임을 알리시오."

고려가 군례를 올리며 명을 받고 전령을 불러 모았다.

"너희는 솔고개와 운종가, 삼군부 정문 등 매복조에 은밀히 가서 군호가 산성임을 전하라."

전령들이 달려나가고 전열을 정비한 이방원의 군대는 마침내 심극례의 집을 나섰다. 방원과 이숙번이 마상에 높이 앉아 행렬을 이끌었다. 잔뜩 긴장한 기병 30여 기와 보병 20여명은 묵묵히 어둠속을 뚫고 행진했다. 오늘밤 작전의 내막과 이들이 소위 간당이라고 말하는 적들의 정세를 정확하게 알고 있는 사람은 오직 이숙번 하나뿐이었다. 이숙번의 생각과 행위로서 역적과 충신이 결정되고, 말 한마디 손짓 한 번에 수많은 목숨이 달려 있었다.

8월 그믐께의 어둠 속을 발소리도 죽이며 행군하여 운종가를 지나 경복궁 쪽으로 꺾어 들었다. 인적이 없는 대로를 전진하여 의흥삼군부 정문 앞에 이르러 행군을 멈추었다. 저만큼 앞에 경복궁 정문이 시커멓게 윤곽으로 보이는 지점이었다. 이숙번이 나서며 말했다.

"문빈 장군은 어디 있소이까?"

문빈이 앞으로 썩 나서며 군례를 올리고 받았다.

"예 있소이다."

"문 장군은 익안군, 회안군 나으리를 모시고 상당군 등 지정된 장군 다섯 분과 정문을 방어하시오. 대궐을 들고 나는 사람은 누구를 막론하고 잡아 오라를 지울 것이며, 반항하면 두 분 나으리의 명으로 즉참하시오. 어떠한 경우라도 여기서 철수해서는 아니 되오."

"알겠소이다. 두 분 나으리를 모시고 책무를 다할 것입니다."

기병 20기와 보병 10명을 궁문 앞에 배치시킨 이숙번은 방원과 함께 나머지 군대를 이끌고 말머리를 돌렸다. 방원이 이숙번과 말머리를 나란히 하며 물었다.

"이 장군, 이제 어디로 가는 겁니까?"

이숙번은 어둠 속에서 혼자 히죽히죽 웃다가 정색을 하고는 어깨를 으쓱 펴며 대답했다.

"솔고개로 가얍지요. 솔고개 남은의 첩 집에 간당의 수괴들이 모여 있습니다. 일거에 박살을 내얍지요."

방원은 가슴이 쿵쿵 뛰고 머리끝이 쭈뼛했다. 마침내 자신의 목숨을 노리던 간적 정도전과 남은을 죽이게 되었다는 흥분과, 상황이 어떻게 전개될지 한 치 앞도 내다볼 수 없는 불안감으로 전신에 소름이 돋았다. 과연 이숙번을 이렇게 믿어도 되는 것인지, 목숨이 경각에 달렸다던 아버지는 어찌 되었으며, 어린 세자를 끼고 구중궁궐에 들어앉아 모사를 꾸미는 늙은 환관 김사행과 조순은 어찌 되었는지 궁금해 입안이 바작바작 타고 있었다.

"저쪽이라고 아무런 대비책 없이 방심하겠소이까? 과연 우리 병력 20여 명으로 저들을 물리칠 수 있는 비책이 있소이까?"

숙번은 어둠 속에서 여전히 비죽비죽 웃다가 대답했다.

"나으리, 염려 놓으십시오. 간당들은 지금 아무것도 모르고 있습니다. 오직 상감께옵서 붕하셨다는 소식만 눈이 빠지게 기다리고 있을 것입니다."

"알겠소이다. 난 오직 장군만 믿을 뿐이외다."

"걱정 마소서. 계책이 바둑판처럼 조직되어 있습니다. 나으리께서는 그저 구경만 하소서."

광화문에서 서쪽 언덕바지인 솔고개는 지척이었다. 행렬은 언덕길을 올라 고갯마루에서 멈추었다. 불빛이 깜박이는 경복궁이 한눈에 내려다보이는 솔고개에는 어둠 속에서 소나무 수네기가 스산한 바람에 일렁이고 있었다. 바람이 휘휘 불 때마다 솔잎이 서로 몸을 섞는 소리가 쏴-악, 쏴-악 스산하였고, 몸이 오싹하도록 찬 기운이 느껴질 정도로 밤기운이 싸늘했다. 광화문 문루에서 이고(밤 열시 경)를 알리는 북소리가 짙은 어둠 속에서 아득하게 들려왔다.

언덕바지 소나무 밑에서 전열을 정비한 이숙번이 말했다.

"저 아래 불빛이 빤한 집이 남은의 첩 집입니다."

방원은 어둠 속에서 불빛 두 점이 빤하게 보이는 집을 보며 받아 말했다.

"과연 저 집에 간당들이 모두 모여 있단 말이지?"

"그렇습니다. 저집 주변에 발 빠른 제 수하들 여섯이 망을 보고 있습지요. 하지만 확인할 필요는 있습니다."

방원은 고개를 끄덕이며 받았다.

"그렇소이다. 소근이를 시켜 동정을 살펴봅시다. 여봐라, 소근이는 어디 있느냐?"

"나리마님, 소인 예있습니다요."

이숙번이 지시했다.

"너는 저 집에 들어가서 누가 있는지 동정을 살피고 오너라. 매복자가 군호를 '산'하고 물으면, 너는 '성'이라고 대답해라, 알겠느냐? 군호를 못대면 너는 화살에 맞아 죽는다."

"알겠사옵니다. 다녀오겠나이다."

소근은 대답을 뒤꼭지에 끌며 어둠 속으로 사라졌다. 이숙번이 가까이 다가서며 속삭였다.

"행랑채 방에 불이 환하게 켜진 걸 보면 모두 있는 게 틀림없습니다. 만약에 놈들이 흩어졌다면 매복한 수하들이 진즉 기별을 했을 터입니다."

방원은 그래도 초조하고 불안하지만 짐짓 무심한 척 대꾸했다.

"그렇겠지요."

20여 명이 싸늘한 밤바람을 맞으며 초조하게 기다리는데 언덕길을 달려오는 소근이 어둠 속에서 보였다. 소근이 숨을 헐떡이며 고했다.

"모두 있습니다. 남은, 정도전, 심효생, 장지화, 이근, 이직과 참찬 이무 대감도 있는데, 술상을 벌려놓고 있습니다요."

방원이 물었다.

"집안이나 대문 밖에 경비를 서는 사람은 없더냐?"

"경비는 없사옵고 주인들이 타고 온 말을 지키는 하인들이 네댓 있으나 벽에 기대앉아 졸고 있었나이다."

이숙번이 마침내 일행을 불러 모아 지시했다.

"조영무 장군 나오시오!"

조영무가 썩 나서며 군례를 올렸다.

"모두 잘 들으시오. 조 장군은 신극례, 고려, 이부 등 장수들 10명과 보졸 다섯 명을 이끌고 내려가시오. 집 가까이 가면 주변에 매복한 군졸들이 군호를 물을 것이오. 군호를 대면 군호를 신호로 매복한 군졸들이 남은의 집 안채와 이웃집 세 곳에 불을 지를 것이오. 불이 붙으면 놈들이 뛰쳐나올 것이오. 달아나는 놈이나 걸리적거리는 인간들은 모조리 쳐 죽이시오. 이곳이 둑소(지휘소)가 되오. 나는 여기서 나으리와 군들을 모시고 놈들의 퇴로를 차단하고 혹시 올지도 모를 지원군을 막겠소. 어서 출병하시오."

조영무는 고려, 이부 등 보졸을 이끌고 어둠속 비탈길로 사라졌다.

방원과 이거이 이백강 등은 이숙번의 작전 지시에 감탄했다. 본인의 장담처럼 바둑판처럼 짠 빈틈없는 작전이었다. 방원은 비로소 마음이 놓여 길게 한숨을 내쉬었다. 며칠을 두고 초조하게 타들어가던 가슴 속이 얼음냉수를 마신 것처럼 시원해졌다.

이숙번이 곤댓짓을 하며 다가와 큰소리로 공치사를 늘어놓았다.

"나으리, 어떻습니까? 이만한 작전이면 성공은 여반장이 아니겠습니까?"

방원은 그 행위와 말투가 속으로 아니꼬우면서도 순간적으로 머릿속을 찡하게 찌르는 충격을 느꼈다. 이숙번 이 자는 먼 장래까지 영광을 함께 할 인물이 아님을 순간적으로 깨달았지만 여전히 웃으며 받았다.

"왜 아니겠소이까. 장군이 병법에 통달한 줄은 내 진즉 알았지만 이번 같은 명쾌한 작전을 구상했을 줄은 몰랐소이다. 이번 거사의 공은 모두 장군 것이외다."

"나으리, 아직 멀었소이다. 나, 숙번은 나으리를 위해 목숨이라도 버릴 것이옵니다. 공은 나중에 논해도 늦지 않을 것이외다."

금방 말투조차 거만해진 이숙번을 꼬나보는 방원의 눈에 불길이 번득이는 것을 짙은 어둠이 가리고 있었다.

"고맙소이다, 이 장군. 내 어찌 이날을 잊으리오."

"자, 나으리! 이제 우리는 벌어지는 불지옥이나 구경합시다. 볼만 할 겝니다."

내동 묵묵히 지켜보던 이거이가 받았다.

"왜 아니겠소, 이 장군. 참으로 통쾌한 광경을 보게 됩니다, 그려."

그때, 남은의 양옆 집에서 동시에 작은 불꽃이 일고 연이어 남은의 집 본채와 행랑채 뒤에서 불꽃이 일었다. 불꽃은 금방 네댓 군데로 번지더니 이내 거대한 불길이 되어 타오르기 시작했다. 곧이어 한성과 아우성이 무서운 불길과 함께 밤하늘로 솟구쳐 올랐다. 고갯마루에서 말을 타고 지켜보던 네댓 사람들의 통쾌한 웃음소리가 어둠이 빠옥한 밤하늘을 갈가리 찢었다.

제1차 왕자의 난

남은의 집 주변에 매복했던 군졸 여섯은 본대의 군호를 받고 즉시 세 갈래로 흩어져 세 집에 불을 질렀다. 초가지붕은 금방 화염에 휩싸였고, '화르르…, 타다닥….' 불타는 소리가 요란하였다. 곧이어 남은의 집 안채와 바깥채에도 불길이 치솟았다. 행랑채 사랑방에서 술을 마시던 정도전과 남은 등은 마당으로 뛰쳐나왔다. 주위가 온통 불바다였다. 남은이 안채를 향하여 소리쳤다.

"불이야! 불이다, 어서 나오라!"

황망해서 돌아치던 정도전이 남은의 옷소매를 잡고 물었다.

"대체 이게 어찌 된 게요?"

정도전의 의심스런 물음에 남은은 소매를 뿌리치며 내뱉었다.

"낸들 알겠소. 어서 피하시오!"

그때, 창칼을 든 군사들이 들이닥치자, 남은의 수행원 하경과 최운이 남은을 끌고 뒤곁으로 달려갔다. 집안을 훤하게 아는 세 사람은 사다리를 타고 담장을 넘어 도망쳤다. 정도전은 남은이 도망친 사다리로 올라갔다가 옆집 마당으로 굴러떨어졌다. 이무는 이미 짐작했던 터라 툇마루에 섰다가 무장 군사들이 들이닥치자 마루 밑으로 기어 들어가 숨었다.

마당으로 들이닥친 무장 군사들은 어쩔 줄 몰라 우왕좌왕하는 사람들에게 마구 칼을 휘둘렀다. 술에 취한 데다 너무 놀라 정신을 못 차리고 허둥대던 심효생과 이근, 장지화는 고려와 신극례 등의 칼에 살해되었다. 마루 밑에 숨었던 이무는 고려를 보고는 기어 나오며 소리쳤다.

"고 장군, 나요. 이무요."

군사들이 이무에게 달려들자 고려가 외쳤다.

"그만, 그만두라!"

고려가 달려가 이무 앞을 막아섰다.

"물러가라! 이분은 이무 대감이시다."

군졸들이 머쓱해서 물러가자 하얗게 질려 벌벌 떨던 이무가 고려의 손을 덥석 잡았다.

"고맙소이다, 고 장군!"

고려가 이무의 등짝을 냅다 갈기며 받았다.

"이거 하마터면 대감을 죽일 뻔했소이다. 헌데, 어찌 마루 밑에 숨어 있었소이까?"

이무가 옷자락을 탈탈 털며 멋쩍게 말했다.

"아는 얼굴이 없으니 숨을 밖에요."

한바탕 살육전이 끝났지만 불길은 여전히 옆집으로 계속 번져 온통 불바다가 되고 있었다. 살육전을 끝낸 군졸들은 남은의 집에서 죽은 사람들을 밖으로 끌어냈다. 대문 밖에서 주인들의 말을 지키던 하인 두 명이 살해당했고, 집안에서 죽은 사람은 여자가 셋이고 남자 시체가 다섯이었다. 시체를 둘러보던 고려가 외쳤다.

"사내들 시체는 모두 둑소로 끌고 가라."

군졸들이 시체 다섯 구를 죽은 개 끌듯이 끌고 송현 고갯마루로 올라갔다. 늘비하게 널린 시체를 본 몇 사람은 고개를 돌리고 접근을 못했다. 고려가 이방원 앞에 군례를 올리고 고했다.

"나으리, 기습은 성공했으나 수괴 정도전은 그만 놓쳤나이다."

이숙번이 벌컥 소리쳤다.

"뭐야, 그놈을 놓치다니!"

방원과 이숙번이 시체 앞으로 다가갔다. 군졸들이 횃불을 들이대고 얼굴을 확인했다. 심효생, 장지화, 이근뿐이었다. 이숙번이 투덜거렸다.

"이런 빌어먹을, 정작 수괴 정도전과 남은이 도망쳤잖아!"

이무가 제 책임인양 쭈뼛거리며 나섰다.

"나으리, 송구하오이다. 남은은 제 집이니까 미리 사다리를 타고 내뺐고, 정도전도 그 사다리로 올라가는 것을 보았지만 군사들이 들이닥쳐 찾아보아도 없었소이다. 이직은 불을 끄는 사람들 틈에 끼어들었는데 어느 틈에 도망을 쳤는지 찾을 수 없었나이다."

이숙번은 잔뜩 못마땅하여 연신 투덜거렸고, 방원이 말했다.

"일은 이미 끝났는데 어찌하겠소. 날이 밝는 대로 찾아야지."

그때였다. 아직도 불타고 있는 남은의 집 쪽에서 말 한 필이 달려오고 있었다. 군졸들이 창칼을 들고 막아서며 군호를 외쳤다. '산!' 군호를 알 턱이 없는 말이 계속 달려오자 다시 외쳤다. '산!' 그래도 답이 없자 궁수들이 화살을 겨누었다. 고려가 썩 나서며 소리쳤다.

"쏘지 마라!"

말이 군졸들 앞에 멈추었고 사람이 뛰어내렸다. 말에서 내린 사람이 방원에게로 달려가서 읍을 하며 말했다.

"나으리, 민부입니다."

방원이 알아보고 반색을 했다. 민부는 전법판사를 지냈으나 정도전 일파에 찍혀 파직당한 강직한 사람이었다.

"아니, 민 판사 아니오?"

"그러하오이다, 나으리."

"헌데, 여긴 어쩐 일이오?"

민부는 그제서 주위를 둘러보고는 대답했다.

"이웃집에 불이 나자 제집에 사람이 하나 기어 들어왔는데 하인들이 잡고 보니 정도전이 분명합니다."

이숙번이 와락 달려들었다.

"그게 정말이오?"

민부는 이숙번을 아래위로 꼬나보다가 방원에게로 돌아서며 말했다.

"정도전을 본 지가 오래되기는 했지만 풍채가 좋은 데다 배가 불룩하게 나온 것을 보면 틀림없습니다."

방원이 흐뭇하게 웃으며 받았다.

"고맙소이다, 민 판사."

민부는 허리를 굽실하고는 말했다.

"원 별 말씀을요."

이숙번이 설쳤다.

"나으리, 빨리 잡아들입시다. 이부 장군 어디 있소?"

이부가 나서자 방원이 말했다.

"이 장군은 소근이와 군졸 네댓을 데리고 가서 정도전을 잡아 오시오. 죽이진 말아야 하오."

이부는 군례를 올리고 명을 받았다.

"나으리, 명심하겠나이다."

이부는 군졸을 이끌고 민부와 함께 말을 달렸다.

정도전은 민부의 집 사랑방에 있었는데 그 집 하인들이 지키고 있었다. 이부와 소근이 장검을 뽑아 들고 방문을 열어젖히며 들어갔다.

정도전이 소근을 알아보고는 호신용 단검을 빼들며 악을 썼나.

"이-놈, 가까이 오지 마라!"

소근이 빙글빙글 웃으며 말했다.

"정안군께서 곱게 모셔오라 했으니 어서 갑시다."

단검을 들고 부들부들 떨던 정도전은 소근의 부드러운 말에 안심을 했는지 금방 긴장을 풀며 말했다.

"가자! 나도 장안군 나으리께 드릴 말씀이 있다."

일어서는 정도전을 노려보며 이부가 외쳤다.

"살고 싶으면 칼을 버려라!"

정도전은 이부와 단검을 번갈아 들여다보다가, 이부를 내던지고 싶은 눈으로 노려보며 단검을 내던졌다. 군졸 둘이 달려들어 정도전을 껴잡고 마당으로 나섰다. 정도전은 안채 대청에 서있는 민부를 쳐다보며 말했다.

"민 판사, 고맙소이다."

민부는 픽 웃으며 돌아섰고, 정도전은 군졸들에게 끌려나갔다. 정도전은 고갯마루 둑소로 끌려와 방원의 말 앞에 내던져졌다. 주저앉던 정도전은 주위에 널린 시체를 보고는 흠칫 놀라며 몸을 부르르 떨었다. 그제서 상황을 판단했는지 부들부들 떨다가 고개를 들어 마상에 높이 앉은 방원을 올려다보고는 무릎을 꿇고 엎드렸다.

"나으리, 살려 주소서."

말없이 잠시 내려다보던 방원이 짐짓 침통한 어조로 말했다.

"봉화백, 죽을 짓을 왜 했는가?"

"저는 나으리께 죽을 죄를 지은 적이 없습니다."

"지은 죄가 없다면서 왜 살려달라고 하는가?"

"무작정 끌려 왔나이다. 제가 대체 무슨 죄를 지었나이까?"

"그대는 개국공신으로 성상의 은총을 입어 조선국의 봉화백이 되었는데, 무엇이 부족하여 왕실의 적정자를 두고 서출의 어린아이를 세자로 옹위하여 싸고돌았느냐?"

정도전은 그새 개국공신 봉화백의 위엄을 갖추고는 당당하게 맞섰다. 논리를 두고 따진다면 누구에게도 뒤질 정도전이 아니었다.

"나으리, 그것을 어찌 내 죄라 하나이까? 왕실의 보위를 잇는 세자책봉에 신하가 어찌 간섭을 하오리까. 더구나 세자가 책봉될 당시에 나는 보잘것없는 벼슬이었소이다. 나는 오직 성상전하의 뜻을 받들었을 뿐입니다."

이숙번이 장검을 뽑아들고 달려들며 소리쳤다.

"네 이놈! 어디서 궤변을 늘어놓는 게냐? 나으리, 저놈의 더러운 주둥이를 막아야 합니다. 어서 명을 내리소서."

방원이 손을 들어 저지했다.

"서둘 것 없소이다. 정도전은 들어라! 너는 백 년 영화를 꿈꾸며 어린 세자를 옹위하여 우리 적실 왕자들을 몰살시키려 했다. 이미 장성한 적실 왕자를 다섯이나 두고 서출의 어린 왕자를 옹립한 네놈들의 치사한 행위는 그동안 천하의 웃음거리였다. 나는 그래도 개국공신인 네놈의 개과천선을 기다리고 있었는데, 끝내 성상께서 위중하신 틈을 타 우리 왕자들을 죽이려고 음모했다. 그래도 죄가 아니라고 할 테냐?"

"억울 하오이다. 소인은 나으리를 해칠 뜻이 없었소이다. 살려주신다면 나으리께 충성을 다하겠나이다."

정도전은 비로소 기가 팍 죽어 퍼질러 앉아 펑펑 울고 있었다. 이숙번이 다시 나섰다.

"나으리, 귀를 씻어야 할 저 더러운 주둥이질을 왜 듣고만 있나이까?"

방원이 말머리를 돌리며 말했다.

"베어 버리라!"

정도전 옆에 섰던 이부가 장검을 높이 치켜들어 '이-얏!' 기합소리와 함께 내리쳤다. 조선 개국 1등 공신에 본관인 봉화를 식읍으로 하사받아 봉화백에 봉해지고, 벼슬이 삼도도통사 숭록대부에 오른 정도전의 목이 단검에 베어 떨어져 땅바닥에 굴렀다. 정도전은 태조의 신임이 깊은 공신이었다. 태조 4년 10월 7일, 한양의 새 궁궐이 신축되어 낙성식을 하는 자리에서 임금이 정도전에게 명하였다.

"지금 도읍을 정하여 종묘에 제향을 올리고 새 궁궐의 낙성을 고하게 되매, 가상하게 여겨 군신과 더불어 잔치를 베푸노니 경은 궁전의 이름을 지어 나라와 더불어 한없이 아름답게 하라."

어명을 받은 정도전은 즉시 시경과 서경을 참조하여 궁궐과 각 전각의 이름을 지어 올렸다.

새 궁궐을 경복궁이라 하고, 연침(燕寢)을 강녕전, 동쪽의 소침(小寢)을 연생전, 서쪽의 소침을 경성전, 강녕전의 남쪽 전각을 사정전, 그 옆의 전각을 근정전, 동루(東樓)를 융문루, 서루를 융무루(隆武樓), 전문(殿門)을 근정문(勤政門), 남쪽의 문은 정문(正門)이라 한다.

정도전의 자는 종지宗之이며, 호는 삼봉三峰이다. 본관은 봉화이며, 형부상서를 지낸 정운경鄭云敬의 아들이다. 고려 공민왕 9년에 성균시에 합격하여 벼슬길에 올랐다. 조선이 건국되어 태조가 등극하매, 개국 1등 공신에 책록되고, 삼도도통사가 되어, 진도陳圖·경국전經國典·경제문감經濟文鑑을 제작하였다. 또한 정당문학 정총과 더불어 고려국사를 수찬하였다.

정도전은 타고난 자질이 총명하고 민첩하며, 학문을 좋아하여 많은 책을 읽어 지식이 해박하였다. 또한 젊은 인재들을 가르치기에 노력하였으며, 미신 및 사교를 배척하며 정도를 주장하였다. 그러나 그는 도량이 좁고 시기가 많았으며, 자기보다 나은 사람들을 곱게 보지 못하였다.

역적 수괴들을 척살하여 작전을 끝낸 이숙번은 인원을 점검했다. 정도전을 사로잡은 민부가 갑옷 차림으로 수행원 두 사람을 대동하고 참여하여 군대는 40여 명으로 늘어났다. 전열을 정비한 이숙번이 고했다.

"나으리, 제1차 작전은 일단 성공했습니다. 달아난 남은은 밝은 날 잡기로 하고 어서 떠나야 합니다."

방원은 일이 너무 쉽게 끝나자 오히려 허탈했지만 이내 정신을 차리고 받았다.

"서둘러야 하오. 곧 날이 밝을 것이오."

이숙번이 앞장서며 외쳤다.

"가회방으로 갈 것이오. 나를 따르시오."

대열을 갖춘 군대는 솔고개 비탈길을 내려갔다. 솔고개를 내려온 군대는 안국방을 거쳐 가회방에 이르러 행군을 멈추었다. 이숙번이 방원에게 다가가 낮은 소리로 말했다.

"여기서 제2차 작전을 펴야 합니다."

방원은 고개를 끄덕이며 잠시 생각하다가 받았다.

"좋소! 군사들을 풀어 주위를 경계하시오."

가회방 대로에 임시 둑소를 차린 군대는 대열을 정비하고, 이부의 지휘에 따라 대로와 골목길을 장악하고 경계병을 배치했다. 이방원과 이숙번이 작전을 숙의한 끝에 박포를 불러 명했다.

"박 장군은 민무질을 대동하고 기마병 10기를 이끌고 가서 좌우 정승을 이리로 모셔 오시오. 내가 예서 기다린다고 말해야 하오. 무질은 박 장군을 수행하라."

명을 받은 두 사람은 기마군 10기를 이끌고 어둠 속으로 사라졌다. 한 식경이 채 못 되어 가회방 동구의 다리목에 박포와 민무질이 좌우 정승을 대동하고 나타났다. 바라보던 이숙번이 옆에 있던 고려에게 지시했다.

"고 장군, 두 정승을 말에서 내리게 하여 이리로 안내하되 가노들은 따르지 못하게 하시오."

고려가 말 배를 차며 달려가 다릿목을 막아서며 외쳤다.

"정지! 정지하시오!"

두 정승을 인솔해 오던 박포와 무질은 다리를 건너 고려가 버티고 선 옆에 늘어섰다.

고려가 마상에서 큰 소리로 말했다.

"두 분 정승 대감만 이리로 오시오. 가노들은 대동할 수는 없소이다."

두 정승이 가노들을 돌려보내고 다리를 건너자 고려가 말했다.

"두 분 대감께서는 말에서 내려 걸어가시오."

두 정승은 마상에서 마주 보다가 하릴없이 말에서 내려 걸었다. 두 정승은 마상에 버티고 앉은 방원 앞에서 읍을 하고는 떨리는 음성으로 말했다.

"정안군 나으리께옵서 이 밤중에 어인 행차시오니까?"

방원이 나서며 받았다.

"야밤에 두 분 정승을 대로에 납시게 해서 송구하오이다."

조준이 받아 말했다.

"아니오이다. 정안군 나으리께서 심야에 신 등을 청하시었으니 무슨 일인지 하명을 하소서.”

방원은 잔뜩 위엄을 부리며 말했다.

“두 분 정승께서는 어이하여 개국 초의 사직을 걱정하지 않으시오?”

두 정승은 서로 마주 보다가 김사형이 받았다.

“나으리, 신은 무슨 뜻인지 모르겠나이다. 잘못을 지적해 주시지요.”

방원은 말안장을 치며 언성을 높였다.

“정도전과 남은 등의 무리가 어린 서출 왕자를 세자로 세워 옹위하다가, 이제 성상께옵서 환후위중하신 틈을 타 우리 적실 왕자들을 몰살시키려 음모를 꾸몄소이다. 이에 실권이 없는 우리는 속절없이 당할 위기에 처했는데, 다행으로 저들의 음모를 사전에 알고 음모하는 소굴을 들이쳐 정도전 심효생 등 일당을 섬멸했소이다.”

덜덜 떨며 서있던 두 정승은 그에 덜-퍽 주저앉았다. 꿇어앉은 조준이 더듬거리며 말했다.

“나으리, 신은 저들이 하는 짓을 미리 알지 못하였나이다.”

김사형이 덩달아 꿇어앉으며 거들었다.

“그러하옵니다, 나으리. 신 등이 알았다면 어찌 이 지경에 이르렀겠나이까.”

방원이 짐짓 대로하여 꾸짖었다.

“매일 머리를 맞대고 국정을 논한다던 정승들이 대신들과 삼군부 수장들까지 합세한 모반의 음모를 몰랐대서야 말이 됩니까?”

방원의 일갈을 들으며 두 정승은 비로소 정신을 차렸다. 정도전과 남은 등 그 무리들의 속셈을 늙은 정승들도 이미 눈치채고 있던 터였다. 이들 두 정승은 동료로서 이성계를 도와 고려를 뒤엎고 조선을 세운 개국 공신들이었다. 조준이 침착하게 말했다.

“정안군 나으리, 신 등은 성상전하를 도와 나라를 세운 공신입니다. 저들의 음모를 알았다면 어찌 보고만 있었겠나이까. 하오나 일이 이미 벌어졌다면 신 등이 수습을 하겠사오니 대책을 하명 하소서.”

방원은 금방 온화해진 음성으로 말했다.

"고맙소이다. 이와 같은 나라의 중대사는 응당 성상전하께 먼저 품해야 하지만, 환후 위중하신데다 형세가 워낙 급박하여 먼저 간당들을 처치했소이다. 두 분은 즉시 대소신료들을 도당에 소집하여 대책을 강구하시오."

두 정승은 어전에서처럼 머리를 조아리며 명을 받았다. 늙은 정승들의 머릿속에 방원은 이미 임금이었다. 가회방에서 제2차 작전을 성공적으로 끝낸 군대는 전열을 정비하여 광화문으로 향했다. 경복궁 정문인 광화문에는 조영무가 왕자 방의와 방간을 대동하고 30여 명의 군사를 지휘하여 궁궐 출입을 차단하고 있었다. 본대를 맞이하는 조영무에게 방원이 물었다.

"궁궐에 출입하는 자는 없었소?"

조영무는 군례를 올리고 받았다.

"없었나이다. 다만 조금 전에 송현에서 불길이 치솟는 것을 보고 확인하러 간다는 대전별감과 갑사 대여섯이 나오려 했으나 소장이 막았나이다."

이숙번이 쏘아붙였다.

"무작정 못 나가게 막았다면 큰 실수를 한 것이외다. 궐내에서 눈치를 챘다면 사태가 어려워진단 말이외다."

조영무가 어둠 속이지만 깔꼬장한 눈으로 노려보다가 받았다.

"단순한 화재로 확인되어 조치를 했다고 설명하여 되돌려 보냈소이다."

두 수장이 서로 공을 다투자 방원이 나섰다.

"조 장군을 못 알아볼 대전별감은 없을 것이오. 벌써 사경(四更: 새벽 2시경)이외다. 이 장군은 어서 두 분 정승을 모시고 도당으로 가시오."

이숙번은 여전히 시무룩해서 조준과 김사형을 대동하고 도평의사사로 갔다. 도당에는 판사와 중추사 등 대신들 몇몇이 모여 있었다. 대장군 문빈이 이숙번의 명으로 대신들을 이미 도당에 불러 모아놓고 있었던 것이다. 이숙번이 눈을 지릅뜨고 대신들을 둘러보며 말했다.

"아직도 오지 않은 신료들이 많소이다. 오늘 밤의 거사 내용은 두 분 정승께서 상세히 알고 계시니 대신들이 모두 모이는 대로 대책을 논의하시라는 정안군 나으리의 명이시외다. 논의는 하되, 명이 있을 때까지 도당을 이탈하는 신료가 단 한 사람도 없어야 할 것이외다."

대신들은 목을 잔뜩 움츠렸고 이숙번은 큰기침을 큼큼하고는 활갯짓을 하며 도당을 나갔다.

초저녁에 서량정으로 피병을 납신 임금도 남은의 집에서 살육전이 빌어져 정도전과 심효생 등이 척살 당했음을 알고 있었다. 피병을 한 효험인지 임금은 점차 정신이 들어 탕약을 마시고 미음도 마셨던 터였는데, 송현의 큰 화재와 내란 소식을 듣고 대로하다가 또 정신을 잃었다.

자정 무렵에 정신이 돌아온 임금이 내관을 불러 물었다.

"대체 내란의 주모자가 누구라고 하더냐?"

내관 조순이 머리를 조아리며 아뢰었다.

"전하, 아뢰옵기 황공하오나 익안군과 회안군, 정안군 등 왕자들과 종친들이라 하옵니다."

누웠던 임금이 부르르 떨며 안간힘으로 상체를 일으켰다. 상궁과 시녀들이 임금을 부액해 기대앉게 했다. 임금은 고통스러운 용안으로 정신을 가다듬고는 분노를 씹으며 말했다.

"으-음, 그놈이 그예 일을 내는구나! 방원이 이 노-옴!"

임금은 분노에 떨었고, 내관과 궁녀들은 몸 둘 바를 몰라 전전긍긍하였다. 임금은 겨우 분노를 가라앉히고 한숨을 내쉬며 명했다.

"내관은 들으라. 어서 나가 정안군을 데려오너라. 내 명을 전하고 끌고라도 와야 한다."

내관 조순이 엉거주춤 읍을 하고 서서 쩔쩔매었다.

"어찌 서 있느냐? 어여 가거라, 어여!"

조순은 사색이 되어 아뢰었다.

"전하, 신이 가면 살아 돌아오지 못하나이다. 통촉하소서."

"뭣이야! 저런 쳐 죽일 놈들…, 그예 그 지경에 이르렀단 말이냐?"

"그러하옵나이다, 전하! 정도전과 심효생을 비롯한 중신들이 대여섯이나 죽었다고 하옵니다. 신을 벌하여 주시오소서."

"듣기 싫다! 내갑사 숙직은 누구냐?"

"무안군과 완화군이 궐내에 있고, 도진무 조온과 박위가 숙직하나이다."

"당장 그들을 부르라! 내갑사 병력과 궁궐 수비대를 소집하여 역도들을 토벌하라! 알겠느냐? 어서 그리 전하고 방번과 이화를 들게 하라!"

조순이 황급히 물러가자 임금은 지밀 내관에게 명했다.

"너는 어여 가서 도승지들을 들라고 해라."

내관들이 모두 명을 받고 나가자 서량정 침전은 이내 불안한 정적에 잠기고, 임금의 거친 숨소리만 높았다.

아방(숙직 무장들이 대기하며 자는 방)에 있던 친군위 도진무 조온과 박위는 내관 조순이 전하는 명을 받았다. 내갑사제조 이천우는 초저녁에 화재 소식을 듣고 나가서 돌아오지 않고 있었다. 사태가 심각함을 이미 알고 있던 두 진무는 서로 마주 보며 머리를 끄덕이고는 말했다. 이미 동이 트는지 희붐하게 밝아지는 새벽이었다.

"알겠소이다. 병력을 소집하고 전투태세를 갖출 것이니 전하께 심려 놓으시라고 아뢰시오."

조순은 이들의 심보를 뻔히 알면서도 말이나마 안심이 되어 종종걸음으로 달려갔다. 조순이 침전에 돌아와 아뢰있다.

"전하, 내갑사제조는 송현의 화재 소식을 듣고 퇴궐 했사옵고, 도진무 조온과 박위에게 명하여 병력을 소집하게 했나이다."

침전에는 세자 방석과 방번, 부마 이제가 갑옷에 칼을 들고 입시해 있었고 당직군사 예빈소경 봉원량이 들어와 있었다. 임금이 명했다.

"촌각을 타투는 급박한 시기다. 즉시 출병 준비를 갖추게 하고, 예빈소경은 궐 밖의 상황을 정탐하여 도진무에게 보고하라! 무안군과 홍안군도 어서 나가 출정 차비를 서둘라!"

명을 받은 세 사람이 물러가고 도승지가 들어와 어전에 부복했다.

"전하, 도승지 이문화이옵니다. 이 황망함을 어찌하오리까."

임금은 한심하다는 용안으로 노려보다가 말했다.

"입직 승지에게 역도들을 토벌할 교서를 지으라 했는데 어찌 되었는가? 도승지는 어여 나가 교서를 재촉하라!"

"전하, 황공하옵나이다. 명을 받들겠나이다."

어명을 받은 도승지가 승정원에 와보니 입직 승지 성석주가 멍하니 앉아 있다가 일어나 맞이하며 죽었던 처삼촌이 살아온 듯이 반겼다.

"하이구, 도승지 영감 잘 오셨소이다. 대체 이 일을 어찌하면 좋소이까?"

"교서는 지었소이까?"

"대체 교서를 어떻게 지으라는 것이오? 임금이 아들을 토벌하는 교서를 도승지는 본적이 있으시오? 잘못 썼다가는 삼족이 멸하는 화를 당할 수도 있소이다."

이문화도 심각한 표정이 되어 고개를 끄덕였다.

"나도 입궐하면서 보았는데 사태가 심상치 않소이다. 그렇다고 어명을 거역할 수도 없고, 어쩌면 좋소?"

"그걸 왜 나한테 묻소이까? 도승지께서 해결하시오."

"뭐요? 나 이거야 원."

성석주가 갑자기 무릎을 치며 말했다.

"한산군 이색이 지은 주삼원수교서(고려 공민왕 때 명장 안우와 이방실, 김득배 등 세 장수를 목 벤 교서)를 모방하여 지으면 되겠소이다."

이문화가 반색을 하며 받았다.

"좌승지가 그걸 아시오?"

"알지요. '적을 무찌른 공로는 한때 있어서 빛나지만, 임금을 무시한 심사는 만세에도 용서받지 못할 일이다' 하는 명문입니다."

도승지가 말했다.

"지금 내란을 일으킨 수괴가 대체 누구란 말이오?"

"그걸 우리가 어떻게 밝힙니까? 정확히 누군지 모르기도 할뿐더러, 초안을 잡으라 하셨으니 얼렁뚱땅 뭉뚱그려 올립시다."

도승지는 그래도 미심쩍어 뚱한 얼굴로 받았다.

"어명인데 그래도 되겠소이까?"

"상감께서도 수괴가 누군지 밝히지 못하시는 판에 우리가 어떻게 밝힙니까? 참 답답하십니다. 설사 알더라도 그걸 밝혀 역적이라고 했다가는 우린 살아남지 못합니다."

"알겠소이다. 그럼 좌승지가 부르시오. 내가 쓰리다."

성석주는 잠시 생각하다가 안을 부르고 이문화가 쓰기 시작했다.

> 중신 모모(某某) 등이 몰래 반역을 도모하여 개국원훈을 해치고자 했는데, 그중 모모가 그 계획을 누설시켜서 모두 잡히어 죽음을 당했다. 하지만 그들의 협박에 따라 반역한 무리들은 모두 용서하고 문죄하지 않고 불문에 붙이노라.

받아 쓴 이문화가 멍한 표정으로 다시 읽어보고는 말했다.

"이게 무슨 역적 토벌교서 초안이란 말이오? 토벌이 아니라 역적을 두호하고 무마하는 평정교서가 아니오?"

성석주는 한심하다는 낯빛으로 받았다.

"반역이라는 무리가 적실 왕자들과 종친인데, 지금 환후가 위중하신 상감께서 왕자들을 토벌하시겠소이까? 설령 임금의 명이 떨어진다 해도 저실 왕자들을 토벌할 장수는 없을 것이외다."

이문화는 그제서 고개를 끄덕이며 말했다.

"하긴 그렇소이다. 그럼 같이 가십시다."

"난 승정원을 지켜야 하니 도승지 영감 혼자 가시오."

미꾸라지처럼 잘도 빠져나가는 좌승지 성석주가 얄밉고 아니꼽지만, 우직한 도승지 이문화는 하릴없이 승정원을 나와 어전에 엎드려 초안을 올렸다. 임금은 훑어보고 미간을 찡그렸으나 달리 방법이 있을 턱이 없는 데다,

이제 날아 밝으면 사건의 전모가 드러날 터였다.

"잠정적으로 두 정승이 입궐하면 도당에서 의논하여 반포하도록 하라!"

이문화는 등에 식은땀을 흘리며 애매모호한 교서 초안과, 그보다 더 혼란스러운 임금의 명을 받들고 어전을 물러나왔다.

골육상쟁

기나긴 밤이 지나고 날이 훤하게 밝았다. 예빈소경 봉원량이 임금의 명으로 예빈문 문루에 올라 궁궐 밖 동정을 살피다가 깜짝 놀랐다. 반란군이 삼군부 정문 앞에서부터 광화문과 예빈문까지 빼곡하게 들어차서 웅성거리고 있었다. 기겁을 한 봉원량은 임금의 명대로 친군위 도진무 조온에게 달려가 보고했다.

"대궐 밖은 광화문에서 목멱산까지 인마가 가득합니다."

궐 밖의 동정을 알고 고심하던 도진무 조온과 박위는 들으나마나한 보고를 귓등으로 흘리고 있을 때, 이방원의 명을 받은 고려가 친군위에 들어왔다. 세 사람은 엉거주춤 일어나 고려를 맞았고, 고려가 짐짓 위엄을 부리며 말했다.

"나는 정안군 나으리 명을 받고 들어왔다. 광화문은 이미 활짝 열려있고, 내갑사제조 이천우도 정안군 명을 받고 있다. 너희도 어서 친군위 갑사들을 이끌고 가서 정안군을 뵈어라. 그것만이 너희가 살길이다."

항복을 하라는 경고성 엄포를 끝낸 고려는 뒤도 안 돌아보고 휭허케 나가버렸다. 고려의 뒷잔등을 꼬나보던 조온이 박위에게 말했다.

"나는 궐내의 수하들을 이끌고 나가겠소이다. 박 장군은 어찌하겠소?"

박위는 험상궂은 얼굴로 조온을 쏘아보며 받았다.

"궁궐을 지키는 친군위 도진무가 궁을 나가서 항복할 수는 없소이다. 난 대신들이 입궐할 때까지 지키겠소이다."

조온은 얼굴이 벌게져서 픽 웃고는 나갔다. 조온은 자기 근무처인 근정전 숙위소로 가서 패두두 명을 불러 명했다.

"근정전 이남의 숙위군 갑사를 모두 집결시키라."

잔뜩 겁을 먹고 있던 패두는 얼씨구나 하고 달려가서 숙위군을 불러 모았다. 숙위군은 모두 갑옷을 입기 때문에 갑사甲士라고 부른다. 조온이 집결한 갑사들을 둘러보며 말했다.

"간밤에 일어난 내란은 진정되었다. 나는 궐 밖을 나가 정안군을 만날 것이다. 나를 따를 자는 따르고 남아서 근정전을 지킬 자는 지키라."

말을 마치고 돌아서는 조온의 뒤를 패두 서넛이 따르자 갑사들은 와르르 몰려 광화문 밖으로 나갔다. 삼군부 지휘소로 안내된 조온은 방의, 방간, 방원 왕자 삼형제가 나란히 교의에 걸터앉은 앞에 부복하여 항복했다.

"소장은 진즉부터 나으리의 명을 기다리고 있었나이다."

방원이 받았다.

"잘했네. 날이 밝기를 기다린 것은 잘한 일이야. 고맙네."

방의가 일어나 고종사촌인 조온의 손을 잡아 일으키며 말했다.

"자네가 군사를 일으켜 대항하지 않은 것이 천만 다행이었어. 한데, 박위는 어찌 되었나?"

"박위는 날이 밝아 대신들이 입궐하기를 기다린다고 했습니다."

옆에서 듣던 조영무가 나섰다.

"쥐새끼 같은 놈이 양다릴 걸치고 있구먼. 나으리, 제가 들어가 잡아 오겠나이다."

이숙번이 말했다.

"이제 박위만 나오면 궐내는 텅 비게 됩니다. 만일 대신들이 입궐하여 박위로 하여금 친군위와 내갑사 병력을 동원하여 대항하게 한다면, 우리 군세가 우세하다고는 해도 백성들의 이목도 있고 우리가 불리해집니다."

방의가 지시했다.

"좋소이다. 조 장군이 들어가 박위를 잡아오시오. 그래도 모르니 이부 장군과 함께 갑사들을 이끌고 가서 잡아오시오."

말을 타고 달려간 두 사람은 이내 박위를 잡아 왔다. 삼군부에서 숙위군 지휘소는 지척이었다. 이숙번이 분노를 씹으며 물었다.

"너는 어찌하여 조온과 함께 나오지 않았느냐?"

박위는 당당하게 대꾸했다.

"상감께서 피병하신 서량정을 숙위군 도진무로서 비울 수도 없지만 날이 밝으면 결정하기로 마음먹었던 것이외다."

듣고 있던 방원은 픽 웃으며 돌아섰고 고려가 윽박질렀다.

"이놈, 양다릴 걸칠 꾀를 쓰고 있었구나. 네 놈이 아니래도 상감 처소는 밤새 안전했다. 이 쥐새끼 같은 놈!"

박위는 여전히 당당했다.

"사람들은 모두 간밤의 거사를 반역이라고 하지만 난 반역으로는 보지 않았소이다. 임금과 왕자 간에 어찌 반역이 있을 수 있겠소이까? 날이 밝으면 평정될 것으로 알았을 뿐이외다."

조영무가 일갈했다.

"시끄럽다, 이놈! 간밤에 죽은 놈이 한둘인 줄 아느냐?"

이숙번의 눈짓을 받은 고려가 검을 치켜들며 씹어뱉었다.

"쥐새끼 같은 놈!"

박위는 고려의 단칼에 목이 떨어져 땅바닥에 굴렀다. 피가 분수처럼 솟구치며 몸뚱이가 꿈틀거려 방원을 비롯한 왕자들의 아랫도리가 피에 흠뻑 젖었다. 이숙번은 병사들을 점고하여 이끌고 텅 빈 대궐로 짓쳐 들어갔다. 군기감으로 달려간 그는 군기고를 열고 갑옷과 창칼을 들어내 군사들을 무장시켰다. 고려와 조영무는 궁궐로 들어가 박위가 지휘하던 숙위군을 제압하여 합류하였고, 이숙번이 무장시킨 병력과 함께 궁궐을 완전 장악하였다. 마침내 반란군으로 궁궐 수비대를 조직하여 요소요소에 배치했다. 이로써 하룻밤 사이에 벌어진 피비린내 나는 '내란 또는 반란'은 없었던 것으로 되고, 대궐은 표면상 평정되었다.

서량정에서 뜬눈으로 밤을 지센 임금은 날이 밝으면서부터 수차 내관과 별감을 보내 중신들을 들게 했지만, 해가 중천에 올라와도 중신들은 입시하지 않았다. 임금은 피병을 납신 효험을 톡톡히 보는지 밤을 하얗게 패면서도 정신은 말짱해졌다. 피가 끓는 분노와 아들에 대한 증오, 그리고 어린 세자를 걱정하는 안타까움이 병마 따위를 물리쳤는지도 모를 일이지만 초저녁까지 사경을 헤매던 임금의 환후는 씻은 듯이 사라졌다.

임금은 서량정 침상에 누워 열린 문으로 밖을 내다보고 있었다. 백악산에 비친 가을 아침 햇살이 눈부시게 밝고 청명했다. 주위는 언제 무슨 일이 있었더냐 듯이 고즈넉하고 적요했다. 임금은 간밤에 일어났다는 변이 사실이 아닐지도 모른다고 생각해 보았다. 설마 아들이 아비를 반역하랴 싶기도 하지만, 방원이라면 하고도 남을 놈이라는 생각도 들었다.

하지만 그동안 늘 불안해했던 일이 결국 터진 것이라는 생각에 이르면 간밤의 소란은 분명 반역이고 내란에 틀림 없을 터였다. 애초에 열한 살짜리 어린 서출 왕자를 세자로 세운 것이 잘못이라는 것을 임금도 알고는 있었다. 사랑하는 후처 현비의 애끓는 간청이 아니었더라도, 후처의 소생 3남매를 살리는 방법은 그 길밖엔 없다고 생각했었다. 그러나 그것이 현비가 죽고 세월이 흐를수록 잘못된 처사였음을 깨닫게 되었다. 그러나 세자를 바꿀 생각은 없었고, 일이 이 지경까지 이르게 될 줄도 몰랐었다.

임금은 마음을 가다듬고 생각을 정리해 보았다. 세자를 적극 옹위하던 정도전과 남은 등 개국 공신들과 세자의 빙부인 심효생이 방원의 손에 죽었다면 이제 세자는 고립무원이 될 터였다. 그렇다면 법도에 따라 적장자 방과를 세자로 세우고, 세자로 하여금 현비의 소생 3남매를 보호하게 한다면 오늘의 혼란이 오히려 더 큰 화를 면하는 전화위복이 될 수도 있음이었다. 방과는 인품으로 보아도 그렇거니와 효심으로 보아도 아버지 명을 거역할 성정은 아니라고 생각했다.

임금은 진즉부터 알고 있었다. 자신이 죽고 나면 어린 세자가 보위에 오른다고 해도 오래 보전하지 못하리라는 것을…. 그렇게 생각한 임금은 비로소 마음이 날아갈 듯 가벼워지고 정신도 맑아졌다. 그것이 바로 정도가 아니던가. 바른길을 가면 정당하고 떳떳하다. 시비할 사람이 있을 턱이 없다. 임금은 도승지에게 명했다.

"소격전에 있다던 영안군은 어찌해서 아직도 보이지 않느냐. 이제 내 병이 다 나았으니 어서 들라 이르라!"

내관 조순이 아뢰었다.

"영안군께서는 소격전에서 전하의 환후 쾌차를 빌고 있었는데 내란의 소문을 듣고 어디로 피하신 듯하나이다. 내관들이 찾고 있사오니 곧 드실 것이옵니다."

"피하다니, 영안군이 왜 피한단 말이냐?"

"자세한 것은 모르오나 정안군께서도 찾고 계신다 하오니 심려 놓으시옵소서."

"한시기 급하다. 영안군은 털끝 하나라도 다치게 해서는 아니 된다. 별시위군과 내관들을 모두 동원해서 찾도록 하라."

방과를 빨리 찾아 세자로 세워야 한다는 생각을 하며 심신이 안정되던 임금은 침전 밖이 소란스러워 돌아보았다. 침전의 열린 문 양옆으로 비켜 앉았던 측근들과 내관들이 모두 놀라 일어섰다. 서량정 중문이 열리며 무장한 군사들이 들이닥치고 있었다.

깜짝 놀란 임금은 침상에서 일어나며 소리쳤다.

"웬 놈들이냐?!"

내관과 상궁 나인들이 달려와 임금을 부액했다. 무장 군사들이 금방 마당에 가득 들어차고, 군졸들을 지휘하는 장수는 조영무였다. 조영무는 이성계가 젊어서부터 그림자처럼 따르며 호위하던 호위 무장이었다. 그러나 나라를 개국하고 임금이 되면서 관계가 멀어지며 그는 아들 방원의 호위 무장이 되었다. 임금은 불같이 대로하여 소리쳤다.

"조영무, 네 이놈!"

조영무는 들은 체도 않고 군졸을 지휘하여 대열을 짓고는 군사들에게 명했다.

"너희는 이제 주상전하의 충성된 내금위 수비병이다. 너희는 오직 주상전하를 위하여 목숨을 바쳐야 한다. 장졸들은 주상전하께 충성을 맹세하는 군례를 올린다."

무장한 군사들이 창검을 치켜들며 외쳤다.

"충! 충! 충!"

무장 장졸들이 충성을 맹세하자, 이내 대소신료들이 들어와 서량정 마당을 가득 메웠다.

지켜보던 임금이 소리쳤다.

"물, 시원한 물을 달라!"

상궁이 올리는 물 대접을 받아 벌컥벌컥 들이켠 임금이 대접을 내던지며 노려보지만 목이 꽉 막혀 말이 나오지 않았다. 댓돌 아래서 대오를 정리한 중신들 앞에 좌정승 조준과 우정승 김사형이 나서서 읍을 하고는 아뢴다.

"신 좌정승 조준 아뢰나이다. 간밤에 변란이 났사온데 정도전과 남은, 심효생 등이 도당을 결합하여 모의를 한 연후에, 종친과 국가 원훈들을 해치고 조정을 개혁할 음모를 꾸몄나이다. 이에 신 등은 사태가 급박하여 어전에 아뢰지 못하고 저들을 먼저 주륙하여 제거했나이다. 원컨대 성상께옵서는 놀라지 마시고 심기를 편히 하시오소서."

침통한 용안으로 듣고 난 임금이 회한에 잠긴 옥음으로 담담하게 말했다.

"그대들은 젊어서부터 나와 함께 나라를 평정하고 새 나라를 세웠다. 충성을 맹세하고 고굉지신이 되겠다던 그대들이 어찌하여 이리도 나를 참담하게 배반한단 말이냐!"

김사형이 왈칵 눈물을 쏟으며 아뢰었다.

"전하! 신 등이 어찌 성상 전하를 배반하오리까? 정도전과 남은 등 권력을 붙좇는 무리들은 언젠가는 반역을 꾀할 기회를 노리고 있었나이다. 그러다가 전하께옵서 환후 위중하신 틈을 타 반란을 일으켰나이다. 저들이야 말로 태산 같은 전하의 은혜를 배반한 역도들이옵니다. 저들을 제거한 것은 사직과 나라를 위한 충정이었음을 통촉하시오소서."

임금은 용안이 붉으락푸르락했으나 목에서 말이 나오지 않아 손만 내저을 뿐이었다. 김사형이 한 말은 임금이 조금 전까지 혼자 생각하던 한 가닥이었다. 그럴 수도 있고 아닐 수도 있는, 마음먹기에 따라 한 줄기에서 나온 두 갈래 가닥을 어느 쪽이든 달리 잡을 수도 있는 상황! 그 선택은 오직 임금 자신만이 할 수 있는 일이었다. 과연 누가 충신이고 누가 반역이란 말인가! 임금은 목이 막힌 것이 아니라 할 말이 없음이었다.

그러나 이미 벌어진 사건에서 반역과 충정은 분명하게 가려져야 한다. 어느 쪽이든 반역이 되면 다시 피바람이 몰아칠 것은 불을 보듯 뻔하다. 그 징조는 금방 나타났다. 정승의 주청에 대한 임금의 대답을 초조하게 기다리던 홍안군 이제가 더 참지 못하고 벌떡 일어서며 외쳤다. 이제는 현비 소생의 경순공주 남편으로 임금의 부마였다.

"전하! 아니 되옵니다. 간적들의 말에 현혹되지 마시옵고 역도들을 토벌하라는 명을 내리소서. 역도들이 정도전과 남은을 목 베었다면 그 화는 장차 세자와 신 등에게 미칠 것이옵니다. 청하옵건대 신에게 명을 내리소서. 내갑사와 친위군 시위병을 이끌고 역도들을 토벌할 것이옵니다."

임금 용안이 하얗게 질렸다. 이 판국에 역도를 토벌하다니, 철없이 불구덩이에 뛰어들고 있음이었다. 임금이 침통하게 타일렀다.

"걱정말고 자중하라! 화가 어찌 네게까지 미치겠느냐."

의안군 이화가 의연히 거들었다.

"나서지 마라. 왕실 내부에서 일어난 일이니 서로 대결하면 점점 더 어려워진다. 알겠느냐?"

젊은 혈기에 부르르했던 부마 이제는 기가 죽어 쭈그려 앉았다.

임금 침전에서 역도니 뭐니 소란이 일자, 무장들이 창칼을 꼬나 잡는 등 긴장했지만 이내 진정되었다. 조준의 뒤에 서있던 이숙번이 다가서며 옆구리를 찔렀다. 조준은 품속에서 두루마리를 꺼내 들고 아뢰었다.

"전하, 도평의사사에서 논의된 상소를 올리나이다. 가납하소서."

임금은 여전히 말이 없고, 침상 옆에서 지켜보던 이화가 도승지에게 턱짓을 했다. 도승지 이문화가 댓돌에서 내려가 상소문을 받아 침상 앞에 꿇어앉아 올렸다.

물끄러미 바라보던 임금이 말했다.

"도승지가 읽으라!"

"이문화는 두루마리를 펴서 낭랑하게 읽었다.

> 신 문하좌정승 조준과 신 우정승 김사형 등은 백관을 대동하여 삼가 성상 전하 탑전에 아뢰나이다. 적장자를 세자로 세우는 것은 만세의 상도이옵는데, 전하께서는 장자를 두고 서출의 유자로써 세자를 세우셨으니 정도전 등 불손한 무리들이 권력을 붙좇아 무리를 이루어 세자를 감싸고 적실 왕자들과 종친을 해치려 했나이다. 하오나 다행으로 천지와 종사의 신령을 힘입어 난신들이 난을 일으키기 전에 엄벌하여 참형했나이다. 원컨대, 전하께옵서는 이제 법도를 바로잡아 적장자인 영안군 방과를 세자로 책봉하시어 종사를 튼튼히 하소서.

듣고 난 임금의 용안은 아무 표정이 없었다. 눈을 감은 채 묵묵히 앉아 있는 임금의 가슴은 잔잔하게 가라앉아 평온해졌다. 이미 그리 생각하고 있었으니 분노도 회한도 없다. 다만 부릴 곳이 마땅찮던 무거운 짐을 내려놓은 듯 몸도 마음도 개운했다.

임금은 속으로 대견하게 생각했다. '방원이 이놈! 그놈이 이런 면도 있었던가? 제 놈이 난을 일으켜 평정하고, 이제 스스로 물러나 형인 장자를 내세우다니!' 방원이 난을 수습하고 나면 세자 위를 차지할 줄 알았던 임금에게는 천만다행이었다. 그렇구나. 촌각이 급하지 않은가? 방과를 세자로 세우고 당부하면 어린 3남매의 장래는 보장될 것이로다! 임금은 마침내 눈을 뜨고 마당에 도열한 신료들을 내다보았다. 잔기침으로 목을 가다듬은 임금이 말했다.

"만사지탄이로다. 허나 모두가 내 아들이니 경들의 뜻에 따르리로다. 도승지는 신료들에게 세자책봉식을 준비하게 하라."

명을 받든 이문화가 침전에서 나가 댓돌에 서서 대소신료들에게 임금의 명을 전했다.

"성상 전하께옵서 세자를 폐하고 영안군으로 세자를 삼을 것이라는 윤허를 내리셨사옵니다. 대소신료들께서는 세자책봉식 준비를 서둘라는 어명도 아울러 내리셨사옵니다."

좁은 정전이라 도승지의 말이 침전까지 크게 들렸다. 묵묵히 듣던 임금은 침상 앞에 엎드려 울고 있는 세자 방석을 보았다. 세자 옆에 앉은 방번은 무참한 얼굴로 멍하니 허공을 쳐다보고 있었고, 부마 이제는 분노를 못 삭여 얼굴이 벌겋게 달아올라 식식대고 있었다.

임금은 울고 있는 막내아들 폐세자를 물끄러미 바라보았다. 눈앞에 현비의 얼굴이 어른거렸다. 몸도 마음도 아름다운 여자였다. 어린 막내아들을 세자로 세우기에 전력하여 성공했지만 그것이 영화를 누리자는 욕심만은 아니었음을 임금은 알고 있었다. 3남매의 목숨을 살리고 싶은 모정! 그 당연한 모정을 욕심으로 본 무리들이 마침내 오늘의 참담함에 이르게 했을 터였다.

임금은 코끝이 찡하게 아렸다. 눈에 눈물이 가득 고이고 가슴이 싸하게 아렸다. 아직 스무 살이 못 된 저 어린 것들을 살리는 길은 단 하나, 한시바삐 장자를 세자로 세워 어린 동생들을 맡기는 길 뿐이었다. 임금은 방석을 내려다보며 애잔하게 말했다.

"방석아, 울지 말거라! 애초에 네가 앉을 자리가 아니었느니라. 너는 이제 마음 편하게 살게 되었느니라."

방번은 눈을 지릅뜨고 아버지를 올려다보았다. 편히 살게되다니! 과연 그럴까? 눈앞에 조사의가 떠올랐다. 어머니의 친척인 조사의는 어머니에게는 맏이가 되는 자신을 세자의 자리에 앉히겠다는 음모를 꾸미고 있었다.

어머니가 죽었어도 그 음모는 지금까지 진행되고 있을 터였다. 그것을 거절하지 못하고 은근히 기대했던 자신이 무서워졌다. 죽음이 눈앞에 닥치는 듯싶어 무서웠다. 방번은 아우의 손을 당겨 잡아 꼭 쥐었다. 죽어도 같이 죽고, 살아도 같이 살아야 할 아우였다.

도승지 이문화가 침전에 들어와 꿇어앉아 또 상소를 올렸다.

임금은 용안을 잔뜩 찌푸린 채 말했다.

"또 무엇이더냐? 읽으라!"

명을 받은 도승지가 읽었다.

개국공신 정도전과 남은 등이 반역을 도모하여 왕자와 종실을 두루 해치려 꾀하다가 그 계획이 누설되었으니, 그간의 공으로도 반역의 죄를 덮을 수는 없어 모두 살육되었도다. 그러나 관여는 했으되 협박에 못 이겨 행동한 당여는 죄를 묻지 않고 불문에 붙일 것이니 신민은 안심하고 생업에 정진할 것이로다. 이에 교서 하노라.

듣고 보니 민심을 안정시키는 안무 교서였다. 내용 역시 임금이 바라던 바였다. 누웠던 임금은 일어나 좌승지가 올리는 붓으로 교서에다 화압(승인 결재)이라고 썼다. 결재를 한 임금은 갑자기 속이 콱 막혀 쓰러졌다. 숨도 제대로 쉴 수 없고 온몸이 뻣뻣하게 굳어졌다. 상궁 나인들이 달려들어 주무르고 두드렸다. 방번과 방석이 울음을 터트렸다.

"아바마마! 정신을 차리소서."

잠시 뒤에 임금의 숨이 터졌지만 땀이 흐르고 사지가 축 늘어졌다. 근심과 걱정, 분노와 안도감으로 병마의 고통을 잊고 있었던 임금은 마음이 안정되자 다시 혼수상태로 빠지고 말았다. 정신을 잃은 채 숨을 몰아쉬던 임금은 차츰 안정되어 숨소리가 고르고 얼굴에 화색이 돌았다.

진맥을 하던 어의가 안도하며 머리를 끄덕였다. 지켜보던 왕자들과 종친들도 긴장했던 몸을 풀고 안도의 숨을 내쉬었다. 거친 숨소리도 들리지 않는 물속처럼 고요한 침전은 팽팽한 긴장감이 감돌고 있었다. 사람들은 하나같이 몸을 잔뜩 웅송그렸다. 손끝이라도 까딱했다가는 물 항아리가 깨지듯 와장창 물벼락이 쏟아질 듯한 불안감도 아울러 팽배했다.

그때였다. 느닷없이 밖이 소란하더니 발자국 소리가 요란하고 장검이 부딪는 소리도 들렸다. 침전의 분위기는 금방 싸늘하게 가라앉았다. 침전 사람들이 숨을 죽이고 있을 때 서량정이 우렁우렁 울리는 말소리가 들렸다.

"정안군 나으리의 명을 전합니다. 무안군과 홍안군은 즉시 사저로 돌아가고, 의안군과 종친들은 도당으로 듭시라는 명입니다. 어서들 나오시오!"

침전의 사람들은 팽팽한 긴장의 끈을 잡고 움직이지 않았다. 다만 서로 바라보며 눈동자만 굴릴 뿐이었다.

"나오지 않으면 군사들이 들어가 끌어낼 것이오! 어서 나오시오."

이것은 말소리가 아니라 대들보가 우르르 울리는 천둥소리였다. 침전에서 그 목소리를 아는 사람은 의안군 이화뿐이었다. 정안군 방원의 심복 신용봉. 6척 거구에 힘이 장사며 고함소리로 항아리를 깨는 괴물이었다. 빈 항아리 속에 머리를 처박고 고함을 지르면 항아리가 박살이 나는 것을 이화는 보았었다.

잠이 들었던 임금이 놀라 깨었다. 방번과 이제가 눈을 뜬 아버지의 손을 잡았다. 아들과 사위를 바라보는 아버지의 눈에 눈물이 고였다. 그러나 말은 없다. 이화가 일어서며 손짓을 했다. 나기지 않으면 불한당처럼 들이닥쳐 개 끌듯이 끌어낼 위인이었다. 방석을 제외한 남자들은 모두 일어섰다. 방번, 이제, 심종, 정신의 등 다섯이었다. 심종은 경신공주의 남편이고, 정신의는 경선공주의 남편으로 모두 임금에게는 적실 왕후 소생의 부마였다.

경순공주가 남편 이제의 옷자락을 잡고 눈물을 흘렸다. 가장 어른인 이화가 말로 다독였다.

"걱정 말아라. 모두 집으로 가게 될 것이다. 어서 나가자."

신용봉과 그 휘하들은 마당에 내려서는 다섯 사람을 휘몰듯이 몰아 서량정을 나갔다. 광화문 앞에 이른 신용봉은 끌고 온 다섯 사람에게 상전처럼 지시했다.

"의안군 나으리는 도당으로 가고, 두 분 부마는 집으로 가시오. 무안군과 흥안군은 군사들이 안내할 것이외다."

방번과 이제를 군사들에게 인계한 신용봉은 어디론가 사라졌다. 이화는 급히 도당으로 가고, 부마 심종과 정신의는 '어마 뜨거라!' 하고 각각 뛰어 달아났다. 방번과 이제는 군사들에게 끌리다시피 광화문을 나오다가 방원을 만났다. 방번이 지옥에서 관음보살을 만난 듯이 반기며 대들었다.

"형님, 저는 어디루 가는 겁니까?"

방원은 말에서 내려 방번의 손을 잡으며 다독였다.

"너는 통진으로 가게 될 것이다. 가더라도 난이 평정되면 반드시 돌아올 것이니 걱정 말거라."

방번은 눈물을 글썽이며 애원했다.

"형님, 저희들이야 무슨 죄가 있습니까? 저희 남매를 살려 주세요!"

방원은 말에 오르며 대답했다.

"걱정 말라고 하지 않았더냐. 잘 가거라."

옆에서 분노를 씹고 있던 이제가 대들듯이 나섰다.

"정안군 나으리, 저는 어디루 가라는 겁니까?"

방원은 대책 없이 당돌한 철부지 매제를 부릅뜬 눈으로 노려보다가 혀를 끌끌 차고는 말고삐를 당기며 대꾸했다.

"너는 집에 가 있거라. 조치가 있을 것이다."

"나으리, 이러시는 게 아닙니다!"

악을 쓰는 이제를 같잖게 노려보던 방원이 군사들에게 재촉했다.

"뭣들 하느냐. 어서 끌고 가거라!"

군사들은 두 사람을 껴잡아 끌고 궁문을 나갔다.

왕자와 부마들을 군사들에게 인계한 신용봉은 서량정에 다시 나타났다. 침전 대청에 옹기종기 앉아있던 내관과 상궁 나인들은 기겁을 하고 일어섰다. 신용봉이 벽력같이 외쳤다.

"의안군은 나오시오. 도당에서 정안군 나으리가 기다리고 있소이다."

방석은 부들부들 떨며 부왕의 손에 매달렸다. 막 잠이 들다가 호통소리에 깬 임금은 막내아들 어깨를 다독이며 말했다.

"걱정마라. 너는 이제 세자가 아니다. 이미 세자가 될 영안군을 들라고 했으니, 너희 남매를 돌보라고 부탁할 것이다. 어여 나가서 네 형들이 하라는 대로만 해라."

열일곱 살인 방석은 흐느껴 울며 부왕의 손을 놓고 엎드려 하직 인사를 했다.

"아바마마, 제발 어서 쾌차하시옵소서."

조금 전까지 세자빈이었던 현빈 심 씨가 숨 넘어 갈듯이 울며 남편 옷자락을 잡고 매달렸다. 심 씨는 아버지 심효생이 죽었다는 소식에 밤새도록 울어 눈이 퉁퉁 부었고, 이미 지칠 대로 지쳐 몸을 가누기도 힘겨워했다.

"동궁마마, 가지 마소서!"

"빈궁, 걱정마세요. 빈궁은 아바마마 곁을 떠나지 마시고 지키세요."

방석은 흐느끼는 아내 손을 꼭 쥐어주고 대청으로 나섰다.

임금은 시녀의 부액으로 침상에서 일어나 막내아들 뒷모습을 바라보았다. 다시는 못 볼 것 같은 불안감이 엄습했다. 불러들여 옆에 두고 싶었으나 참아야 했다. 어린 동생에게 못 할 짓이야 하겠는가 싶어 위안을 삼았다.

마당에 내려서는 방석을 신용봉의 휘하들이 달려들어 껴잡아 끌고 사라졌다. 침전에서 울음소리가 높아졌다. 방석은 군사들에게 끌려 경복궁 서문으로 나왔다. 서문에서 백악산 쪽으로 올라가면 구궁(고려 때 왕들이 쓰던 한성의 행궁)이 있다. 세자 방석과 형 방번은 구궁을 함께 쓰고 있었다.

무장한 군사 세 명에 끌려 구궁으로 올라가던 방석은 난데없이 이름을 부르는 소리에 깜짝 놀라 돌아보았다.

"앞서가는 게 방석이냐? 방석이는 게 섰거라!"

방석은 온몸에 소름이 쫙 끼쳤다. 세자는 아니더라도 왕자였다. 백주대로에서 왕자의 이름을 막말로 꽥꽥 부르다니! 눈앞이 캄캄했다. 죽음이 눈앞에 이르렀음이었다. 이를 악물고 눈을 떴다. 육척의 거구 고려가 기마병 대여섯을 이끌고 달려오고 있었다. 말에서 뛰어내린 고려가 능글거렸다.

"방석아, 너를 죽이라는 명을 받았다."

방석은 악을 썼다.

"네 이놈, 누가 날 죽이라고 하더냐?"

"그건 알아서 뭘하겠느냐. 암튼 내 뜻은 아니니니 날 원망하지는 말거라."

"이놈, 날 정안군 형님께 안내하라! 죽더라도 형님 앞에서 죽겠다."

고려는 방석의 멱살을 거머쥐며 능글거렸다.

"구차하게 가긴 어딜 가느냐. 예서 죽어라."

고려는 빗자루 내던지듯 왕자를 휙 던졌다. 길바닥에 나동그라진 왕자를 군졸들이 달려들어 창칼로 마구 찍었다. 조금 전까지 세자였던 왕자 방석은 처참하게 꿈틀대다 숨을 거두었다. 숨이 끊어진 것을 확인한 군졸들은 시체를 발길로 차 개울로 던졌다. 의안군 방석은 열한 살에 세자로 책봉되었다가 6년 만에 세자가 되었던 죄를 받아 열일곱 나이에 비참하게 죽었다.

말에서 지켜보던 고려 외쳤다.

"어서 가자!"

고려가 이끄는 기마군 여섯은 구궁으로 들이닥쳤다. 말에서 뛰어내린 군졸들은 구궁 안으로 뛰어들어 뒤지기 시작했다. 시종과 동궁 나인들이 아우성치며 이리저리 몰렸다. 아기를 안은 유모가 군졸들에게 끌려 나왔다. 고려가 마상에서 외쳤다.

"그 애가 방석의 아들이냐?"

유모가 새파랗게 질려 아기를 끌어안자 자지러지게 울었다. 고려의 턱짓으로 군졸들이 달려들어 아기를 빼앗았다. 강보에 쌓인 아기를 거머쥔 군졸이 고려의 말 앞으로 가서 강보를 헤쳐보였다. 고려는 고개를 숙여 확인하고는 손짓으로 담장 밑을 가리켰다. 담장 밑에는 우물이 있었다. 우물로 달려간 군졸은 악을 쓰며 우는 갓난아이를 높이 치켜들었다가 냅다 던졌다. 아기 울음소리가 우물 속으로 가라앉았다. 방석의 첫아들로 태어난 지 다섯

달 만이었다.

눈이 뒤집힌 군졸들은 악을 쓰며 달려드는 가노와 시녀들을 닥치는 대로 차고 때렸다. 구궁은 아비규환 그대로였다. 군졸 두 명이 별채 안에서 어린 아이 하나씩을 거머잡고 나왔는데, 유모와 시녀들이 아우성치며 밀고 당기고 악을 썼다. 돌이 갓 지난 사내아이는 방번의 첫 아들이었고, 강보에 쌓인 아기는 석 달이 채 안 된 딸이었다.

기품 있는 젊은 여인이 아이를 거머잡은 군졸 바짓가랑이에 매달려 애원했다.

"살려 주세요. 제발 아이들은 살려 주세요!"

마상에서 느긋하게 지켜보던 고려가 소리쳤다.

"그 계집은 왕가다. 죽여야 한다. 뭣들 하느냐. 어서 끝내고 가자!"

아이를 거머잡은 군졸 둘은 우물로 가서 발버둥치는 아이와 갓난아기를 한꺼번에 던져 넣었다. 방번의 부인 왕 씨는 아이를 우물에 던진 군졸의 허벅지를 물어뜯었다. 허벅지를 물어뜯기는 군졸은 묘한 웃음을 히죽히죽 웃으며 여자의 머리채를 잡은 채 들여다보고 있었다.

고려가 소리쳤다.

"네 이놈, 뭘 하는 짓이냐?"

기겁을 한 군졸이 여자를 답삭 들어 거꾸로 우물에 처박았다. 얼굴이 벌겋게 달아오른 군졸은 식닥거리며 두리번거리다가 우물 옆에 있는 큼지막한 빨랫돌을 끙끙거리며 들어 올려 우물에 던졌다. 들여다보던 군졸은 우물에서 솟구치는 물벼락을 맞고 벌러덩 나동그라져 발을 버르적거리다가 이내 뻣뻣하게 굳어버렸다. 지켜보던 고려가 외쳤다.

"저런, 병신 같은 놈! 그놈도 우물에 처넣어라."

군졸 둘이 달려들어 죽은 군졸을 들어 우물에 처박았다.

방번의 부인 왕씨는 고려 왕족 귀의군 왕조의 딸이었다. 고려가 말머리를 돌리며 외쳤다.

"가자!"

처절한 곡성과 아우성을 뒤로하고 기마병들은 바람처럼 사라졌다.

같은 시각이었다. 가회동 이제의 집에도 다섯 기의 기마병이 들이닥쳤다. 난데없는 소동에 놀란 경순공주와 이제 부부가 대청으로 나오며, 이제가 소리쳤다.

"웬 놈들이냐?"

말에서 내린 군졸들이 신발을 신은 채 안으로 뛰어들었다. 이제가 벽에 걸린 장검을 잡으며 외쳤다.

"네 이놈들, 예가 어딘 줄 아느냐?"

"이-얏!"

어느 군졸의 기합소리와 함께 이제는 짚동처럼 나뒹굴었다. 가슴에서 선혈이 솟구쳤다. 경순공주가 달려들어 남편을 안고 울부짖었다. 한 군졸이 경순공주 옆구리를 발로 걷어찼다. 공주가 나자빠지며 사지를 부르르 떨다가 까무러쳤다. 아우성치는 하인들을 밀치고 방으로 들어간 군졸들은 어린아이 둘을 거머잡고 나왔다. 세 살 된 딸과 돌잡이 아들이었다. 두 군졸은 한꺼번에 두 아이를 마당에 메꽂았다. 마당에 있던 군졸들이 달려들어 마구 짓밟아 숨통을 끊었다. 일을 끝낸 군졸들은 뒤도 안 돌아보고 바람처럼 사라졌다.

그날 밤 자정 무렵이었다. 통진으로 귀양을 가던 방번은 날이 저물어 양화도 도승관(나루터를 관리하는 관청)에서 묵고 있었다. 강변의 밤은 물 흐르는 소리가 고즈넉하게 들리고 이따금 소쩍새가 울고 있었다. '소-쩍! 소-쩍! 소-쩍궁!' 처량 맞은 새소리였다. 방번은 불안하고 심란하여 초저녁부터 잠자리에 들었지만, 잠은커녕 온갖 생각으로 혼란스러웠다. 구슬픈 소쩍새 소리에 울기도 하고, 분노에 떨기도 하며 누웠다 일어나기를 수십 번이었다. 방번은 갑갑증이 일어 방문을 열었다. 밖에서 지키던 호송 군졸이 창을 들고 문 앞을 막아섰다.

"답답하구나, 좀 열어 두어라."

군졸이 무뚝뚝하게 대꾸했다.

"닫아야 하오."

군졸이 문을 닫자 방번이 다시 열어젖히며 소리쳤다.

"닫지 마라!"

군졸이 문을 쾅 밀어 닫으며 내쏘았다.

"귀양 가는 주제에 어디서 개지랄이야!"

옆에서 다른 군졸이 투덜거렸다.

"남은 강바람에 추워죽겠는데 방안에서 번열이 뻗치나 웬 지랄이여."

방번은 불같이 타오르는 분노를 참을 수 없어 방바닥을 주먹으로 쾅쾅 내리치며 절규했다.

"이럴 수가, 어찌 이럴 수가 있단 말이냐!"

치미는 분노와 억장이 무너지는 서러움에 숨이 막혔다. 천지개벽이라더니, 하늘과 땅이 순식간에 뒤바뀌는 비참한 결과였다. 시간이 약이라고 했던가. 밤은 속절없이 깊어가고 왕자 방번은 분노도 서러움도 시나브로 가라앉아 인정되었다. 이를 악물고 속으로 짓씹었다. '아바마마께서 살아있는 한 나를 죽이지는 못할 것이다. 도성으로 다시 돌아가는 날 저놈들은 내 손으로 갈가리 찢어 죽일 것이다.' 자신감이 생기고 숨통이 트였다. 방번이 다시 잠자리에 누웠을 때 방문이 슬며시 열리며 두 거한이 들어섰다. 설핏 잠이 들었던 방번이 벌떡 일어나며 외쳤다.

"누구냐?"

방을 지키던 군졸이 호롱불을 들이댔다. 갑옷을 입은 군졸 둘이 장검을 뽑아들고 서있었다. 방번은 벌떡 일어나 벽 귀퉁이로 몸을 피하며 외쳤다.

"나는 왕자 방번이다. 대체 네놈들은 누구냐?"

군관의 투구를 쓴 군졸이 히죽히죽 웃으며 능글거렸다.

"흐흐흐…, 그러잖아도 그렇게 물어볼 참이었다. 왕자 방번을 잡아 죽이라는 명을 받고 왔다. 나는 다만 명을 수행할 뿐이니 부디 나를 원망하지는 말아라!"

"네 이놈! 나를 정안군께 안내하거라. 형님이 나를 죽일 리가 없다."

수하 군졸이 칼자루에 침을 칵 뱉어 움켜잡고는 이죽거렸다.

"거참, 어린놈이 되게 앙앙대네. 우리가 네놈 종이냐? 에—잇!"

기합소리와 함께 칼날이 방번의 오른쪽 어깨에서부터 아랫배로 비스듬하게 파고들었다. 왕자 방번은 눈을 부릅뜬 채 순식간에 닥친 자신의 죽음을 보았다. 죽음은 짙은 보랏빛이었다. 보랏빛 죽음 저만큼 앞에 부인 왕씨가 어린 두 남매를 양팔에 안고 있었다. 두 아이를 받아 안으려고 팔을 벌리며 앞으로 고꾸라졌다.

사흘이 지난 8월 29일에 반란이 평정되었다. 이방원이 일으킨 소위 '제1차 왕자의 란'으로 일컫는 변란으로 수많은 사람이 죽었다. 서출 왕자 방번 부부와 두 자녀가 참살 당했고, 폐세자 방석과 아들, 부마 이제와 두 자녀가 죽었다. 정도전과 남은, 심효생, 박위, 유만수 부자 등 대소신료 14명과 정도전의 아들 셋 등 그들의 가족 10여 명이 죽었고, 가노와 시녀들의 죽음은 기록에도 없다. 30여 명의 벼슬아치가 귀양을 가고 감옥에 갇혔다.

징검돌 임금

임금은 서량정으로 피병을 납시어 그날 밤에 엄청난 변란을 겪으면서 오기와 분노로 병마를 이겨 냈다. 이어 웬만큼 회복하여 나흘만인 9월 1일에 경복궁 강녕전으로 이어했다. 이미 방과를 세자로 책봉하여 경복궁 동침실을 동궁으로 정하여 들게 하고 정무를 보게 한 지 닷새가 지났다.

병석에 누워 며칠간 곰곰이 생각하던 임금은 도승지 이문화를 침전에 불렀다. 이문화가 침상 앞에 부복하여 아뢰었다.

"전하, 신을 찾아 계시오니까?"

임금은 누운 채 힘겹게 말했다.

"과인이 병들어 오랫동안 정사를 청단하지 못했지마는 하루 동안에도 만가지 일이 발생하니 미처 감당하지 못하여 병이 더하게 되었다. 하여, 이제 세자에게 왕위를 물려주고 마음을 편히 먹고 병을 치료하여 여생을 쉬고자 한다. 도승지는 중신들에게 명을 전하고 전위교서를 지어 올리게 하라."

도승지는 납작 엎드려 황망하게 아뢰었다.

"전하, 망극하옵신 어명 받자와 신은 황망하기 그지없나이다. 신이 어찌 감히 전위를 입에 담아 전하오리까? 통촉하시옵서서."

임금은 담담하게 재촉했다.

"아니다. 과인은 이미 오래전에 결심했더니라. 어서 나가 그리 전하라!"

임금의 명은 두 말 덧붙일 틈새도 없이 엄하여 도승지는 눈물을 뿌리며 어전을 물러 나왔다. 도승지의 눈물은 임금이 아들에게 전위함에서 오는 비감이 아니었다. 천군만마를 호령하던 맹장 이성계의 면모는 어디서도 찾아볼 수 없는, 오직 늙고 초라한 병든 노인의 하소연이 이문화에게 애잔한 아픔이 되었음이었다.

도승지 이문화는 이조전서 이첨이 쓴 전위교서를 들고 어전에 부복했다.

내관이 받아 올리는 교서를 일별한 임금은 도승지에게 일렀다.

"도승지는 지금 세자를 들게 하라!"

"전하, 신은 황망하기 그지없사오나 명을 받잡겠나이다."

이문화는 강녕전 동침실에 가서 세자 방과를 모시고 침전에 들어왔다.

세자는 임금 앞에 엎어지며 통곡했다.

"전하, 아니 되옵니다! 교서를 거두어 주시오소서! 신은 참담하와 몸 둘 바를 모르겠나이다."

임금은 내관으로 하여금 부액케 하여 일어나 앉아 손을 내저어 말했다.

"세자는 사양치 마라. 나는 늙고 병들어 종사를 청단하기에 벅차니라. 지나친 겸양은 불효가 되느니라."

세자는 거듭 사양했다.

"아바마마, 소자는 명을 받자올 수 없나이다. 쾌차하실 때까지만 소자에게 대리청정을 명하시오소서."

"아니라고 하지 않았느냐. 나는 이제 국사를 청단할 기력이 쇠했다. 세자는 어서 일어나 교서를 받으라."

"아바마마, 망극하나이다. 소자가 어찌 불효를 행하오리까."

임금은 애잔하게 말했다.

"이는 불효가 아니라 참된 효도니라! 아비가 병들면 자식이 돌보는 것은 당연하지 않은가. 더 이상 아비를 번거롭게 하지 마라."

세자는 눈물을 뿌리며 하릴없이 일어나 임금이 내리는 교서를 받았다. 임금이 도승지에게 명했다.

"도승지는 즉시 좌우 정승을 부르라!"

대청에서 대기하던 좌정승 조준과 우정승 김사형이 어전에 부복했다. 임금은 두 정승을 묵묵히 바라보다가 말했다. 만감이 교차하는 서글픈 눈빛이었다.

"경들은 들으시오."

"전하, 하명하시오서서."

"과인은 오늘로서 세자에게 보위를 물려줄 것이오. 경들은 힘을 합하여 주상을 도와 태평성대를 열어주시오."

"전하, 망극하나이다. 신 등은 성지를 받자와 충심을 다할 것이옵니다."

임금은 옆에 놓인 전국보(국새)함을 들고 말했다.

"좌정승은 국보를 받으라! 대소신료들은 세자를 모시고 근정전에 나아가 즉위식을 올리라."

임금은 조급하게 재촉했다. 하루빨리 무거운 짐을 벗어 던지고 훨훨 날고 싶은 심정이었다.

국보를 높이 받든 좌정승이 앞에서 인도하고, 대소신료들이 줄줄이 따라 근정전으로 향했다. 세자는 강사포와 원유관을 갖추어 입고 근정전에 나아가 즉위식을 거행하고 만조백관의 하례를 받았다. 이로써 조선 개국 7년 만에 제2대 임금이 전위 받아 즉위하였다. 즉위식을 끝낸 임금은 즉시 면복(면류관과 곤룡포)으로 갈아입고, 백관을 거느리고 강녕전에 입시하여 부왕의 존호尊號를 상왕上王으로 올리고 예를 드렸다. 뒤이어 백관이 사배를 올리며 상왕이 되심을 치하하였다.

새 임금이 즉위하고 두 달 뒤인 11월 7일, 임금이 난데없이 유 씨라는 여자를 후궁으로 맞아들였다. 유 씨는 임금이 잠저에 있을 때의 첩이었는데, 시임 대사헌 조박의 친척 동생이었다. 그동안 조박의 집에 머물던 유 씨는 후궁의 예를 갖추어 경복궁에 들어왔는데 불노라는 일곱 살 난 아들이 있었다.

입궁한 유 씨는 임금의 명에 의하여 중궁에 들어가 중전 덕비에게 예를 올렸다. 슬하에 자식이 없던 중전 김씨는 유 씨의 아들을 보고는 반색을 했다. 후사를 이을 아들을 보지 못해 속을 태우던 중전에게 임금의 아들이라는 불노는 하늘이 내린 복덩이였다.

임금은 중궁전에 예를 올린 유 씨를 대동하고 상왕 전에 들어 예를 올렸다. 임금은 속으로 좀 멋쩍기도 하여 부자지간의 정으로 인사를 시켰다.

"아바마마, 소자가 잠저에 있을 때 가까이했던 첩실이옵니다. 일찍이 아들까지 두었으나 기회가 없어 미루다가 비로소 오늘 입궁을 시켰나이다. 소자의 불효를 용서하소서."

상왕도 중전 김 씨만큼 반색을 하며 반겼다.

"주상 용서라니요. 경사가 아닙니까. 주상에게 소생이 없어 근심했는데, 이렇게 자란 아들이 있었으니 이제 한시름 놓았음이오."

"아바마마께서 그리 생각하시니 소자 마음이 놓이옵니다."

"그렇다마다요. 이것은 경사가 아닙니까? 왕실은 번창할수록 좋아요. 유 씨라고 했더냐?"

몸이 튼실하고 후덕하게 생긴 유 씨는 다소곳이 머리를 조아렸다.

"그러하옵니다, 상왕전하."

상왕은 즐거워하며 말했다.

"허허허…, 이는 경사로다! 중신들에게 주상의 소생이 있음을 알리고 마땅히 원자의 예우를 받도록 해야 할 것이오."

임금과 유 씨는 입이 함지박만큼씩 벌어졌다. 원자라니! 다음 보위를 이를 세자가 된다는 말아 아니던가. 유 씨는 숨이 막히도록 가슴이 벅차올랐다. 유 씨가 구름 위를 걷는 듯 둥둥 뜨는 걸음걸이로 처소에 들어와 숨을 돌리고 있을 때였다. 상왕전 내관이 들어와 정중하게 예를 올리고는 교지를 전했다. 글을 알 턱이 없는 유 씨가 당황하자 시녀의 눈짓으로 내관이 교지를 읽었다.

금일 입궁한 유 씨를 가의옹주로 책봉하고, 처소를 가의궁이라 칭한다.

이 또한 천지가 개벽하는 순간이었다. 시임 대사헌의 인척이라고는 하지만 양반은커녕 중인 대접도 못 받던 아낙이 하루아침에 임금의 후궁이 되고 옹주 직첩을 받았다. 가의옹주 유 씨는 얼굴이 하얗게 질리도록 흥분했다. 숨이 막혀 헉헉거리다가 어린 나인이 입에 대주는 물을 한 모금 마시고는 겨우 정신을 차렸다. 정신을 차려보니 내관은 그새 사라지고 앞에 놓인 다탁에 교지만 단정하게 놓여있었다. 교지를 어루만지던 유 씨는 옆에 앉아 어린 나인과 장난질을 하는 아들 불노를 와락 끌어안고 엉엉 울었다.

그날 궐내는 해가 지도록 웅성거렸다. 상궁 나인들은 둘만 만나도 머리를 맞대고 수군거렸다.

"상왕전하께서 원자라고 불렀대요."

"중전께서도 후사를 이을 왕자라고 했다면서?"

"주상의 아들이 아니라는 말도 있다는데."

"정안군이 보고만 있을까?"

"상왕이 원자라는데, 감히 누가 뭐래."

입소문은 그날로 대궐을 넘어 장안으로 퍼져나갔다. 그날 해질녘이었다. 왕자의 난을 진압하고 정사공신 2등에 책록되어 벼슬이 우부승지에 오른 이숙번이 장안군 이방원의 집에 들이닥쳤다. 숙번은 퇴궐하는 길에 바로 들렀는지 관복차림 그대로였다. 가노들이 미처 연통할 틈도 없이 사랑으로 들어간 숙번은 보료에 앉아 책을 보던 방원을 한심하나는 듯이 노려보다가 툭 내뱉었다.

"나으리께선 참 태평두 하시외다."

방원은 픽 웃었다. 오늘은 또 무슨 투정을 부리고 술을 얻어먹으려나 하면서도 적적하던 판에 마침 술친구가 왔으니 내심 반가워하며 말했다.

"투정은 차차하고 우선 앉기나 하시게."

숙번은 덜퍼덕 주저앉으며 능글능글하게 말했다.

"나으리, 투정이라니요? 오늘 왕실에 크나큰 경사가 났습지요."

방원은 여전히 웃으며 농으로 받았다.

"왕실의 경사가 어디 어제오늘이었나. 그래, 오늘은 무슨 경사가 또 난 게요?"

"아, 경사다마다요. 하늘에서 세자저하가 뚝 떨어졌지 뭡니까."

방원은 하도 생뚱맞은 농담이라 히죽이 웃으며 받았다.

"하늘에서 세자가 떨어져? 저런, 기왕에 임금이 뚝 떨어졌으면 더 좋았을 것을…."

숙번은 벌컥 뺏성을 냈다.

"참말루 세자가 하늘에서 떨어졌다니까요! 상왕께서 원자라고 말했으니 세자가 아닙니까?"

숙번의 시뻘건 얼굴과 눈에서 불이 철철 흐름을 방원은 그제서 보고 버썩 다가앉으며 물었다.

"그게 무슨 말이야? 상왕께서 원자라고 했다니?"

숙번은 주먹으로 연상을 탕탕 치며 토했다.

"죽 쒀 개 좋은 일 한다더니, 나으리께서 꼭 그 짝이 났소이다."

숙번이 침을 튀기며 쏟아놓는 자초지종을 들으며 방원은 몇 번이나 주먹으로 연상을 쳤다. 생각할수록 하도 같잖아 방원은 끝내 허탈하게 한바탕 헛웃음을 웃고는 말했다.

"허허허, 그 참! 한 치 앞도 볼 수 없는 것이 세상사라지만 어찌 이런 해괴한 일이 다 있단 말인가!"

흥분을 가라앉힌 숙번이 나직이 말했다.

"나으리, 이는 대사헌 조박이 꾸민 음모입니다. 어찌 하시겠습니까?"

눈을 감고 묵묵히 앉아있던 방원이 담담하게 말했다.

"나는 다시 칼을 잡고 싶지 않네. 제대로 된 조정이라면 그 아이가 어찌 세자위에 오르리."

"조박 하나라면 누가 뭐랍니까. 그 하나를 그냥 둔다면 열이 되고 스물이 됩니다. 그중에서 정도전과 남은 같은 무리가 형성되면 어찌하시렵니까?"

방원은 숙번을 똑바로 노려보며 말했다.

"그대는 정사공신에 승지일세. 부귀가 그 정도면 만족하지 않은가?"

숙번도 방원의 눈길을 피하지 않고 받으며 대꾸했다.

"나으리께서는 이것을 제 욕심으로만 보십니까? 우리 몇몇 동료가 목숨을 초개같이 사직을 지키려 한 것은 오직 나으리를 추대하고자 함이었나이다. 하온데 나으리께서는 오로지 종사의 대의만 생각하시고 보위를 사양하시었습니다. 참으로 아름답고 정당한 일이었지요. 그리하여 우리는 나으리를 더욱 우러러 모시려 했습니다."

"그 얘긴 그만하라! 이미 지나간 일이 아니더냐."

"지나간 것이 아니라 다시 시작되고 있음입니다. 지금 어디서 굴러먹던 개뼉다귀 같은 어린아이가 궁중에 들어와서 하룻 만에 튼튼한 둥지를 틀어 원자가 되었었나이다. 하오나 우리는 감히 알바가 아니옵니다. 어차피 필부였으니, 하다 못하면 머리를 깎고 산으로 가도 그만입니다. 하오나 나으리께서는 귀중하신 몸으로 자칫하다가는 지난날 방석과 방번처럼 비참한 운명을 맞지 않을까 심려되어 드리는 말씀입니다. 그것을 제 욕심으로 보셨다면 참으로 송구하오이다."

심각하게 지껄이는 말을 묵묵히 듣고 난 방원은 느닷없이 크게 웃으며 말했다.

"어-허허허…, 우부승지가 된 지 불과 두어 달 만에 안성군 말솜씨가 경지에 이르지 않았는가! 감축할 일이로세. 허허허…."

문이 열리고 하인에게 술상을 들린 방원의 부인 민경옥이 들어왔다. 숙번이 벌쭉 웃으며 반색을 했다.

"그러잖아도 목이 타던 참이었습니다. 마님께서는 참으로 급시우(때맞춰 오는 비)옵니다."

"뭣이라, 급시우!"

세 사람은 한꺼번에 와르르 웃었다.

술잔이 서너 순배 돌았을 때 부인 민씨가 말했다.

"궁에서 나인이 금방 다녀갔습니다. 세상에 어찌 이런 일이 있습니까?"

방원은 말없이 술잔을 비웠고 숙번이 받았다.

“오래전부터 짜여진 음모가 비로소 드러나기 시작한 것입니다. 그 아이가 일곱 살이라 하지 않습니까?”

민 씨가 싸늘한 표정으로 받았다.

“안성군 말씀이 맞아요. 영안군이 그 여자를 한때 가까이하기는 했지만 그동안 다른 남자와도 살았답니다. 그 아이가 영안군 핏줄이라는 것도 믿을 수 없어요.”

방원의 눈이 화등잔만 하게 커졌다. 그 눈에서 이내 불이 철철 흘렀다. 민씨가 그 불에 부채질을 했다.

“나으리께서는 종실의 법통을 세우기 위해 부왕의 후비 소생이지만 엄연한 왕실의 핏줄인 두 아우를 제거했습니다. 한데, 이제 개뼉다구인지 쇠뼉다구인지도 모를 그 아이가 세자위에 오른다면, 우리 적실 왕자들은 온 식구가 멸하는 변란을 당할 것이 뻔합니다.”

숙번이 거들고 나섰다.

“피바람을 일으키고 사직의 안정을 잡은 지 이제 두 달이옵니다. 다시 혼란이 있어서는 아니 됩니다. 우리들 힘이 필요하시면 언제든지 쓰시옵소서. 나으리를 보위에 모시고자 하는 우리들 충정은 변함이 없나이다.”

방원은 비로소 빙긋이 웃으며 술잔을 들었다.

“자—자, 그만 하고 술이나 드세.”

민 씨도 그제서 안심을 하고는 방긋 웃으며 두 잔에 술을 따랐다.

정안군 이방원의 부인 민경옥! 요즈음 장안에서는 민경옥을 추동궁마마라고 부른다. 정안군의 집이 추동에 있기 때문이지만, 왕자의 난 이후 정안군 부부는 그만큼 장안의 주목을 받고 있었다.

민경옥의 아버지 민제는 개국공신으로 여흥백에 봉해졌고, 시임 삼사우복야였다. 명문대가의 딸로서 임금의 다섯째 며느리가 된 뒤부터 민경옥은 왕후를 꿈꾸고 있었다. 그것이 어찌 남편이 모르는 꿈이었을까. 서출의 왕자로 세자를 책봉했을 때, 왕후를 꿈꾸던 민 씨는 그 꿈이 이미 반은 이루어졌음을 알았다. 그러나 서출 세자로 인한 왕자의 난이 평정되자 남편은 코앞에 닥친 왕위를 버리고 장자가 된 둘째 형 영안군을 추대했다.

민 씨는 그때 이를 갈아 물고 남편에게 대들었다. 왕자의 난이 성공한 것은 민 씨의 공이 절반이었다 해도 과언이 아니었다. 친정아버지 민제에다가 무구, 무질 두 동생이 주축이었고, 무장 고려와 이부, 이무도 민 씨의 영향력을 받고 있었다. 그것을 모르는 남편이 아니겠지만 눈앞에 닥친 현실이 여자의 소견으로는 불만이었다.

그러나 나이 마흔이 넘어 보위에 오른 임금에게는 소생이 없었다. 민경옥에게 있어서는 바로 그것이 머잖아 중전의 자리에 앉을 수 있다는 확고한 희망이었다. 그런데 오늘 임금의 품에 하늘에서 아들이 뚝 떨어졌다는 것이다. 게다가 남편을 철천지원수로 여기는 상왕이 그 아이를 원자라고 했다는 것이다. 이것이 바로 마른 하늘의 날벼락이었다. 그때, 인기척이 있고 이어 문이 열리며 유모가 어린 아기를 안고 들어왔다.

"마님, 아기씨께서 어머니께 가자고 조르고 보채서 견딜 수가 없사옵니다."

민씨는 유모의 품에서 빠져나와 덥석 안기는 아들을 받아 안으며 활짝 웃었다.

"오―! 우리 도가 그랬더냐? 그새 어미가 보고 싶어 보챘더란 말이지? 자―아, 이제 아버지께 가 보렴!"

귀여운 아기는 아장아장 걸어가서 아버지 품에 달려들었다. 방원은 셋째 아들 도를 받아 안고 어르다가 이숙번 앞으로 번쩍 안아 보이며 말했다.

"도야, 잘 보아라. 장차 나라의 대들보가 될 이숙번이니라."

유모는 비켜 앉아 입을 가리고 웃었고, 세 사람은 마냥 즐거워 크게 웃었다. 하늘에서 떨어지는 원자 따위가 있을 턱이 없음이었다. 숙번은 웃으면서도 아기에게서 눈을 뗄 수 없었다. 첫돌잔치에 먼발치로 보기는 했지만 가까이서 보기는 처음이었다. 어리지만 범상치 않은 얼굴이었다. 이목구비가 뚜렷하고 시원하게 큰 눈에서 정기가 넘쳤다. 머잖아 보위에 오를 왕자의 아들은 어디가 달라도 다르다는 것을 느끼며 고개를 주억거렸다. 첫돌이 지나고 넉 달이 되는 정안군과 민 씨 사이의 셋째 아들 도祹! 이로부터 꼭 20년 뒤에 대왕세종이 될 아기였다.

정종 2년(1400) 11월 11일, 임금이 왕세자(정안군 방원)에게 선위하였다. 임금은 제1차 왕자의 난을 겪고 보위에 오른 지 2년 2개월 만에 제2차 왕자의 난으로 인하여 자의반 타의반 형식으로 보위를 내놓고 말았다.

연초인 지난 1월 28일이었다. 회안군 방간이 제2차 왕자의 난을 일으켰으나, 바로 밑의 아우 방원이 하루 만에 난을 진압하고 조정을 평정하였다. 그리고 나흘만인 2월 4일에 전격적으로 세자에 책봉되었었다. 임금의 아우가 보위를 잇게 되면 세제世弟라고 한다. 그러나 임금의 부왕인 상왕이 생존해 있으면, 아우가 보위를 이을 자리에 올라도 부왕의 아들임으로 세자가 된다. 상왕의 다섯째 아들인 방원은 세자위에 오르고 열 달 만에 형님으로부터 보위를 물려받게 되었다.

넷째 왕자인 방간은 아우인 방원이 세자가 된다는 항간의 소문이 확실시되자, 아들 맹종과 조전절제사 박포의 말에 현혹되어 아우를 죽이고 세자가 되고자 난을 일으켰다. 그러나 거사 계획이 사전에 누설되어 형님인 임금이 억제했으나 방간은 듣지 않고 난을 일으켰다. 급박한 상황에 앉아서 당할 수만은 없게 된 방원과 이숙번을 비롯한 그 수하들은 대응군을 일으켜 개경 도성의 백주대로에서 전투가 벌어졌다. 결국 방간의 반란군은 패하였고 많은 사람이 죽고 귀양을 갔다. 방간과 그 아들 맹종, 박포도 역시 귀양을 갔으나, 박포가 귀양지에서 처형되면서 제2차 왕자의 난은 평정되고 정안군 방원이 보위에 오르는 계기가 되었다.

판삼군부사 이무는 전위교서를 받들고, 도승지 박석명은 국보를 받들고 인수부에 나아가니 이거이, 김사형, 민제, 하륜 등 중신들이 뒤를 따랐다. 세자의 거처인 인수부는 이미 전위교서가 내릴 것이라는 전갈을 받고 요긴한 사람들이 알게 모르게 모이다 보니 좁은 전각이 더욱 어수선한 상태였다. 한양 도성에서 개성으로 천도한 지 2년이 되어 가는데, 상왕전과 주상전, 동궁전 등으로 나누어 쓰다 보니 궁궐은 평상시에도 비좁아 어디나 어수선하고 불편한 상태였다.

1398년 9월에 정종이 즉위하고 이듬해 봄이 되면서 한양 도성 경복궁은 난데없는 까마귀 떼로 난장판이 되었다. 조선천지의 까마귀가 경복궁으로 죄다 몰려들었는지 궁궐지붕이며 담장, 정원의 나무, 사람의 발길이 뜸한 뒤뜰까지 온통 새카만 까마귀 천지였다. 사람이 움직일 때마다 까마귀 떼는 비상하며 음흉하게 우짖어 소란하였고, 궁궐은 어딜 가나 발을 옮길 틈도 없이 까마귀 똥 천지였다.

궁수와 표창수가 활로 쏘아 잡고 표창을 던져 수없이 죽여도 궐내에 온통 피 칠갑만 할뿐, 까마귀 떼는 더 극성스레 밤낮으로 우짖었다. '가—아! 가—아! 가—아….' 모두 저승으로, 지옥으로 가라는 것인지, 경복궁을 떠나가라는 것인지, 소름 끼치는 그 울음소리가 밤낮으로 들끓었다. 마침내 도성 장안은 흉흉한 소문이 난무했다.

—고려왕실의 행궁이었던 구궁 우물에 시체가 가득했는데, 갓난아기의 시체가 열이 넘었으며, 능욕을 당해 발가벗겨진 여인들의 시체가 스물이 넘었다더라!

—왕자의 난으로 왕족과 벼슬아치들이 수백 명 죽었는데, 그 원혼과 망국 고려의 억울한 영혼들이 까마귀 떼가 되었다.

—500년 고려를 뒤엎은 죄를 받는 것이다. 머잖아 나라가 망하고 고려 왕조가 복권 된다더라!

온갖 유언비어가 경향각지로 퍼져나갔다. 이에 당황한 조정은 그예 천도할 계획을 세우기에 이르렀다. 그러나 천도를 함부로 할 수도 없어 까마귀 떼와 대판으로 승부를 걸었지만 결국 미물을 이길 수 없었고, 천년왕국의 꿈을 안고 국력을 기울여 4년간 창건한 새 나라의 한양 도성을 버리고 고려의 궁궐이 그대로 보존된 개경으로 되돌아오고 말았던 것이다.

세자는 전위교서가 내린다는 전갈을 듣고 많은 생각을 하고 있었다. 그 중 가장 시급한 것이 도성을 다시 한양으로 천도하는 대업이었다. 한양의 경복궁과 성곽은 천년왕도를 꿈꾸며 건설한 도성이었다. 그 장엄한 도성을 까마귀 떼에 질져서 쫓기다시피 버리고 고려의 도성으로 되돌아온 것은 치욕이었다. 방원은 세자에 책봉되기 전부터 한성으로 다시 천도하겠다는 생각을 했었다. 그때 대청에서 대기하던 내관이 전했다.

"저하, 주상 전에서 도승지가 들었사옵니다."

자신이 보위에 오르면 가장 먼저 해야 할 일이 한양 천도라고 새삼 다짐하던 세자는 동궁 내관의 전언을 듣고 대청으로 나갔다.

이무가 댓돌 위로 올라가 교서를 받들어 올리며 말했다.

"세자저하! 주상전하께옵서 전위교서를 내리셨나이다. 받으시옵소서."

세자는 대청에 서서 국보를 높이 받든 도승지와 마당에 늘어선 중신들을 내려다보며 짐짓 격노한 목소리로 말했다.

"주상전하께옵서 아직 춘추 정정하시고 성덕이 또한 융성하옵신데 어찌 용렬한 나에게 양위를 하신단 말이오? 전하께서 망극하신 분부가 계셨더라도 극구 간하여 분부를 거두시게 하는 것이 신하된 도리이거늘, 경들은 어찌 경망되이 국보를 받들고 예까지 오는 불충을 저지른단 말이오. 나는 받을 수 없으니 어서 돌아들 가시오!"

세자는 뒷말 덧붙일 겨를도 없이 안으로 들어가 버렸다. 말인즉슨 골백번 옳은 말이라 세자의 사돈 이거이가 민제를 바라보다가 하륜에게 물었다.

"대감, 이럴 경우는 어찌 하오이까?"

하륜은 빙긋 웃으며 받았다.

"예상했던 일이 아닙니까? 기다려야지요."

중신들은 마당에 서서 하릴없이 기다렸다. 한 식경이 흐르고 두 식경이 지났다. 민제와 이거이를 비롯한 늙은 중신들은 반나절 간이나 서 있게 되자 더 견딜 수 없을 지경에 이르렀다.

중신들의 눈짓을 받은 이무가 정중히 읍을 하고는 주청했다.

"저하, 주상전하께서 내리신 교서는 되돌릴 수 없나이다. 이제 그만 가납하시오소서."

마당의 중신들도 일시에 주청했다.

"세자저하, 가납하시오소서."

내전에서 세자가 일갈했다.

"나는 받을 수 없소이다. 상왕께서 환궁하실 때까지는 받을 수 없음을 주상전하께 고하시오."

상왕은 지난달 10월 24일에 한양성에 거동하여 신덕왕후 능인 정릉 홍천사에서 정근법석을 베풀었다. 상왕은 이 행차에 역마 1백30필을 차출하라 명하였고, 세자는 급히 관마색(궁중의 말을 관리하는 관청)에 독촉하여 1백20필로 상왕의 행차를 호위하게 했었다. 그리고 이틀 뒤인 26일에 상왕은 오대산 낙산사로 행차했다. 비명에 죽은 두 아들과 어린 손자들의 영혼을 위로할 불사를 베풀 계획이었지만, 임금도 세자도 상왕의 오대산 행차를 모르고 있었다. 임금은 뒤늦게 알고 대장군 박순을 급히 보내 행차를 호위하게 했다. 호위대장 박순으로부터 상왕이 사나흘 후에 환궁한다는 기별을 받았던 터였다. 중신들은 세자의 사양 이유가 정당하므로 하릴없이 돌아가 임금에게 고했다.

"전하, 신 도승지 아뢰나이다. 세자저하께서는 상왕 전하께서 환궁하실 때까지 교서를 받을 수 없다고 사양하시나이다. 어찌 하오리이까?"

착잡한 심정으로 기다리던 임금은 노해 용상에서 벌떡 일어서며 말했다.

"과인이 어찌 그 같은 이치를 모르겠느냐. 이미 상왕 전하께 윤허를 받고 전위교서를 내린 것이다. 도승지는 국보를 받들고 앞서라. 과인이 인수부로 갈 것이니라."

임금이 분연히 떨치고 나서자 교서를 받든 이무와 국보를 받든 박석명이 앞서고, 임금의 뒤를 중신들이 줄줄이 따랐다. 인수부 내관이 임금의 행차에 기겁을 하고는 아뢰었다.

"저하, 주상전하 납시셨사옵니다."

내전 교의에 앉아있던 세자는 내심 놀랐으나 천연한 표정으로 나갔다. 근엄한 용안으로 서 있는 임금을 본 세자는 발 밑에 부복했다.

"전하, 교서를 거두어 주시오소서. 신에게 어찌 불효와 불충을 행하라 하시나이까."

임금은 여전히 굳은 용안으로 말했다.

"세자는 사양치 말라! 상왕 전하께 이미 윤허를 받잡고 내린 교서였느니라. 삼군부사는 어서 교서를 읽으라."

이무는 임금께 읍을 하여 예를 올리고는 교서를 읽었다.

> 내가 어려서부터 말 달리고 활 잡기를 좋아하여, 일찍이 학문을 등한히 했도다. 하여 즉위한 이래로 혜택이 백성에 미치지 못하고 재앙과 변괴가 거듭 이르니, 비록 조심하고 두려워하나 어찌할 수 없도다. 세자는 어려서부터 배우기를 좋아하여 이치에 통달하고 크게 공덕이 있으니 마땅히 과인을 대신하도록 하라.

비록 짧은 교서였으나 재위 2년 남짓 동안에 누적된 임금의 불안과 불만이 고스란히 내포된 내용이었다. 세자는 부복한 채 낭랑히 읽는 교서를 듣고 묵묵부답이었다. 가슴 속에서 만감이 교차하고 있음이었다.

임금이 불쾌한 용안으로 세자를 내려다보며 말했다.

"도승지는 무엇을 하는가? 어서 국보를 안으로 모시라!"

도승지가 국보를 받들고 들어가자 임금은 비로소 용안에 웃음을 띠고 세자의 팔을 잡아 일으키며 말했다.

"자, 어서 일어나 안으로 듭시다."

국보를 가운데 탁상에 두고 두 임금이 마주 앉았다. 나이 차가 일곱 살인 형님과 아우의 마주앉음이었다. 두 형제는 서로 바라보았다. 형님은 담담하게 웃었고, 아우는 얼굴이 벌겋게 달아오르도록 홍분했다.

임금은 마음이 홀가분했다. 조금 전과는 달리 훨훨 날아오를 듯이 기분이 상쾌하고 가뿐했다. 벗어 던지고 나니 이렇게 시원한 것을…! 임금은 밝게 웃으며 어색한 분위기를 깼다.

"주상!"

새 임금은 깜짝 놀라 정신이 혼미했다. '그렇구나, 주상. 주상이 되었구나.' 양손을 공손히 가슴에 모아 읍을 하며 대답했다.

"전하, 신은 참담한 마음 금할 길이 없나이다."

임금은 여전히 웃고 있었으나 마음과 웃음이 일치하지 않음을 단박 느낄 수 있는 공허한 웃음이었다.

"주상, 그동안 섭섭했더라도 이제는 잊으세요. 나도 본의가 아니었답니다."

새 임금은 정신이 혼란스러웠다. 본의가 아니었다니? 단박 어떤 대답을 해야 하지만 그 진의를 알기 어려우니 답변하기도 어려웠다.

"전하, 무슨 망극한 말씀이오니까? 신은 다만 몸 둘 바를 모르겠나이다."

"아닙니다, 주상! 회안군만 아니었으면, 그 무렵 주상에게 전위하려 했어요. 그 기미를 알고 회안군이 몹쓸 짓을 해서 전위가 잠시 늦어졌을 뿐입니다."

"전하, 듣잡기 황공한 말씀이옵니다. 보위에 계신지 이제 불과 이태 남짓하셨나이다. 늦으셨다니요."

"그래요, 주상. 그 이태가 내게는 이십 년처럼 길었던 나날이었답니다. 나는 애초부터 아바마마와 주상 사이의 완충 역할을 자임하고 세자책봉을 받았던 것입니다. 주상도 그리 생각하고 나를 세자위에 올렸던 것으로 알고 있었어요."

새 임금은 순간적으로 가슴이 콱 막혔다. 이내 머릿속이 싸─아해지면 눈물이 왈칵 솟구쳤다. '완충 역할!' 한 번에 건너뛸 수 없어 놓았던 징검돌! 그것을 알고 있었구나. 감춰두었던 속내가 속절없이 드러나자 부끄럽고 짓쩍었다.

"전하, 이 아우의 불손과 불충을 용서하소서. 아우는 다만, 국초의 불안한 국정을 튼튼히 바로 잡아야 한다는 일념으로 해서는 아니 될 일임을 알면서도 불가피 감행했던 일이 더러 있었나이다. 그것이 아바마마와 형님께 불효가 되고 불충이 됨을 어찌 모르겠나이까. 하오나 그리하지 않고서는 천년왕국의 기틀을 다질 수 없었음이었나이다. 하온데 제가 어찌 감히 형님을 완충지대로 여겼겠나이까?"

임금은 이제 드러내놓고 씁쓸하게 웃으며 받았다.

"내 어찌 주상의 깊은 속을 몰랐으리오. 하지만 때때로 섭섭했던 것은 사실이었어요. 그러나 아바마마의 노여움은 나와 다르다는 것을 명심하오. 그 완충 역할을 내가 못다 한 것 같아 미안하지만, 이제 내가 더 할 수 있는 일은 아무 것도 없다오. 아바마마의 노여움도 주상이 풀어 드리고 화해도 주상이 해야 합니다. 그 지름길은 오직 나라를 잘 다스려 백성을 편하게 하고, 천년왕국의 기반을 주상의 대에서 다져야 합니다. 상왕 전하께서도 그 점에 있어서는 주상을 크게 믿으실 것입니다."

새 임금은 가슴이 뜨거웠다. 때때로 앞뒤가 꽉 막힌 것 같이 답답하여 야속하기도 했던 형님의 속이 이토록 깊었을 줄이야! 그럴 것이다. 형님이 아는 아우를 아버지가 어찌 모를 것인가! 자신이 있었다. 천년왕국의 기틀을 다질 자신이 있었다.

"전하, 신은 부끄러워 몸 둘 바를 모르겠나이다. 늘 곁에 두시고 바른 길로 인도해 주소서."

"나는 주상을 믿습니다. 아바마마께서도 주상을 믿으시고 전위를 허락하셨습니다. 아바마마께서 환궁하시는 날 우리 모두 함께 나아가 맞이하십시다. 매우 기뻐하실 것입니다."

새 임금도 활짝 웃으며 받았다.

"어찌 아니겠습니까. 반드시 국초의 기반을 다지고 태평성대를 열어가겠습니다."

"그래야지요. 주상, 이제 그만 나가십시다. 대소신료들의 하례를 받으셔야지요."

대청으로 나온 새 임금은 마당에 가득한 신료들에게 말했다.

"내가 오늘 망극하옵게도 외람되이 전위교서를 받았소이다. 허나, 아직은 백관들의 하례를 받을 수는 없습니다. 상왕 전하께서 환궁하신 후에 모든 절차를 순리대로 진행할 것이오. 또한 그때까지의 제반 국정은 전하께서 청단하실 것이니 매사에 차질이 없어야 할 것입니다."

중신들은 일시에 받았다.

"망극하옵니다. 신 등은 두 분 전하의 성심을 따를 것이옵니다."

임금 이방원

이틀 뒤인 11월 13일 이른 아침, 추동 정안군 사저에 임금이 타는 연과 왕후가 타는 연이 당도했다. 준비하고 기다리던 정안군과 부인 민 씨는 각각 연에 올라 대궐로 향했다. 호위군관 여섯이 말을 타고 앞장서 행차를 인도하였고 상궁과 나인들이 뒤를 따랐다. 초겨울 아침은 싸아하니 맑고 청명했다. 백성들이 연도에 구름처럼 모여들어 행차를 구경했다. 이윽고 수창궁에 입궁한 새 임금은 정전에서 즉위식을 거행하고 만조백관의 하례를 받았다. 백관들은 천천세를 부르며 경축했다. 마침내 조선조 제3대 임금에 즉위한 정안군 이방원은 춘추 34세였다. 즉위식을 끝낸 임금은 즉위 유지를 나라에 반포했다. 유지를 반포한 임금은 즉시 체제體制를 세워 교지敎旨를 내렸다.

> 상왕을 높여 태상왕으로 봉한다. 주상을 높여 상왕으로 봉한다. 부(상왕 거처)를 세워 공안부라 하고, 중궁(대비의 거처)을 인녕부라 한다. 민제를 여흥백으로 봉하고, 이백강을 청평군으로 봉한다. 김사형을 판문하부사, 이거이를 문하좌정승으로, 조박을 참찬문하부사로, 정구를 대사헌으로, 김수를 판공안부사, 맹사성(孟思誠)을 좌산기로 제수한다.

조정 일부를 개각한 임금은 편전에서 대소신료들의 조회를 받았다. 조회를 받은 임금은 신료들에게 전교하였다.

“경들은 들으시오. 매양 아일(조회를 하고 정사를 보는 날)에 정사의 득실과 민생의 이해를 각 부처의 신료들이 직접 계품(임금에게 고함)할 것을 법령으로 정할 것이오. 또한 개국과 더불어 많은 혼란이 있었는바 상벌을 밝게 하고 기강을 세우는 것이 급선무라고 생각하오. 하여 몇 가지 조목을 법령으로 정할 것이니 도당에서 논의하기 바라오. 첫째, 효제를 두텁게 할 것이며. 둘째, 간쟁(간하는 말이나 상소)을 여과 없이 받아들이고. 셋째, 기강과 상벌을 밝게 하고. 넷째, 재용을 절약하고. 다섯째, 놀이와 사냥을 경계할 것이며. 여섯째, 충직한 사람을 등용하고, 참소나 아첨하는 사람은 추방할 것이며. 일곱째, 지방수령을 중하게 여기고, 가볍게 사유하지 않을 것이오.”

임금의 추상같은 령에 신료들은 바짝 긴장했다. 문하부사 김사형이 아뢰었다.

“전하, 성은이 망극하나이다. 참으로 간절하고 지극하신 령이시옵니다. 신 등은 성지를 받들어 진력할 것이옵니다.”

“당연한 것이외다. 과인은 앞으로 채찍을 들고 경들을 독려할 것이오. 그 모두가 나라를 반석 위에 올리고자 함이니 경들은 과인이 좀 지나치더라도 원망하지 마시오.”

중신들이 일시에 받았다.

“전하, 망극하나이다. 신 등은 신명을 바쳐 책무를 다할 것이옵니다.”

“고맙소이다. 그리고 당장 시급한 것은 경차관을 선발하여 전국 각 고을에 파견할 것이오. 경차관은 민정을 살피고 과세의 경중을 파악할 것이며, 유림의 횡포와 백성들의 실상을 낱낱이 파악하게 할 것이오. 또한 팔도의 수령들에게 명하여 나이 구십이 넘은 노인들을 찾아 공경하게 할 것이며, 효자와 열녀를 가려 널리 알리고 포상하여 백성들로 하여금 귀감을 삼게 할 것이오.”

대소신료들은 숨을 죽이고 경청하며 바짝 긴장했다. 고려조에서부터 조선 개국에 이르러 2대 임금을 겪었지만, 그 많은 제왕들 중에서도 이런 제왕을 본 적은 없었다. 정안군 이방원은 빈틈없이 준비된 임금임을 신료들은 비로소 느꼈다. 나라를 세우고, 국초의 혼란과 몇 번의 크나큰 변란을 온몸으로 부딪쳐 평정하며, 보고 느끼고 깨달으며 군왕으로서의 덕목을 터득한 결과임을 알게 되었다.

임금은 계속 령을 내렸다.

"유사(궐내의 의상을 관장하는 관)에 명하여 관복을 비롯한 의복을 능단(비단)으로 짓지 말고 명주나 베를 쓰게 할 것이며, 의상을 바칠 때에는 반드시 과인의 명을 기다리고, 때 없이 마음대로 행하지 못하게 할 것이오. 또한 예조에 명하여 귀신과 불사를 통제하게 할 것이오. 귀신과 불사는 과인이 감히 알지는 못하나 징험이 없는 것은 명백하다. 하지만 태상왕과 상왕께서 불사를 높이고 믿으시니, 정통 불사는 보존하되 무당에 가까운 유사불사는 과감히 혁파할 것이로다."

임금은 더욱 낭랑한 옥음으로 국정개혁을 설파했고, 신료들은 식은땀을 흘리며 경청했다.

"과인은 부국강병 정책을 나라의 근본으로 삼을 것이오. 북쪽 국경지대는 오랑캐가 들끓고, 남쪽 바닷가는 왜구의 노략질이 수백 년 계속되고 있소이다. 과인은 그 만행을 보고만 있을 수 없소이다. 삼군부에서는 당장 대책을 세울 것이며, 군사를 증강하고 조련하여 변방 요소요소에 빈틈없이 배치하여 국토를 지키며, 백성들이 마음 놓고 생업에 종사하도록 보호해야 할 것이오. 대소신료들은 과인이 오늘 내린 령을 도당에서 법령으로 정하여 전국에 반포할 것이며, 그 시행 과정에 있어서의 결과를 조회 때마다 계품하여 결제를 받도록 하시오."

그야말로 청산유수였다. 방금 즉위식을 끝낸 임금이 아니라 수십 년 국정을 청단한 성군에 다름아니었다. 편전에 가득한 만조백관은 식은땀을 흘리며 새로운 각오를 다져야 했다. 지금까지처럼 이리 붙고 저리 붙어 무사안일주의로 일신의 영달만 꾀하다가는 파직당하기 전에 목숨을 내놓아야 하는 지경에 이를 수도 있음이었다. 바쁘고 가슴 벅찬 즉위식의 하루를 보낸 임금은 밤 2경에 업무를 마감하고 추동 본궁으로 돌아왔다.

7월 13일자로 관제를 개정했다. 고려조의 관제를 그대로 쓰던 조정에서 심기일전을 위하여 새로운 제도로 개혁해야 한다는 주청을 했었다. 그러잖아도 그 생각을 하고 있던 임금은 즉시 우정승 하륜에게 명하여 개정하도록 했었다. 하륜은 한 달 만에 개정한 관제 표제를 임금께 올렸다.

"신 우정승 하륜 아뢰나이다. 명을 받자와 관제를 개정했사오니 보시오소서."

임금은 환하게 웃으며 받았다.

"오, 그래요. 어디 봅시다."

임금은 내관이 받아 올리는 관제 표제를 받아 펼쳤다.

문하부를 개정하여 의정부(議政府)로·낭사를 사간원(司諫院)·삼사를 사평부(司平府)·의흥삼군부를 승추부(承樞府)·도승지를 지신사(知申事)·승지를 대언(代言)·승선방을 대언사(代言司)·봉상박사를 주부(主簿)·교서감을 교서관(校書館)으로 개정한다.

읽고 난 임금은 매우 흡족하여 말했다.

"각 부처의 명칭이 참 마음에 듭니다. 그러면, 각부의 관직 명칭은 어떻게 되나요?"

하륜이 아뢰었다.

"전하, 말씀드리겠나이다. 문하부가 의정부가 되니, 문하부사는 영의정부사領議政府事가 되고, 문하부 좌우정승은 좌의정左議政과 우의정右議政이 됩니다. 또한 문하시랑찬성사는 의정부찬성사議政府贊成事가 되는 것이니 고려조의 관제는 모두 혁파되는 것이옵니다."

임금은 밝은 용안으로 듣고는 말했다.

"과연 그렇습니다. 이로서 전조의 잔재가 조정에서 말끔하게 사라지게 되었습니다. 진산군, 참으로 수고하셨습니다."

"황공하나이다, 전하."

"이제 관제가 개정되었으니 우선 중앙부처 관직부터 개각을 해야 할 것이오. 새로운 관직으로 바뀐 지신사 박석명은 대언들을 대언사에 모이게 하여 관인의 명을 받으라."

임금은 즉시 지신사와 대언들을 소집하여 새로운 관직을 제수하고 교지를 쓰게 했다.

> 이서를 영의정부사로 삼고, 김사형을 좌의정으로, 이무를 우의정으로, 하륜을 영사평부사로, 조영무를 판승추부사로, 이원을 대사헌으로, 유관을 승녕부윤으로 제수한다.

그날로 중앙부처를 개각한 임금은 이튿날부터 각 부처의 관직을 개각하여 10여 일만에 완료하였다. 이로써 조정은 고려의 잔재를 말끔히 씻어내고 새로운 자세와 각오로 국정에 임하였다.

조사의의 난亂

태종 2년(1402) 11월 5일, 안변부사 조사의가 난을 일으켰다. 지난 초하루, 양주 회암사에서 동북면으로 떠난 태상왕 행차를 호위해 갔던 대호군 안우세가 역마로 달려와 변을 고하였다. 태상왕은 불사를 위해 양주 회암사에 자주 행차했었는데 이날은 조정에 알리지도 않은 채 동북면 함흥으로 떠났다.

조사의가 반란할 것을 미리 알고 있던 조정에서는 태상왕이 그쪽으로 갔다는 기별에 잔뜩 긴장하고 있던 터였기에 놀라움이 컸다. 조정에 불만이 많은 지방 수령이 역심을 품고 반란을 획책한 경우가 더러 있었지만 그것을 실행한 어리석은 수령은 없었다. 그러나 조사의는 그런 경우와 달랐다.

지난 3월이었다. 태상왕은 한양으로 행차하여 신덕왕후의 능역에 있는 흥천사에 들렀다. 흥천사에는 신덕왕후 현비의 딸 경순공주가 비구니가 되어 있는 사찰이었다. 경순공주의 남편 이제는 제1차 왕자의 난 때, 공주가 보는 앞에서 어린 두 남매와 함께 참혹하게 척살되었다. 두 동생인 방번과 방석마저 비참하게 죽자 경순공주는 충격을 이기지 못하고 모후의 능역에 있는 흥천사로 들어가 비구니가 되었다. 비구니가 될 때 그 머리를 손수 깎아준 사람이 아버지 이성계였다.

스무 살 꽃다운 나이에 남편과 어린 남매를 한꺼번에 잃고 비구니가 된 딸을 볼 때마다 이성계는 아들 방원에 대한 분노와 증오로 치가 떨렸다. 겨우겨우 마음을 가다듬고 이미 보위에 오른 아들을 이해하려 애쓰지만, 정릉에 와서 아내를 생각하고 딸을 보면 억장이 무너지고 증오와 회한으로 괴로웠다. 그리하여 두고 떠나면 또 하루가 지나지 않아 되돌아가고 싶은 곳이 아내의 무덤 정릉이었고, 딸이 머무는 홍천사였다.

태조 이성계는 두 아들과 사위, 핏덩이 손자 다섯을 죽이고 보위를 차지한 다섯째 아들 방원과는 화해가 되지 않았다. 보면 볼수록 치가 떨리고 나이가 들면 들수록 아들이 무서워졌다. 그리하여 방원이 즉위한 뒤부터 태조는 궁에서 한 달을 넘겨본 적이 없이 한양으로, 오대산으로, 금강산으로, 선조의 능이 있는 고향 함흥으로, 안변으로 떠돌았다.

태상왕은 그때도 홍천사에서 막내딸과 회포를 풀며 며칠을 보내고 안변으로 떠났다. 안변부사 조사의는 신덕왕후 강 씨의 가까운 인척이었다. 게다가 조사의의 휘하에는 죽은 왕자 방번과 방석이 거느리던 사병이 많았다. 두 왕자가 척살 당하자 조사의는 계획적으로 그 휘하의 사병들을 끌어들여 반항심을 주입시키고, 거사를 위하여 군사훈련을 강화하고 있었다. 신덕왕후가 갑자기 죽은 것도 왕위를 찬탈하기 위한 방원의 계략이었고, 뒤이어 일어난 왕자의 난도 방원의 음모라고 생각한 조사의는 이를 갈며 반역의 기회를 노리고 있었다.

태상왕은 금강산을 오갈 때나 함흥을 오갈 때 늘 안변에 들려 며칠씩 묵으며 노독을 풀고, 조사의의 극진한 굄을 받았다. 조사의는 태상왕의 비위를 맞추고, 때로는 부자지간의 불화를 끄집어내어 부채질을 하고 쐐기를 박기도 하였다. 그러다가 최근에는 노골적으로 개성을 치겠다고 나섰다. 그러나 태상왕은 자신의 비위를 맞추기 위한 과장된 충성이거니 여기며 타이르곤 했었다.

다급해진 임금은 중신들과 의논하였고, 중론을 거쳐 태상왕의 친구이며 개국공신인 창녕부원군 성석린을 보내기로 결정했다. 그러나 성석린은 모친상을 당하여 벼슬을 사직하고 묘소에서 시묘를 살고 있었다. 하지만 다른 방법이 없는 임금은 도승지를 보내 간곡한 뜻을 전하게 했다. 묘소에서 도승지를 맞은 성석린은 임금의 뜻을 받아들이고 안변으로 떠날 준비를 갖추어 입궐했다. 임금은 부왕의 지기지우인 노 재상에게 눈물을 흘리며 당부했다.

"상중에 계신 경께 차마 못 할 짓을 합니다."

"망극하옵니다, 전하."

"경께서는 태상왕전하를 저보다 더 잘 알고 계시리라 믿습니다. 부디, 노여움을 푸시고 환궁하시도록 하여 주십시오."

"전하, 명심하겠사옵니다."

그렇게 개성을 떠난 성석린이 나흘 만에 안변 관아에 도착하는 날, 조사의는 태상왕에게 최후통첩을 했다.

"전하, 이제 때가 되었사옵니다. 지금 북쪽은 모두 한마음 한뜻입니다."

태상왕은 또 늘 하던 불만이려니 여기며 짐짓 나무랐다.

"또 그 소리, 그런 말 함부로 하지 말라고 했다!"

"아니옵니다, 전하. 신덕왕후와 세자저하 원수를 갚아야 한다는 여론을 신의 힘으로는 이제 막을 수 없나이다. 신에게 명을 내리시옵소서. 두만강변의 여진 올량합족 추장도 1만의 원병을 보낸다고 했나이다. 명만 내리시면 신이 도성을 치겠나이다."

태상왕은 깜짝 놀라 외쳤다.

"네 이놈! 네 놈이 역모를 하겠단 말이냐?"

조사의는 펄쩍 뛰며 대들었다.

"전하, 역모라니요. 나라를 세우신 주인이 여기 계신데 누가 역모이옵니까? 역모는 세자를 죽이고 보위를 찬탈한 방원이 아니옵니까?"

"듣기 싫다, 이놈. 나더러 내 나라를 치라는 것이더냐?"

그때 객이 왔다는 전갈이 있고 성석린이 들어왔다. 조사의는 눈에 쌍심지를 박고 성석린을 노려보다가 휭허케 나갔다.

성석린은 이틀에 걸쳐 친구이며 주군인 태상왕을 설득했다. 태상왕은 성석린을 당장 쳐 죽일 듯이 대로하기를 몇 번이었지만, 생사고락을 같이하며 나라를 세운 지기지우에게 결국 설득당하고 말았다.

태상왕은 떠나면서 조사의에게 당부했다.

"경거망동을 하지 마라. 네 충정은 가상하다마는 그것은 만용이니라."

태상왕은 조사의가 아무래도 마음에 걸렸지만 설마 그렇게 무모한 짓은 하지 않으리라 믿고 환궁을 서둘렀다. 오히려 함께 있으므로 성식린의 말마따나 태상왕을 믿고 반란을 획책할 공산이 크기도 했다. 성석린의 설득도 그렇지만, 태상왕이 마음을 돌린 것은 그 원인도 있음이었다.

그렇게 환궁한 태상왕은 가을이 되자 다시 금강산으로 간다며 도성을 떠났었다. 임금은 황급히 청원군 심종(태상왕 부마)과 예문관제학 유창, 대제학 이직을 보내 태상왕 행차를 호종하게 했다. 말이 호종이었지, 이들로 하여금 조사의가 태상왕께 접근하지 못하게 하라는 밀명을 내렸다.

그러나 이들은 태상왕 행차를 따라잡기 직전에 조사의의 반란군에 걸려 호종하던 군사 20여 명이 순식간에 피살되었다. 비무장이던 심종 등 세 중신은 말을 타고 도망쳐 11월 6일에 도성에 들어와 급변을 고했다. 이미 하루 전에 조사의가 반란했다는 소식으로 바짝 긴장했던 조정은 마침내 발칵 뒤집혔다.

이틀 뒤에 또 비보가 날아왔다. 조사의가 난을 일으키기 전에 태상왕의 환궁을 회유하기 위해 보냈던 승추원부사 박순과 그 수행원 세 명이 태상왕이 쏜 화살에 맞아 죽었다는 것이다. 박순 역시 태상왕의 친구이며 심복이었고 개국공신이었다. 그리고 이튿날인 9일에 태상왕 호위대장 대호군 송유가 또 피살되었다는 전갈이 왔다.

조정은 연일 날아드는 비보에 발칵 뒤집혔지만 대책이 없었다. 태상왕이 반란군에 있으니 이쪽에서 군사를 일으켜 치면 아들이 아버지를 치는 것이다. 자칫하다가는 조정이 역도의 소굴이 될 수도 있는 희한한 상황이 벌어졌다. 게다가 저쪽은 군대가 막강했다. 북쪽 변방 국경지대를 지키는 정예 수비군이 많은 데다, 조사의가 계획적으로 오랫동안 군사를 조련했기 때문이었다. 게다가 여진족 1만여 명이 원병으로 참전한다는 불길한 소문이 퍼지고 있었다.

이런 판국에 태상왕이 선두에 서서 지휘하며 진군한다면 이쪽은 여지없이 역도가 되는 것이다. 그뿐 아니었다. 특히 북쪽의 백성들은 이성계의 다섯째 아들인 방원을 임금으로 인정하지 않는 반골의 기질이 왕성했다. 생각다 못한 임금은 왕사王師 무학無學을 보내기로 작정하고, 지신사 박석명을 회암사로 보내 긴박한 상황과 간절한 뜻을 전하게 했다. 무학대사는 태상왕의 왕사로서 한양도성과 궁월 터를 잡고 설계하는 등 공이 많았고, 40여 년간이나 교분을 나누던 사이였으니 화살로 쏘아 죽이지 못할 것이라는 계산이었다. 그로부터 사흘 뒤인 11일, 박석명은 무학대사가 함흥으로 떠나는 것을 보고 개성으로 돌아왔다.

11월 12일, 어전 상참장은 살얼음판이었다. 불효가 되더라도 진즉 조사의를 잡아들여 싹을 잘라야 한다고 주장했던 임금은 사태가 이 지경에 이르자 대로하여 중신들을 질타했다.

"전부터 내가 뭐랬소이까? 태상왕께서 북방에 아니 계실 때 조사의를 잡아들였더라면 이런 낭패는 없었을 것이오. 호미로 막을 일을 가래로도 못 막게 되었으니 이 책임을 누가 질 것이냔 말이외다!"

태상왕이 한양이나 회암사 등에 행차한 사이에 정예 무장을 급파하여 조사의를 잡아들이자는 임금의 제안을 중신들은 계속 신중론으로 미루고 있었으니 할 말이 없었다. 태상왕이 가장 믿고 의지하는 조사의마저 잡아들인다면, 부자간인 왕실의 분란을 넘어 나라가 혼란에 빠질 수 있는 막중한 일이었음에 신중을 기하던 중신들은 뒤통수를 맞은 격이었다. 환궁을 권유하러 가는 차사를 활을 쏘아 죽이는 태상왕과의 일전은 이제 불가피한 상황이었다.

사평부사 하륜이 아뢰었다.

"전하, 일이 이 지경에 이르렀음은 통찰하지 못한 신 등의 불충이 컸사옵니다. 하오나 이는 신중을 기해야 하는 막중한 일로서, 우선 병력은 출병하되 역도들의 기세와 반응을 파악한 연후에 토벌 작전을 개시하는 것이 옳을 것이옵니다."

임금은 여전히 노하여 소리쳤다.

"또 그 소리. 정예병을 가려 출정하되 동북면 이남으로는 역도들이 단 한 발도 들여놓지 못하도록 막아야 할 것이오. 안변 북쪽을 철통같이 포위하여 그 안에서 토벌 작전을 끝내야 한다 이 말이외다. 지금 즉시 출병 수장들을 추천하여 계품하시오."

의정부에서 중신들이 중론을 거쳐 추천 장수들의 명단을 올렸다. 임금은 명단을 참고하여 출병 장수들을 임명했다.

> 조영무를 동북면·강원·충청·경상·전라도 도통사로 삼고, 이빈을 서북면 도절제사, 이천우를 안주도 도절제사, 김영렬을 동북면과 강원도 도안무사, 유양을 풍해도 절제사로 삼는다.

이튿날 11월 13일, 동북면 도통사 조영무와 도안무사 김영렬은 2천의 정예병을 이끌고 철원을 거쳐 회양, 통천, 안변으로 진격했고 이천우와 이빈, 유양은 각각 5백의 병력을 이끌고 서북면 살수 방향으로 진격했다. 도성의 관군은 출정하여 현지 고을의 수비군과 합세하여 반군을 토벌하므로 관군 총 병력은 5천~6천여 명이 넘을 터였다. 조영무의 군대가 안변에 진격했으나 조사의는 태상왕을 모시고 별궁이 있는 함흥으로 본진을 옮겨 안변은 텅 비어 있었다. 조영무는 오합지졸인 안변성 수비군을 제압하고 손쉽게 성을 점령했다.

한편, 서북면으로 진출한 도절제사 이천우는 풍주 방어사 김남두와 은주 방어사 송전의 병력과 합세하여 벌판에 진을 치고 야영했다. 며칠간의 행군에 지친 군사들이 단잠에 빠져들었을 때 완벽한 준비를 갖추고 진을 포위한 반란군의 기습을 받았다. 방심하고 단잠에 빠졌던 관군은 야밤에 성난 파도처럼 밀어닥치는 반란군에 속수무책으로 무너졌다. 태상왕을 등에 업은 반란군이 조정의 관군을 쳐서 이기면 관군이 되는 것이고, 관군은 왕위를 찬탈한 역도의 무리가 되는 결전이었다.

도절제사 이천우는 아들 밀과 함께 출전했다가 반란군에 포위당해 전멸의 위기에 빠졌다. 이천우는 태상왕의 서형 아들로서 임금과는 사촌 간이었다. 도절제사가 전사하거나 사로잡히면 서북면 관군은 전멸하는 것이다. 방어사 김남두와 송전은 반란군의 갈라치기 작전에 걸려들어 우장산 계곡으로 패퇴했고, 이천우와 아들 밀의 관군 5백은 반란군에 포위되어 여지없이 괴멸되었다. 이천우를 호위하는 50여 기의 기병은 필사적으로 적을 막아 퇴로를 뚫었고, 이천우 부자는 목숨만 부지한 채 어둠 속으로 도주했다. 우장산으로 쫓겨 간 방어사 김남두와 송전의 부대 역시 완전 괴멸되어 송전은 사로잡히고, 김남두는 호위군관 20여 기와 포위망을 뚫고 탈출하였다.

서북면 관군이 어이없이 패퇴하자 조정은 발칵 뒤집혔다. 대로하여 용상을 치던 임금은 증원군을 급파하기로 하고 즉석에서 수장을 임명했다.

"상호군 김계지를 서북면 병마사로 삼아 김우, 심귀령, 최사위를 부장으로 귀속시킨다. 김계지는 군사 1천5백을 이끌고 도절제사 이천우와 합세하라. 평양성은 애전과 가깝다. 평양성이 반란군 수중에 떨어지면 나라는 두 쪽이 나고 말 것이다. 이숙번을 도진무로 삼아 군사 2천을 이끌고 평양성 외곽 수비군과 합세하게 하라. 민무질을 동북면 조전절제사로 삼아 조영무를 돕게 하라."

명을 받은 장수들은 대기하던 병력을 인솔하고 즉시 출병했다.

11월 25일, 조영무는 신극례, 김영렬, 민무질 등 증원된 수장들과 병력 3천을 이끌고 안변을 거쳐 문천과 영흥, 정평에 이르도록 반란군 저항을 받지 않고 함흥에 이르렀다. 함흥성 밖에 진을 친 관군은 척후병을 보내 적진을 정탐케 했다.

척후병 10여 명은 금방 돌아왔는데 성문은 활짝 열려있고 성은 텅 비어 있다는 보고였다. 조영무를 비롯한 제장들은 어이가 없었다. 함흥 별궁에 태상왕이 있고, 함흥성에 반란군 본영이 있을 것으로 여기고 정예군을 편성하여 진격한 관군은 허탈하여 맥이 풀렸다. 전열을 정비하여 함흥성에 입성한 조영무는 성을 지키던 아전에게서 자세한 내용을 들었다.

태상왕은 무학대사와 사흘 전에 함흥을 떠났으며, 조사의는 전선에 나가 있다가 어제 급히 돌아왔으나 태상왕을 뒤쫓아 갔다는 것이다. 아전은 덧붙여 말했다.

"무학대사께서 떠나시며 소인에게 은밀히 말씀하셨습니다. 태상왕 전하께서 도성으로 환궁하시면 반란군은 저절로 소멸될 것이다. 이곳에 관군이 오면 그리 전하라고 하셨습니다."

조영무를 비롯한 제장들은 듣고 나서 길게 안도의 한숨을 내쉬었다. 역시 왕사 무학이었다. 태상왕의 환궁은 곧 주상과 화해를 뜻함이 아니던가! 조영무는 즉시 파발마를 띄워 조정에 장계를 올렸다.

어찌 되었거나 반란의 수괴 조사의 군대는 추격하여 괴멸시켜야 하므로 정탐병을 내보내고 관군을 재편성했다. 이튿날 돌아온 정탐병의 보고에 의하면 조사의는 태상왕 뒤를 따라갔으나 관군에 쫓겨 안주 방면으로 갔다는 것이다. 정탐병의 보고가 연이어 들어오는데, 태상왕으로부터 버림받은 조사의의 반란군은 자중지란이 일어나 이미 지리멸렬한 상태라는 보고였다. 조영무는 즉시 함흥성에 수비군을 배치하고 안주로 진격했다. 반란군이 안주에 있다는 것을 확인한 동북면과 서북면의 전 관군이 최후의 결전장이 될 안주를 포위했다.

27일 이른 아침, 서북면 도절제사 이천우가 군사를 이끌고 안주 살수 강변에 도착했을 때 반란군은 이미 괴멸되어있었다. 자중지란이 일어나 서로 싸우다가 쫓기는 쪽이 얼어붙은 살수를 건너 도주하려 했으나 얼음이 깨져 수많은 군졸이 죽었고, 강변에 남은 반란군은 뿔뿔이 흩어져 도주했다. 이천우는 그 자리에서 강현도와 김권도 등 반란군 수장과 졸개들 50여 명을 사로잡았다.

조영무를 비롯한 동북면 군사들은 안주로 진격하다가 도주하는 조사의의 패잔병을 만나 괴멸시켰다. 관군을 본 졸개들은 뿔뿔이 흩어지며 도주했고, 말을 탄 수장들도 도주했으나 모조리 사로잡혔다. 조사의와 아들 조홍을 비롯하여 수장 조화 등을 사로잡으며 반란군 진압은 끝났다.

태종실록은 이 반란을 '조사의 난'이라고 기록했다. 또한 태상왕이 함흥에 은거한 상황은 '홍주필'이라 하였고, 태상왕 환궁을 종용하기 위하여 보냈던 차사를 '함홍차사'라고 기록했다.

그러나 그때, 부왕의 환궁을 위하여 태종이 보냈던 함홍차사를 태상왕은 단 한 사람도 죽이지 않았다. 모두 조사의가 태상왕을 제 편으로 만들기 위한 계략으로 죽였고, 아버지를 등에 업고 아들을 침으로써 반란을 정당화하려는 얕은꾀에서 비롯된 어처구니없는 역사의 한 단편이었다.

11월 28일, 조사의의 반란은 진압되고 사로잡힌 수괴 조사의를 비롯한 그 일당은 개경으로 압송되었다. 29일에 순위부천호 곽경의와 지사 전시귀를 각각 동서북면으로 나누어 보내 역신 조사의와 조홍, 김권 등 일당들의 가산을 조사하여 관가에 몰수하게 하고, 그 처자들을 잡아 개경으로 압송하게 하면서 조사의의 난은 종결되었다.

태종 8년(1408) 5월 24일, 태상왕이 창덕궁 별전에서 승하하였다. 임금이 항상 광연루 아래서 기거하며 친히 보살폈는데 이날 새벽에 이르러 담(가래)이 성하여 부축해 일어나 앉아 소합원을 드시었다. 그러나 삼키지 못하고 눈을 부릅뜨며 임금을 노려보고 승하하였다. 태상왕은 죽으면서까지 다섯째 아들 방원을 용서하지 않았다. 조선을 건국하여 재위 7년. 태상왕 10년. 춘추 74세였다. 시호는 강헌지인계운성문신무대왕康獻至仁啓運聖文神武大王. 묘호는 태조太祖.

동방에 뜨는 별

태종 18년(1418) 6월 3일이었다. 햇살이 퍼지기도 전인 아침녘이었지만 바람 한 점 없이 습하고 무더운 날씨였다. 금년은 봄 가뭄이 심했던 데다 초여름부터 유난히 더위가 기승을 부려 며칠간 복더위를 방불케 하는 날씨가 계속되고 있었다.

개성의 경덕궁 신루 조계청에 조정 신료들이 차서대로 앉아 임금이 납시기를 기다리고 있었다. 앉아있는 그들의 관복 어깨와 등은 땀에 젖어 있었고, 그들 모두의 잔뜩 긴장된 표정으로 실내의 분위기 또한 더위에 못지않게 착 가라앉아 숨이 막힐 지경이었다.

"주상전하 납시오!"

내관의 시윗 소리에 신료들이 일시에 일어서서 읍하였다. 임금이 조계청에 들어섰다. 충혈된 눈으로 신료들을 둘러보던 임금은 무거운 걸음을 천천히 옮겨 옥좌에 앉았다.

영의정 유정현, 좌의정 박은, 우의정 한상경, 대제학 변계량 등 한양의 도성에서 개성으로 급히 내려온 대소신료들 30여 명이 읍하여 임금을 맞이하고 자리에 앉았다. 조계청의 문은 모두 열려있었으나 실내는 열기로 후끈거렸고, 분위기마저 진땀이 흐를 만큼 무겁게 가라앉고 있었다.

옥좌에 앉아 고뇌 어린 용안으로 중신들을 일별한 임금은 어수를 반 주먹 쥐어 양 무릎에 얹고는 스르르 눈을 감았다. 임금을 주시하던 중신들은 하나같이 초조한 표정이 되어 숨을 삼켰다. 임금이 납시어 좌정한 조계청에는 일시에 무거운 분위기를 넘어 팽팽한 긴장감이 감돌았다. 눈을 감고 묵묵히 앉아있던 임금이 마침내 눈을 뜨며 헛기침을 두어 번하였다. 대소 신료들의 허리가 저절로 굽어지며 부복의 자세를 보였다.

보기에 민망할 만큼 충혈된 눈으로 중신들을 둘러본 임금이 침통한 옥음으로 말했다.

"대소 신료들은 들으라."

"전하! 하교 하시옵소서."

"경들은 세자 제(양녕대군)의 행위가 사연이 패만하고 무도하여 종사를 이어받을 수 없다 하여 대소신료들이 소를 올렸으며, 마땅히 폐하여 외방으로 내침이 마땅하다고 누차 주청하였다. 하지만 이는 나라와 종사의 막중대사인지라 과인은 그동안 세자에 대하여 많은 생각을 하였도다. 하여, 과인도 이제는 깨달은 바 있으므로 경들의 주청에 따라 오늘 세자를 폐하노라!"

중신들은 일제히 부복하였을 뿐 누구도 감히 입을 열지 못했다. 공조판서였던 황희가 목숨을 걸고 폐세자를 반대했지만 세자 제는 이로써 끝내 폐세자가 되고 말았다. 세자를 적극 옹호하던 황희가 파직되어 전라도 장수로 중도부처된 지 열흘이 지난 뒤였다.

숨 막힐 듯한 침묵이 잠시 흐른 뒤 이윽고 영의정 유정현이 아뢰었다.

"전하! 망극하나이다. 세자저하를 바르게 보필하지 못한 신 등을 벌하여 주시오소서."

눈을 감고 앉아있던 임금이 실눈을 뜨며 무겁게 받았다.

"이 일이 어찌 경들의 죄라 하겠는가."

그제야 중신들이 일시에 부복하며 함께 아뢰었다.

"전하! 성은이 망극하나이다."

전각을 울린 중신들의 복창에 잠이 깨었던지 정원 수목의 매미들이 일시에 울기 시작했다. 중신들은 비로소 삼켰던 숨을 길게 토해내었고, 실내의 무겁던 분위기도 시원스런 매미 소리에 정화되어 서늘한 실바람이 감돌고 한결 맑아지는 듯싶었다.

용안이 조금은 밝아진 임금이 여전히 침통한 옥음으로 말했다.

"오늘 같은 일이 다시 있어서는 아니 될 것이로다! 세자의 위는 하루도 비울 수 없는 법, 더구나 오늘같이 참담한 지경에 이르렀음이랴! 이를 미룬다면 민심이 어지러워질 것이다."

좌의정 박은이 즉시 받아 아뢰었다.

"전하, 지당하신 어의이십니다. 종사의 막중대사를 어찌 촌각인들 미룰 수 있겠나이까."

실내의 분위기는 다시 무겁게 가라앉았다. 중신들은 굳은 표정으로 서로 눈치를 살피기에 급급했다. 폐세자가된 양녕대군 밑으로는 효령과 충녕 두 대군이 있다. 과연 누가 세자 위에 오를 것인가? 임금의 옥음이 무거운 침묵을 깨고 마침내 전각을 울렸다.

"적실의 장자를 세워 뒤를 잇는 것은 고금의 법도이다. 폐세자가 된 제에게는 두 아들이 있는데, 장자는 이미 나이가 다섯 실이니 과인은 제의 적장자로 근본을 삼고자 한다. 이를 왕세손이라 할지, 왕태손이라 칭할는지 고제를 상고하여 아뢰어라."

중신들은 예상치 못했던 임금의 결정에 하나같이 소스라치게 놀랐다. 폐세자의 적장자로 세손을 삼다니! 폐세자의 어린 장자가 장차 임금이 된다면…! 중신들의 얼굴은 이내 납덩이가 되었다.

좌중을 둘러보던 영의정 유정현이 마침내 결연한 목소리로 아뢰었다.

"전하, 신은 배우지 못하여 고사를 알지 못하나이다. 하오나 다만, 일에는 권도權道와 상경常經이 있다 하였사옵니다. 전하께옵서 그동안 세자저하를 교양하심이 극진하시었지만 오히려 오늘의 지경에 이르렀나이다. 하온데 이제 그 적장자로 세손을 세운다면 어찌 앞날의 태평을 보장한다 하오리까? 아버지를 폐하고 어린 아들을 세움이 과연 종사와 의리에도 어떠하올지 신 등은 그저 참담할 따름이옵니다."

좌의정 박은도 강경한 몸짓으로 나섰다.

"전하! 아비를 폐하고 아들을 세운다는 고제를 신은 본 적이 없사옵니다. 어의를 거두어 주시오소서, 마땅히 어진 이를 골라 굳건한 종사의 근본을 삼으심이 옳은 줄로 아뢰나이다."

중신들이 한꺼번에 부복하며 간절하게 주청했다.

"전하, 어의를 거두어 주시오소서!"

중신들의 주청을 들으며 잠시 미간을 찡그리던 임금이 의외로 선선히 받아 말했다.

"과인은 제의 아들로서 세자를 세우려 하였으나 경들이 모두 불가하다고 하니, 그러면 경들이 마땅히 어진 이를 가려 아뢰어 보라!"

영의정 유정현이 안도의 숨을 몰아쉬고는 아뢰었다.

"전하, 아들이나 신하를 알기는 아버지나 임금 같은 이가 없을 것이옵니다. 하물며 세자를 세움에 있어서는 오직 성심에 달렸을 따름이옵니다."

임금은 여전히 굳은 용안으로 중신들을 둘러보기만 하였고, 중신들 역시 진땀이 흐르는 얼굴로 서로 눈치만 살피고 있을 뿐이었다.

"전하! 신 공조판서 심온 아뢰나이다."

공조판서 심온이 낮게 부복하며 힘주어 말했다. 중신들의 시선이 일시에 심온에게 쏠렸다. 심온은 충녕대군 장인이었으니 주목을 받음은 당연했다.

"전하, 이제 비로소 건국의 기반이 반석 위에 올려졌나이다. 마땅히 어진 이를 고르시어 종사의 근본을 삼으심이 옳은 줄로 아뢰나이다."

그제야 입시한 판서들이 부복하며 아뢰었다.

"전하! 마땅히 두 대군 중에서 어진 이가 세자 위에 오르셔야 하나이다. 통촉하시오소서."

조계청은 다시 무거운 침묵에 잠겼고, 눈을 감고 묵묵히 앉아있던 임금이 옥좌에서 일어서며 말했다.

"참으로 무덥고도 답답하오. 잠시 바람 쐬고 다시 논해보도록 하겠소."

임금은 뒤도 안 돌아보고 조계청에서 나갔다. 중신들은 비로소 어깨를 펴고 길게 숨을 토하며 굳은 몸을 풀었다. 잔뜩 긴장했던 그들은 임금의 발

걸음이 멀어지자 각자의 뜻을 피력하며 술렁거리기 시작했다.

임금은 내전으로 들었다. 여전히 울고 있었던 듯 중전 정비가 충혈 된 눈으로 맞이하며 말했다.

"전하! 그에 결정을…?"

"중전, 제에 대하여는 더 말하지 마시오."

정비는 명주수건으로 눈물을 찍어내며 받았다.

"전하, 그렇더라도 어찌 그리 급박하게…!"

"중전, 어제오늘의 일이 아니었으니 급박 한 것이 아니었습니다. 내 마음의 아픔도 중전과 다를 바 없어요. 이제는 다른 생각은 할 여유도 없이 새로이 세자를 세워야 하는 일이 급하게 되었어요."

정비가 그제서 잔뜩 긴장하여 임금을 바라보았다. 안타까운 용안으로 중전을 마주보던 임금이 시선을 돌리며 말했다.

"제의 장자로 세손을 삼으려 했더니 중신들이 반대를 하는구려."

정비는 수건으로 얼굴을 가리며 애써 참던 울음을 흐느껴 울었다. 불과 서너 달 전에 넷째 왕자 성녕대군이 죽었다. 끔찍이 사랑하던 막내아들이 혼인한 지 반년 만에 14세 어린 나이로 갑자기 죽자, 임금과 중전은 슬픔을 이기지 못하여 한양도성을 버리고 개성 경덕궁으로 피방을 나온 지 두 달 남짓 되던 터였다.

임금이 일시적으로 궁과 도성을 비우면 세자가 도성에 남아 정무를 보는 것을 감국이라 하고, 그것은 당연한 일이었다. 그러나 평소에 무도하고 패만하던 세자는 부왕이 없는 도성에서 기어이 일을 저질러 폐세자가 되고 말았다. 아우의 상중인데도 불구하고 시정잡배들을 궁궐에 불러들여 활쏘기를 하며 즐겼다. 그뿐만 아니라 대간을 지낸 중신의 첩실을 빼앗아다 동궁 후원 별실에 두었는데, 그 첩실이 딸을 낳은 것이 하필이면 이때 들통이 나고 말았다.

불과 석 달 장간에 막내아들을 잃은 데다 장자인 세자가 폐세자가 되었으니, 눈물로 세월을 보내던 중전 정비의 심정은 차라리 죽어버리고 싶을 만큼 참담했다. 중전은 비로소 정신이 번쩍 들었다. 종사의 중대사가 바로 눈앞에 닥쳤음을 깨달았다. 대통의 법도로 본다면 폐세자의 장자로 근본을 삼음이 마땅하다. 그러나 중전이 생각해도 그것은 있을 수 없는 일이었다.

"하오시면, 전하께서는 어찌 하시려는지요?"

"어진 이를 골라야 한다는 게요. 효령과 충녕 중에서 어진 이를 골라 세자를 삼아야 한다는 게요. 중전은 어찌 생각하시오?"

정비는 잠시 생각하는 듯하다가 받았다.

"신첩의 생각도 그와 같사옵니다."

중전을 물끄러미 바라보던 임금이 돌연 보료에서 벌떡 일어서며 외쳤다.

"내관은 어서 지신사를 부르라!"

옆방에 대기 중이던 지신사 조말생이 달려오자 임금이 명했다.

"중신들을 모으라! 조계청으로 갈 것이니라."

임금이 힘찬 걸음걸이로 조계청에 납시어 용상에 좌정했다. 중신들은 긴장하여 부복하며 임금을 맞이했고, 잠시 좌중을 둘러본 임금이 말했다.

"과인은 지금도 폐세자가 된 제의 장자로 근본을 세워야 한다는 생각은 변함이 없소. 하지만 경들이 한사코 불가하다고 하니 어쩔 수 없소이다. 경들의 말대로 두 대군 중에서 어진 이를 천거해 보시오."

중신들은 말이 없었다. 표정은 모두 밝아져 있었지만 누구도 함부로 먼저 발하지 못하고 있었다. 효령대군 보補는 23세였고, 충녕대군 도祹는 22세였다. 두 대군 중에서 누가 세자에 책봉될 것이다. 그러나 그것은 중신들이 거론할 문제가 결코 아니었다. 이윽고 무거운 침묵을 깨고 영의정 유정현이 아뢰었다.

"전하, 이는 신 등이 천거해서 이루어질 일이 아니옵니다. 신 등은 다만 성심을 따라 받들 뿐이옵니다."

중신들이 일시에 부복하며 아뢰었다.

"전하, 어의를 받들겠나이다."

임금은 눈을 감았고 중신들은 숨을 죽였다. 잠시 무거운 침묵이 흐른 뒤에 마침내 말했다.

"옛사람이 말하기를, '나라에 훌륭한 임금이 있으면 사직이 복된다' 하였다. 세자가 패만하여 이미 내쳤으니 다시 그러한 전철을 밟아서는 아니 될 것이로다. 어진 이를 두고 말한다면 효령대군은 자질이 미약하고 또한 성질이 심히 곧아서 유동성이 없다. 반면에 충녕대군은 천성이 총명하고 민첩하여 자못 학문을 좋아하며, 치체治體를 알아서 매양 큰일에 헌의獻議하는 것이 진실로 합당하였다. 또한 중국의 사신을 접할 때에도 신채身彩와 언어동작이 두루 예에 부합하고, 사신을 접대함에도 주도를 알아 술을 적당히 마실 줄 알아 취하지 않는다. 반면에 효령은 술을 한 잔도 마시지 못하니 그 또한 군주의 자질에 미치지 못함이로다. 이에 충녕이 대위를 맡을 만하니 과인은 충녕대군으로 세자를 정하겠노라."

중신들은 비로소 굳은 몸을 풀며 긴 숨을 내쉬고는 서로 머리를 끄덕였다. 영의정 유정현이 밝은 표정으로 아뢰었다.

"전하! 감축드리옵니다. 신 등이 지목한 어진 이가 바로 충녕대군이었나이다. 성은이 하해와 같사옵니다."

중신들이 일시에 부복하며 아뢰었다

"전하, 감축드리옵니다."

중신들의 하례를 받은 임금이 돌연 침통한 용안으로 눈물을 흘렸다. 막내아들 성녕을 잃고, 이제 맏아들마저 내치기에 이르니 비록 살아 있은들 마음 놓고 만날 수도 없는 죄인을 만들고 말았음이었다.

중신들은 숨을 죽였다. 더러는 어깨를 들먹이며 눈물을 흘리는 이도 있었다.

마침내 격정을 가라앉힌 임금이 말했다.

"끝내 경들 앞에서 눈물을 보였소이다. 세자를 내침은 과인에게 있어서 두 아들을 잃음과 다름없으니 잠시 비감했을 따름이오. 허물이라 탓하지 마시오."

중신들이 머리를 조아렸고 영의정 한상경이 아뢰었다.

"전하, 신 등은 다만 황송할 따름이옵니다. 전하께서 애통하심을 어찌 모르겠나이까."

"고맙소이다. 이제 세자를 정함에 있어 과인의 뜻과 경들의 뜻이 이토록 부합되니 나라와 종사를 위해서도 천만다행한 일이오."

중신들이 일시에 받았다.

"전하, 성은이 하해와 같사옵니다."

임금이 근엄한 용안으로 말했다.

"경들은 들으시오. 이제 새로이 세자를 맞아 보필함에 있어서 각별히 유념해야 할 것이오. 제의 경우를 경계삼아 세자로 하여금 항상 정도를 걷도록 인도할 것을 명심하기 바라오."

"전하, 망극하나이다. 분부 받자와 명심하겠나이다."

임금은 서둘렀다. 이미 정해진 일, 촌각도 지체할 수 없이 매듭을 지어야 할 일이었다.

"지신사는 들으라. 대저 이와 같은 일은 시간을 끌면 반드시 사람을 상하게 한다. 내전에 가서 충녕대군을 조계청으로 들라 이르고, 대소 신료들은 입시하여 새로이 위에 오르는 세자에게 하례를 올리도록 하라. 대제학은 중외에 반포할 교서를 지으라. 또한 장천군 이종무는 즉시 도성으로 올라가 종묘에 세자책봉의 사유를 고하는 치제를 올리라."

어명을 받은 대제학 변계량은 빈청으로 지신사 조말생은 내전으로 달려갔고, 장천군 이종무는 어전을 나오자마자 말을 몰아 도성으로 달렸다.

그날로 나라에 세자책봉 교서가 반포되었다.

세자를 세움에 있어서 어진 이를 가림이란 고금에 통하는 의리이고, 죄가 있을 시는 의당 폐하여야 함은 나라의 법이다. 과인이 일찍이 맏아들 제(禔)를 세워 세자를 삼으니, 나이가 이미 장성하였으되 불행히도 학문을 익히지 않고 음악과 여색에 쏠리었도다. 이로써 과인은 세자 제를 밖으로 추방하노라. 세자의 위는 하루도 비울 수 없는 것이 법도라, 훈신과 문무백관들이 하나같이 청하기를 '충녕대군이 영명하고 공검하며 학문을 게을리 하지 않사오니 진실로 세자의 망(望)에 합당합니다' 하고 청하므로 과인이 부득이 충녕대군 도(裪)를 세워 세자에 봉하게 되었노라.

적장자인 세자 제를 폐하고 셋째 왕자 도를 세자로 세운 임금은 이틀 뒤인 6월 5일 세자에게 별궁을 주었고, 부인 경숙옹주를 경빈敬嬪으로 봉한다는 교지를 내렸다. 그리고 열이틀 뒤인 태종18년 6월 17일, 문무백관이 배열한 개성 경덕궁 정전에서 임금이 세자책봉의 의식을 갖추고 세자와 세자빈에게 책문을 내렸다.

세자를 폐하고 새로이 세자를 책봉하는 등 종사의 중대사를 개성 경덕궁에서 치른 임금은 마침내 마음의 안정을 잡고 7월 29일에 한양도성 경복궁으로 환궁했다. 그동안 폐세자가 된 양녕대군은 경기도 광주에 부처되어 있었다. 중신들은 강원도 춘천으로 부처할 것을 강력히 주청하였지만 중전 정비의 완강한 반대로 가까운 광주 이천에 부처되었다.

도성으로 환궁하여 그동안 느슨해진 조정의 기강을 바로잡고, 아울러 마음의 안정을 잡은 임금은 마침내 계획했던 마지막 일을 서둘기로 작정했다. 8월 8일, 조회를 받은 임금은 중신들을 물린 뒤에 한적하고 시원한 경회루에 납시었다. 추석이 가까워지는 초가을 날씨였지만 늦더위가 여전히 기승을 부리고 있었다.

경회루를 거닐며 잠시 바람을 쐬던 임금은 내관이 준비해 놓은 교의에 앉았다. 내관은 알고 있다. 한낮 이맘 때면 어느 지점에 가장 시원한 바람이 불어온다는 것을, 경회연慶會淵을 휘돌아 불어온 바람이 미상불 상큼하게 시원했다. 교의에 앉아 눈을 감은 채 한 식경 동안이나 깊은 생각에 잠기었던 임금이 뒤에 시립한 내관에게 명했다.

"지금 즉시 지신사 이명덕과 좌우 대언을 부르라."

잠시 뒤에 지신사 이명덕이 좌대언 원숙과 우대언 성엄을 대동하고 임금 앞에 부복했다.

"전하, 신 등을 찾아 계시오니까?"

임금은 근엄한 용안으로 이명덕을 굽어보다가 말했다.

"지신사는 들으라. 과인이 보위에 오른 지 이미 18년이다. 비록 덕망은 없으나 불의한 일을 행하지는 않았는데, 능히 위로 하늘의 뜻에 보답하지 못하여 여러 번 수재와 한재와 충황蟲蝗의 재앙에 이르니 밤낮으로 늘 종사에 죄짓는 마음으로 송구스러워 편할 날이 없었노라. 또한 묵은 병이 있어 요즈음은 더욱 심하므로 종사를 제대로 관장할 수 없게 되었도다. 하여, 과인은 이제 보위를 세자에게 전위하려고 한다."

임금의 청천병력 같은 옥음을 들으며 지신사와 두 대언은 온몸을 부들부들 떨고 있었다. 이야말로 맑은 하늘의 뇌성이었다. 세자를 책봉한 지 이제 한 달 남짓이었다. 게다가 임금의 춘추 50초반에 느닷없는 전위라니! 임금의 명을 출납하는 대언사의 수장 지신사와 좌 우대언은 몸 둘 바를 몰라 쩔쩔매다가 이명덕이 아뢰었다.

"전하, 신 등은 우레와 같은 옥음에 정신마저 혼미하옵나이다. 천부당 만부당 하옵신 어의를 거두어 주시오소서."

좌 우대언이 납작 엎드려 절규했다.

"전하! 어의를 거두어 주시오소서!"

임금은 머리를 짓찧듯이 조아리는 대언들을 보며 애잔하게 말했다.

"아비가 아들에게 전위하는 것은 천하 고금의 떳떳한 일이며, 신하들이 논하여 간쟁할 수 없는 것이다. 이제 돌이켜 생각해 보면 사직을 정하는 것이 어찌 사람의 힘으로 되겠는가? 이는 하늘이 정한 것이로다. 그간에 태조께서 귀하게 여기시던 두 아들을 잃고 상심하시던 것을 생각하면, 비록 내가 임금이 되었지만 어버이를 제대로 뵙지 못하고 종묘에 들 때마다 송구하여 죄스러워 했었노라. 그런데다 나는 이제 병들고 지쳤다. 너희는 더 간하지 말고 의정부에 전하여 과인의 뜻을 이루게 하라."

임금의 전교를 들으며 엎드려 눈물을 뿌리던 지신사 이명덕이 머리를 조아리며 아뢰었다.

"전하! 신은 황망하와 다만 눈물만 흐르나이다. 어의를 거두시고 심기를 편히 하소서."

두 대언이 아뢰었다.

"전하, 신 등은 차마 어명을 받자올 수 없나이다. 거두어 주시오소서."

대언들을 말없이 굽어보던 임금이 짐짓 대로하여 외쳤다.

"무엄하다! 너희는 대언사의 본분을 잊었더냐? 대언이 어찌 감히 과인의 명에 옳고 그름을 논한단 말이냐?"

대언들은 황망하여 누각 마룻바닥에 이마를 짓찧으며 죄를 빌었고, 정신을 차린 이명덕이 아뢰었다.

"전하, 신 등의 무례함을 벌하여 주시오소서. 하오나 너무 뜻밖의 하명이라 정신이 혼미하고 참담하와 몸 둘 바를 모르겠나이다."

"듣기 싫다! 보평전으로 갈 것이니라."

임금의 걸음에 바람이 일었고, 뒤따르는 내관과 대언들은 종종걸음을 쳐야했다.

보평전에 들어 용상에 앉은 임금이 내관에게 명했다.

"내관은 즉시 세자를 들라 이르고 대언들은 중신들을 부르라. 지신사는 상서사(옥새玉璽, 부인符印 등을 맡아 관리하는 관청)에 명하여 옥새를 들이게 하라!"

워낙 지엄한 명이라 내관과 지신사는 부들부들 떨며 어전에서 나갔고, 좌 우대언은 의정부로, 빈청으로 각각 내뛰었다. 의정부의 삼정승과 육조판서, 삼군 총제 등 중신들이 보평전 문을 밀어젖히고 들이닥쳤을 때, 지신사 이명덕이 옥새를 받들어 막 임금께 올리던 참이었다. 중신들이 한꺼번에 엎어지며 울부짖었다.

"전하, 전위는 아니 되옵니다."

"전하, 양위는 천륜에 어긋나는 일입이옵니다. 어의를 거두어 주시오소서."

임금은 이번뿐만 아니라 즉위 7년이 되던 해부터 양위의 뜻을 밝힌 적이

네 번이나 있었다. 그 때마다 조정은 발칵 뒤집혔었고, 즉위 10년에는 양위 사건으로 결국 처남을 넷이나 사약을 내려 죽이고 왕비의 친가를 말살시키는 피바람이 불기도 했었다. 다급한 판서들이 이명덕에게 달려들어 옥새를 함께 잡고 올리지 못하게 하게 하였고, 중신들이 마구 울부짖는 등 어전은 난장판이 벌어졌다. 난장판을 굽어보던 임금이 마침내 대로하여 소리쳤다.

"임금의 명이 있음에 신하가 따르지 아니함이 도리에 옳으냐?"

진노한 임금의 옥음이 전각을 쩌렁쩌렁 울리었다. 부왕 태조를 도와 나라를 건국하였고, 두 차례나 왕자의 난을 수습하고 보위에 오른 임금이었다. 함흥에서 환궁한 천하명궁 태조대왕이 아들인 주상을 향하여 화살을 겨누어도 당당하게 가슴을 펴고 부왕을 맞이했던 임금이었다.

중신들은 부들부들 떨며 납작 엎드려 울부짖었다.

"전하! 차라리 신 등을 죽여 주시오소서."

"아니 되옵니다, 전하! 어의를 거두어 주시오소서."

세자가 영문을 모른 채 보평전에 들어서자 임금이 다급히 소리쳤다.

"지신시는 어서 옥새를 세자에게 올리라!"

이명덕이 부들부들 떨며 옥새를 받들어 올리자 세자가 비로소 상황을 판단하고는 엎어지며 통곡했다.

"전하! 이 어인 청천 병력이시옵니까?"

"듣기 싫다. 세자는 어서 옥새를 받으라!"

세자는 임금 앞에 부복하여 온몸을 떨며 처절하게 애원했다.

"전하! 어의를 거두시옵고 신을 벌하여 주시오소서."

"주상전하! 어의를 거두시옵소서."

세자와 중신들의 곡성이 궁정을 울리었다. 임금이 분연히 용상에서 일어나 세자의 소매를 잡아 일으켰다.

"세자는 일어나 앉으라."

세자가 꿇어앉으며 통곡했다.

"아바마마! 소자에게 어찌 천륜을 어기라 하시나이까? 소자가 불충불효를 범하였다면 벌을 내리시오소서."

임금이 세자의 품에 옥새를 안기며 꾸짖었다.

"세자는 어찌하여 내 뜻을 모르고 이다지 소란하게 하느냐?"

세자에게 옥새를 안긴 임금은 두말없이 보평전을 나가서 내전으로 들었다. 세자는 얼결에 받아 안았던 옥새를 연상 위에 놓고는 뒤따라 들어가 임금 앞에 부복했다.

"아바마마! 소자에게 죄가 있다면 벌을 내리시옵고 어의를 거두어 주시오소서!"

임금이 세자의 손을 잡으며 말했다.

"세자는 어찌 이다지도 내 마음을 알지 못하느냐? 나는 이미 경덕궁에서부터 결심을 했었고, 모후에게도 그때 귀띔을 했었느니라."

"하오나 소자는 아직 미숙하여 국정을 천단 할 능력이 없나이다."

임금이 세자에게 엄숙하게 말했다.

"과인은 이미 세자에게 옥새를 전하여 전위하였고 아울러 홍양산紅陽傘을 주노라. 주상은 오늘부터 이 경복궁에 머물라. 과인은 연화방으로 갈 것이니라."

임금이 일어서자 상선 내관 최한과 좌 우대언이 황급히 앞서 길을 인도하였다. 임금은 매달리는 세자의 손을 뿌리치고 경복궁 보평전을 나섰다. 백관이 줄줄이 뒤를 따르며 울부짖었으나 임금은 뒤도 안 돌아보고 연화궁 내전으로 들어가 문을 닫아걸었다.

세자가 친히 옥새를 받들고 연화궁 내전 댓돌 밑에 부복하여 통곡하였으나 임금은 반응이 없었다. 어느덧 해가 저물어 초가을 밤은 싸늘하게 깊어가고 세자와 중신들의 간청은 끊이지 않고 계속되었다. 밤이 깊어 삼경에 이르렀을 즈음 마침내 내전의 문이 열리고 임금이 뜰로 내려섰다.

중신들의 판에 박힌 간청이 악머구리처럼 들끓었다.

"전하! 어의를 거두어 주시오소서."

임금은 옥새 함을 앞에 놓고 꿇어앉은 세자를 일으키며 말했다.

"내 뜻을 말한 것이 이미 몇 차례에 이르렀거늘 어찌 부모에게 효도할 생각은 아니하고 이다지 소란하게만 하느냐? 내가 지금 신료들의 청을 들어 복위復位를 한다면, 장차 죽으려 해도 죽을 수도 없는 대죄를 지게 되는 것이다."

임금은 두 손으로 세자의 양손을 감싸 잡아 북두성北斗星을 향하여 높이 쳐들며 복위하지 않을 뜻을 맹세하였다. 임금이 세자의 등을 다독이며 타일렀다.

"내가 이러한 거조擧措를 천지와 종묘에 맹세하여 고하였으니 어찌 감히 변하겠느냐."

세자는 임금 발 앞에 부복하여 통곡하며 명을 받았다.

"주상전하! 망극하나이다."

임금은 두 말없이 세자의 어깨를 다독이고는 내전으로 들었고, 부득불 얼결에 명을 받게 된 세자는 이명덕으로 하여금 옥새를 받들게 하고 하릴없이 경복궁으로 돌아가야 했다.

이튿날, 문무백관은 상소를 올려 전위의 부당함을 간하였고, 성균관의 유생들도 상소를 올려 전위가 시기상조임을 조목조목 간하였으나 임금은 끝내 내전의 문을 열지 않았다. 마침내 대소신료들과 성균관 유생들까지 연화궁 내전 뜰에 엎드려 통곡하니 그 곡성이 궁정에 진동하였다. 견디다 못한 임금이 마지막 결심을 하고는 친필 선지宣旨를 쓰고, 지신사와 좌 우대언을 탑전에 불러들였다.

"과인의 뜻은 변함이 없다. 어제 이미 황천과 종묘에 맹세하여 고했는데 제신들이 이를 번복하라 한다면 과인더러 하늘을 속이고 종묘에 거짓을 고하게 하라는 것인가? 지신사와 대언들은 과인의 뜻을 백관들에게 전하라!"

임금의 친필 선지를 받든 지신사 이명덕과 대언들은 중신들이 부복한 뜰에 나와 임금의 확고한 뜻이 적힌 선지를 낭독했다.

과인은 이미 황천(皇天)과 종묘(宗廟)에 서고(誓告)하였으니 달리 할 말이 없노라!

이튿날 8월 10일이었다. 임금이 상선내관 최환에게 명하여 승여(임금이 타는 연)와 의장(나라의 의식에 쓰는 무기)을 세자에게 보내고, 연이어 시위 군사들로 하여금 군왕의 예를 갖추어 세자를 맞이해 오도록 명하였다. 세자가 부득이 주장과 홍양산의 호위로 임금 탑전에 나아가 전위를 사양하는 전을 올렸다.

신은 성품과 자질이 어리석고 둔하며 학문이 아직 이루어지지 못하와 위정의 방도에 대하여 깨달음이 없사온데, 외람되이 세자의 지위에 있으면서 아침저녁으로 근심하고 걱정하여 오히려 그 자리에 합당하지 못할까 두려웠나이다. 하온데 어찌 오늘 대업을 맡겨 주신다는 하명이 있을 줄을 헤아렸겠나이까. 거듭 생각하옵건대 전하께옵서 신을 세워 후사를 삼으심에도 천자께 아뢰어 결정하시었거늘, 하물며 군국의 막중함을 가벼이 신에게 내리실 수 있겠나이까. 엎드려 바라옵건대 전하께서는 어리석은 신의 지극한 자정을 살피시고, 국가의 대계를 염려하시와 종묘사직과 신민의 기대를 위로하여 주시옵소서.

세자의 전을 읽은 임금은 노하여 윤허하지 않았고, 문무백관들은 또 연화궁 뜰로 나아가 엎드려 호곡하니 그 곡소리가 어좌까지 소란하였다. 견디다 못한 임금이 대청으로 나가 뜰에 엎드린 신료들에게 말했다.

"제신들이 땅에 앉는 것이 익숙하지 않을 터인데 어제부터 비습한 땅에 그토록 앉아 있으니 병을 얻지 않을까 걱정이로다. 그대들이 이토록 강제로 청한다면 과인 또한 그대들과 함께 땅에 앉아 하늘에 죄를 빌겠다."

신료들은 임금의 우악하신 말씀에 감복하여 머리를 조아리며 아뢰었다.

"전하! 성은이 망극하나이다. 신 등에게 죄를 내리시옵소서."

임금은 지친 옥음으로 애잔하게 말했다.

"과인이 다른 성씨에게 전위한다면 경들의 주청이 당연하지만, 아들인 세자에게 전위하는데 어찌하여 이와같이 소란하고 성가시게 하느뇨!"

비감하면서도 단호한 임금의 명을 받은 중신들은 망연자실하여 호곡을 그치었고, 다만 부복하여 다음 하명을 기다릴 뿐이었다.

임금은 내전으로 들어가 엎드려 눈물을 흘리는 세자를 일으켜 앉히고 볼에 흐르는 눈물을 용포 소매 자락으로 닦아 주었다. 어깨를 다독인 임금이 옆에 입시한 효령대군에게 명했다.

"효령은 과인이 쓰던 익선관을 받들어 올리라!"

효령대군이 탁상에 있던 익선관을 받들어 올리자 임금이 받아 세자의 머리에 친히 씌우고는 명하였다.

"주상은 곧 대소 신료들을 거느리고 경복궁에 가서 즉위식을 거행하도록 하라!"

세자는 부왕께서 친히 익선관을 씌워주시자 마침내 더이상 명을 거역할 수 없게 되었다. 익선관을 쓰면 곧 임금이었다. 새 임금이 내관들의 부액을 받으며 연화궁 내전에서 나오자, 중신들은 익선관을 쓴 세자를 보고는 그만 어찌할 바를 몰라 낮게 부복할 뿐이었다.

새 임금이 뜰에 부복한 중신들을 둘러보며 말했다.

"나이 어리고 어리석은 내가 국가의 대사를 감당하기 어려워 지성껏 사양하였으나, 마침내 주상전하의 윤허를 받지 못하고 이다지 참담한 지경에 이르렀도다."

중신들이 일제히 부복하며 아뢰었다.

"전하! 신 등은 오직 두 분 전하의 어의를 받들 것이옵니다."

새 임금은 하릴없이 문무백관들을 거느리고 경복궁으로 향하였다. 연화궁이 마침내 조용해지자 임금은 대신들에게 친필 선지를 내렸다.

> 주상이 아직 장년이 되기 전에는 군사와 외교는 과인이 친히 청단할 것이고, 또한 결단하기 어려운 국가의 중대사는 의정부와 과인이 함께 의논하여 처결하리라.

임금의 선지를 받은 중신들은 그제서 안심을 하고 가슴을 쓸어내렸다. 백관을 대표하여 좌의정 박은이 연화궁으로 달려가 문무백관들의 뜻을 전해 올렸다.

"전하! 성은이 망극하나이다. 전하께서 전위하려 하심을 어리석은 신들은 편히 쉬시려는 뜻으로 알았나이다. 하온데 비로소 전하의 깊으신 뜻을 알았나이다. 청하옵건대 교서를 내리시어 전위하시는 뜻을 밝히 타이르시어, 신민들의 불안한 심정을 편안하게 하여 주시오소서."

임금이 그제서 밝은 용안으로 받았다.

"좌상의 진언이 심히 옳도다. 대제학 변계량으로 하여금 전위하는 교서를 짓게 하라!"

이로서 조정 대소 신료들은 마침내 안정을 잡고 새 임금 즉위식 준비에 돌입하게 되였다. 즉시 전위교서를 지은 변계량이 연화궁의 임금께 올렸다. 교서를 일별한 임금이 하명하였다.

"이는 하루도 미룰 일이 아니로다. 민심이 동요할까 염려되니 속히 교서를 중외에 반포하도록 하라!"

이윽고 조복을 입은 문무백관들이 경복궁 전정에 반열, 차서대로 늘어섰고 전위교서가 반포되었다.

> 과인이 덕이 없는 몸으로 태조의 크나큰 대업을 이어받아 조석으로 근심하고 걱정하며, 정신을 가다듬어 나라를 잘 다스리고자 도모하기를 이미 18년이 되었도다. 세자 도는 영명하고 공손 검박하며 너그럽고 어질어 대위에 오르기에 합당한지라, 지난 8월 초8일에 대보를 친히 주어 세자로 하여금 나라의 기무를 오로지 맡게 하고, 오직 군국의 중대사만은 과인이 친히 청단하기로 하였으니, 너희 중외의 대소신료들과 신민은 모두 과인의 지극한 회포를 몸 받아 한 마음으로 협력하고 도와서 유신의 경사를 맞이하도록 하라.

전위교서 반포 의식을 마친 뒤인 경시(오후 5~6시)에 신왕 즉위 진하의식을 거행했다. 종실과 문무백관이 조복으로 경복궁 뜰에 반열과 차서대로 늘어섰고, 임금이 원유관과 강사포 차림으로 근정전에 납시어 종실과 문무백관들의 조하를 받았다. 이어 영의정 한상경 등 중신들이 전을 올려 하례 의식을 거행하였다.

의식을 마치고 조회를 받은 새 임금은 전지하였다.

"왕실에 마땅히 법통이 서야하는 바, 상왕(정종)을 높여 '태상왕太上王으로 하고, 부왕을 상왕으로 하고, 모후를 '대비'라 한다. 또한 경빈(세자빈)을 봉하여 비妃로 삼는다."

지신사는 즉시 어명을 받아 교지를 내렸다.

마침내 조선 제4대 임금이 즉위하니, 휘는 도祹이며, 자는 원정元正이다. 태종대왕의 셋째 아들이며, 모후는 정비 민씨이다. 태조 6년(1397) 4월 10일에 한양 준수방의 잠저에서 탄생하였고, 태종 8년 2월에 충녕군으로 봉하였고, 우부대언이던 심온의 딸과 혼인하였다.

이로써 조선은 개국 이래 4대 임금에 이르기까지 생존한 선대왕으로부터 보위를 전위 받는 역사를 남겼다. 이에 따라 삼대의 왕이 한 궁궐에 생존하는 상황이 태조대왕 승하 이후 10년 만에 다시 이어지게 되었다.

왕비가 된 죄

임금이 즉위하여 친정을 편지 보름째인 8월 25일이었다. 상왕의 명에 의하여 병조참판 강상인과 병조좌랑 채지지가 체포되어 의금부에 하옥되었다. 병조에서는 그동안 군사에 관한 일을 상왕에게 아뢰지 않고 먼저 임금에게 아뢰곤 하여 벌어진 사건이었다.

임금이 그럴 때마다 병조참판 강상인과 좌랑 채지지에게 타일렀다.

"군국에 관한 사항은 상왕 전하께서 진담하신다. 상왕전에 먼저 아뢰고 과인에게 오라."

이 일을 마침내 상왕이 알게 되었다. 상왕은 내심으로 괘씸하여 강상인의 행위를 알아보고자 탑전에 불러 상아패를 보이며 넌지시 물었다.

"이 패는 무엇에 쓰는 패인고?"

"예, 상왕 전하. 당상관 이상 대신을 부르는데 쓰나이다."

"분명 그러하렷다!"

"그러하온 줄 아나이다, 상왕 전하."

상왕은 패함을 통째로 내어 주며 말했다.

"그러면 이것은 이제 과인에게는 필요가 없으니 주상 전에 바치라."

강상인이 상아패 패함을 받들고 가서 바치자 임금이 꺼내보고 물었다.

"이것은 무엇이며, 어느 때 쓰는 물건이오?"

"예, 전하. 이것으로써 밖에 나가 있는 장수를 급히 부르는데 쓰는 패이옵니다.”

임금이 깜짝 놀라 말했다.

“그렇다면 이것은 군국에 관한 물건이다. 여기에 두어서는 아니 되오. 즉시 상완 전에 돌려 드리시오!”

강상인은 하릴없이 상아패 함을 들고 상왕전에 되돌아가 올렸는데, 같은 물건을 두고 두 임금에게 두 가지 진언을 아뢴 사실까지 드러나고 말았다. 병조참판으로서, 상왕 앞에서는 당상관 이상 대신을 부르는데 쓴다 하였고, 임금 앞에서는 장수를 급히 부를 때 쓴다고 하였으니 이 말은 곧 엄청난 사건이 될 수밖에 없었다. 진노한 상왕이 우대언 원숙과 도진무 최윤덕을 불러 이 사실을 말하고 주상에게 선지를 전하게 하였다.

> 과인이 일찍이 중외에 교서를 내려 군국에 관한 중요한 일은 직접 청단하겠다고 하였노라. 그러나 병조에서는 군무에 관한 모든 일을 주상에게만 고하고 과인에게는 고하지 않았도다. 또한 전일에 과인이 강상인에게 명하여 ‘초야의 인재로서 벼슬을 시킬만한 사람을 천거하라’ 하였는데, 상인은 자기의 아우 상례를 주상에게 천거하여 사직의 벼슬을 받세 하고 과인에게는 알리지도 않았다. 이는 과인과 주상을 속이고 이간하는 행위이므로 부득이 그 죄를 묻기 위하여 병조참판 강상인과 좌랑 채지지를 하옥하였노라.

상왕의 선지를 받은 임금은 황망하여 어찌할 바를 몰랐다. 즉시 병조판서 박습을 불러 상황을 파악하고 경위를 알아보았다. 병조참판 강상인은 상왕의 특별교서가 있었는데도 불구하고 처음부터 군사에 관한 일을 임금에게 먼저 아뢰기를 계속하였음이 드러났다. 당황한 임금이 미처 손쓸 겨를도 없이 상왕은 내관 최한을 의금부에 보내 명을 내렸다.

> 과인이 세자에게 전위할 때 군국에 관한 일과 국가 중대사는 직접 청단하겠노라고 교서했다. 이는 주상의 책무와 근심을 덜어주기 위함이었는

데, 이제 병조에서는 주상 전에 가까이 접하면서 다만 순찰에 관한 사소한 일만 과인에게 고하고 그 밖의 일을 아뢰지 않았다. 대체 과인이 군사에 관한 일을 알기로서 무엇이 종사에 패해가 되며, 어떻게 관계되는지 그 이유를 알아야 하겠노라. 의금부에서는 마땅히 그 연유와 이런 의논을 한 자들이 누가 더 있는지 알아볼 것이며, 만일에 숨기고 말하지 않으면 고문이라도 해서 밝혀낼 것이로다.

이로서 조정은 마침내 발칵 뒤집혔다. 자칫하다가는 상왕 전과 주상 전에 갈등이 생길 엄청난 사안이었다. 이튿날 임금의 특명에 의하여 병조판서 박습을 비롯하여 참의 이각, 정랑 김자온, 이안유 등 8명의 병조 고위 관리들이 모조리 하옥되었다. 이에 따라 군무를 관장하는 병조를 하루도 비울 수 없으므로 지병조사 원숙으로 하여금 병조에 입직케 하였고, 무인내관 노희봉에게 명하여 군사를 점검하게 하는 등 비상체제에 돌입했다.

이어서 임금은 영의정 한상경을 의금부 도제조에 명하고, 형조판서 조말생, 대사헌 허지, 호조참판 이지강, 우사간 정상 등을 제조에 제수하여 추국推鞫하게 명했다.

"상왕께서 모든 정무에 대하여서는 보살피기 가쁘시나 오직 군사에 관한 일만은 청단하시겠다고 하셨는데, 병조에서는 군사에 관한 모든 사항을 한 가지도 아뢰지 않았도다. 이에 경들은 그 까닭을 철저히 국문하라!"

즉시 국문청이 차려지고 강상인과 낭청 6인에 대한 국문이 시작되었다. 장을 치고 주리를 틀었으나 이들은 한결같이, '사리를 판단하지 못한 어리석음이었다'고 죄를 자백하고 용서를 빌었다.

의금부 도제조 한상경이 상왕께 아뢰었다.

"병조참판 강상인과 낭청 6인을 국문하였으나, 사리를 살피지 못한 죄를 인정하고 변명만 거듭할 따름이옵니다. 병조판서 박습과 참의 이각도 함께 고문하도록 윤허하여 주시오소서."

상왕이 잠시 생각는 듯하다가 받았다.

"박습과 이각은 재임 기간이 일천하니 그대로 두라. 다만 강상인은 젊어서부터 과인을 따라 오늘에 이르러 병조의 요직을 맡겼거늘, 과인의 은혜를 생각지 못하고 매번 거짓을 행하고 속이었으며 주상과의 사이를 이간질 하였도다. 더 이상 두고 볼 수 없는 불충을 저질렀으니 죽지 않을 한도까지 국문하여 그 실체를 알아내라."

그날의 국문은 일단 중지되었고 조정은 공석이 된 병조와 군무에 관한 부처 뿐만아니라 대폭전인 개각을 단행했다.

이틀 뒤인 8월 28일, 연 이틀간 죄인들을 국문하였으나 이들은 한결같이 더 이상의 죄를 자백하지 않았다. 이를 보고받은 상왕은 의외로 특별 사면령을 내려 이들을 모두 풀어주었다. 박습과 강상인은 원종공신이라 하여 면죄하고, 강상인은 고향으로 쫓아 보내 도성에 들어오지 못하게 하였다. 또한 병조정랑과 좌랑이었던 이각을 비롯한 7명을 속장(장형의 판결을 받은 자가 그 매수에 따라 돈을 바치고 장형을 면하는 것)에 처하였다.

병조의 사건을 매듭지은 상왕은 영의정을 비롯한 삼정승을 탑전에 불러 의논했다.

"명나라에 사은사와 주문사를 보내야 하는데, 사은사는 반드시 주상의 친척을 보내야 마땅하다. 그리 보면 청송부원군 심온이 주상의 장인이니 사은사로 마땅하지 않은가?"

좌의정 박은이 아뢰었다.

"전하, 심온이 마땅하기는 하옵니다마는 사은사의 정사는 정승급이 되어야 예도에 맞사옵니다."

상왕이 반색을 하며 받았다.

"그러면 잘 되었소이다. 심온은 국왕의 장인이니 그 존귀함이 비할 데 없소이다. 그러잖아도 과인이 그 생각을 하던 참이었는데 이참에 심온을 영의정에 제수하여 정사로 삼음이 어떠하오?"

영의정 한상경이 받아 아뢰었다.

"상왕전하, 참으로 옳으신 처결이시옵니다. 그리 하시오소서."

"고맙소이다, 영상. 영상은 서원부원군으로 봉할 것이니 과히 섭섭히 생각지 마시오."

"황공하옵나이다. 신이 어찌 국가의 막중대사에 이견이 있겠나이까."

"그래요. 내 어찌 영상의 마음을 모르겠소이까. 심온이 사은사로 간다면 명황실의 환관 황엄과 잘 알고 지내는 사이였으니 반드시 사신의 임무를 성공적으로 다할 것이오."

이날 임금은 상왕의 전지를 받아 영의정과 사은사를 임명하여 교지를 내렸다.

> 청송부원군 심온을 영의정부사에 제수하여 사은사정사로 삼는다. 찬성사 박신을 청승습주문사(왕위 이어받음을 아뢰는 사신)로 삼고, 참찬 이적을 사은사 부사로 삼는다.

세종 즉위년 9월 8일, 사은사 심온과 청승습주문사 박신이 명나라로 떠나는 날이었다. 상왕과 임금이 양정에 나아가 사신들을 전송하였다. 상왕은 심온에게 내구마(임금의 거둥에 쓰는 말)를 하사하며 임무를 당부했다. 심온은 임금의 장인으로 나이 50이 못 되어 영의정에 오르고 사은사 정사가 되어 사신으로 가니, 영광과 세도가 혁혁하여 연서역관과 그 주변에 전송인파가 구름처럼 모였다.

이날 형조판서 김여지와 대사헌 허지가 합동으로 상소를 올렸다.

> 신하의 죄로는 불경에서 더 큰 것이 없고, 불경의 행실로는 임금을 거짓으로 속이는 것보다 더 심한 것이 없사온데, 근자에 박습과 강상인 등이 병조의 수장으로서 군무에 관한 일을 한 번도 상왕께 아뢰어 품하지 않았으니 이는 용서 받지 못할 불경이옵나이다. 양상(상왕과 임금)을 속인 불경죄만으로도 죽음을 면치 못할 중죄이니 마땅히 저들에게 죄에 합당한 벌을 내리시어 후사를 경계하심이 옳은 줄로 아뢰나이다.

임금은 상소문 내용을 상왕께 아뢰었으나, 상왕은 이들의 직첩과 공신녹권을 거두는 것으로 마무리를 지으려 했다. 그러나 이튿날부터 육조와 성균관 유생들까지 상소를 올려 죄 주기를 청하였다. 죄인들을 탄핵하는 상소는 하루에도 네댓 통씩 연이어 올라왔다.

견디다 못한 상왕은 9월 14일, 이들을 귀양 형에 처하라는 명을 내렸다.

"강상인은 단천관아의 관노로 붙이고, 박습은 경상도 사천으로 귀양 보낸다. 이각은 전라도 무장, 채지지는 고부, 김자온은 경상도 양산, 양여공은 함안, 이안유는 경산으로 귀양 보낸다."

죄인들이 가벼운 귀양 형을 받았다는 것을 알게 된 대간들은 다시 상소를 올리기 시작했다. 이들의 상소는 또 연일 대여섯 통씩 올라와 임금은 업무를 제대로 못 볼 지경에 이르렀다.

11월 3일, 상왕이 편전에 납시어 병조판서 조말생과 병조참의 원숙에게 일렀다.

"이제 상인과 공모한 박습 등의 죄가 날이 갈수록 낱낱이 드러나고 있다. 군무의 업무를 두고 양전을 속인 것이며 교지를 거짓으로 위조하여 벼슬을 사고 판 것이며, 각 도에서 바친 매(시냥하는 매)를 두고도 양전을 속이고 농락했다. 저들이 종사를 생각하고 우리 부자를 차별 없이 대했더라면 어찌 이런 일이 연이어 일어났겠는가! 저들이 이런 짓을 하는 것은 장차 뒷날을 준비하려는 음모로서, 그 행위가 용렬하고 사악함이 이에 이르렀도다. 이는 반드시 압슬형을 써서 신문하더라도 진상을 밝혀야 할 것이로다."

조말생이 아뢰었다.

"사건이 나고부터 지금까지 많은 신료들이 소를 올려 저들의 죄를 청한 것도 숨겨졌던 죄상이 낱낱이 드러나기 때문이었나이다. 박습이 판서로서 어찌 참판 강상인의 지휘에 따랐겠나이까? 신은 저들의 죄에 경중이 없다고 생각하나이다."

침통한 용안으로 듣고 난 상왕이 분연히 명했다.

"우대언 성엄은 좌우의정을 편전으로 들라 이르라!"

성엄이 달려가서 양 정승을 대동하고 편전에 입시했다. 지신사 하연이 상왕의 뜻을 양 정승에게 전했고, 좌의정 박은이 아뢰었다.

"강상인이 범한 죄가 이보다 더 큰 것이 없나이다. 성상께서 인자하시어 경한 형벌에 처하였으니, 온 조정의 신료들이 논청하였으나 지금까지 윤허를 얻지 못하였나이다. 하온데 이제 다시 신문하게 하시니 종사의 기강이 바로 잡힐 것이옵니다."

우의정 이원이 아뢰었다.

"그러하옵니다, 전하. 저들의 죄는 원종공신의 공만으로 덮기에는 너무 컸나이다. 엄히 다스리시어 후사의 경계를 삼으시옵소서."

이에 상왕은 즉석에서 명을 내렸다.

의금부진무 안희덕을 단천으로 보내 강상인을 잡아오게 하고, 홍연안을 고부로, 도사 노진을 사천으로, 도사 진중성을 무장으로 보내 박습, 채지지, 이각을 잡아오게 하였다.

11월 20일, 죄인들이 잡혀와 의금부에 수감되었다. 상왕이 국문관들을 임명했다. 대사헌 허지를 도제조로 삼고, 사간 정초를 제조로, 형조정랑 김지형을 추궁관으로, 병조참판 이명덕으로 참관으로 제수하였다. 상왕이 이들을 탑전에 불러 명했다.

"과인이 전위하는 교서에, '군국에 관한 중대한 사항은 내가 친히 청단하겠다고 하였고, 또한 병조의 고관으로 하여금 항상 전문안에 있게 하라' 하였는데, 단 하나도 시행하지 않았다. 저들이 군무를 소홀이 한 것에는 반드시 다른 뜻이 있었을 것이로다. 이를 낱낱이 밝혀내도록 하라."

이튿날부터 국문이 시작되어 먼저 박습을 신문했다. 박습이 대답했다.

"어찌 감히 다른 뜻이 있었겠습니까. 다만 새로 판서에 임명되어 업무를 제대로 파악하지 못하였을 뿐이며, 강상인 말하기를, '갑사들에게 휴가를 주는 것 등의 모든 잡무는 주상께만 아뢸 것이다.' 하였지만 상인이 상왕전하의 오랜 신하였기에 그의 말에 따랐을 뿐이옵니다."

이어 강상인을 신문했다.

"내가 30년간 원종공신이 되었으니 어찌 다른 마음이 있었으랴. 다만 업무를 잘 알지 못했을 뿐이오. 더이상 할 말이 없소이다."

강상인은 오히려 노기등등하여 신문관들을 얕보았다. 이명덕이 죄인의 대답을 임금께 아뢰니, 임금이 대로하여 명을 내렸다.

"상인이 고문을 피하려고 기망한 말을 지껄이니 간사하고 교활함이 이보다 더 심함이 없다. 마땅히 끝까지 신문하고 그 당여도 낱낱이 찾아내어 신문해야 할 것이다. 우리 부자 사이에 이런 간사한 사람이 있으니 제거하지 않을 수 없다."

임금의 명을 받은 의금부에서 강상인을 심문하였으나 같은 말만 되풀이했다. 마침내 주리를 틀고 압슬형을 네 번이나 가하자 죄인이 실토했다.

"선위하는 교지의 뜻과 병조의 고관이 전문을 떠나지 말라는 명은 모두 알고 있었으나 전에는 이와 같은 전례가 없었기에 지키지 않았소이다. 또한 내 생각으로는 국가의 명령은 마땅히 한 곳에서 나와야 하고, 명이 한결같아야 기강이 선다고 생각하여 상왕께 아뢰지 않았던 것이오."

신문관이 물었다.

"너는 참판으로서 어찌 판서의 명을 번번이 거역하였는가?"

"판서 박습과도 의논을 했소이다. 군의 업무는 당연히 한 곳에서 나와야 기상이 선다고 말했는데, 그 또한 그렇다고 했소이다."

박습을 강상인과 대질시켜 신문하니, 박습은 강상인의 말을 부인했다.

"나는 그렇게 말한 적이 없소이다. 병조에 관한 업무를 내가 상왕전하께 품신하려 해도 강상인이 말하기를, '이만한 사항은 굳이 상왕께 품신하지 않아도 된다'고 하며 독단으로 처리하여 나는 손 델 수 없었소이다."

"그렇다면 너는 업무태만이 아니냐? 판서가 어찌 참판의 독단을 보고만 있었더냐?"

박습이 고개를 떨구며 대답했다.

"그 점이 죄가 된다면 달게 받겠소이다. 그러나 나는 병권의 통일을 주장하거나 말한 적은 없소이다."

박습이 강력히 부인하자 압슬형을 두 번 가했다. 비명을 지르며 고통을 참다가 분연히 말했다.

"그렇다면 내가 상왕을 배반한 것이고, 새 임금의 덕을 입기를 바랐을 것이다."

신문관이 모의한 당여를 대라고 말했으나, 당여는 없다고 대답했다.

이튿날 신문은 다시 시작되었다. 강상인은 더 할 말이 없다고 버티었지만, 이미 채지지와 이각으로부터 공모자가 있음을 확인한 도제조 허지는 고문을 가하라고 명했다. 주리를 틀고 압슬형을 세 번이나 가하자 털어놓기 시작했다.

"중군동지총제 심청이 군무는 통일되어야 한다고 말했으며, 내금위의 기강이 해이한 것도 그 탓이라고 했소이다. 이조참판 이관 역시 군무와 국가 중대사를 양전에서 관리하므로 일이 어려워진다고 하였고, 군무는 마땅히 상왕전에서 나와야 하겠지만 일반 업무는 상왕이 청단해서는 안 된다고 했소이다. 총제 조흡은 군사는 마땅히 한 곳에서 나와야 하고, 그것은 당연히 상왕전이라고 말하더이다."

의금부에서는 당장 심청, 이관, 조흡을 잡아들여 강상인과 대질시켰으나 이들은 모두 사실이 아니라고 강력히 부인했다. 이들에게도 압슬형이 가하자 그제서 사실임을 복죄하였다. 조흡은 상왕의 뜻대로 군사는 상왕전에서 창단해야 한다고 했음으로 석방되었다.

강상인에게 다시 주리를 틀자 이미 온몸이 만신창이가 된 그가 말했다.

"날짜는 기억하지 못하지만 영의정 심온에게 의논하기를 '군사를 양전에 나누어 소속시키자면 적어도 갑사가 3천 명은 되어야 하는데, 그 수가 미치지 못할뿐더러 소속이 갈라지다 보니 통제하기 어렵다고 했더니 그 말이 옳다고 하였소이다. 그 후에 업무를 의논할 일이 있어 심온의 집에 갔는데, 군무는 마땅히 한 곳에서 통솔해야 한다고 했더니 그것이 마땅하다 하였고 곧 그리 된다고 하였습니다. 또한 장천군 이종무 역시 내 말에 수긍하였으며,

우의정 이원도 내 뜻을 이해했지만 상왕의 명을 따라야 한다고 했소이다."

도제조 허지로부터 국문 상황을 보고받은 상왕은 대로했다.

"과연 내가 짐작했던 대로 그와 같은 진상이 오늘에야 밝혀졌도다. 마땅히 간사한 무리들을 모조리 색출하여 제거해야 할 것인즉, 이를 잘 살펴 문초하라!"

조말생이 분연히 아뢰었다.

"양전의 정이 자애하시고, 효경하심이 지극하심을 사람들이 누가 모르겠나이까. 상왕 전하께서 군무를 청단하심은 오로지 사직과 즉위 일천하신 주상의 업무를 덜어드리기 위함인데, 간사한 무리들이 권력을 다투어 군무를 어지럽혔으니, 용서할 수 없나이다. 통촉하시옵소서."

상왕의 명으로 우의정 이원과 장천군 이종무가 잡혀와 의금부에 수감되었고 날이 저물어 국문은 중단되었다.

이튿날 국문은 다시 시작되었다. 우선 이원과 이종무를 옥에서 끌어내 강상인과 대질시켰다. 이원이 분연히 꾸짖었다.

"강 참판은 무고한 사람을 죄에 빠뜨리지 말라!"

이종무도 불같이 노하여 꾸짖었다.

"내가 이제까지 너와 척진 적이 없었거늘 어찌하여 나를 물고 늘어지느냐? 나 또한 무장으로서 너의 무능함과 사악함을 번번이 알면서도 차마 어쩌지 못하고 참아왔었다. 네 놈이 상왕전의 심복만 아니었다면 진즉 내 손에 죽었을 것이거늘, 내가 언제 너 같은 소인배와 군무를 두고 의논한 적이 있었던가? 어디 낱낱이 말해보라!"

강상인은 눈물을 흘리며 고개를 들지 못하고 말했다.

"고초를 견디지 못한 때문이오. 모두 모함이외다."

도제조 허지는 이원과 이종무를 다시 옥에 가두고 강상인을 문초했다.

"영의정 심온은 지금 사은사로 명나라 연경에 가 있다. 이제 돌아오면 너와 대질시키려니와, 네가 심온에 대하여 한 말이 어김없는 사실이렷다?"

강상인은 이제 고문에 지쳐 말을 제대로 하지 못할 지경이었다.

"그렇소이다. 심온은 분명히, '군무는 마땅히 한 곳에서 통솔해야 하며 그것이 마땅하다 하였고, 곧 그리 된다.' 하였소이다."

이명덕이 임금께 국문 사항을 보고했다.

"이원과 이종무를 강상인과 대질시킨 결과 두 사람은 강상인의 모함이었음이 드러났으며, 심온이 했다는 말은 사실이라고 자복했나이다."

임금은 기가 막혔다. 심온은 중전 공비의 아버지이며, 심청은 숙부이니 중전의 친가가 쑥대밭이 될 것은 뻔했다. 임금은 수강궁 상왕전에 들어가 국문사항을 아뢰었다. 듣고 난 상왕이 말했다.

"내가 들은 바로는 그와 다르오. 만약 그와 같다면 그리 큰 죄는 아닐 것이니 주상은 너무 심려치 마오."

상왕이 알고 있는 것은 그와 또 다르다니? 임금은 침통한 용안으로 부왕께 머리를 조아렸다.

"아바마마, 심려를 끼쳐드려 망극하나이다."

상왕은 허허롭게 받았다.

"그러게 말이오. 어쩌다 이런 일이 벌어졌는지 참 안타까운 일이오. 허나 사안이 너무 커지지 않도록 단속을 할 것이니 주상은 그저 보고만 있으오."

"황공하옵니다. 소자, 그리하겠나이다."

주상을 보낸 상왕은 좌의정 박은을 탑전에 불러 말했다.

"이번 사건을 과인이 처음부터 몰랐던 것이 아니라, 즉위 일천한 주상에게 누가 될까봐 정상을 참작하여 다만 죄인들을 외방으로 내쳐 마무리하려 했소이다. 그러나 날이 갈수록 그들의 죄상이 낱낱이 드러나니 이제 어쩔 수 없게 되었소이다. 더구나 과인이 이제 여생이 많지 않고 보니, 듣고 본 바가 많으므로 이와 같은 간사한 무리들은 주상을 위해서라도 제거해야 마땅하다고 생각했소이다. 더구나 영의정 심온은 '군무는 당연히 한 곳에 모이는 것이 옳고, 곧 그리 된다'고 하였다니 저들의 음모가 이미 깊숙이 진행되고 있다는 말이 아니오? 경은 이러한 상황을 알아야 할 것이오."

상왕은 지금 주상을 위하여 간신들을 쓸어버리겠다는 피바람을 예고하고 있었다. 좌의정 박은은 모골이 송연했다. 이미 영의정과 우의정이 관련되어 우의정은 구금된 상태가 아니던가! 더구나 중전의 아버지 영의정 심온과 숙부 심청이 수모자로 관련되었으니, 중전의 친가가 멸문지화에 이를 수도 있음이었다. 박은은 침통한 표정으로 아뢰었다.

"신은 일이 이 지경에 이를 줄은 몰랐사옵니다. 더구나 심온이 말한바 '한 곳'이란 상왕전을 말한 것이 아니라 주상전을 두고 한 말이 분명할진대 신이 어찌 보고만 있겠나이까. 전하께서 하명하시는 대로 일을 처결하겠나이다."

"좌상, 고맙소이다. 영상과 우상이 없으니 과인이 믿을 사람은 오직 좌상뿐이외다."

"전하, 황공하나이다. 신은 참담하와 몸 둘 바를 모르겠나이다."

상왕은 분연히 말했다.

"조정이 그예 혼란에 빠지고 말았소이다. 이럴수록 냉정한 판단이 필요하오. 우의정 이원은 강상인의 모함이었다고 하니 석방하고, 이종무 역시 그렇다고는 하지만 그는 무장이니 다른 증거를 찾아보되 문초만 하고 형벌을 가하지 말게 하시오. 사안이 사안인 만큼 지금부터 이 사건이 마무리 될 때까지 좌상이 주관하기 바라오."

"전하, 하명 받자와 거행하겠나이다. 과히 심려치 마시오소서."

그날부터 좌의정 박은이 참관하여 죄인들을 신문했다. 다른 죄는 이미 다 들어났으나, 본인이 없는 심온이 관련된 사항은 덜 밝혀졌으므로 그 점에 중점을 두고 신문했다.

이조참판 이관을 신문하며 한 차례 압슬형을 가하자 실토했다.

"내가 심온의 집에 가서 영의정에 승차한 것을 하례하고 물었소이다. 병무에 관한 모든 업무가 나누어지고 소속도 갈라지니 매우 불편하다. 마땅히 주상전에서 독단으로 관장하는 것이 옳다고 했더니, 그렇기는 하지만 법이 정해졌으니 따를 뿐 실권은 이미 주상전에 있다고 말했소이다."

다음에 심청을 신문했으나 입을 다물고 늘어져 말하지 않았다. 물을 끼

얹고 주리를 틀었다. 그래도 말하지 않아 바닥에 사금파리를 깔고 꿇어앉혀 압슬형을 가했다. 살이 찢기고 피가 튀자 비명을 지르며 실토했다.

"내가 형님께 중군총제로서 느낀바 있어 물었소이다. 군사에 대한 명령은 마땅히 한 곳에서 나와야 기강이 선다고 했더니, 그 말이 옳다고 했소이다. 나는 더 할 말이 없소이다."

이명덕이 신문 내용을 상왕께 보고했다. 듣고 난 상왕이 말했다.

"사건의 전모가 모두 드러났으니 더 신문할 필요가 없다. 수모자는 심온이지만 그는 명나라에 있으니 그 이하 도당은 극형에 처해야 할 것이로다. 이는 미룰 일이 아님을 명심하라!"

이명덕이 아뢰었다.

"강상인과 이관 등이 끌어들인 이종무, 성달생은 어찌 처결하오리까?"

상왕은 잠시 생각하다가 말했다.

"그런 허물을 죄로 다스린다면 대소신료들 중에 죄 없는 사람이 없을 것이다. 죄인들이 그들을 모함했다고 실토했으니 석방하라. 성달생은 동지총제로서 저들의 음모를 알고 있었으니 동조한 것이나 마찬가지다. 그에 합당한 죄를 주라. 또한 죄인들의 가산을 움직이지 못하게 봉하라."

나라에 중죄를 지으면 가산을 몰수하는데, 죄인의 가족들이 가산을 처분할까봐 미리 봉하라는 어명이었다.

이튿날, 의금부에서 죄인들의 형량을 정하여 문서로 보고했다.

> 형률에 의거하면, 심온, 강상인, 박습, 심청, 이관은 모반대역에 해당되므로, 수모자와 종범자를 구분하지 않고 모두 능지처사하게 될 것이며, 죄인들 부자의 나이 16세 이상이면 모두 교형에 처하고, 15세 이하와 처첩, 조손, 형제자매는 공신의 집이나 관에 주어 노비를 삼게 되옵니다. 이각, 채지지, 성달생은 강상인의 모의를 알고도 고발하지 않았으니 곤장 1백 대를 치고 3천리 밖으로 귀양 보낼 것이며, 나머지 죄인들은 곤장 1백 대를 치고 방면하게 될 것이옵니다.

형량 보고문을 본 상왕이 박은, 조말생, 허조를 불러 의논했다.

"강상인과 이관은 죄가 중하니 지금 마땅히 죽일 것이지만, 심청과 박습은 죄가 경하니 괴수 심온이 오면 대질시켜보고 처결하는 것이 어떠한가?"

박은이 아뢰었다.

"대질시키고자 하신다면 강상인만 남겨두고 세 사람은 형벌하는 것이 옳습니다. 심온이 범한 죄는 증거가 명백하니 구태여 대질시켜 번거로움을 더할 필요가 없을 것이옵니다. 반역을 모의한 자들은 수괴와 종범자를 구분하지 않는 것이 법이오니 어찌 차등을 두어 형벌하겠나이까."

상왕이 곤혹스런 용안으로 받았다.

"죄인들을 한꺼번에 그리한다면 인심과 천의에 부끄러움이 있지 않겠는가?"

국문관 도제조 허지가 아뢰었다.

"죄인들을 구금상태로 오래 두면 옥에서 곤란한 일이 많사오니 속히 집행하는 것만이 민심을 가라앉히는 것이옵니다."

이튿날 11월 26일, 대소신료들이 모여 지켜보는 가운데 강상인을 차열형(죄인의 팔과 다리를 네 대의 수레에 각각 묶어 소를 몰아 찢어 죽이는 형)에 처하고 박습, 이관, 심청은 목을 베었다. 박습은 모진 고문을 견디지 못하고 간밤에 옥에서 죽었으므로 시신의 목을 베었다. 법대로라면 16세 이상의 아들은 죽이게 되었으나, 상왕의 특명으로 목숨을 살려 모두 귀양을 보내거나 관노를 삼았고, 부녀자들은 공신들 집에 노비로 보냈다. 죄인 다섯 명의 부모와 자식, 그 사촌까지 귀양을 가거나 노비로 떨어졌는데 그 수가 백여 명이 넘었다.

영의정 심온이 사건의 수괴였지만 명나라에 사은사로 가 있으니 그 직계 가족은 심온이 귀국할 때까지 연금을 당하였다. 아우 중군동지총제 심청은 주모자로 처형되었고, 또한 심온의 형 좌군총제 인봉과 중僧이 된 도생을 해진으로 귀양 보내고, 아우 징을 동래, 이들의 아들들도 각각 귀양을 보냈다. 16세 이하 어린아이와 부녀자는 모두 관노가 되거나 공신들의 노비로 떨어지게 되자 상왕이 특별사면을 내렸다.

"심온의 딸이 국모가 되었으니 그 집안을 어찌 천민이 되게 할 수 있겠는가. 귀양을 간 형제들은 물론 아이들과 부녀자들도 천민을 면하게 하고 양민이 되게 하라."

이로써 청송부원군 심온의 7형제 중 태조대왕의 부마 심종만 빼고는 모두 귀양을 가고, 가족은 재산을 몰수당하고 양민이 되었으니 이는 딸을 왕비로 들여보낸 것이 죄라면 죄일 것이다. 결국은 왕비의 아버지 심온 하나를 잡기 위하여 수많은 사람이 죽고 온 가족이 귀양을 가고 노비가 된 엄청난 사건이었다.

12월 7일, 상왕이 배석한 상참장에서 형조판서 김여지가 아뢰었다.

"가택연금 된 심온의 가족들을 저대로 둘 수는 없나이다. 마땅히 가산을 몰수하고 가족들을 천인에 속하도록 해야 하나이다."

상왕이 받아 말했다.

"이미 그 형제들을 양민이 되게 하였으니 국모의 친가를 천민이 되게 할 수는 없다."

김여지가 다시 격하게 아뢰었다.

"여러 형제들의 가족을 양민이 되게 한 것도 신 등은 옳지 못하다고 생각하나이다. 하물며 심온은 반역의 수모자로서, 아내와 딸들에게 천인을 면하게 할 수는 없나이다."

병조판서 조말생이 아뢰었다.

"심온의 가족이 3족을 멸할 죄를 면한 것만으로도 태산 같은 성은을 입었음이옵니다. 하온데 이에 더하여 천인을 면하게 할 수는 없나이다."

상왕은 주상의 고뇌어린 표정을 일별하고는 말했다.

"전례가 있는 법을 무시할 수는 없도다. 비록 천인이 되더라도 역사(죄인이나 천인을 관의 공사에 노역시키는 것)는 시키지 말라."

김여지가 다시 아뢰었다.

"상왕전하, 천인이 되는 심온의 가산을 그대로 둘 수는 없나이다. 적몰하는 것이 마땅할 것이옵니다."

상왕이 좌의정 박은에게 물었다.

"좌상, 왕비의 친가 가산을 적몰하는 것이 의리상 가하겠는가?"

잠시 생각하던 박은이 아뢰었다.

"법대로라면 당연히 적몰해야 하나이다. 하오나 이와 같은 일은 특별한 은전을 내려 그 가산을 적몰하지 않을 수도 있겠나이다."

좌상의 말에 중신들이 들고 일어났다.

"특별 은전을 내릴 수는 없나이다. 반역의 죄인들 가산을 적몰하는 것은 그들로 하여금 죄의 값을 치르게 하는데 그 뜻이 있나이다. 하온데 이미 천인이 된 집안에 그 많은 재산이 있다면, 죄에 값하는 것이 아니라 호의호식을 계속하는 것이니 어찌 죄 값을 치른다 하오리까. 마땅히 가산을 적몰하여 뒷사람을 경계하는 것이 옳을 것이옵니다. 통촉하소서."

중신들이 하나같이 반대를 하자 상왕도 어쩔 수 없어 법대로 시행하라 명하였다.

이로써 병조의 반역사건을 마무리 지은 조정은 상왕의 재가를 얻어 조정 일부를 개각했다. 영의정 심온이 사은사로 명나라에 가있으나 대역죄에 연류 되었음으로 파직되었고, 심온을 비롯하여 며칠 전에 처형된 박습, 이관, 강상인, 심청 등의 척속이거나 이들이 천거한 벼슬아치들은 모조리 파면되었다.

영의정에 다시 유정현이 제수되었고, 지신사 원숙, 좌군도총제 권진, 우군도총제 조흡, 호조참판 감자지, 이조참판 이지강, 중군동지총제 박성양, 병조참의 장윤화 등 미관말직까지 30여 명이 파면되고 새로 임명되었다.

서설瑞雪 내리다

임금이 즉위하여 친정을 편지 석 달이 넘는 12월 19일, 여명이 막 걷히는 이른 아침이었다. 어제 해질녘부터 내리던 눈이 밤새껏 내려 2척이 넘게 쌓여 있었다. 10월 그믐께부터 싸락눈과 더불어 낱개 눈발이 흩날린 적은 더러 있었지만 소담스런 함박눈이 내리기는 금년 겨울 들어 처음이었고, 첫눈으로는 드물게 보는 대설이었다.

임금은 한밤 내 침수까지 설치며 잠시도 긋지 않고 쏟아지는 함박눈을 이따금 걱정스레 내다보곤 했었다. 눈이 많아 오면 풍년이 든다고는 하지만, 한밤중에 폭설이 내리면 백성들의 집이 무너져 사람이 다치거나 죽기도 하는 등 대설의 피해가 클 터였다. 이 엄동설한에 집을 잃고 가족까지 잃은 백성들이 있지 않을까 걱정되어 임금은 잠을 이룰 수 없었다.

눈은 소리 없이 내리거나 소리가 나더라도 '사락사락' 고즈넉하고 정겨운 소리지만, 간밤의 눈 내리는 소리는 두려움을 느낄 정도로 소요스러웠다. 적막한 밤이라 목화송이 같은 함박눈이 쏟아지듯 내리는 그 소리도 소리려니와, 지붕 처마에서 밀려 떨어지는 눈덩이 소리와 나뭇가지에 얹혔다 쏟아지는 눈 뭉치 소리가 '퍽! 퍽!' 귀에 들러붙는 듯하여 더욱 소란하였다.

마침내 날이 밝아지자 임금은 침전에서 납시어 설경을 둘러보았다. 온 천지가 티끌 한 점 없는 은백의 세상이었고, 경복궁 궁궐 지붕이며 뜰이 온통 금방 타 놓은 햇솜 같은 눈으로 가득했다. 간밤에 소요스럽던 눈 소리는 목화솜 같은 눈 속에 묻혀버린 듯 사위는 그저 적요하기만 했다. 탐스럽게 내리는 함박눈이나, 소담스럽게 내려 쌓인 눈을 보면 사람의 마음은 한없이 포근하고 아늑해진다. 한밤 내 쏟아지는 눈발을 내다보며 근심 걱정으로 밤을 지센 임금은 설경을 둘러보며 그나마 마음이 아늑하게 가라앉았다. 즉위한 이후 처음 맞이하는 첫눈에다 서설이었음에랴! 은백의 설경을 묵묵히 둘러보던 임금이 뒤에 시립해 있는 내관과 침전상궁을 돌아보고는 말했다.

"참으로 소담스런 눈이로다! 첫눈이 대설이면 풍년이 든다고 하지만, 워낙 대설이라 백성들이 눈으로 인한 피해가 없어야 할 터인데, 걱정이로다."

임금의 혼잣말 비슷한 중얼거림에 내관과 상궁은 그저 읍만 했을 뿐이었다. 날이 밝으면서 눈발은 흩날리면서도 구름이 걷히며 간간이 눈부신 햇살이 흰 눈 위에 섬광처럼 번치다가는 사라지곤 하였다.

조반 수라를 마친 임금은 눈길이 뚫리기를 기다려 상왕이 계시는 수강궁으로 거동했다. 내전으로 듭시는 임금을 상왕이 밝은 용안으로 맞았다.

"주상, 어서 오세요."

"상왕전하, 간밤에 대설이 내렸나이다. 침수 편안히 듭시셨사옵니까?"

상왕은 여전히 밝은 용안으로 주상의 문후를 받으며 말했다.

"그래요. 밤새 내리는 함박눈에 마음이 설레었어요. 참으로 드물게 보는 서설이 내렸습니다."

임금이 걱정스런 용안으로 받았다.

"첫눈에다 서설이기는 하오나, 한밤중의 대설이라 백성들의 피해가 걱정이 되나이다."

"주상, 걱정은 되지만 별 피해는 없을 것이오. 백성들도 대설의 대비를 했을 것입니다. 첫눈이 서설이면 길조입니다. 내년에는 나라에 좋은 일만 있을 것이에요. 이 모두가 주상의 홍복입니다."

"상왕전하, 황공하나이다. 이 모두가 전하를 비롯하시어 나라의 홍복이옵니다."

상왕은 환하게 웃으며 받았다.

"그래요. 나라의 홍복입니다. 주상, 오늘이 더구나 기해己亥일입니다. 주상의 원년이 되는 내년 기해년은 매우 중요한 해가 될 터인데 기해 일에 서설이 내렸으니 좋은 일만 있을 것입니다."

임금은 놀라는 표정으로 상왕의 말씀을 받았다.

"상왕전하, 오늘이 기해일이었사옵니까?"

"그래요, 주상. 모르고 있었구려. 기해일에 첫눈이라! 이 어찌 서설이 아니겠습니까?"

"상왕전하, 이 모두가 전하께서 베푸신 치세의 음덕일 것이옵니다."

요즈음 며칠간 눈에 띄게 수척해진 주상의 얼굴이 안쓰러운 듯 상왕은 애잔한 눈길로 어루더듬으며 받아 말했다.

"당치 않아요. 이 나라는 주상이 다스려가는 나라입니다. 부디 중신들의 진언을 귀담아 들으세요. 오늘은 대설이 내려 중신들의 입궐이 좀 늦어질지도 모르겠습니다. 아무래도 오늘 상참은 좀 늦게 시작되겠지요."

"상참이 좀 늦어진들 무에 대수이겠사옵니까? 심려치 마시옵소서."

"그래요, 주상. 매사를 큰마음으로 너그럽게 보세요."

"명심하고 있사옵니다."

수강궁을 문안하고 나온 임금은 편전으로 들었다. 편전에서 임금을 맞이한 영의정 유정현이 밝은 얼굴로 하례를 올렸다.

"전하, 간밤에 서설이 내렸나이다. 더구나 아침이 되면서 깨끗이 눈발이 걷힌 오늘이 바로 기해일이나이다. 전하께서 원년으로 맞으시는 기해년은 나라에 복된 일만 있을 것이옵니다. 전하, 서설을 하례 드리나이다."

임금이 담담한 용안으로 받았다.

"고맙소이다. 상왕 전하께서도 기해일의 서설에 덕담을 하셨습니다. 이 모두가 나라의 홍복이 될 것입니다. 과인은 오직 경들만 믿을 뿐입니다."

임금의 겸양에 입시한 중신들이 일시에 받았다.

"전하, 황공하옵나이다. 기해 일에 맞으시는 서설을 하례 드리나이다."

"고맙소이다!"

임금은 걱정스런 용안으로 중신들을 둘러보며 말했다.

"서설이기는 하지만 한밤중에 내린 눈이 워낙 대설이라 백성들의 집이 무너지는 등 피해가 많을 것입니다. 조사가 되는 대로 가난한 백성들을 가려내어 구제토록 해야 할 것이오."

공조판서 맹사성이 아뢰었다.

"전하, 성은이 하해와 같사옵니다. 특히 한밤중의 폭설 피해는 불가항력이라 달리 손쓸 재간이 없나이다. 지붕에 쌓인 눈이 한 척이 넘으면 지붕에 올라가 눈을 쳐내려야 한다는 지침을 내리기는 하였사오나, 깊은 잠이 드는 한밤중의 대설에는 속수무책일 수도 있나이다. 조사가 되는 대로 조치를 내릴 것이오니 심려치 마시옵소서."

마침내 폭설에 늦어진 중신들의 입시가 완료되었고 임금은 중신들의 상참을 받았다. 국정 현안에 관한 논의가 끝난 뒤에 순례에 따라 지방 수령들의 장계狀啓가 올려졌다. 강원도관찰사 이종선이 올린 장계를 우대언 이수가 아뢰었다.

"강원도의 금년 농작물작황이 너무 높게 측정되어 백성들의 원성이 매우 높나이다. 본도의 산골 오지는 연 이태나 가뭄이 든 데다 금년은 냉해까지 겹쳐 폐농한 농가가 많사온데, 풍년이 들었던 거년보다 더 많은 세곡이 측정되었나이다. 지나친 세곡에 시달린 농민들이 폭동을 일으킬 조짐마저 보이는 실정이오니 조정에서 혜량하시옵소서."

이종선은 지난달 10월 16일에 강원도관찰사로 부임했는데 일찍이 청렴강직하기로 소문난 사람이었다. 지난 9월에도 강원도 평창과 정선, 영월, 평해에 심한 가뭄과 냉해가 겹쳐 굶주리는 백성들이 많다는 치보가 올라와 고을 수령으로 하여금 조사하여 구제한 적이 있었다.

임금은 그럴 줄 알았다는 듯 역정을 내어 말했다.

"대체 세곡 부과 실태가 어떻기에 백성들이 폭동을 일으킬 지경이란 말인가. 그 지경이 되도록 지방 수령들은 무엇을 하고 있었단 말이오?"

중신들은 일제히 머리를 조아렸다.

"전하, 황공하옵나이다."

"이는 소홀히 넘길 문제가 아니오. 그 진상을 소상히 밝히도록 하시오."

강원도관찰사의 장계를 놓고 조정은 의견이 분분했다. 전국에서 조세에 관한 장계는 처음인데다가, 백성들이 폭동을 일으킬 조짐마저 보인다니 결코 소홀히 다룰 문제가 아니었다.

의정부와 육조의 의견을 종합하여 좌의정 박은이 아뢰었다.

"전하, 강원도에 파견했던 경차관 김습을 불러 농작물 작황 실상과 세곡 부과 실태 경위를 알아보는 것이 우선이라고 사료되나이다."

임금이 못마땅한 용안으로 중신들을 둘러보다가 말했다.

"그렇소이다. 즉시 김습을 부르고 그가 올린 보고서를 다시 검토해 보도록 하시오."

편전 상참장내는 일시에 긴장감이 돌았다. 좌부대언 성엄은 김습이 올렸던 보고서를 찾아 의정부에 올렸다. 김습의 보고서 도목장都目狀에는 분명 강원도에 작년보다 풍년이 들어 금년 세곡량이 늘었다고 적었다. 사간원 우정언 김습이 불려와 어전에 부복했다. 임금이 물었다.

"너는 금년에 강원도 경차관으로 나가 농작물 작황을 조사하고 세곡을 부과했다. 네가 작성해 올린 도목장에는 강원도에 풍년이 들어 세곡량이 늘었다고 했는데, 어김없는 사실이렷다?"

김습은 엎드려 부들부들 떨면서 아뢰었다.

"전하, 신이 어찌 감히 나라의 세곡 부과 실태를 거짓으로 작성하여 고하겠나이까. 이는 분명 어딘가에서 잘못 전해진 풍문에 의하여 와전이 된 것으로 아나이다. 통촉하시옵소서."

임금이 가당찮다는 용안으로 받았다.

"와전이라니? 강원감사가 단지 와전을 믿고 조정에 상계했단 말이냐?"

좌참찬 변계량이 아뢰었다.

"신 좌참찬 변계량 아뢰나이다. 강원감사 이종선은 부임한지 이제 한 달 남짓하나이다. 그동안 도내의 민심을 제대로 파악하지 못하고, 일부 백성들의 원성만 듣고 그대로 상계했을 수도 있겠나이다. 정확한 실상을 알아본 연후에 조치를 내려도 늦지 않을 것이옵니다."

김습이 변계량의 말에 힘을 얻어 제법 큰 소리로 아뢰었다.

"전하, 그러하옵나이다. 신이 경차관으로서 강원도를 골골마다 답사했사온데 워낙 오지가 많아 가난한 백성들이 많았나이다. 부임한지 일천한 감사는 그들의 불평불만을 그대로 믿고 조정에 상계했을 것으로 사료되나이다. 전하께옵서 굽어 통촉하시옵소서."

공조판서 맹사성이 아뢰었다.

"전하, 강원감사 이종선은 경솔한 사람이 아니옵니다. 백성들이 폭동을 일으킬 조짐을 어찌 몇몇 백성들 말만 듣고 조정에 상계하였겠나이까. 감사가 부임한 지 한 달이 넘으면 도내의 실정을 어느 정도는 파악할 수 있나이다. 감찰관을 파견하여 모든 실상을 조사해 보는 것이 우선일 것이옵니다."

농민들이 폭동을 일으킬 지경이라는 강원감사의 장계와 경차관 김습의 보고서를 놓고 중신들의 의견이 분분하자 임금이 마침내 역정을 내었다.

"이 자리에서 아무리 왈가왈부해봤자 소용없는 일일 것이오."

그러잖아도 세법을 고치겠다는 생각을 하고 있던 임금은 이번 기회에 정확한 실정을 파악하고 세법을 개정하겠다는 각오를 했다. 당시 조선의 세법은 고려 말경에 시행하던 답험손실법踏驗損失法을 그대로 시행하고 있었다. 이 세법은 다른 도의 관리 중에서 선발되는 관원이 먼저 농작물의 작황을 답사하여 조사하고, 그 보고내용을 토대로 해당 지방 수령과 조정에서 파견되는 경차관이 다시 답사하고 확인해서 세곡을 부과하는 법이었다.

수령이나 위관이 허위로 농작물 작황을 보고하거나, 개간된 땅을 묵은 땅으로 묵은 땅을 개간된 땅으로 허위보고 하였을 시는 3품 이상이면 조정에 품신하고, 4품 이하면 감찰관이 즉석에서 결단하여 논죄하도록 하여 원래의 취지는 정확하고 공정한 세법이었다. 그러나 시행과정에서 관리들의 무성의와 태만, 사리사욕으로 온갖 협잡이 이루어지고 있었다.

강원도뿐만 아니라 한성에서 먼 지방일수록 비슷한 상황일 것으로 판단한 임금은 이번 기회에 강직하고 공정한 인물을 감찰사로 파견하여 상황을 판단하기로 작정하고 즉석에서 인물 물색에 들어갔다. 영의정 유정현을 비롯한 대신들이 몇 사람을 천거했지만 임금은 마음에 들지 않았다. 천거된 사람이 모두 경차관이었던 김습의 수준을 넘지 못하는 인물들이었다.

고심하던 임금은 묵묵히 앉아있는 공조판서 맹사성에게 물었다.

"공조판서는 어이해서 마땅한 인물을 천거하지 않으시오?"

잠시 머뭇거리던 맹사성이 아뢰었다.

"신이 보기에는 적당한 사람이 있기는 하오나 나이가 서른 전인 데다가 관직 경험도 아직 일천한지라 과연 어떠할지 저어되어 망설이던 중이었나이다."

"그러하오, 공판? 어디, 누구인지 말해 보시오."

"예, 전하. 사헌부감찰로 있는 김종서金宗瑞가 적임일 듯하오나, 너무 젊은 데다가 성정마저 좀 과격하여 임무 수행에 차질이 있지 않을까 염려되나이다."

"사헌부감찰 김종서라! 참 그렇구려. 이 추운 겨울에 강원도 산골을 답사하자면 젊은 사람이 오히려 적격이 아니겠소? 지금 불러 보도록 합시다."

그날 즉석에서 강원도 행대감찰을 제수받은 김종서는 이튿날 종사관 다섯 사람만 대동한 채 현지로 떠났다. 임금의 특명을 받은 행대감찰 김종서를 수행하는 종사관 다섯 명 중에 두 사람은 행대감찰을 경호하는 군관이었고, 세 사람은 감찰업무를 기록하고 보좌하는 문관이었다.

행대감찰 김종서는 나이 28세로서 임금의 춘추보다 6세가 많았는데, 임금이 세자가 되기 전부터 눈여겨보던 인물이었다. 이태 전인 태종 16년 가을이었다. 명필이라고 소문난 홍문관제학 최흥효가 어전에서 친시문과에 급제한 관리들의 임명장을 쓰게 되었다. 명필 최흥효도 어전이라 긴장을 했는지 팔을 덜덜 떨며 하도 굼뜨게 느려 임금이 혀를 찰 지경이었다.

성정이 급한 이조낭관 김종서가 옆에서 보다 못하여 붓을 빼앗아 들고는 이십여 장을 단숨에 휘날려 쓰고 옥새를 찍었는데, 글자와 옥새가 한 점도 삐뚤어지지 않았다. 이를 지켜본 태종이 옆에 입시한 충녕대군을 돌아보며 말했다. '참으로 쓸만한 인재가 아니냐!' 부왕의 신임을 받던 충녕대군은 그때부터 김종서를 남달리 지켜보던 터였다.

오척단신이지만, 체격이 강단지고 성정이 곧은 김종서는 불의를 보고는 참지 못하여 관직에 오른 처음부터 동료들과 상사들로부터 눈 밖에 나거나, 눈여겨보는 대상이 되어갔다. 그리하여 관직에 나온 지 불과 3년 만에 파직을 당하기도 했고, 두 번이나 태형을 맞고 근신을 해야 하는 수모를 당하기도 했었다.

그러한 김종서를 눈여겨보는 사람 중의 하나가 공조판서 맹사성이었다. 한직이던 상서원직장에서 2년 만에 정6품인 사헌부감찰로 승진한 배경에 맹사성이 있었다. 사헌부는 법령을 다루는 부서로서 김종서의 성격에 잘 맞는 직무였다.

이날 상왕은 전의감사 이욱에게 의금부진무를 제수하여 탑전에 불러 명하였다.

"너는 의주 역관에서 가서 기다리다가 심온이 귀국하면 잡아오라. 만약 심온이 사신과 함께 오게 되면 병을 핑계로 며칠간 머물게 하여 비밀리에 잡아오되, 사신으로 하여금 알지 못하게 하라. 명나라 조정에서 이번 사건을 알게 되면 시끄러운 일이 벌어질 것이로다. 명심하렷다!"

의금부진무 이욱은 어명을 받고는 그날 평안도 의주 역관으로 달려갔다.

뒤이어 새로 임명된 영의정 유정현을 비롯하여 좌의정 박은, 우의정 이원, 병조판서 조말생, 예조판서 허조, 맹사성, 권진 등 신임 중신들이 수강궁 상왕 전에 들어 조정이 개편되어 임명받았음을 신고하였다.

알현을 받은 상왕이 중신들을 하나하나 주시하며 당부했다.

"경들의 책무가 무거워졌소이다. 주상의 즉위가 일천한데 더 이상의 혼란이 있어서는 아니 될 것이오. 모쪼록 주상을 중심으로 보필하여 태평성대를 열어가도록 하오!"

"상왕전하! 성은이 망극하나이다. 신 등은 성심을 다하여 양상 전하를 보필할 것이옵니다."

"고맙소이다. 과인은 오직 경들의 경륜을 믿을 뿐이오."

"상왕전하, 성은이 하해와 같사옵니다."

좌상에 유임된 박은이 강경한 어조로 아뢰었다.

"상왕전하, 신 등은 참담한 마음으로 거듭 아뢰나이다. 아버지가 대역죄에 연류되었으매 그 딸이 어찌 왕비로 있을 수 있겠나이까? 하해와 같으신 성심은 이해가 되오나 은정을 끊어 후세에 법을 남겨 거울로 삼게 하심이 가할 줄로 아뢰나이다. 통촉하시오소서."

중신들이 한꺼번에 부복하며 주청하였다.

"전하! 통촉하시오소서."

상왕이 침통한 용안으로 받았다.

"서경에 이르기를, '형벌은 아들에 미치지 않는다' 하였으니, 하물며 딸에게 미치겠는가? 우리의 풍습에도 이르기를 '평민의 딸도 시집을 가면 친가에 연좌되지 않는다' 하였다. 하물며 심씨는 이미 왕비가 되어 아들을 셋이나 두었으니 어찌 감히 폐출할 수 있겠는가?"

병조판서 조말생이 아뢰었다.

"전하, 성은이 넘치는 상교가 심히 마땅하나이다. 하오나 왕비를 폐하여 빈으로 삼고, 왕비를 새로이 간택하여 맞아들임도 성은에 부합하여 가할 줄로 아뢰나이다. 참형을 당할 대역죄인의 딸이 왕비로 있음은 종사에도 큰 누가 될 것이옵니다. 통촉 하시오소서."

상왕이 마침내 용안을 붉히며 대로하여 받았다.

"경인년에 과인의 처남 민무구 무질 형제가 불충의 죄로 한꺼번에 사약을 받아 죽었고, 계사년에는 그들의 아우 무휼, 무회 형제도 사사되었음을 경들도 알 것이다. 그때에는 왕비를 폐하고 새로이 왕비를 맞아 세우고자 청한 사람이 하나도 없었다. 전 예가 그러하거늘, 지금 어찌 경들은 이 지경에 이르는가? 경들이 과인에게 왕비를 폐하라고 강요한다면, 주상의 모후인 대비 민씨를 함께 폐해야 한다는 말과 무엇이 다른가? 어디, 병판은 대답을 해보라!"

중신들은 비로소 소스라치게 놀랐다. 임금은 무구와 무질 등 처남 넷을 사약을 내려 죽였다. 그 뒤부터 임금과 중전은 대전과 중궁전에 서로 발길을 끊으며 10여 년간이나 불목을 했었다. 그러나 그동안 왕비를 폐해야 한다는 말은 한 번도 나온 적이 없었다. 왕비의 동생 넷을 죽이고 집안을 말살함과, 왕비의 아버지를 죽이고 집안을 말살함에 있어서, 그 성격이 다르다고 말할 수 없는 눈앞에 닥친 현실이었다. 왕비를 폐한다면 그보다 먼저 주상의 모후인 대비를 폐해야 하는 것이 순서일 터였다.

박은이 비로소 풀이 죽어 아뢰었다.

"전하! 신 등의 생각이 짧았나이다. 중전마마께는 이미 금지옥엽이신 세 분 대군이 계시옵니다. 경솔히 왕비를 폐할 수 없음을 이제서 깨달았나이다. 신등의 불충을 벌하여 주시오소서."

상왕이 여전히 굳은 용안으로 받았다.

"경들이 그 이치를 깨달았다 하니 지금까지의 일들을 불문에 부치겠노라. 그 누구의 입에서도 다시는 그런 말이 나오지 않도록 의정부에서 단속해야 할 것이로다. 그리고 또한 지금 연이은 난제로 궁중이 심히 적막하도다. 예로부터 제왕은 자손이 번성한 것을 귀하게 여겼으니 마땅히 주상의 빈과 잉첩을 들여야 할 것이로다."

영의정 유정현이 받아 아뢰었다.

"전하, 빈과 잉첩을 갖추고자 하심은 지극히 지당하신 분부 시옵나이다. 마땅히 두 성씨를 한꺼번에 맞아들이심이 옳을 것이옵니다."

상왕이 비로소 밝은 용안으로 받아 말했다.

"영상의 주청이 옳도다. 곧 가례도감을 설치하고 혼가를 금하도록 하라!"

중신들이 일시에 받아 아뢰었다.

"상왕전하, 하교 받자와 명심하겠나이다."

12월 22일, 의주 역관에서 대기하던 의금부진무 이욱이 심온을 잡아 압송해왔다. 즉시 국문청이 차려지고 이명덕, 허지, 성엄이 의금부 제조에 임명되어 국문이 시작되었다. 심온은 병조판서 박습과 참판 강상인 등이 이미 처형된 줄 모르고 그들과 대면을 요구하며 범행 모의를 전면 부인했다. 이에 분노한 추국관이 사정없이 주리를 틀고 압슬형을 가했다. 처음부터 압슬형이 가해지자 심온이 비로소 사태를 깨닫고는 한탄하며 말했다.

"아-아! 반드시 죽음을 면하지 못할 상황이로다. 형벌은 그만하시오. 복죄하리다."

의금부제조 이명덕이 추궁했다.

"죄인은 어서 사실대로 고하라!"

심온은 피투성이가 된 참혹한 몰골로 추국관들을 일별하고 나서 숙연히 말했다.

"강상인 등이 말한 바와 모두 같소이다. 신은 무인으로서 병권은 한군데서 나와야 한다고 생각하였고, 수상으로서 병권을 장악하고 강력한 군사력을 증강하여 왜구와 오랑캐의 침략을 막아내고 싶었을 뿐 다른 뜻은 없었소이다. 허나, 그 뜻이 모반대역이 되는 줄은 몰랐으며 이미 죽은 네 사람 외에 더이상 가담자는 없소이다."

이명덕이 문초했다.

"병권 장악을 두고 병조판서와 참판 등과 모의한 것은 상왕전하를 어떠한 처지에 두려고 했던 것이냐?"

심온은 이명덕을 잠시 물끄러미 바라보다가 대답했다.

"그와 같은 억지 물음은 나로 하여금 상왕전하께 무례한 짓을 행하려 했음을 자백하라는 말이로구나. 이는 그대가 먼저 알고 있을 터, 나는 그 말에 대답할 가치를 느끼지 못하오. 더이상 할 말이 없소이다."

추국을 마친 이명덕이 상왕탑전에 들어 복명했다. 상왕 전에는 주상도 동석해 있었다.

"신 의금부제조 이명덕 추국결과를 아뢰나이다. 심온은 모든 사실을 자백하였으며 더이상의 모의한 자는 없다고 했나이다. 다만 상왕전하께 무례한 짓을 행하려 했음을 실토했나이다."

보고를 받은 상왕은 주상을 잠시 바라보다가 말했다.

"이미 드러난 사실이었지만 심온에게 반드시 사약을 내리지 않을 수 없음이로다. 주상, 이 모두가 그들이 스스로 저지른 업보이외다. 이미 극형에 처한 네 사람이 있으니 아무리 국구(임금의 장인)인들 반역 무리의 주범으로서 어찌 죄를 면할 수 있으리오."

주상이 침통한 용안으로 받았다.

"상왕전하! 망극하나이다. 모반대역에 어찌 귀천을 가리겠나이까. 오직 국법에 따를 뿐이옵니다. 괘념치 마시옵소서."

"주상이 이해를 하니 내 마음이 편하도다. 의금부제조는 들으라. 심온이 비록 중죄를 범하였으나, 공비가 이미 주상의 배필이 되어 왕자를 셋이나 둔 경사가 있으니 어찌 다른 사람에 비할 수 있으랴. 의금부 진무로 하여금 수원으로 압송케 하여 스스로 목숨을 끊게 하라. 심온이 죽으면 장례를 재상의 예는 따르지 못하더라도 수원부에 명하여 부족함 없이 후하게 치르도록 하라."

이명덕이 부복하며 명을 받았다.

"상왕전하, 성은이 하해와 같사옵니다. 하명 받자와 거행하겠나이다."

이날 심온은 수원으로 압송되어 이튿날 사약을 받고 죽으니 향년 44세였다. 심온의 자는 중옥仲玉이며 경상도 청보군 사람이다. 아버지 심덕부는 이성계와 함께 위화도에서 회군하여 고려 말엽에 문하시중을 지냈으며, 조선의 개국공신으로 청성백에 봉해지고 태조 때에 좌정승에 올랐다. 심온은 나이 11세에 감시에 합격하여 신동으로 칭송받았다. 조선개국 초에 병조의랑으로 벼슬길에 올라 정종 1년에 대호군에 오르고, 태종이 등극하며 형조와 이조판서를 거쳐 의정부 참찬에 이르렀다. 세종이 즉위하며 국구로서 청송부원군에 봉해지고, 영의정에 올랐다가 석 달 만에 대역죄로 죽었다.

세종 즉위년의 무술옥사는 경인년의 민무구, 무질 형제의 죽음과 결코 무관하지 않음을 중신들은 이미 알고 있었다. 태종은 두 처남과 정난공신 이숙번의 힘을 빌어 두 번이나 왕자의 난을 수습하고 마침내 왕위에 올랐다. 즉위하자마자 개국초기의 혼란했던 국정을 경계 삼아 왕권을 강화했다. 문하부를 의정부로 고치었고, 조정의 모든 권한을 왕으로 집중시키는 육조직계제를 채택하여 판서들의 직급을 정3품에서 정2품으로 올려 의정부의 권한을 대폭 축소시켰다.

군사에 관한 업무도 중추원을 폐지하고 삼군부로 개편하여 군력을 분산 배치했다. 또한 왕족이나 훈신들의 사병인 시위패를 폐지하여 삼군부에 소속시켜 권력자들의 기득권을 말살시켰다. 이로써 훈신과 대신들의 권력은 과거의 절반으로 축소되거나 아예 없어져 버렸다.

태종의 강력한 왕권에도 불구하고 7, 8년이 지난 뒤부터는 권부의 알력과 소위 왕자의 난으로 인한 일부 부작용이 되살아나고 있었다. 한편에서는 왕자의 난에 희생된 유족들이 꿈틀대고 있었으며, 이들이 외척과 훈신들에 부합하여 세력이 커지고 있었다.

그 중에서도 임금의 처남인 무질과 무구 형제의 세력은 훈신세력을 압도하였고, 개국공신이며 정난공신 이숙번은 사사건건 왕권에 개입하고 도전했다. 태종은 이때부터 많은 것을 깨달았다. 당신의 대에서는 날뛰는 외척과 훈신들 세력을 그런대로 제압할 수 있을 것이다. 그러나 당신의 사후 세자가 보위에 올랐을 때는 젊은 임금의 외숙이 되는 외척의 세력과 개국공신, 정난공신들의 권력에 의하여 국정 상황에 엄청난 변수가 올 수 있음을 내다보았다. 국정에 미숙한 젊은 임금의 왕권에 도전할 엄청난 권력과 막강한 세력의 횡포! 경험 없이 친정을 펴는 임금이 과연 이들 수구세력을 제압하고 국정을 장악할 수 있을 것이라고는 누구도 장담할 수 없는 상황이 공공연히 자행되고 있었다.

태종은 이때부터 과감하게 외척과 훈신 세력을 제거하기 시작했다. 우선 막강한 세력을 형성하여 어린 세자를 싸고도는 처남 무구, 무질 형제를 귀양 보냈다가 3년 뒤에 사약을 내려 죽였고, 또 3년 뒤에는 이들의 두 동생마저 형들의 죄에 연관 지어 사사시키고, 그 가족들까지 변방으로 부처하여 왕비의 친가인 외척세력을 말살시켰다.

또한 태종 17년에는 권력의 제2인자였던 이숙번을 불충의 죄로 삭탈관직하여 곤장을 치고 함양으로 종신귀양을 보냈다. 이에 따라 이들 두 집단의 권력을 중심으로 형성되었던 막강한 세력은 제거되거나 스스로 소멸되어 마침내 국정이 안정되었다.

이러한 일련의 사건을 놓고 본다면 세종 즉위년의 무술옥사도 상왕 태종의 의도된 사건으로 볼 수 있을 것이다. 영의정이며 임금의 장인인 심온은 장년 44세로서 이미 막강한 세력을 형성하고 있었다. 그뿐만 아니라 그의 형 심인봉은 좌군총제였고, 아우 심청은 중군동지총제로 병권을 장악하고 있었으며 심종은 태상왕의 부마였다.

이들은 상왕이 생존해 있는 동안에 벌써 병권을 농락하려 하였고, 잠저 시절부터 심복이었던 강상인과 박습은 주상이 즉위한 지 한 달이 못 되어 상왕에게 반기를 들었다. 세력이 막강해진 외척과 병권을 쥔 훈신 무관들을 그대로 둔다면 이들은 젊은 주상의 앞날에 걸림돌이 되고, 국정 순항의 암초가 될 수 있음을 상왕은 꿰뚫어 보았을 것이다.

세종 원년이 되는 기해(1419)년 1월 1일이었다. 해가 떠오르자마자 햇무리가 둘러지고 햇무리 양쪽에 선명한 귀고리가 생겼다. 햇무리에 귀고리가 생기는 것은 매우 드문 일로서, 더구나 임금 즉위 원년의 정월 초하루였으니 이것은 길조이며 경사였다.

임금은 면복차림으로 중신들과 함께 북쪽을 향하여 명나라 황제에게 정초하례를 올렸다. 이어 인정전에서 종친과 만조백관의 신년하례를 받는데 도성에 들어와 있던 왜인과 야인들도 참례했다. 의정부에서는 임금과 왕비에게 안팎 옷감과 안장 갖춘 말을 신년하례 예물로 올리고, 각 도에서는 지역 토산물을 빠짐없이 올렸다.

하례를 받은 임금은 종친과 문무백관을 거느리고 수강궁 상왕 전에 나아가 하례 의식을 거행하고 의복과 안장 갖춘 말을 예물로 올렸다. 이어서 임금과 공비는 함께 탑전에 나아가 상왕께 수주를 올리며 신년하례를 드렸다. 이어 종친과 중신들이 차례로 수주를 올리고 신년하례 잔치가 벌어졌다. 상왕이 자리를 정리하게 하고 신년의 덕담을 내렸다.

"올 기해년은 주상의 원년이 되는 중요한 해이로다. 하늘도 이 나라 백성을 어여삐 굽어보시는지, 정월 초하루 솟아오른 아침 해에 햇무리가 두르고 귀고리가 생겼도다. 이는 길조로서 경사스러운 일이로다. 종친과 문무백관들은 주상을 도와 태평성대의 시대를 여는데 전력해 주기를 바라노라. 과인이 오늘 주상과 우리 종친들 그리고 대소 신료들을 위하여 잔치를 마련하였으니 마음껏 먹고 즐기라!"

"상왕전하! 성은이 하해와 같사옵니다."

분위기는 한껏 무르익어 모두 먹고 마시기 시작했다. 술자리가 무르익자 마침내 아악이 자지러지게 울리고 궁중 무녀들이 춤을 추었다. 이내 홍에 겨운 상왕이 일어나 덩실덩실 춤을 추니 이에 주상을 비롯하여 중신들이 일어나 함께 춤을 추었다. 종친과 중신들은 다투어 연귀를 지어 올리며 홍을 돋우는 등 홍겨운 잔치판은 밤이 늦도록 계속되었다.

축제 분위기속에 정초가 지나고 정월 초이레였다. 지난 11월 강원도에 파견된 행대감찰 김종서가 춘천도호부에서 한 달간의 감찰 결과를 장계로 올려 보고했다.

강원도 행대감찰 신 김종서 임무를 수행하고 상계하나이다. 본도는 이태 전부터 전 지역에 가뭄과 냉해까지 겹쳐 대흉작이 들었나이다. 산골 오지인 영월, 평창, 정선 등지의 12개 군 백성들은 거의가 굶고 있는 형편이옵니다. 그중에서도 아사지경에 이른 8백여 가구에는 우선적으로 관곡을 풀어 구휼미를 지급했사옵니다. 그 량은 각 고을 관고의 구휼미 비축량에 따라, 매 인당 하루에 쌀 3홉, 콩 2홉, 장 1홉을 지급하였고, 15세 이하 5세까지는 쌀 2홉, 콩 1홉, 장과 비지 반 홉씩을 지급했나이다. 하오나 절량농가가 워낙 많사온데 이미 비축 관곡이 없어 더이상 구휼하지 못하였나이다. 본도의 감사에게 긴급 구휼미를 요청했으나 미치지 못하는 실정이니 조정에서 혜량하시옵소서. 위에 거명한 12개 고을의 조세를 전면 면제해 주어야 할 형편이옵고, 강릉과 원주, 삼척 등 큰 고을을 제외한 강원도 전 지역 백성들의 조세를 탕감해 주어야 할 형편이옵니다.

김종서의 장계를 놓고 조정 대신들의 의견은 예외 없이 또 분분했다. 좌참찬 변계량은 세곡 면제는 있을 수 없는 위법이라고 강력 반대했고, 다른 대신들도 김종서 한 사람의 조사보고를 그대로 믿을 수 없다고 변계량의 의견에 동조했다.

묵묵히 듣고만 있던 임금이 마침내 강력하게 반박했다.

"임금으로 있으면서 백성이 주리어 죽는다는 말을 듣고도 오히려 조세를 징수한다는 것은 차마 못 할 짓이로다. 관고를 열어 곡식을 나누어 준다고 해도 미치지 못할까 염려되거늘, 도리어 주린 백성들에게 세곡을 거두란 말인가? 행대감찰을 보내 백성들의 상황을 살펴보게 하고도 조세를 그대로 징수한다면 어느 백성이 나라를 믿고 따르겠는가?"

임금은 중신들의 반대를 무릅쓰고 김종서의 보고에 따라 세곡을 면제하거나 감면하는 등 관대한 조치를 내리라고 명했다. 또한 강원감사 이종선에게 전지하여 관곡이 바닥난 고을에 시급히 도 관고의 곡물을 풀어 직접 현지에 나가서 구휼하라는 어명을 내렸다.

춘천도호부에서 장계를 올린 김종서는 마지막으로 양구와 철원, 인제를 돌아보고 보름 후에 도성으로 돌아왔다. 김종서는 즉시 편전에 들어 임금을 알현하고 복명했다.

"강원도 행대감찰 신 김종서 임무를 수행하고 복명하나이다. 작년 강원도 경차관 김습은 원주목과 강릉, 삼척 등 도호부 관할 고을만 농작물작황을 답사했음이 밝혀졌나이다. 군과 현을 비롯한 산골 오지는 아전들의 말만 듣고 작황을 결정하였고, 경작한 관전을 묵은 땅이라고 조작하여 그 소출을 착복했음도 밝혀졌나이다. 그뿐만 아니라 수령들과 결탁하여 대흉년을 풍작으로 조작하여 과대한 조세를 부담케 해서 착복하였나이다. 각 지방 수령들 또한 하나같이 굶주리는 백성들을 착취하고 있었나이다."

김종서의 보고를 들은 임금은 불같이 진노했다.

"고을 수령이란 자들이 하나같이 굶주리는 백성들을 착취하고 있다니! 이야말로 토색질을 일삼는 자들이 아니냐? 과도하게 세곡을 물린 것도 모자라 백성들의 고혈을 짠단 말인가? 사헌부로 하여금 엄중히 조사하여 진상을 낱낱이 밝히도록 하라!"

임금의 진노를 받은 중신들은 고개를 들지 못했다. 보위에 오른 지 넉 달 남짓한 임금이 이토록 진노한 것이 처음이었다.

김종서가 아닌 다른 관리였다면 기라성같은 대신들이 입시한 어전에서 사실이 그렇더라도 감히 이토록 직설적으로 복명하지는 못했을 것이다. 그러잖아도 김종서를 못마땅하게 여기던 중신들과, 김습이 줄을 대고 있는 중신들이 김종서의 방자함을 질타하고 나섰다.

참찬 변계량이 강경하게 아뢰었다.

"신 참찬 변계량 아뢰나이다. 김종서는 관직 경험이 아직 일천한 데다, 나이도 젊어 고을 수령들과의 교감이 어려웠을 것으로 사료되나이다. 행대감찰은 막중한 임무이온데 경험이 없는 자가 단지 굶주리는 백성들 몇 가구만 보고 지방 관리들을 싸잡아 폄하하는 것은 썩 옳지 못한 것으로 아나이다. 수령이 아무리 치정을 편다고 해도 고을마다 굶주리는 백성은 있게 마련이나이다. 전하, 통촉하시오소서."

도총제 우박이 아뢰었다.

"그러하옵니다, 전하. 관직 경험도 일천한 김종서 한 사람의 말만 듣고 지방 수령들을 모조리 조사한다는 것은 있을 수 없는 일이옵니다."

호조참판 이지강이 아뢰었다.

"강원도는 오지가 많아 가난한 백성들이 많았나이다. 신이 회양도호부사로 재임한 적이 있사온데 산골 백성들의 불평과 불만은 들을수록 끝이 없나이다. 엄중히 조사를 한 연후에 처결하심이 마땅할 줄 아나이다."

못마땅한 표정으로 듣고 난 공조판서 맹사성이 나섰다.

"전하, 행대감찰이 직접 눈으로 확인한 결과를 복명하는 것은 당연한 임무이며 조치였나이다. 김종서는 직접 눈으로 보고 조사한 것을 말로만 복명하지는 않았을 것이옵니다. 보고서를 검토한 연후에 조치를 내려도 늦지 않을 것이옵니다."

김종서가 승정원에 올린 보고서를 좌대언이 임금께 올렸다. 보고서에는 각 고을의 농작물 작황실태와 농민들의 세곡 납부실상, 관고의 재고량, 부족량 등이 낱낱이 기록되어 있었다. 보고서를 읽은 임금은 더욱 진노하였고, 엄중히 조사해서 결과를 낱낱이 밝히라는 어명이 떨어졌다.

사헌부에서 김종서의 보고서에 의해 조사를 한 결과 김습은 조세만 착복한 것이 아니었다. 수령들과 결탁하여 지방관아의 관전인 한외전을 장부에서 누락시켜 막대한 량의 양곡을 착복하였고, 경작한 관전을 묵은 땅이라고 적어 그 수확량을 지방수령들과 함께 모두 착복한 것이 드러났다. 김습은 착복한 세곡을 혼자만 먹은 것이 아니라 줄을 대고 있는 대신들에게도 상납한 사실도 드러났다.

김습이 착복한 세곡은 즉시 환수되었고, 곤장 1백 대에 강원도 낭천으로 종신귀양 형에 처해졌다. 그에 따라 뇌물을 받은 변계량과 도총제 우박을 비롯하여 김습을 싸고돌던 몇몇 중신들이 파직되었다. 또한 김습과 결탁한 강원도 횡계 수령 유복중과 수령 다섯이 곤장 70대와 2년의 귀양살이 형에 처해졌고 재산이 몰수되었다. 비교적 죄가 가벼운 홍천현감 허방을 비롯한 네 사람은 착복한 세곡을 환수하고 벌금을 받는 선에서 속죄해 주었고, 강원감사로 하여금 특별감시를 하게 하였다.

대마도 정벌

세종 원년 4월 20일, 임금이 상왕을 모시고 개성을 비롯한 북방 여행길에 올랐다. 최근 들어 상왕의 환후가 잦아지고 목 언저리에 종기가 나는 등 좋지 않은 징후가 보여 황해도 평산의 온천에서 목욕도 하고, 봄철의 사냥도 즐길 겸 계획을 세워 작정하고 나선 어가 행차였다.

행차에는 효령대군과 영의정 유정현, 병조판서 조말생, 장천군 이종무를 비롯하여 삼군부 장수들 5, 6명이 어가를 호종하였다. 상왕은 농사철이 되어 농부들의 일이 바빠짐으로 피해를 줄이기 위하여 호종과 호위 인원을 대폭 줄이도록 명했지만, 호위군과 사냥꾼을 포함하여 900여 명으로 호위행렬이 구성되어 도성을 떠났다. 이날 어가는 임진나루에 머물러 유숙했다.

이튿날 임진을 출발한 어가는 해질녘에 개성에 당도하여 덕안전에서 잠시 쉰 뒤에 신축중인 태조진전太祖眞殿을 둘러보고 양상은 경덕궁에 머물렀다. 이튿날 조계청에서 상참을 받고 정무를 본 임금은 상왕을 모시고 다시 출발하여 개성 대정산에서 매사냥을 구경하고 강음현에서 유숙했다.

이튿날인 23일부터 나흘간 신당산과 성불산, 연봉산을 거치며 사냥을 하고 해주 금굴산과 장봉산, 감수북산을 거쳐 사냥을 하며 26일에 인둔평에서 매사냥을 하고, 마침내 평산 온천에 당도하여 여장을 풀었다. 상왕과 임금은 비로소 오랜만에 온천욕으로 누적된 피로를 풀게 되었다.

어가가 온천에 머무르자 황해도 관찰사 권담과 평안감사 윤곤이 어전에 입시하여 북방의 준마와 사냥개, 사냥매를 진상하고 주식을 바치었다. 그뿐만 아니라 도성에서도 중신들이 찬성사 정역을 보내어 문안하고 술과 과일, 고기 등을 진상했다.

어가는 5월 초사흘까지 7일간 온천에 머물며 근방에서 사냥을 하였고, 그날 해질녘에 개성 경덕궁으로 환궁했다. 도성에서 좌의정 박은이 내려와 어전에 입시하여 문안을 올리고 그동안 도성의 상황과 국정을 보고했다.

이튿날은 태조진전이 완공되어 낙성식을 겸한 태조진영 봉안식이 있었다. 진전은 태조의 진영을 봉안할 전각으로 상왕의 명에 의하여 신축되었다. 이번 양상의 북방여행은 진전의 낙성식을 겸한 태조 진영봉안이 중점이었다. 진영봉안 의식을 마친 상왕은 진전 역사에 동원된 인부 3백여 명에게 골고루 양식과 주육을 내리고 노고를 치하했다.

5월 5일에 환궁하기 위하여 개성을 떠난 어가가 7일에 경기도 원평부 황탄에 머물러 잠시 쉬고 있을 때, 충청도 관찰사 정진이 띄운 급보가 행궁에 들이닥쳤다.

> 본월 초사흘 새벽에 왜구의 전선 50여 척이 돌연 비인 도두음곶이에 나타나, 우리 병선을 에워싸고 화공을 퍼부어 병선이 모조리 불탔고 1백여 명의 군사가 전사했나이다. 충청도 수군으로는 1천여 명이 넘는 왜적을 대적할 방도가 없사오니 조정에서 급히 혜량하시옵소서.

급보를 접한 상왕과 임금은 용안을 붉히고 턱을 부들부들 떨며 대로했다. 왜구가 50여 척의 병선과 1천명이 넘는 대군으로 내습했다면, 이것은 노략질이 아니라 침략이며 전면전이었다. 상왕은 곧 수행 중신들을 행궁에 입시케 하고 대책회의에 들어갔다.

"이것은 왜구들의 노략질이 아니라 침략이로다. 아무리 무지한 왜구로서니 어찌 이 지경에 이른단 말인가!"

중신들은 일제히 부복하여 절규했다.

"상왕전하! 망극하나이다."

"병판은 명심해 들으라. 충청도 하번갑사, 수호군을 징집하여 당하영선군(충청도 각 포구의 수순)과 함께 엄하게 방비할 것이며, 총제 성달생을 경기, 황해, 충청도 수군도처치사에 제수한다. 상호군 이각은 경기도 수군첨사에, 이사검은 황해도 수군절제사에, 전 총제 왕인은 충청도 수군절제사를 겸하게 하라! 삼도 수군도처치사 성달생은 즉시 임명된 수장들을 이끌고 전지로 가라! 병판은 즉시 환궁하여 이들의 출정준비에 만전을 기하라."

병조판서 조말생이 납작 부복하여 명을 받았다.

"상왕전하, 하교 받자와 거행하겠나이다."

좌의정 박은이 아뢰었다.

"우리나라가 그동안 왜인 대접하기를 지극히 후하게 했는데 이제 저들이 우리 변방을 침략하니 무엄하기 짝이 없나이다. 귀화한 왜인 평도전은 성은을 후히 입고 벼슬이 상호군에 이르렀사오니 마땅히 도전을 보내어 싸움을 돕게 하시옵소서. 왜구들의 성향을 잘 아는 도전이 만일 힘써 싸우지 아니하면 응당 그 죄를 물어 죽이는 것도 가할 것이옵니다. 이번 기회에 도전의 충성심을 시험하여 보시옵소서."

상왕이 이를 옳게 여겨 즉시 명했다.

"좌상의 진언이 옳도다. 평도전에게 충청도 조전병마사를 제수하고, 그가 거느린 왜인 16명과 함께 즉시 출정하도록 하라!"

명을 내린 상왕은 황탄을 출발하여 귀경을 서둘렀다. 어가가 고양현에 이르렀을 때 충청도 관찰사의 두 번째 급보가 날아들었다.

왜적이 도두음곶이에 들어왔을 때 만호 김성길이 술에 취해 방비를 소홀히 하여 우리 병선 7척이 불탔나이다. 이에 우리 군사 태반이 죽자 성길이 그 아들 윤과 함께 항거하여 싸우다가 아비와 아들이 적의 창에 찔려 죽었나이다. 적이 승세를 타고 육지에 오르니 비인현감 송호생이 군사를 거느리고 맞아 싸웠으나, 중과부적이라 퇴각하여 성을 지키던 중 1천여 명의 적이 성을 두 겹이나 에워싸고 아침부터 낮 오시까지 싸웠는데 성은 거의 함락되었나이다. 적은 성밖의 민가를 뒤져 식량이며 마소, 닭까지 노략질하였고, 아녀자와 장정은 포로로 잡아갔나이다. 이에 서천군수 김윤과 남포진 병마사 오익생이 군사를 거느리고 잇달아 이르러 함께 싸워 적의 수급을 하나씩 베었으며, 송호생은 화살을 맞으면서 힘껏 싸워 적병 셋을 베고 하나를 사로잡았나이다. 이에 적이 포위를 풀고 바다로 돌아갔나이다.

비보를 읽은 양상이 크게 놀라 중신들과 대책을 논의했다. 상왕이 즉시 명했다.

"첨총제 이중지를 충청도 조전병마절제사에 제수하고, 상호군 조치를 충청도 체복사로 삼는다."

명을 내린 상왕은 어가를 서둘러 해질 녘에 환궁했다.

환궁하여 저녁 수라를 드신 임금은 며칠간의 여행피로를 무릅쓰고 상왕전에 납시었다. 미리 통고를 받았던 상왕은 반가이 주상을 맞이했다.

"주상, 어서 오세요."

임금은 상왕과 마주앉으며 말했다.

"상왕전하, 장기간의 여행길에 옥체 미편하시겠지만 긴히 논의 드릴 말씀이 있어 야밤을 불구하고 뵈었나이다."

상왕이 의아한 표정으로 물었다.

"주상, 긴한 논의라니요?"

임금이 시립한 내관 최한에게 명했다.

"상선은 밖에 나가 사람을 물리라. 명이 있기 전에는 누구도 들이지 말라!"

전에 없던 일이라 상선내관 최한이 놀라 물러갔고, 상왕도 긴장된 용안으로 물었다.

"주상, 대체 무슨 일이 난 게요?"

상왕과 달리 임금은 가볍게 웃으며 부자지간의 정으로 받았다. 양상이 단둘이 마주 앉을 때는 가끔 부자지간의 정으로 대화를 나누곤 했었다.

"아바마마, 이번 왜구의 침노를 어찌 처리하실런지요?"

"그야, 당연히 격퇴해야지요."

"이번 침노는 저들을 물리치는 것만으로는 아니 됩니다. 이것은 노략질이 아니라 50여 척의 대선단을 이끌고 바다를 건너 국경을 침범한 침략입니다. 지금까지 너무 관대하게 대해주어서 기고만장하고 있음이옵니다."

"그래요, 주상. 나도 그 일로 고심을 하던 참이었다오. 그러면 주상은 이번 사변을 어떻게 대처하면 좋겠소?"

"아바마마, 이것은 사변입니다. 저들을 그냥 둔다면 앞으로 더 큰 사변을 일으킬 것입니다. 하여 이번 기회에 왜구들의 소굴인 대마도를 발본색원해야 후환이 없을 것이옵니다. 아바마마께서 단호한 결단을 내리소서. 소자도 적극 대처하겠나이다."

흐뭇한 용안으로 마주보던 상왕이 받았다.

"주상의 뜻이 옳습니다. 나도 바로 그 생각을 하고 있었습니다. 하지만 당장 어떠한 조치를 내려야 할지 고심을 하던 참이었어요. 이번 일은 국력을 기울여야 하는 중대삽니다. 주상의 생각은 어떠하오?"

"대마도를 정벌하자면 수군과 전함이 있어야 합니다. 하온데 병조의 군기감에 기록된 전함이며 군기의 수를 그대로 믿을 수 없고, 병적에 기록된 수군의 수도 실제로 명확히 확인된 적이 지금까지는 없었을 것입니다."

"주상의 말이 맞습니다. 그동안 군사를 일으켜 전쟁을 한 적이 없었으니 군사와 군기의 수를 점고했어도 늘 형식적이었을 것이에요."

"그러하옵니다. 이런 상황에서 병조에 명을 내려 각 도의 전함과 수군을 점고케 하면 시일도 걸릴뿐더러, 그동안의 태만과 부실을 숨기고 허위 보고를 할 수도 있을 것입니다. 이번 기회에 무인 내관을 비밀리에 풀어 하삼도(충청, 경상, 전라도)와 경기도의 수군 배치 상태와 그 숫자, 병선의 척수와 관리 상태를 정확하게 알아보는 것이 우선일 것으로 생각되옵니다."

상왕이 무릎을 치며 받았다.

"주상, 바로 보았습니다. 이는 미룰 일이 아닙니다. 당장 조치를 내려야 할 것입니다."

"그러하옵니다. 이 밤 안으로 명을 내리시옵소서."

상왕은 옥음을 높여 내관을 불렀다.

"상선은 밖에 있느냐?"

상선내관 최한이 들어와 양상 앞에 읍하고 대령했다.

"상선은 무예가 출중한 내관 여덟을 급히 차출하여 대령하라! 촌각을 다투는 일이니라!"

명을 받은 내관 최한은 바람처럼 사라졌다. 대궐에는 무예육기를 갖춘 무인 내관이 있는데 그 수는 임금도 알지 못하는 비밀이다. 그들은 오직 임금의 어명에만 행동하고 그 움직임은 누구도 알지 못하는 극비다. 설혹 그들의 움직임을 눈치챈 사람이 있더라도 그것을 입 밖에 내면 그 사람은 쥐도 새도 모르게 죽는다. 그들은 평상시에는 내시부 소속으로 대궐 곳곳에서 묵묵히 자기 할 일만 할 뿐 정체를 드러내지 않는다. 상왕 전의 상선내관 최한 역시 당대의 손꼽히는 무인 내관이며 이들의 수장이었다.

이날 밤, 내관 노희봉을 비롯한 여덟 명의 내관은 상왕의 특명을 받고 각 도에 2명씩 4개 도의 수군 주둔지로 비밀리에 각각 급파되었다. 이들의 임무는 각진지의 수군 숫자와 전함의 척수를 파악하고 그 상태를 점검하는 일이었다.

5월 13일, 임금은 상왕의 재가를 받아 삼남 지방에 체찰사를 임명했다.

"경상도 도체찰사에 권만, 박초를 전라도 도체찰사에, 충청도 도체찰사에 이지실을 제수한다."

명을 받은 박초와 이지실, 권만이 사조(지방관이 부임하면서 임금께 올리는 하직인사)하고 물러간 뒤에 황해도 감사의 급보가 올라왔다.

> 본월 11일에 조전절제사 이사검이 만호 이덕생과 함께 병선 5척으로 해주의 연평곶을 지키고 있을 때, 왜적선 38척이 짙은 안개 속에서 갑자기

들이닥쳐 우리 병선을 에워싸고 협박하기를, '우리들은 조선을 목적하고 온 것이 아니라 중국을 향하여 가는데 마침 식량이 떨어져 여기에 왔노라. 우리에게 식량을 주면 물러가겠으나 반항하면 배에 불을 지르고 모두 죽이고 말 것이다. 전일에 도두음곶이에서 싸운 것도 우리가 먼저 싸운 것이 아니라 조선의 군사들이 먼저 우리를 침으로 부득이 응하였을 뿐이다.' 하였나이다. 이에 이사검이 쌀 5섬과 술 10병을 주었더니 적은 오히려 쌀을 싣고 간 사람과 배를 인질로 잡고 더 토색질을 하거늘, 이사검이 진무 2인과 선군 2인을 보내어 쌀 40섬을 더 주었으나 적은 먼저 인질과 진무를 보내고 선군 2인을 또 인질로 잡고 대치하고 있나이다.

급보를 접한 상왕과 임금은 대전으로 중신들을 부르고 대책회의에 들어갔다. 상왕이 명을 내렸다.

중군총제 성달생은 경기도의 군사를 최대한 동원하여 황해도로 가라."

명을 받은 성달생은 즉시 경기도 관아로 말을 몰아 달려갔다. 이어 임금이 말했다.

"각 도와 각 포구에 비록 병선은 있으나 그 수가 많지 않고 방어가 허술하여 오늘과 같은 변을 당하였소이다. 앞으로도 이러한 변은 언제든지 일어날 수 있을 터, 차제에 아주 각 포구에 병선을 두는 것을 폐지하고 육지만을 지키는 것이 어떠하겠는지 논의하여 보시오."

임금은 비밀리에 추진하고 있는 대마도 정벌을 앞두고 중신들의 생각이 과연 어떠한지, 전함과 수군의 실상을 얼마나 어떻게 알고 있는지 심중을 떠보기 위한 물음이었다.

판부사 이종무와 찬성사 정역이 같은 뜻을 아뢰었다.

"우리나라는 3면이 바다에 접해 있으니 전함이 없어서는 아니 되나이다. 만약 전함이 없다면 어찌 바다를 지키며 편안히 지낼 수 있겠나이까. 오히려 수군과 전함을 늘리고 방비를 강화하는 것이 옳을 것이옵니다."

호조참판 이지강이 아뢰었다.

"고려 말년에 왜적이 침노하여 경기도까지 이르렀으나 전함을 급히 적의 퇴로인 포구에 배치하여 스스로 물러가게 하였나이다. 이를 보더라도 전함을 더 늘리고 수군도 증강함이 마땅할 것으로 사료되나이다."

임금이 받았다.

"이사검과 이덕생이 병선 5척으로 적에게 포위당하고 쌀 45석을 빼앗겼소이다. 이는 5척으로 38척을 당할 수 없음으로 부득이 그리했을 것이지만, 그러나 이것은 양책이 아니었소이다. 배가 없었다면 왜적이 육지에서는 그와 같은 만행을 저지르지 못했을 것이오."

영의정 유정현이 아뢰었다.

"5척의 병선으로 38척의 적에 포위되었으니 싸우면 반드시 패할 것이옵니다. 절제사 이사검은 쌀을 주어 일단 안심하게 하고 원병을 기다리고 있을 지도 모를 일이옵니다. 대책은 차후에 논하기로 하옵고 우선은 급히 육로로 원병을 보내는 것이 옳을 것이옵니다."

바다를 지키자는 중신들의 뜻이 확고함을 직감한 상왕이 말했다.

"경들의 굳은 의지를 알았도다. 허나, 각 도에 수군과 전함이 있었으나 지금까지는 유명무실이었도다. 병조에서조차 그 실상을 제대로 파악하지 못하고 있었으니 이제와서 누구를 탓하겠는가. 우선은 해주 연평곶이에 원병을 보내는 것이 급선무이니 그 대책을 논의하라."

중신들은 변방으로 파견할 무장들 몇몇을 추천하였고 듣고 난 상왕이 명을 내렸나.

"대호군 김효성을 경기와 황해도 조전병마사에, 예빈소윤 장우량을 황해도 경차관으로 제수한다. 김효성은 별군 화약장 20인과 장우량은 화약장 30인을 차출하여 대동하고 현지에 부임하되 화포를 적극 이용하여 적을 격퇴하라! 병판은 지금 물러가서 병조의 담당자들로 하여금 장수들의 출정준비에 만전을 기하도록 하라!"

명을 받은 장수들이 물러가자 상왕은 영의정 유정현을 비롯하여 박은, 조말생 등 중신들을 남게 하였다. 양상은 엊그제 이미 논의한 바가 있었으므로, 상왕이 중신들을 묵묵히 둘러보다가 무거운 옥음으로 말했다.

"그동안 왜구의 침입은 많았지만 이번 같이 많은 병선을 이끌고 우리 해안을 침공한 적은 없었다. 이를 격퇴만 하고 만다면 왜적은 우리를 얕보고 더 많은 병선으로 자주 침공할 것이다. 지금 대마도의 병선 50여 척과 병력 1천여 명이 중국과 우리 해역에 들어와 있다. 과인은 이참에 허술해진 대마도를 치는 것이 어떨까 생각한다. 경들은 기탄없이 논의해 보라!"

느닷없는 하교에 중신들은 깜짝 놀랐다. 정신을 차린 중신들의 의견은 분분했지만 양상은 묵묵히 듣고만 있었다. 영의정 유정현이 아뢰었다.

"왜구의 병선 50여 척과 병력 1천이 나왔다고 하여 대마도가 허술해졌다고는 생각할 수 없나이다. 먼 뱃길로 나아가 대마도를 치기보다는 적이 돌아가는 뱃길을 막고 지키다가 치는 것이 가할 것으로 사료되나이다."

양상은 여전히 말이 없었고 병조판서 조말생이 받았다.

"대마도가 허술하던 강하던 간에 왜적의 소굴은 격파하여 근원을 뽑아버려야 하나이다. 우리 수군의 전 전함을 이끌고 대마도를 치면 나와 있는 왜구는 서둘러 돌아갈 것입니다. 그때 왜구의 뱃길을 막고 친다면 승산이 있나이다. 반드시 대마도를 쳐야 하나이다."

묵묵히 듣고 난 임금이 물었다.

"병판은 하삼도의 우리 수군과 전함으로 능히 대마도를 칠 수 있다고 보시오?"

조말생은 주저없이 아뢰었다.

"그러하옵니다. 신이 급히 전령을 보내 파악한 바로는 하삼도와 경기도의 크고 작은 병선이 2백여 척이 되옵고, 수군도 각 도의 잡색군을 급히 징집하면 1만여 명은 될 것이옵니다."

영의정 유정현이 받았다.

"병선과 병력을 징집할 수 있다고는 하오나, 말로만 수군으로 배를 부리는데 익숙하지 못하고 수전을 겪어보지 않은 군사들로 급히 출정을 한다면 그 결과가 과연 어떨지 심히 염려되나이다."

상왕이 노하여 말했다.

"항상 침노만 받고 물리치지 못한다면, 한漢나라가 흉노에게 욕을 당함과 무엇이 다르겠는가? 이참에 허술해진 대마도는 반드시 쳐야 한다. 그리하여 그들의 처자식을 잡아오고, 우리 군사들을 거제도에 머물게 하다가 출정한 적이 돌아옴을 기다려 요격한다면 반드시 승리할 것이다. 우리가 약함을 보이는 것은 후일의 환란을 부르는 것과 다름이 없을 것이로다. 과인은 요 며칠간 주상과 마주 앉아 많은 생각을 하였고 대책도 세워 보았노라. 내일 조회에서 출정을 논의할 것인즉 오늘은 그만 물러들 가라."

상왕의 강경함에 중신들은 머쓱하여 하릴없이 양상전을 물러나왔다.

대출정大出征

이튿날, 양상이 임석한 대전에서 조회를 받은 뒤에 상왕이 근엄한 옥음으로 명했다.

"대마도의 왜구가 병선 50여 척으로 우리 해안과 육지까지 침노했다. 이를 격퇴만 하고 그냥 둔다면 후일의 환란을 자초하는 원인이 될 것이다. 하여, 이참에 대마도를 정벌할 것이다. 적의 병선을 빼앗고 불사르되, 왜구의 본토인 구주에서 온 왜인과 장사꾼은 가려서 구금하고 대마도 왜구는 반항하면 모조리 베어버릴 것이다."

대소신료들은 일제히 부복하며 명을 받았다.

"상왕전하! 대명 받자와 충심을 다하겠나이다."

양상은 흡족한 용안이 되었고 상왕이 받았다.

"바로 이것이로다! 경들이 충심으로 하나가 된다면 이루지 못할 일이 무에 있겠는가. 과인은 이제 주상과 삼정승, 병판이 함께 논의하여 추천된 출정 수장들의 명단을 발표하겠노라."

장천군 판부사 이종무를 삼군도체찰사 겸 중군 선봉장에 제수한다. 우박, 이숙묘, 황상을 중군절제사에, 유습을 좌군도절제사로, 박실과 박초를 좌군절제사로, 이지실을 우군도절제사로, 이순몽을 우군절제사로 제수한다. 삼군도체찰사 이종무는 하삼도의 병선 2백 척을 거제도에 집결시키고, 수성군영속과 각 도의 수군을 점고하여 편제하고, 배를 잘 타고 부릴 수 있는 자는 비록 양반이라도 모두 찾아내어 수하로 거느리도록 하라. 출정하는 모든 제장과 군사들은 6월 초8일까지 완벽한 준비를 갖추고 거제도 견내량에 집결한다. 호조참의 조치를 황해도 체찰사로 삼아 제장들의 기강을 바로잡고 전투를 독려케 한다.

이틀 뒤인 16일은 상왕의 탄신일이었다. 임금이 면류복 차림으로 백관을 거느리고 수강궁에 나아가 하례를 드리려 했으나 상왕이 거절했다.

"주상의 아름다운 마음은 고맙지만 지금은 나라가 변란 중에 있습니다. 적과 대치하고 있는 비상시국에 하례를 받을 수는 없으니 그저 간단한 주연이나 즐기도록 합시다."

백관들이 성은에 감격해 아뢰었다.

"상왕전하, 성은이 하해와 같사옵니다."

이어서 노상왕(정종)이 상왕전에 납시었다. 임금이 즉위하며 상왕이었던 정종을 태상왕으로 하고 부왕을 상왕으로 올렸었다. 그러나 정종은 부왕인 태조대왕이 쓰시던 왕호를 쓸 수 없다하여 거절하고 노상왕이라 부르게 했었다. 임금은 두 상왕과 모후 앞에 풍정(임금의 생신에 올리는 선물)을 올렸다. 안장 갖춘 말과 옷의 겉감과 안감이었다. 이어 종친과 삼정승, 육조의 판서와 6대언들이 차서대로 배석하여 각각 상왕의 탄신일을 축하하며 상수하시기를 축원하고 술을 올렸다. 이어 종친과 백관들이 서로 권하며 술을 마시니 상왕이 기뻐하며 말했다.

"주상이 즉위한 뒤로 경난비감(가볍고 따뜻한 옷과 맛있는 음식)과 성음채색(아름다운 음악과 고운 빛깔)으로 두 상왕과 대비를 봉양함에 조금도 부족함이 없었도다. 주상의 효성이 이와 같음에 내가 매우 흡족하고 따라서 주상 내외를 사랑하노라."

상왕은 일어나 노상왕께 헌수하며 술잔을 올렸다. 노상왕도 술을 마시고 일어나 상왕에게 술잔을 권하며 답례했다.

"상왕, 오늘은 즐거운 날입니다. 나라의 세 임금이 한자리에서 이처럼 즐기니 천고에 오늘 같은 모임은 드물 것입니다."

종친과 제신들이 모두 엎드려 하례를 드리니 두 상왕은 일어나 덩실덩실 춤을 추며 잔치 분위기를 돋우었다. 이날 상왕의 탄신축하연은 밤이 되어 파했다.

이틀 뒤인 18일, 양상이 두모포 백사장에 거둥하여 출정하는 삼군도체찰사 이종무, 중군절제사 우박과 좌군절제사 박실 등 여덟 명의 장수와 제장들을 격려하고, 상왕이 친히 여러 장수와 군관들에게 술을 내리고 격려했다. 아울러 주상은 장수들에게 말과 궁시를 내리고 필승을 다짐했다.

상왕이 출정 제장들에게 말했다.

"명을 받은 대로 신명을 바쳐 임한다면 반드시 승리할 것이다. 개선하면 조상에게까지 상을 줄 것이고, 신명을 다하지 못하면 패전의 책임을 엄히 물을 것이다. 수장과 제장들은 군졸들에게까지 군율의 엄함을 주지 시켜 각기 충성을 다하게 하라!"

삼군도체찰사 이종무를 비롯한 제장들이 마침내 출정하였고, 양상은 군사들의 후미 행렬까지 지켜보고 환궁하였다.

이날 임금은 상왕의 재가를 받아 영의정 유정현을 대마도 정벌 삼도三道 도통사로 제수하고, 참찬 최윤덕을 삼도 도절제사로, 사직 정간과 김윤수를 도절제사 진무로 삼아 대기하게 하였다.

황해도 해주에 출정한 중군총제 성달생이 올린 장계가 조정에 올라왔다.

> 금월 18일에 적선 다섯 척이 백령도에 정박해 있다는 첩보를 입수했습니다. 이에 수군첨절제사 윤득홍과 조전절제사 평도전이 각각 병선 2척을 거느리고 출정하여 백령도에 이르니 적선 2척을 만나 전투가 벌어졌다. 우리 병선 4척이 협공하며 불화살을 쏘고 대완구를 쏘매, 적선이 마침내 달아나므로 추격하여 1척을 잡으니 이는 곧 적의 수괴가 탄 배였습니다.

적선에는 60여 명의 왜군이 있었는데, 윤득홍이 왜군 목 13급을 베고 8명을 사로잡았으며, 편도전이 3급을 베고 18명을 사로잡았습니다. 그 나머지 왜구는 배가 가라앉으며 물에 빠져 죽었습니다. 승리한 우리 병선이 계속 추격하자 적선 3척은 바다 한가운데로 가물가물 도주하였습니다. 아군의 피해는 수군 두 명이 적의 화살에 맞아 전사했습니다.

장계를 읽은 양상은 크게 기뻐하며 상왕이 치하했다.

"오, 장하도다. 적선 한 척과 60여 명의 적왜를 물리쳤으니 크나큰 승전이로다. 주상, 이번 사변의 첫 승전입니다. 출전 장졸들의 사기진작을 위해서라도 크게 위로해야 할 것입니다."

"여부가 있겠사옵니까. 곧 전령을 보내 하사주와 위문품을 보내겠사옵니다."

임금은 즉석에서 내금위 진무 김여려에게 어주와 하사품을 주어 현지에 보냈다. 공을 세운 두 장수에게 갑옷 한 벌씩을 내리고, 공을 세운 장졸들의 명단을 적어 올리게 하였다. 전사한 두 군졸에게는 임금이 부의금을 보내고, 소새지 수령으로 하여금 장례를 치르고 표목標木을 세우라고 명했다.

25일, 마침내 삼도 도통사 유정현과 도절제사 최윤덕이 출정하는 날이었다. 상왕이 탑전에 부복한 유정현에게 선지와 부월(큰 도끼와 작은 도끼)을 내려 출정을 격려했다.

우리나라 남쪽 해안에 조그만 섬이 있어 왜인이 살며, 벌처럼 덤비고 개미처럼 우글거리며 상국을 능멸이 여기도다. 이에 지난 경인년부터 포악한 짓을 마음대로 하며 국경을 제멋대로 침략하여 우리 백성을 죽이니. 고아과처(孤兒寡妻)들의 원망으로 화기가 상하고 백성들의 마음에 분노가 일어 이가 갈렸던 세월이 이미 오래였다. 우리 태조께서 개국하신 이래로 왜인들이 겉으로는 신칙을 하며 화친하기를 구하는지라, 과인도 정에 끌려서 오면 예를 갖추어 위로하고 갈 때면 물품을 주어 두터이 대접하였다. 한데, 도리어 은혜를 배반하고 몰래 변방에 침노하여 전함을 불사르고 군사를 죽이니 이는 노략질이 아니고 곧 침략이도다. 이에 과인이 어찌 토죄의 형벌을 아니 할 수 있으리오. 경은 모름지기 그 잔악하고 포악한 것들을 제거하고 쫓아내어 과인의 근심을 덜고, 만백성을 보호하여 장인지길(丈人之吉)에 이르게 하리라!

선지와 부월을 내린 상왕은 주상을 대동하고 한강정에 거둥하여 출정 제장들을 전송하였다. 상왕은 유정현과 최윤덕에게 준마와 궁시를 내리었고, 임금은 옷과 전립, 군화를 내려 출정을 격려하고 환궁했다.

6월 초하루였다. 삼군 도절제사 최윤덕은 임지인 전라도 내이포에 부임하여 군사를 점고하고 병장기를 정비했다. 군율을 엄히 세운 최윤덕은 군사를 풀어 전라도 각 포구에 들어와 있는 왜인들을 모조리 잡아들였다.

지방관들로 하여금 잡아들인 왜인 270여 명의 성향을 조사하여 파악한 최윤덕은 순응하는 자들은 따로 분치하고, 완악하고 흉한 자는 가려내니 21명이나 되었다. 이들 중의 수괴는 놀랍게도 조정에 귀화한 평도전의 아들 '방고'라는 자였다. 최윤덕은 이들을 한 번 더 회유하였으나, 여전하게 반항하므로 과감하게 이들을 모두 목 베어 왜인의 배에 실어 대마도에 보냈다.

6월 초4일, 삼도 도통사 유정현이 올린 장계가 조정에 당도했다.

경상도 각 포구에 머물거나 장사하는 왜인, 숨어 있던 왜구들을 수로는 병선으로, 육지에는 기병과 보병으로 에워싸고 모조리 잡아들였나이다. 이들을 각 관청에 분치하니 본도에 3백 55명, 충청도에 2백 3명, 강원도에 33명으로 모두 5백 91명이었나이다. 또한 이들을 체포할 때, 반항하다 살해된 자와 물에 몸을 던져 스스로 죽은 자를 합쳐 1백 36명이옵니다. 포로로 잡힌 왜인 중에는 중국인 해적 6명이 있사온데 어찌 처리할지 하교를 내리시옵소서.

장계를 읽은 임금이 의정부에 내려 논의케 했다. 논의된 사항을 좌의정 박은이 아뢰었다.

"포로로 잡힌 왜인들 중에 중국인 6명은 제 나라로 돌려보내는 것이 옳을 것이옵니다. 흉악한 왜구들은 이미 사살되거나 스스로 죽었다 하니 잡힌 왜인들은 상인이거나, 순응한 자들일 것이옵니다. 이들은 대마도 정벌이 끝날 때까지 분치 하였다가 돌려보내는 것이 옳을 것으로 사료되나이다."

"조정의 중론이 옳습니다. 도통사에게 그대로 전지하세요. 전일에 삼도도절제사 최윤덕이 올린 장계를 보면 사로잡은 왜인들 중에 21명을 목 베었다 했는데, 그 중에 귀화한 평도전의 아들 망고가 있었다니 아비의 공으로 보아서도 그렇거니와 이는 너무 과격했습니다. 망고가 왜구 중의 수괴로서 극악무도하였다고 하니 최윤덕을 문책할 수는 없겠지만, 이런 일이 다시는 없게 조치를 내려야 할 것이오."

박은이 하교를 받았다.

"전하, 성은이 망극하나이다. 하교 받자와 거행하겠나이다."

이날은 아침부터 제법 많은 비가 내리고 있었다. 4월부터 가물기 시작하여 한 달이 넘도록 가뭄이 계속되어 농작물 파종을 못하는 등 피해가 계속되자, 전국에서 기우제를 지내는 등 온 나라가 단비를 기다리던 터였다.

임금은 저녁때 수강궁에 나아가 상왕과 대비를 뵈옵고 단비를 맞이한 하례를 올렸다.

"상왕전하, 비가 흡족하게 내리고 있사옵니다. 백성들과 초목 만물이 춤을 출 것이옵니다. 이 모두가 전하의 홍복이시옵니다."

대비가 안타까운 얼굴로 주상을 바라보며 말했다. 우아하게 기품이 있고, 서릿발 같은 기개가 있던 대비도 이제는 늙어 백발이 되어 아들을 안쓰럽게 생각하는 안노인이었다. 친가를 멸족시킨 남편 임금과 원수지간이 되었지만 이제는 늙어 서로 의지하는 부부였다.

"주상, 보위에 오른 지 아직 일천한데 왜구들의 침노를 받으니 얼마나 상심이 크오?"

임금은 다가앉아 대비의 손을 잡아 어루만지며 받았다.

"어마마마, 심려치 마세요. 군국에 관한 국정은 아바마마께서 청단하십니다. 소자는 다만 아바마마를 보좌할 뿐이옵니다."

대비는 여전히 안쓰럽게 말했다.

"그래요. 나도 듣고 있답니다. 이번 대마도 정벌은 주상이 주관하고 있다는 것을 알아요. 옳은 결단을 내렸습니다. 이 어미는 주상이 대견하여 눈물이 납니다."

상왕이 민망한 듯 말했다.

"대비는 걱정하지 않아도 됩니다. 나도 주상을 믿으니까요. 그래요, 주상. 단비가 시원스레 내립니다. 주상의 간절한 소망에 하늘이 감응한 것입니다. 그동안 가뭄으로 금주령을 내렸었지만 이제 단비가 내리니 오늘은 중신들과 주연을 베푸는 것이 어떻겠습니까?"

"지당하신 분부시옵니다. 그동안 가뭄 대처와 대마도 출정 등 대소 신료들의 노고와 심려가 컸사옵니다."

"왜 아니겠습니다. 중신들은 낙천정으로 들라 이르고, 시위 군사로부터 복예(궁중의 노복)에 이르기까지 술을 내리게 하세요."

양상은 오랜만에 화기애애하여 대비와 나란히 연회장인 낙천정으로 납시었다.

맹장 이종무

6월 19일 사시(오전 9~11시)였다. 삼군도체찰사 이종무가 마침내 9명의 절제사를 거느리고 거제도 남쪽의 주원방포에서 2백 27척의 함대를 이끌고 대마도를 향하여 출정했다. 도체찰사 휘하 4개 도의 전함과 출정군의 수는 다음과 같다.

–경기도 전함 10척. 충청도 32척. 전라도 59척. 경상도 1백26척. 총계 2백 27척.

–도성에서 출정한 장수 이하 군관 6백 69명. 갑사, 영진속 잡색군 병여 병력 1만 6천 6백 16명. 제장을 비롯한 총 병력 1만 7천 2백 85명.

–군량미. 전군의 65일분.

조선개국 이래 최대의 전함과 병력으로 주원방포 군항을 출항한 대마도 정벌군은 이튿날 사시에 대마도 앞바다에 이르렀다. 도체찰사 이종무는 대함대를 멀리 숨기고는 척후 함대 10척을 내보내 정박 예정지점인 적진 두지포를 정탐케 했다.

척후 함대가 해안 가까이 다가가 보니 두지포의 왜구 병선은 조선 해역에 노략질을 나가고, 포구에는 고기잡이 배 대여섯 척만 있을 뿐 한가로웠다. 섬에 있던 왜구들이 포구로 들어오는 조선수군의 척후 함대를 보고는, 조선에 노략질 나갔던 일당이 성공하여 돌아오는 줄 알고는 술과 고기를 싸들고 포구에 몰려들었다.

왜구들은 깃발을 흔들며 환호하다가 기겁을 하고 말았다. 포구에 정박하는 선박이 낯설어 어리둥절하는데, 선박에서 느닷없이 조선군이 쏟아져 나오자 혼비백산하여 도망치기에 바빴다. 그중에서 무기를 들고 있던 왜구 50여 명이 대항했으나, 20여 명이 순식간에 주살되자 흩어져 달아났다.

뒤이어 본대의 함대가 차례로 두지포에 정박하니, 적진이었던 두지포는 조선의 전함과 깃발로 뒤덮여 일대 장관을 이루었다. 전열을 정비한 이종무는 귀화한 왜인 안내자 지문에게 항복을 권하는 문서를 주어 도도웅와에게 보냈다. 도도웅와는 대마도 수호 종정무의 아들 종정성이었다.

한나절만인 저물녘에 돌아온 지문은 도도웅와가 항복은커녕 대군을 몰아 조선군을 쓸어버리겠다며 펄펄 뛰더라고 전했다. 이에 대로한 이종무는 당장 제장들과 작전 회의에 들어갔다. 적이 항복을 거부하면 쓸어버리는 수밖에 방법이 없다. 우선 선단을 편성하여 주변 포구를 수색하고, 보병을 상륙시켜 수색전을 펴며 적의 허실을 정탐케 하는 작전을 세웠다.

이튿날, 전함 10척을 1개 선단으로 편성하여 5개 선단 전함 50척이 주변의 포구 수색에 출전하였다. 수색 선단은 근방의 포구 7곳을 급습하여 크고 작은 적선 1백 29척을 빼앗았다. 그 중에 사용가치가 있는 20척을 노획하고 나머지는 모두 불태워버렸다. 이 작전에서 왜적의 머리 135두를 베고, 39명을 사로잡았다.

뭍에 상륙한 보병도 두지포 주변을 수색하여 왜적의 머리 80두를 베고, 27명을 사로잡았다. 또한 왜적이 들어앉아 항거하던 가옥과 진지 등 1천 3백 39호를 불지르고 농작물을 모조리 휩쓸어버렸다. 이날 수륙 양면작전에서 조선군의 전사자는 단 한 명도 없었으며, 다만 적의 화살에 맞거나 창에 찔린 군졸이 20여 명으로 일방적인 대승이었다.

조선군이 상륙하자 스스로 걸어와 항복한 중국인이 남녀를 합해 1백 31명이 있었다. 이들은 바다에서 고기를 잡다가 잡혀왔거나, 본국에서 죄를 짓고 도망 온 자들로 밝혀졌다. 제장들이 이들을 심문한 결과 섬 중에 기갈이 심하고, 조선군이 상륙하자 도주하기에 바빠 손에 들리는 대로 식량을 갖고 도주했으므로 왜구들은 오래 버티지 못할 것이라는 결론을 내렸다. 보고를 받은 이종무는 장기전을 꾀하기로 작정하고는 훈내곶에 본영을 설치하여 방책을 세우고 요충로를 알아내어 철통같이 경비를 서게 하였다.

이튿날부터 도체찰사 이종무는 귀화한 왜인 밀정을 풀어 적의 은거 지대를 정탐하고 동태를 살피는 한편, 매일 편대병력을 인솔한 편장 10개조 100여 명을 상륙시켜 주변을 수색하고 정탐케 하였다. 처음에는 반항하는 왜구가 더러 있어 수급 29두를 베고, 적의 은거지 168호를 불사르고, 잡혀왔던 우리 백성 18명과 중국인 15명을 구했다. 그러나 사흘째가 되면서부터는 주변에 사람의 그림자도 볼 수 없이 모두 사라지고 말았다

6월 26일, 도체찰사 이종무는 전함 200척을 이끌고 왜적의 본대가 웅거하고 있다는 대마도 니로군에 진격했다. 이종무는 중군, 좌군, 우군으로 편성된 군사를 우선 좌군절제사 박실과 우군절제사 이순몽을 상륙시켜 니로군의 좌우를 에워싸며 수색케 하였다.

좌군절제사 박실은 상륙하여 1천 5백 명의 군사를 이끌고 수색작전에 돌입했다. 부대가 두 식경쯤 진격했을 무렵 산기슭에서 적병 4백여 명이 나타나 활을 쏘며 대항하였다. 조선군은 그동안의 연전연승에 들떠있던 터라 적을 향해 돌격했다. 대적하던 적이 산모퉁이를 돌아 도주하므로 추격하였다. 도주하던 적이 느닷없이 돌아서며 대항했는데 병력이 갑자기 8백여 명으로 늘어나 반격을 시도했다. 그러나 조선군의 수는 배가 넘음으로 맹렬히 돌격해 접전이 벌어졌다.

지리에 익숙한 왜구는 대항하는 척하다가 20여 명의 사상자를 남기고 감쪽같이 사라지고 말았다. 조선군은 당황하였지만 수적으로 우세한 기세를 믿고 산자락과 마을을 수색하고 있을 때, 난데없는 북소리가 사방에서 들리며 왜구가 사면팔방에서 새카맣게 쏟아져 나와 활을 쏘며 돌격해왔다. 완전히 포위를 당한 조선군은 순식간에 기세를 잃고 갈팡질팡하였고, 승세를 잡은 왜구는 사방에서 벌 떼처럼 달려들었다.

순식간의 접전에서 편장 박홍신과 박무양, 김해, 김희 등이 화살에 맞아 전사하고, 조선군 부상자와 전사자 시체가 늘비하였다. 당황한 절제사 박실은 전령을 우군에 보내 지원군을 요청하였고, 즉시 퇴각령을 내리고 산자락을 빠져나왔으나 적은 끈질기게 추격했다.

좌군이 포위망을 뚫고 적을 가까스로 방어하며 퇴각하고 있을 때, 우군 절제사 이순몽이 1천여 명의 군사를 이끌고 진격해왔다. 원군과 합세한 조선군이 반격하자 수적으로 열세인 왜적은 모래톱에 물 잦아들 듯이 순식간에 사라지고 말았다. 복병에 겁을 먹은 조선군은 전열을 정비하고 퇴각령을 내렸지만, 왜적의 유인작전에 말려들어 기습을 받은 좌군은 박홍신을 비롯한 편장 4명을 잃었고, 전사한 군졸이 1백80명, 부상한 군졸이 200여 명이 넘었다.

비록 복병의 기습을 받은 패전이었으나 조선군도 맹렬히 싸워 수많은 적을 죽였다. 왜적의 전사자도 조선군 전사자에 못지않을 터였다. 그러나 적진이었으므로 그 수를 확인할 수는 없었지만 베어 온 왜적의 수급만도 127두였다.

한편, 우군절제사 이순몽도 병마사 김효성과 함께 1천 2백 명의 군사를 이끌고 진격하며 니로군의 서쪽을 수색하다가 적의 복병을 만났다. 그러나 우세한 병력으로 밀어붙이자 왜구는 도주했다. 복병을 의식한 이순몽은 적을 추격하지 않고, 병마사 김효성으로 하여금 첨병 3개 편대를 이끌고 적진을 정탐케 했다. 첨병이 왜적의 본영이 있다는 니로군에 접근하자, 과연 마을과 산자락에 왜적의 복병이 매복해 있음을 알았다. 김효성이 첨병을 풀어 수색한 결과 곳곳에 매복한 왜적은 1천여 명이 넘을 듯싶었다.

보고를 받은 이순몽은 진격을 멈추고 본대에 상황을 보고하고 대기하던 중, 좌군의 원군지원 요청으로 즉시 진격하여 합동작전을 펴서 적을 물리치고 좌군을 구하였다.

이날 밤 초저녁이었다. 적장 도도웅와가 직접 조선군 진영으로 와서 도체찰사와 면담을 요청했다. 내일에 있을 총공격을 준비하며 제장들과 작전을 짜던 이종무는 뜻밖의 상황에 당황하여 제장들과 논의했다. 낮에 접전을 벌였던 박실과 이순몽은 격분하여 펄펄 뛰었다. 박실이 나섰다.

"장군, 잘 되었소이다. 제 발로 걸어온 놈을 잡아두고 내일 총공격을 하여 왜구의 본거지 뿌리를 뽑아버려야 합니다."

이순몽 역시 박실을 거들고 나섰지만, 중군절제사 박초와 이지실은 반대였다.

"낮에 있었던 접전으로 보아 두 분 장군의 분노와 주장을 이해할 수는 있으나 제 발로 걸어온 적장을 잡아두는 것은 병법이 아니외다. 더구나 도도웅와는 대매도주의 아들입니다."

박실이 여전히 대로하여 반박했다.

"왜구가 반항하지 않고 협상을 요청해 왔다면 그럴 수는 없겠지요. 그러나 적은 복병을 숨기고 유인작전을 쓰며 극렬히 대항했소이다. 금수만도 못하여 말이 통하지 않는 왜구들인데 병법이 통합니까? 도주의 아들뿐만 아니라 그 아비까지 잡아 묶어 주상전하 앞에 꿇려야 합니다."

묵묵히 듣고 있던 이종무가 나섰다.

"제장들의 말이 모두 일리가 있소이다. 하지만 명색이 적장이라는 자가 제 발로 걸어와 면담을 요청하니 일단 만나보는 것이 순서일 것이오. 늦었지만 지금이라도 항복을 한다면 받아들이는 것이 또한 병법이외다."

박실과 이순몽도 제 발로 걸어온 적장을 잡는 것이 도리가 아닌 줄 아는 무장이므로 도체찰사의 말에 일단 동의했다.

도도웅와는 당당하게 어깨를 펴고 들어와 이종무와 마주 앉았다. 40대 초반인 그는 체구가 작은 왜구 무리와는 달리 듬직한 몸피에 이목구비가 뚜렷하고 제법 늠름했다.

"본관과 면담을 요청한 이유가 무엇이냐?"

도도웅와는 조금도 꿀리는 기색 없이 당당하게 나왔다.

"수호를 원하오. 선단을 이끌고 조선을 침공한 왜인은 내 수하가 아니오. 그들은 도주인 우리 아버지 말도 듣지 않는 망나니들이외다."

"그러면, 너는 어찌하여 처음에 내가 보낸 항복문서를 돌려보내고 오히려 대항했느냐?"

"나는 조선에 죄지은 적이 없기 때문에 항복할 이유가 없소이다. 조선 국왕께서도 대마도주의 가족은 해치지 말라고 포고문에서 말했소이다."

이종무는 부아가 치밀었지만 어찌할 수 없다. 도도웅와의 말이 맞기 때문이었지만 복병을 숨기고 대항한 죄는 물어야 했다.

"그렇다면 항복은 아니더라도 진작 수호하겠다는 뜻을 밝히지 않고, 어찌하여 오늘 낮에는 복병을 숨기고 대항했느냐?"

도도웅와는 여전히 당당하게 받았다.

"조선군의 횡포가 너무 극에 달했소이다. 죄 없는 우리 백성들의 집을 2천 채가 넘게 불질렀고, 무고한 백성을 노약자까지 300여 명이나 죽였소이다. 또한 애써 가꾼 농작물을 무참하게 휩쓸어버렸소이다. 내 수하들의 분노를 나는 막을 수 없었소이다."

이종무는 할 말이 없게 되었다. 그동안 왜구들에게 원한이 깊었던 군사들이 돌발적으로 한 짓이었지만, 민가에 마구 불을 지르고 노약자를 살해한 것은 전략상으로도 명백한 잘못이었다. 그러나 입을 다물면 패배였다.

"그것은 너희들의 자업자득이었다. 너희 왜구는 그동안 우리나라 포구와 연안에 침략하여 그와 같은 만행을 수없이 자행했다. 이번 대마도에 출정한 우리 군사들은 왜구들에게 부모와 처자식을 잃고 재물은 약탈당한 원한이 깊은 군사들이다. 그런데다 우리 군사가 맨 처음 상륙했을 때 무기를 들고 대항한 것은 너희가 먼저였다. 수색에 임했을 때도 반항하지 않고 순순히 응했으면 희생이 없었을 것인데, 곳곳에서 무기를 들고 기습하거나 반항했다."

"그들 역시 내 수하가 아니었기 때문에 난 그럴 줄 몰랐소이다."

이종무는 짐짓 노하여 소리쳤다.

"그들이 네 수하이건 아니건 간에 대마도의 왜구가 조선군에 반항하면 모두 적이다. 대항하는 적을 치는 것은 당연하지 않은가? 아무튼 좋다. 어떻게 수호를 하겠다는 것이냐?"

"우리는 앞으로 영원히 조선을 침공하지 않을 것이오. 그리고 대마도에 적을 두고 도적질하는 왜인도 앞으로는 엄히 단속하겠소."

"좋다. 그 약조를 어떻게 하겠느냐?"

"문서로 작성해 왔소이다."

이종무는 도도웅와가 내놓는 수호문서를 읽었다. 그가 말한 그대로 적혀 있었지만, 항복도 아닌 수호를 받아들이는 것이 자존심 상하고 께름칙하여 망설였다.

도도웅와가 그럴 줄 알았다는 듯 잔뜩 곤댓짓을 하며 말했다.

"이제 7월이 되면 태풍이 오고 풍파가 일어 바다가 사납게 뒤집히오. 이곳에 오래 머물면 결국 자멸하고 말 것이오. 나는 조선군이 우리 땅에서 자멸하는 것을 원하지 않소. 되도록 빠르게 철군하는 것만이 살아서 돌아가는 길이오."

이종무는 찔끔했다. 옳은 말이었고 바로 그 점을 걱정하고 있었다. 이제 호우를 동반한 태풍이 오는 계절이다. 풍랑을 만나 오도가도 못 한다면, 작은 포구에 태풍이 몰아쳐 전함은 여지없이 파괴될 터이고 군량이 떨어져 자멸하고 말 것은 불을 보듯 뻔했다. 더구나 본국에는 이제 구원하러 올만한 전함도 병력도 없는 실정이었다.

"알겠다. 너희와의 수호를 받아들이겠다. 단, 지금 조선 해역과 중국 해역에서 노략질을 하는 왜구는 우리가 반드시 응징하겠다. 그들은 우리 전함을 불태우고 수백 명의 우리 수군과 백성을 살해했다. 이것은 우리 상왕전하의 어명이시다."

"알겠소이다. 나는 그 일에 관여하지 않겠소이다."

"좋다! 그렇다면 수호 문서에 수결을 하겠다."

정벌군 도체찰사 이종무는 두 장의 수호문서에 수결을 하고 한 장씩 나누어가졌다. 이로서 제1차 대마도 정벌작전은 끝났다.

그로부터 7일간 훼손된 전함을 수리하고 병장기를 보수한 삼군도체찰사 이종무는 7월 초3일, 수군 함대를 이끌고 개선하여 거제도에 정박하였다.

7월 초이레, 삼도 도통사 유정현은 거제도에서 승전 장계를 작성하여 진무 송유인으로 하여금 조정에 올리게 하였다.

15일간의 대마도 정벌작전에서 대승을 거두고 그 전과를 상계하나이다. 삼군도체찰사 이종무는 6월 19일, 전함 227척과 수군을 비롯한 총병력 1만 7천여 명을 휘몰아 적의 소굴 대마도를 휩쓸어 정벌했나이다. 15일간의 작전에서 적병과 도적 520명을 사살하였고, 적선 120척을 불살라 침몰시켰나이다. 쓸 만한 적선 23척과 활과 창 등 무기 900여 점을 노획하였고, 적의 소굴과 은거지의 가옥 2천여 채를 불살랐나이다. 잡혀 왔던 우리 백성 26명을 구하였나이다. 우리 전함은 한 척도 손실이 없으나, 편장 박홍신, 박무양, 김해, 김희 등이 전사하였으며, 군사 180명이 전사하고, 전상자 221명 발생하였나이다.

양상이 동석하여 수강궁에서 승전 장계를 읽고 크게 기뻐하였다. 상왕은 송유인을 탑전에 불러 전투상황을 상세히 물었다. 큰 전과에 비해서는 생각보다 훨씬 적은 병력손실이었고, 더구나 전함의 손실이 단 한 척도 없이 적선 120척을 불사르고 23척을 노획했다니 양상은 더욱 기뻐했다. 상왕은 송유인에게 말 한 필을 상으로 내렸고 임금은 전포 한 벌을 내렸다.

이튿날 7월 8일, 임금은 대마도 정벌에 출정한 중수들의 좌목을 올려 제수하는 교지를 내렸다.

이종무를 의정부 찬성사로, 이순몽을 좌군총제로, 박성양을 우군동지총제로 제수하고, 출정한 모든 제장들의 좌목도 1등급씩 올려 제수한다. 전사한 편장 이상은 쌀과 콩 각각 8석, 군관은 5석, 군정은 3석을 내린다. 전사한 군사의 가족에게는 영영 부역을 면제하고, 유족 중에 유능한 자는 천민이라도 관리로 등용한다.

논공행상이 끝나자 좌의정 박은이 아뢰었다.

"이제 왜구가 중국에 가서 도적질하고 본도로 돌아갈 때가 되었나이다. 마땅히 거제도에 있는 이종무 등으로 다시 대마도에 나가 적이 돌아옴을 기다려 치게 되면 반드시 격파할 것이옵니다. 해적질과 살육을 일삼는 왜구를 그냥 둘 수는 없나이다."

예조판서 허조가 아뢰었다.

"상왕전하, 좌상의 진언이 가한 줄로 아뢰나이다. 저들은 대마도의 백성이 아니라 해적입니다. 저들을 그냥 둔다면 우리나라 연안의 백성들은 편할 날이 없을 것이옵니다."

결연한 용안으로 듣고 난 상왕이 말했다.

"경들의 말이 옳도다. 과인이 그동안 밀정을 풀어 적왜들의 동태를 감시하고 있었던바, 이미 중국에서 돌아와 우리 연안에서 노략질을 한다는 보고가 있었다. 때가 바야흐로 적기인지라 삼도 도통사에게 재출정의 밀지를 내릴 것이니라."

이날 도통사 유정현에게 내리는 밀지를 받은 파발마가 정벌군 본영이 있는 거제도로 달려갔다. 상왕이 친히 내린 밀지는 이러했다.

> 중국에서 해적질하고 돌아온 적선 38척이 이달 초3일에 황해도 소청도에 이르고, 4일에는 안흥량에 와서 우리 배 3척을 노략하고 대마도로 향하고 있다. 이에 명하노니 도체찰사 이종무가 삼군을 거느리고 다시 대마도로 가되, 육지에 내려 싸우지 말고, 바다에 정박하여 적을 기다릴 것이다. 또한 유습으로 좌군절제사로 황상으로 우군절제사를 삼아 각각 병선 25척을 거느리고 나누어 등산굴두와 같은 요해처에 머무르게 하고, 적이 돌아오는 뱃길을 막아 쫓으며, 전군과 후군의 협공으로 섬멸하고 대마도까지 이르게 하라!

상왕의 밀지를 읽은 도통사 유정현은 난감한 지경에 빠지고 말았다. 출정 어명을 따르자면 당장 전함 90척을 이끌고 바다로 나가야 하는데 연일 계속되는 호우와 태풍으로 바다는 미친 듯이 들끓고 있었다. 유정현은 도체찰사 이종무를 비롯하여 절제사에 임명된 제장들을 본영으로 불러들여 작전회의 들어갔다. 상왕의 밀지를 읽은 이종무가 말했다.

"아무리 지엄하신 어명이지만 지금 상황에서 바다에 배를 띄울 수는 없습니다. 조정에서는 남쪽 바다의 태풍과 풍랑을 알지 못하고 이러한 밀지를 내렸을 것입니다. 즉시 비보를 띄워 현지의 악천후 상황을 보고하는 것이 상책일 것입니다."

모든 제장들도 이종무의 말에 동의했다. 유정현이 생각해도 다른 방도가 있을 턱이 없어 즉시 비보를 띄웠다.

> 상왕전하의 어명을 받잡고, 신 도통사 유정현을 비롯한 제장들은 참담한 심정으로 상계하나이다. 지금 남쪽 바다는 호우와 태풍이 몰아쳐 한 치 앞을 내다볼 수 없는 악천후가 계속되고 있나이다. 이러한 상황에서는 도저히 출정할 수 없사오며, 전쟁과 항해에 시달린 병사들의 예기 또한 이미 쇠하였고, 전함들이 연일 몰아치는 태풍으로 파손된 것이 많아 출정할 상황이 되지 못하나이다. 이제 태풍과 풍랑이 가라앉은 후에 군사와 전함을 정제하여 출정하여도 늦지 않을 것이옵니다. 통촉하소서.

유정현의 비보를 접한 조정은 의견이 분분했다. 좌의정 박은은 풍랑이 가라앉기를 기다려 내친 김에 출정을 해야 한다고 주장하였고, 우의정 이원은 일단 철군하였다가 바다가 잠잠한 가을에 재출정하여도 늦지 않다고 주장했다. 중신들의 격론을 듣고 난 상왕이 명했다.

"남쪽 바다의 여름 상황을 알지 못하고 출정을 명한 과인의 불찰이 크도다. 좀도둑을 잡으려다 우리 군사와 전함을 잃을 수는 없노라. 병조에서는 즉시 파발을 띄워 출정군은 자체 방비를 강화하며, 전함을 정비하는 등 때를 기다리라는 전지를 내리라."

상황이 최악이라 마음이 조마조마하던 병조판서 조말생이 가슴을 쓸어내리며 명을 받았다.

"신 병조판서 조말생, 어명 받자와 거행하겠나이다."
이틀 뒤인 7월 17일, 도통사 유정현이 올린 장계가 조정에 올라왔다.

본월 14일 이른 아침에 부여에 산다는 윤함이라는 자가 세 사람을 대동하고 삼군 본영에 찾아왔나이다. 이들이 이르기를, '우리는 지난 5월에 남포진에서 왜적의 배에 붙잡혀 갔는데 두 달간 끌려 다니다가 도망쳐 왔습니다. 처음에 왜적은 38척의 배로 중국의 지경을 침범하다가 패함을 당하고, 왜적들의 파손 된 배에는 살아남은 자가 5, 60명에 불과하고, 그나마 모두 병들고 굶주려 목숨이 경각에 달려 있습니다.' 고하였나이다. 신이 모든 정황으로 판단하건대, 적왜는 먼 뱃길로 중국까지 갔다가 지쳐 패하였고, 우리 연안의 방비도 삼엄한지라 발붙이지 못하여 굶주리고 병들고 지쳐 지리멸렬한 것으로 아나이다.

조정에서도 이미 왜구들의 선박 30여 척이 지리멸렬한 것으로 파악하고 있던 터라 유정현의 장계를 놓고 대책회의에 들어갔다. 좌의정 박은은 여전히 기왕 출정한 김에 대마도를 휩쓸어 도주의 항복을 받아야 한다고 주장했지만, 우의정 이원과 병조판서 조말생을 비롯한 중신들은 철군을 주장했다. 격론을 듣고 난 상왕이 결론을 내렸다.
"그동안 노략질을 일삼던 흉악한 왜구는 이번에 거의 전멸하였다. 바다에서 자멸한 왜적과 대마도 정벌에서 죽인 왜구까지 1천 5백이 넘지 않는가. 저들도 이제 무모한 패악은 감히 저지르지 못할 것이로다. 지금은 바다도 험하고 군사들도 지쳐 있으니 일단 철군하였다가 상황을 보아가며 가을에 재출정을 하여도 결코 늦지 않을 것이로다."
상왕은 즉시 병조로 하여금 삼도 도통사에게 철군하라는 명을 내렸다.

사흘 뒤인 4일에는 도체찰사 이종무를 비롯한 제장들이 개선하였다. 상왕이 병조참의 장윤화를, 임금이 우부대언 최사강을 한강정에 보내어 영접하게 하고, 양상은 종친과 중신들을 거느리고 낙천정에 거둥하여 개선장수들을 기다렸다.

마침내 이종무 등 개선 장수들이 들어와 양상을 뵈오니, 양상이 번갈아 크게 치하하고 위로하였다. 이어 종친과 중신들이 참석한 가운에 승전을 자축하는 주연을 베풀고, 거듭 제장들의 공을 치하하며 주연을 즐겼다. 주연이 한창 무르익자 상왕이 기쁜 용안으로 말했다.

"이번 대마도 정벌의 대 출정으로 비로소 전함의 위력을 알았도다. 삼면이 바다에 접한 우리나라는 전함을 더 많이 만드는 것보다 나은 대책이 없음을 경들도 깨달았을 것이다. 이에 과인은 나무가 많은 황해, 평안, 강원도 등지에 명하여 각각 조선소를 설치하고 이미 병선을 만들게 하였도다. 한데 이제 생각해 보면 배는 소나무로 만드는 것이 가장 좋은데, 소나무는 강원도 영동지방에 많으니 강릉과 양양, 삼척 등지에 조선소를 설치하여 전함을 만들고, 완성이 되면 해상으로 경상도와 전라에 보내는 것이 좋겠는데 경들은 어떻게 생각하는가?"

영의정 유정현이 아뢰었다.

"상왕전하, 참으로 지당하옵신 어의이시옵니다. 목재를 운반하는 것보다, 목재가 많이 나는 현지에 조선소를 설치하고 전함을 만들어 각도 수군에 배치한다면 인력과 경비도 많이 절감될 것이옵니다."

임석한 종친과 중신들도 모두 상왕의 원대한 뜻을 한마음으로 받아들였다. 이날의 주연은 내내 화기가 넘치었고, 양상을 비롯한 대소 신료들은 날이 저물어 대궐로 환궁했다.

가고 오는 순리

세종 원년인 기해년은 늦봄까지 가물기는 했어도 늦게나마 다행으로 비가 때맞추어 알맞게 내려 밀과 보리를 비롯한 여름 곡식이 평년작을 이루었고, 가을까지 날씨도 고르게 좋아 가을에는 전에 없던 대풍년이 들었다. 벼농사를 비롯하여 조와 수수 등 농작물이 평년작의 곱절에 가까운 수확을 거둬들인 백성들은 도처에서 풍년가와 태평가를 부르며 상왕과 주상의 은덕을 칭송했다. 이로써 상왕과 조정 중신들이 기대했던 대로, 임금의 원년이 되는 기해년은 나라와 백성들에게 크나큰 홍복이 되는 한 해가 되었다.

온 나라 백성들이 대풍의 수확을 거둬들이며 태평가를 부르던 세종 원년 9월 26일이었다. 노상왕이 인덕궁의 정침에서 붕어崩御했다. 향년 63세, 재위 3년이었다. 부음을 접한 임금은 인덕궁에 거둥하여 곡례를 올리고 국장을 선포하였고, 우부대언 윤회로 하여금 인덕궁에 상주하며 국장을 감독케 하였다. 뒤이어 예문제학 탁신과 도총제 노필을 빈전도감제조에, 지돈녕 김구덕과 예조참판 김자지를 재도감제조에 임명하였다.

조정에서는 대행 노상왕께 ≪정종순효대왕定宗順孝大王≫의 시호諡號를 올리고 묘호廟號를 ≪정종定宗≫으로 올렸다.

이듬해 세종 2년 7월 10일, 상왕이 좌대언 원숙에게 명하여 삼정승과 중신들을 수강궁 내전으로 들게 했다. 대비가 지난 5월 병환이 들었는데 처음에 학질이라고 했으나 환후는 점차 악화되어 백약이 무효였다. 사흘 전부터 혼수상태에 빠진 대비는 실낱같은 목숨을 이어가고 있었다.

잠시 뒤에 영의정 유정현과 박은, 이원, 허조, 변계량 등 중신들이 상왕 탑전에 들었다. 유정현이 부복하여 아뢰었다.

"상왕전하, 신 등은 황망하고 참담하와 몸 둘 바를 모르겠나이다."

상왕은 침통하게 받았다.

"그러게 말이외다. 명줄을 놓지 못하는 본인도 힘들지만 옆에서 지키는 주상이 너무 안타까워 내 피가 마르는 듯하오."

중신들이 일시에 부복하며 애통해 하였다.

"상왕전하, 망극하나이다. 하오나 전하께서 만이라도 심기를 굳건히 하시오소서."

"고맙소이다. 대비의 병환은 이미 돌이킬 수 없으니, 대고大故에 대비하지 않을 수 없게 되었도다. 만일 빈소를 차리게 된다면 광연루와 수강궁 중에 어디가 좋을까?"

우의정 이원이 아뢰었다.

"광연루는 사신을 접대하는 곳이고, 수강궁은 좁사오니 지금이라도 명빈전을 수리하게 하시오소서."

"그리하라. 날이 연일 너무 더우니 관곽 등속을 미리 준비하고 치상할 준비를 하는 것이 좋을 것이로다."

중신들이 상왕 탑전을 물러나오기도 전에 대비가 훙薨하였다는 기별이 왔다. 중신들은 상왕을 모시고 수강궁 별전으로 갔다. 대비는 낮 오시에 훙하였다. 춘추가 56세였고, 중궁의 자리에 오른 지 18년이며 대비가 된지 3년째였다. 대비 민 씨는 고려 말에 상의밀직을 지낸 민제의 딸이었다. 조선이 개국 되어 남편 이방원이 왕자로서 정안군에 봉해지며 민 씨도 정녕옹주에 봉해졌다. 이어 정안군이 세자위에 오르며 정빈에 봉해졌고, 세자가 보위에 오름에 정비에 봉해졌다. 중전으로 있기를 18년 만에 셋째 아들인 충녕대군이 보위에 오르며 부왕에게는 성덕신공의 존호를 올리고 모후에게는 후덕왕대비로 존호를 올렸다.

조선이 개국 되어 태조의 다섯째 며느리가 되면서부터 왕후를 꿈꾸던 민씨는 남편 정안군을 도와 두 번의 왕자의 난을 진압하고 결국 왕후가 되었다. 그러나 왕후가 되면서부터 정비 민 씨는 하루도 편할 날 없는 나날을 살아야 했다.

친가의 동생인 민무구, 무질이 세자를 싸고돌았다는 죄로 파직되어 귀양을 갈 때는 임금과의 불화로 폐비가 될 뻔했었고, 무구와 무질뿐만 아니라 그 밑의 두 동생인 무휼과 무회까지 귀양을 보냈다가 죽일 때는 사생결단으로 남편인 임금과 싸웠다. 그때 공조판서였던 황희가 아니었으면 정비는 여지없이 폐비가 되어 서인으로 내쫓겼을 것이다.

그 뒤부터 임금과 중전은 각기 다른 전각을 쓰며 10여 년간 서로 불목을 했다. 그 십여 년 동안 넷째 왕자인 성녕대군이 네 살 적부터 부왕전과 모후전을 오가며 다리 역할을 했다. 그래도 왕과 왕비는 화해를 하지 않았다. 민씨는 왕비의 친가를 말살시킨 남편을 왕이라고 인정하고 싶지 않았다.

그러다가 불목 십 년째가 되던 해 막내 왕자 성녕대군이 혼인한지 석 달만에 열네 살 나이로 갑자기 죽었다. 비록 불목과 불화를 계속했지만, 임금과 중전에게 있어서 성녕대군은 부부의 몸과 마음을 하나로 합성화한 면경面鏡과도 같은 천하에 다시없을 귀한 아들이었다. 임금이 오늘은 무슨 일을 했으며, 중전은 오늘 하루를 어떻게 소일했는지 성녕대군은 양전을 오가며 미주알고주알 알려주곤 하며 재롱을 떨어 양전의 사랑을 받았다.

그러나 그것이 어찌 사랑 만이었을까! 성녕이 죽자 대궐에는 이상한 소문이 쉬쉬하며 돌았다. 성녕은 부왕과 모후의 잠재된 울화를 한 몸에 받아 병이 들었고, 한창나이인 열네 살에 병든 지 보름 만에 피를 토하고 죽었다는 소문이었다.

성녕대군 종琮은 네 살 때부터 모후전에서 부왕전을 하루에도 두세 번씩 오가며 남들이 알게 모르게 울었다. 아버지와 어머니는 왜 서로 만나지 않는 것일까? 나는 왜 남들이 하지 않는 이런 심부름을 하루에도 몇 번씩 해야 하는가? 어린 왕자의 뒤를 따르는 중궁전의 상궁과 나인들은 왕자가 울 때마다 같이 울었으니 그런 소문이 어찌 퍼지지 않았으랴.

혼인한 지 석 달만인 왕자가 꽃다운 나이에 죽자 임금과 중전은 그제서 정신을 차렸다. 궁중에 쉬쉬하며 퍼지는 입소문인들 어찌 몰랐을까. 쉰 초반의 부부는 막내아들 주검을 앞에 두고 화해를 했다. 그리고 마음이 맞아 슬픔을 잊으려고 피방을 나간 개경 경덕궁에서 두 달 만에 맏아들 세자를 폐하는 빠저린 고통을 겪어야 했다. 그 뒤에 셋째 왕자 충녕이 보위에 올라 조정과 나라가 안정되고, 남편인 상왕과 새로운 정이 들어 비로소 왕후의 즐거움을 맛볼 즈음에 56세 아까운 춘추로 홀연히 세상을 떠났다.

임금은 소복으로 갈아입고 거적자리에 나아갔다. 이어 머리를 풀고 모후를 부르며 통곡하니, 아직 상복을 갖추지 못하고 임석한 백관들과 궁중의 모든 사람들이 울지 않는 이가 없었다. 며칠째 모후를 지키며 식음을 전폐한 임금은 끝내 기진하여 쓰러졌다. 수강궁 국상청은 발칵 뒤집혔다. 내관이 임금을 업어다 수강궁 내전에 눕히고 전의가 진맥을 보았다.

옆에서 애타게 지켜보는 상왕의 독촉에 전의가 아뢰었다.

"황공하옵게도, 전하께서는 너무 허하셨나이다. 즉시 미음을 진어하셔야 하나이다."

상왕의 호통에 상궁들이 즉시 미음을 올렸지만 정신을 차린 임금은 빈전으로 나가기를 고집하며 미음을 진어하지 않았다. 상왕이 눈물을 흘리며 권하였다.

"주상, 어쩌자고 이러는 게요. 주상이 정신을 차려야지, 이리하면 아무 일도 할 수가 없어요. 돌아가신 모후를 생각해서라도 이리하면 아니 되는 것이오. 자, 주상 미음을 드시오."

주상은 부왕의 손을 잡고 통곡하다가 마침내 미음을 마셨다. 기력을 찾은 임금은 다시 빈전의 거적자리에 나아가 통곡하니, 만조백관과 궁인들의 호곡 소리로 빈전이 떠나갈 듯하였다.

예조에서는 변계량과 곽존중으로 하여금 호상케 하고, 민여익과 이종선을 빈전도감제조로 삼아 목욕과 염습 등 빈전을 관장하게 하였다. 이어 좌의정 박은과 우의정 이원을 국장도감도제조로, 권진, 정역, 이천을 제조로 삼고, 청평군 이백강을 산릉도감제조로 삼았다.

상왕이 국장을 맡은 신료들을 불러 말했다.

"이번 대비의 병환에 있어서, 부처에 빌기를 극진히 하였으나 끝내 효험이 없었다. 과인 또한 불도를 좋아하지 않으므로 칠재만 행하고 법석회는 베풀지 않을 것이다. 또한 치상은 힘써 진실하게 하되 번거롭고 사치하게 하지 말라. 다만 국가의 사무는 중단할 수 없으니, 주상이 변복하기 전에는 병조에서 선지를 받아 육조에 내려 차질 없이 시행케 하라."

영의정 유정현이 받아 아뢰었다.

"상왕전하, 심려치 마시옵소서. 국정은 신 등이 빈틈없이 경영하겠나이다."

병조판서 조말생이 아뢰었다.

"상왕전하, 아뢰옵기 황공하오나 복술자가 이르기를, '11일은 상왕께서 궁에 머무심은 매우 불길하다.' 하였사옵니다. 복술을 깊게 믿기는 뭣하오나 듣고 난 이상 믿지 않기도 찜찜하나이다. 청하옵건대 낙천정으로 납시어 내일 하루만 넘기시옵소서."

임석한 중신들이 모두 청하였다.

"상왕전하, 그리 하시오소서."

상왕은 침통하게 받았다.

"그리 알고 있기는 하지마는 주상이 저토록 애통 절박하니 차마 두고 가지 못하겠다."

유정현이 아뢰었다.

"전하, 빈전에는 종친들도 많이 계시고 신 등도 있나이다. 효령대군을 대동하시어 하루만 피궁을 하시오소서."

불도도 멀리하고 미신도 믿을 게 아니라고 배척하던 상왕이었지만, 상중에 복술자가 한 말을 전적으로 무시할 수도 없었다. 상왕은 효령대군을 데리고 떨어지지 않는 발걸음으로 낙천정을 향했다.

9월 17일에 모후의 국장을 치르고 나서도 슬픔에서 헤어나지 못하던 임금은 새해를 맞이했다. 대행대비에게는 원경왕후元敬王后라는 시호를 올리고 국장을 치르어 광주 대모산에 안장하여 능호를 헌릉獻陵이라 하였다.

이듬해 3월 14일, 상참을 받은 임금은 중신들이 물러가자 상왕이 계시는 풍양궁에 거둥했다.

상왕은 지난해 가을부터 요즈음까지 매사냥에 재미를 붙이고 있었다. 십년간 소원했던 왕후와 막내아들 주검을 앞에 두고 화해하여 늦정이 들만할 즈음 사별을 한 상왕은 마음 둘 곳 없이 허전하고 쓸쓸하여 괴로워했다. 열 명이 넘는 젊은 후궁들이 있지만 그들 모두가 조강지처인 정비 한 사람만 못하다는 사실을 상왕은 이제서 깨달았다.

상왕은 자기 손으로 고부(시어머니와 며느리)간인 두 왕비의 친가親家 두 가문을 모조리 말살시키고 부녀자와 어린아이들을 천인으로 격하시켜 내쳤다. 그 몹쓸 짓들을 누구를 위하여 했던가! 그러나 상왕은 후회하지 않았다. 누구누구 어느 개인을 위하여 어찌 그런 잔혹한 처사를 할 수 있을까. 나라를 위하고, 만백성의 안위를 염려하여 하지 않으면 아니 될 일이었음에 어찌 후회를 하랴! 그러나 그 참혹한 일들을 어찌 잊으리. 상왕은 괴로울 때마다 측근을 거느리고 도성 근교에 나가 매사냥을 하고, 밤이면 원자 향珦과 마주 앉아 글을 가르치기도 하고, 배운 것을 시험해 보는 즐거움으로 소일하고 있었다.

아직 세자로 책봉되지 않은 원자 향은 이제 여덟 살이었다. 상왕은 원자를 대하고 앉을 때마다 주상의 어린 시절이 생각나곤 하여 더 귀여워하고 사랑하였다. 원자는 볼수록 부왕을 그대로 닮았다. 성격이 차분하며 총명하였고, 몸가짐도 늘 단정하고 예의에 밝았다. 향은 금년부터 소학을 배우고 있었는데, 스승인 집현전 직제학 김자와 신장이 혀를 내두를 만큼 총명해서 궁안에 소문이 자자했다.

상왕은 원자를 데리고 있다가 주상을 맞이하여 환하게 웃으며 말했다.

"어서 오세요, 주상. 내가 심심해서 원자를 불러 놀고 있던 참이었다오."

임금도 밝게 웃으며 말했다.

"잘하시었사옵니다. 그래, 원자는 할바마마께 무엇으로 즐겁게 해드렸느냐?"

향은 방글방글 웃으며 자랑스레 말했다.

"예, 아바마마. 할바마마께서 어제 배운 대목을 강해보라 하시었사옵니다."

임금은 원자 앞에 앉으며 정어린 말로 물었다.

"그래, 할바마마께 무엇을 강해 올렸더냐?"

"예, 소학 붕우朋友편에서, '이문회우以文會友하면 이우보인以友輔仁이라.' 했는데, '글로 벗을 사귀고, 사귄 벗과는 어진 마음으로 대해야 한다.'라는 뜻이옵니다."

양상은 함께 크게 웃었고 임금은 또 물었다.

"그래, 그 다음은 또 무엇을 강했더냐?"

"붕우유과朋友有過면 충고선도忠告善導라. '잘못을 지적해 주는 벗이 참된 벗이며, 충고를 받아들이는 사람이 참된 벗이다.'라는 뜻이옵니다.

상왕은 무릎을 치며 웃고는 말했다.

"주상, 원자가 참으로 대견하지 않습니까? 나는 집현전 학사들이 칭송을 하기에 그저 듣기 좋으라고 하는 소린 줄 알았더니, 오늘 시험해 보니 소학을 아주 통달하고 있습니다."

임금도 덩달아 흡족하게 웃으며 받았다.

"아바마마, 배운 것을 몰라서야 되겠습니까? 배운 것을 몸에 익히고 인용하는 것이 더 중요하겠지요."

"그야 어련하겠습니까. 원자가 소학을 배우고부터 아주 의젓해지고 말솜씨도 예의 발라지는 것이 눈에 보입니다. 원자는 영락없이 어릴 때의 주상입니다. 허허허…!"

향은 부왕의 손을 잡아 만지며 눈웃음으로 물었다.

"할바마마, 소손이 아바마마 어릴 때를 닮았사옵니까?"

"허허허… 그렇다마다. 글 읽는 목소리까지 닮았느니라."

상왕은 원자의 작은 손을 어루만지며 물었다.

"주상, 내 들으니 충청도에 있는 코끼리가 또 사람을 죽였다구요?"

"그러하옵니다. 그러잖아도 그 말씀을 올리려고 들었사옵니다."

상왕은 안타까운 용안으로 말했다.

"그 또 어쩌다가 그리되었는고. 그 미물이 참 애물단지로다. 그래, 주상은 어찌 하시려오?"

향이 눈을 동그랗게 뜨고 듣다가 끼어들었다.

"할바마마, 코리끼가 뭔데 사람을 죽였사옵니까?"

"허허허… 뭣이라! 원자는 지금 무엇이라고 불렀느냐?"

"코리끼가 사람을 죽였다고 했사옵니다."

"허허허, 그래. 그 희한한 짐승은 덩치가 집채만 한데 코리끼가 아니라, 순상이라고 하는 코끼리니라."

향은 두 팔을 휘둘러 원을 그리며 호들갑스레 말했다.

"하이구나! 정말 집채 만한 짐승이옵니까? 하오면 근정전만 하옵니까?"

양상은 유쾌하게 한바탕 웃고는 상왕이 대꾸했다.

"원자야, 짐승이 어찌 근정전만이야 하겠느냐. 백성들이 사는 초가집만은 하단 말이란다."

"할바마마, 초가집도 크나이다. 소손은 말이 제일 큰 짐승인 줄만 알았사온데, 그리 큰 짐승도 있으니 보고 싶사옵니다. 할바마마와 아바마마께서도 그 짐승을 보셨사옵니까?"

"보다마다. 처음에 그 짐승을 일본 국왕이 보내왔는데 궁궐 사복시에서 길렀더니라."

향은 이상하다는 듯 고개를 갸웃거리며 말했다.

"하온데, 왜 충청도에 보냈사옵니까?"

임금이 아들의 등을 다독이며 받았다.

"그 짐승이 그때도 사람을 죽여서 지방으로 보냈는데, 이번에 또 사람을 죽였다는구나."

"아바마마, 그 짐승이 그렇게나 사납사옵니까?"

"길들인 짐승이라 사납지는 않은데, 사람들이 해코지를 하거나 업신여기면 화가 나서 해치는 게야."

향은 이상하다는 듯 고개를 갸우뚱거리며 종알거렸다.

"참, 이상하옵니다. 사람들은 왜 불쌍한 짐승을 해꼬지합니까?"

상왕이 웃으며 손자를 얼렀다.

"그 짐승은 워낙 커서 먹기는 마소보다 열 배는 더 먹으면서 부려먹을 수도 없으니 기르는 사람들이 미워하는 게란다."

"하온데, 그 짐승은 어떻게 생겼사옵니까?"

상왕은 팔을 들어 코끼리 시늉을 하여 설명해줬다. 어린 손자 앞에서는 그저 할아버지와 손자일 뿐이었다.

"코끼리는 코가 이렇게 길어 땅에 닿고, 귀는 키 짝만 하단다. 다리는 말처럼 넷인데, 굵기는 기둥만이나 히고, 긴 코를 사람 손처럼 써서 먹이를 집어 먹는단다."

"와—아! 정말 이상한 짐승이옵니다. 할바마마, 소손은 코끼리를 어서 보고 싶사옵니다."

상왕은 잠시 생각하다가 대답했다.

"어찌 보고 싶지 않겠느냐. 하지만 그 짐승을 도성으로 데려 올 수는 없으니 충청도 환쟁이한테 시켜 그림으로 그려 올리게 하면 될 것이야."

상왕은 즉시 뒤에 시립한 내관에게 일렀다.

"공주 목사에게 명해서 코끼리를 그림으로 그려 올리게 하라."

충청도 공주에서 사람을 밟아 죽였다는 코끼리가 조선에 들어온 것은 십년 전인 태종 11년 2월이었다. 일본 국왕 원의지元義持가 사신 편에 순상(길들인 코끼리)한 마리를 바쳤다. 조정에서는 처음 보는 짐승이라 기이하게 여겨 사복시에 맡겨 기르게 했다. 그런데 이 짐승이 워낙 커서 먹이를 소나

말보다 열 곱을 먹으니 하루에 쌀 2말, 콩 1말씩을 먹어치웠다. 이듬해 결국 사복시에서 못 기르겠다고 내놓아 삼군부에서 맡아 길렀는데, 그해 12월에 공조전서 이우가 이상한 짐승이라고 놀리며 침을 뱉자 코끼리가 달려들어 코로 감아 자빠트리고는 발로 밟아 죽였다.

조정에서는 사람을 죽인 짐승이라 하여 사살할 것을 청하였지만, 임금은 귀한 짐승을 불쌍하게 죽일 수 없다하여 전라도 순천부 노루섬에 보내 방목케 했다. 그러나 사람에 의해 길들여져 사람을 따르는 코끼리를 무인도에 방목하자, 먹이도 먹지 않고 크게 울어 사람이 가면 졸졸 따르며 눈물을 흘려 할 수 없이 육지로 데려왔다. 그러나 맡아 기르고자하는 관청이 없어 전라도와 경상도, 충청도에서 돌아가며 번갈아 1년씩 맡아 사육했는데 이번에 또 사람을 밟아 죽였던 것이다.

상왕이 주상에게 물었다.

"중신들은 죽여 없애는 것이 편하다고들 한다는데 주상은 그 짐승을 어찌하실 작정이오?"

"그 짐승이 많이 먹기는 하지만, 우리나라에 들어온 지 하마 십 년이 넘었으니 죽일 수는 없겠나이다. 다시 섬으로 보내되 말을 기르는 목장으로 보내는 것이 옳을 듯싶나이다."

원자 향이 나섰다.

"아바마마, 코끼리를 죽이지 마시옵소서. 사람이 보고 싶어 운다는 짐승을 어찌 죽인다 하옵니까?"

상왕이 받았다

"오냐, 죽이지 않을 것이다. 아마마마께서 목장으로 보낸다 하였느니라."

양상은 기뻐하는 향을 흐뭇하게 지켜보며 서로 즐거워하였다. 결국 코끼리는 여덟 살 원손의 청으로 살아 남았다.

3월 24일, 상참이 끝난 뒤에 임금은 지신사 김익정에게 하명했다.

"지신사는 들으라. 주자소鑄字所에 술 1백 20병을 내릴 것이니 지신사가 좌 우대언을 대동하고 가서 밤낮으로 일하는 공원들을 위로하도록 하오."

김익정이 납작 엎드리며 명을 받았다.

"전하, 성은이 망극하나이다. 하명 받자와 거행하겠나이다."

임금은 즉위 초부터 주자소와 제책 출간에 큰 관심을 갖고 공조로 하여금 주자소의 확장과 개량에 전념하게 하였고, 글자체도 읽기 좋은 체로 만들어 다량의 책을 찍어내도록 독려했다.

작년 9월이었다. 임금은 주자소에 친히 납시어 책을 찍는 과정을 돌아보았다. 공원들은 낱자로 된 글자를 하나하나 동판에 놓고 글자들 사이를 황납(꿀벌집을 끓여서 만든 밀납)을 끓여 부어 고정시키는데, 단단히 굳기를 기다리는 시간이 오래 걸렸다. 뿐만아니라 밀납이 굳어 책 편을 찍는 중에도 밀납이 약해 글자가 밀려 삐뚤어져 두서너 장만 찍어도 쏠리고 틀어져 찍어낸 책들이 조잡하고 작업 능률이 오르지 않았다. 그날 온종일 주자소 작업과정을 지켜본 임금이 주무담당관인 공조참판 이천에게 말했다.

"과인이 오늘 주자소의 작업과정을 지켜보았는데, 활자며 동판을 다시 주조할 필요가 있겠어요. 다름 아니라 글자를 동판에 세우고 글자 사이를 동으로 메우세요. 처음에는 시간이 좀 걸리겠지만 한번 완성된 판은 수만 장을 찍어도 글자가 삐뚤어지지 않을뿐더러 밀납을 매번 사용하지 않아도 되니 이 또한 절약이 아니겠소?"

공조참판 이천과 상서사 소윤 남급은 고개를 갸우뚱거리면서도 임금의 생각에 일리가 있어 수긍했다. 이튿날부터 이천과 남급은 주자소 장인들 중에서도 손재주가 뛰어난 장영실蔣英實로 하여금 글자판을 개량하게 하였다.

명을 받은 장영실은 소윤 남급의 지휘로 주자소 장인들과 함께 임금이 지시한 대로 글자판을 만들어 보았다. 우선 기존의 글자판인 동판을 철판으로 바꾸고, 철판위에 글자를 식자한 뒤에 동을 녹여 부었다. 과연 성공적이었다. 사흘에 걸친 실험에 성공한 이천은 임금 탑전에 부복했다.

"전하 감축드리옵니다. 글자판 주조는 성공적이었사옵니다. 전하의 깊고 넓으신 혜안은 참으로 하늘에 닿았음이옵니다."

임금도 밝게 웃으며 받았다.

"오-그래요! 잘 되었다는 말이지요?"

"그러하옵니다, 전하. 글자판을 철로 주조하고 제작하는 기간은 좀 걸리나 일단 완성이 되면 완벽하고 영구적이었사옵니다."

"잘되었습니다. 경을 비롯하여 주자소 모든 공인들의 노고가 컸습니다."

"황공하옵니다, 전하. 하옵고 이번 일에도 주자소 장인 장영실의 기지와 놀라운 손재주에 의해 단기간에 이룩될 수 있었나이다."

임금도 흐뭇한 용안으로 받았다.

"그랬습니까? 장영실은 상왕께서도 눈여겨보시는 인재로 다방면으로 놀라운 재주를 가졌습니다. 경이 잘 보살피고 지도하세요. 앞으로 할 일이 많은 장인입니다."

"전하, 명심하겠사옵니다."

"일단 실험에 성공했으니, 기왕 글자판을 새로 제작하는 김에 글자도 개량하여 다시 만들어 보세요. 상왕께서 즉위 3년째 되던 계미년엔 주자소를 설치하고 만들어진 계미자癸未字는 글자가 너무 크고 고르지 못해요. 활자를 보기에도 좋게 새로 만들고, 자판도 제작하여 우선 자치통감강목資治通鑑綱目부터 찍어 보세요."

이천은 아직 즉위 일천한 젊은 임금의 끊임없는 문화적이고 지적인 욕구에 감복하여 깊게 부복하며 명을 받았다.

"전하, 참으로 원대하시고 깊으신 어의이십니다. 하명받자와 명심하여 거행하겠나이다."

"과인의 뜻을 이해하니 고맙소이다. 주자소에서는 모든 작업을 중단하고 활자 개량과 자판 주조에 전념토록 하세요. 글자판이 영구적이니 활자가 완성이 되는 대로 집현전에서 교정을 보게 할 것입니다."

이튿날부터 주자소에서는 자치통감강목(자치통감의 대요를 송나라 때 주희와 조사연이 가려 뽑아 펴낸 책으로 59권)의 글자부터 개량하기 시작하여 책을 찍을 수 있는 활자판을 만들기 시작했다. 마침내 활자판이 일부 완성되어 책 출간에 들어가자 임금은 경자년에 만들어진 글자판이라 하여 '경자자庚子字'라는 이름을 친히 지어 부르게 했다.

임금은 밤낮없이 작업에 열중하는 주자소 공원들을 격려하기 위하여 목멱산(남산)밑에 있는 주자소를 자주 찾았고, 술과 고기를 내려 노고를 위로했다. 임금은 통감강목 전 59권의 글자판을 금년 말까지 완성되도록 독려하고 있었다.

세종 3년 5월 초순, 연화방에 짓던 신궁이 마침내 완공되었다. 임금이 풍양궁에 나아가 상왕을 받들어 모시고 신궁에 들었다. 대비가 훙한 뒤부터 외롭고 허전한 마음을 붙일 데 없이 낙천정으로, 풍양궁으로 나돌던 상왕이 연화방 동구에 신궁을 지으라고 명한 것이 작년 가을이었다. 공조에서는 그동안 임금의 특명으로 공사를 서둘러 마침내 완공되어 상왕이 이어했다.

의정부와 육조의 중신들과 종친들, 원로훈신 창녕부원군 성석린과 평양부원군 김승주 등이 신궁에 들어 문안하고 하례를 올렸다. 하례를 받은 상왕이 병조판서에게 말했다.

"병판, 오늘 날씨도 좋고 하니 오랜만에 석전石戰을 보고 싶도다. 병판이 대언사 대언들과 함께 준비해 보도록 하라."

병조판서 조말생이 아뢰었다.

"상왕전하, 참으로 좋은 생각이시었사옵니다. 석전도 무예를 닦아 무재를 겨루는 것이니, 예로부터 나라에 경사가 있는 날은 석전과 기마전으로 서로의 무예를 겨루곤 하였나이다."

상왕은 흡족한 용안으로 받았다.

"병판의 말이 옳도다. 그럼 어서 가서 준비를 하라."

조말생이 명을 받고 물러가자 상왕이 배석한 종친과 중신들을 둘러보며 말했다.

"내가 얼마 전부터 주상에게 무장들로 하여금 석전을 시켜 보자고 했더니 주상은 군이 사양하였소이다. 허나 오늘은 신궁의 낙성도 보았고 하니 우리 모두 함께 가서 보도록 합시다."

종친과 중신들은 양상을 모시고 종루 연병장으로 나아갔다.

종루의 연병장 누 위에는 어좌를 비롯하여 신료들의 자리가 마련되어 있었고, 양상과 대소 신료들이 자리를 잡자 이내 술자리가 베풀어졌다. 석전의 진용이 짜여지고 양 진이 연병장에 입장했다. 왼편은 방패군으로 각자 방패를 든 군사가 3백 명이었고, 오른편은 척석군擲石軍으로 1백 50명이었다. 석전은 고려 때부터 해오던 무예 단련 겸 경기였는데, 조선이 개국 되면서 시나브로 없어졌다가 3년 전부터 상왕의 명으로 다시 부활시켜 인원을 보충하고 연습을 하는 등 서너 번 시합을 한 적이 있었다.

방패군은 삼군도총제 하경복을 대장으로 중군과 좌우군 총제 곽승우, 권희달, 박실 등 나이든 장수들과 상호군 이징석, 대호군 안희복 등 1백 명의 기마군과 2백 명의 보졸로 이루어졌다. 척석군은 지병조사 곽존중을 대장으로 군관급과 보졸로 진영이 짜여졌다.

마침내 개전의 북이 둥둥 울리고 양편이 함성을 지르며 싸움이 벌어졌다. 석척군이 돌과 나무 토막을 마구 던지며 달려들자, 방패군은 방패로 막으며 대들었으나 던지고 달아나는 석척군을 당해 낼 수 없어 밀리기 시작했다. 밀고 밀리기를 서너 차례 하자 이징석은 말에서 떨어져 말을 빼앗겼고, 대장 하경복은 돌에 얼굴을 맞아 구레나룻이 상하였다. 박실은 투구가 나무 토막에 맞아 벗겨지며 옥관자가 떨어져 나가는 등 방패군이 패하였다.

상왕은 경기를 중단시키고 장수들을 누 위로 불렀다. 땀을 뻘뻘 흘리는 하경복을 보며 박장대소한 상왕이 물었다.

"허허허…, 천하의 대장 하경복도 이제 늙었도다. 그래, 크게 다치지 않았는가?"

하경복은 돌에 맞아 벗겨진 왼쪽 구레나룻을 만지며 겸연쩍게 대답했다.

"상왕전하, 비록 싸움은 패했으나 크게 다친 장졸은 없나이다."

상왕은 누에 오른 장수들에게 친히 술을 권하고는, 교의에서 일어나 누각 난간으로 나아가 연병장에 앉아 휴식하며 술로 목을 축이는 군들에게 말했다.

"방패군은 어찌하여 처음부터 패하여 달아나기만 하였는가?"

방패군 군사들이 하나같이 아뢰었다.

"저녁놀에 눈이 부시고, 바람에 티끌이 날려 날아오는 돌을 볼 수 없었나이다. 전하, 청하옵건대 진영을 바꾸어 다시 한번 겨루겠나이다."

상왕은 유쾌하게 웃으며 받았다.

"좋도다. 이번에 이기는 편에는 푸짐한 주육을 상으로 내리리라."

"와—아! 와—아!"

연병장의 장졸들은 환호성을 지르며 기쁨으로 날뛰었다.

상왕은 돌아와 교의에 앉으며 하경복과 곽존중에게 지시했다.

"진영을 바꾸어 싸우되 이번에는 돌이 아니라 몽둥이나 목검으로 싸운다. 하지만 아무래도 방패군은 노장들이라 석척군에서 40명을 뽑아 지원해 준다."

명을 받은 장수들은 임금이 내리는 술을 한 잔씩 마시고 내려가 진용을 갖추고 다시 싸움이 벌어졌다. 110명의 석척군이 목검과 몽둥이로 마구 들이치며 달려들자 340명의 방패군은 미처 막아내지 못하고 밀리기 시작했다. 방패군은 대장의 명령으로 방패를 서로 연결해 방벽을 이루어 밀고 나갔으나 방벽 가운데가 뚫리며 다시 흩어졌다. 방패군 장수들은 그예 뿔뿔이 흩어져 달아나며, 사력을 다해 대항하는 젊은 병졸들을 향하여 고함을 지르며 성세만 북돋아줄 뿐이었다. 그러나 결국 방패군이 패했다.

시합이 끝나고 양편의 군사들이 정렬하자 상왕이 장대에 올라 말했다.

"오늘 수고들 많았다. 오랜만에 좋은 무예를 보았도다. 헌데, 방패군이 보기에는 모두 건장하여 잘 싸울 줄 알았더니 실상은 겁이 많고 용기가 없는 군사들이었다. 무예를 연마하여 다음 시합에서는 꼭 이기도록 하라."

연병장의 군사들은 일시에 환호성을 지르며 상왕의 말씀에 화답했다.

상왕이 군사들의 환호를 제지하며 말했다.

"과인이 약속대로 주육을 내리겠다. 하지만 어찌 승자와 패자라고 차별을 하겠는가. 모두 마음껏 먹고 즐기도록 푸짐하게 내릴 것이다. 그리고 다친 사람은 의원에게 치료를 하라고 했으니 빠짐없이 치료를 받으라."

대소신료들은 환호하는 군사들을 뒤로하고 양상을 모시고 궁으로 들어갔다.

태상왕 이방원

세종 3년 9월 6일, 임금이 상참을 받은 뒤에 영의정 유정현이 아뢰었다.

"전하, 의정부에서 논의된 사항을 아뢰나이다. 신 등이 전을 올려 상왕전하 휘호를 올릴 것을 청하오니 전하께서 낙천정에 납시면 신 등을 위하여 먼저 말씀드려 주시오소서."

임금이 밝은 용안으로 받았다.

"그리 하지요. 진즉 올렸어야 할 휘호였습니다."

"그러하옵니다. 하오시면 봉숭도감을 제수하시어 그들로 하여금 전을 받들도록 하심이 옳을 것이옵니다."

"영상의 진언이 옳습니다. 참찬 변계량과 예조참판 하연을 봉숭도감제조로 삼을 것입니다."

"전하, 성은이 망극하나이다. 하오면 의정부에서 상왕전하께 올리는 전을 봉숭도감제조로 하여금 받들어 낙천정으로 나아가게 하겠나이다."

상왕은 사흘 전부터 살곶이에 있는 낙천정樂天亭에 나가 있었다. 낙천정은 금교역 북쪽에 있는 대산臺山의 정상에 있는 정자였다. 상왕은 왕위를 물려준 뒤부터 왕궁의 동쪽에 있는 금교역 주변에 자주 나가 바람을 쐬며 소일하고 하였다.

금교역은 상왕 태종에게 있어서 평생 잊을 수 없는 아픈 기억이 있는 곳이어서 자주 찾는지도 모를 일이었다. 태종이 보위에 올라 조사의 난을 진압했을 때, 함흥에 있던 태상왕(태조 이성계)이 난을 일으킨 조사의를 버리고 환궁하였다. 이때, 태상왕은 마중 나온 아들 태종을 겨누고 화살을 쏘았다. 화살은 차일 기둥에 맞아 위기를 면했지만 그 아픈 기억을 상왕은 잊을 수는 없었을 것이다. 사람들은 그때부터 금교역을 '살곶이'라 불렀다.

금교역의 대산은 마치 가마솥을 엎어놓은 듯이 정상이 둥그스름하다. 대산에 올라가서 사방을 바라보면, 수락산과 사패산 사이로 흘러내리는 내(중랑천)와 청계천이 합수하며 큰 내를 이루어 한강으로 흘러들며 삼각주을 이룬다. 합수된 물은 모래톱과 뻘밭 곳곳에 이룬 늪을 휘돌아 굽이치는 강물이 바다처럼 펴져있다.

대산에 올라 북쪽을 바라보면 연이은 산봉우리와 중첩한 산등성들이 켜켜이 보이고, 강 쪽으로 층층이 봉이 낮아지며 언덕을 이루니 대산은 마치 별들이 북극성을 둘러싼 형상으로 하늘이 만든 승지勝地였다.

상왕은 보위를 물려준 그해 가을에 대산 아래쪽 구릉의 간방(동쪽과 북쪽의 사이 한가운데 중심지역)에 이궁을 짓게 하고, 구릉 위에 정자를 짓게 했다. 마침내 이듬해 봄에 이궁과 정자가 완공되었다. 이궁과 정자를 둘러본 상왕은 크게 기뻐하며 좌의정 박은에게 명하여 정자 이름을 짓게 했다. 박은은 주역의 계사繫辭에서 낙천樂天이란 두 자를 골라 아뢰니, 상왕은 매우 흡족하여 정자의 이름을, 낙천정樂天亭이라 부르게 하였다.

9월 7일, 임금은 봉숭도감제조 하연과 변계량, 병조판서 조말생을 대동하고 낙천정 이궁에 나아갔다. 임금을 모시고 상왕을 문안한 변계량이 의정부에서 올리는 전을 받들어 상왕께 올렸다. 상왕의 휘호徽號를 태상왕太上王으로 올릴 것을 주청하는 전은 다음과 같다.

신 영의정 유정현 등은 삼가 주청하나이다. 지난해 봄에 주상전하께서 신 등을 거느리고 휘호 높일 것을 창하였으나 윤허를 받지 못하였고, 이어서 상변(대비의 국상)을 당하여 지금까지 천연되었나이다. 하온데, 이제까지 전하의 휘호를 올리지 못하여 성대하고 아름다운 공덕이 어둠 속에서 드러나지 못하고, 천지와 종묘사직에 고하지 못하니 신료들과 백성들의 죄가 크나이다. 엎드려 생각하옵건대, 전하께서 생각을 돌리시고 공의에 따르셔서 천지와 종묘사직에 순응하시고, 주상전하의 효성도 위로하시어 백성들의 지극한 바람에 응답하시오소서. 이는 공도에 다행이며 만세에 다행이니, 신 등은 구구한 정성으로 간곡히 원하나이다.

전을 읽은 상왕은 환관 엄영수에게 명하여 제신들을 어전에 들게 하였다.

변계량과 하연, 조말생이 어전에 부복하자 상왕이 말했다.

"의정부에서 올린 전의 내용이 말이나 뜻은 간곡하나, 태상이 된다면 풍양(백성들이 농사를 짓는 들판)에 출입하는 것도 역시 가볍게 할 수 없을 것이니 번거롭지 않겠는가?"

하연이 받아 아뢰었다.

"비록 태상으로 존숭하여 모셔도 무엇이 출입하는 데에 구애가 되겠나이까. 그저 전일에 전하께서 태상(태조)을 섬기던 정성과 마음으로, 이제부터 주상전하께서 그대로 전하를 섬기도록 윤허 하시면 될 것이옵니다."

상왕이 대답하였다.

"과인이 태상을 사양하는 것에는 세 가지 뜻이 있다. 그 첫째는 태조대왕께서 태상왕이 되셨던 것이며, 둘째는 인덕전(정종)을 태상으로 봉하지 못한 것이요, 셋째는 태조께 비해 덕이 미치지 못하는 것이니라."

조말생이 아뢰었다.

"전하, 그 세 가지 뜻에 있어서는 사양하실 이유가 되지 못하나이다. 그 첫째는 전하께서 태조대왕을 태상으로 봉하시어 극진한 예를 다하셨으니 이는 신민들이 본받을 바였으며, 둘째는 인덕전 노상왕께 태상을 올렸으나 승하하신 태상왕을 생각하시어 극구 사양하셨나이다. 셋째는 전하께서는 태조대왕의 덕을 받들어 그 업적과 덕이 이미 사해를 덮고 있으니 어찌 미치지 못한다 하시오니까."

상왕은 겸연쩍어하며 말했다.

"거년에도 주상이 두 번이나 청하였고, 이제 또 제신들이 뜻을 합하여 굳이 청하니 과인이 어찌 할 수 없이 허락한다. 봉숭封崇 날짜는 명나라 사신이 돌아간 뒤에 택일하여 거행하라."

변계량이 명을 받아 아뢰었다.

"전하, 윤허를 하시니 성은이 망극하나이다. 이달 15일이 세자 봉숭일이니, 휘호 봉숭 날짜는 그보다 먼저 12일이 또한 길한 날로 봉숭의 예를 행하고자 하나이다."

상왕이 흡족하게 웃으며 말했다.

"오-참, 15일이 세자 봉숭일이었도다. 그러면 두 가지 큰 행사를 사신이 머무는 동안에 행할 수는 없다. 봉숭 날짜는 미루도록 하라."

하연이 아뢰었다.

"전하, 휘호 봉숭이 세자 봉숭보다 늦어질 수는 없나이다. 세자 봉숭날짜는 아직 확정 된 것이 아니었사오니 사신이 돌아간 뒤로 미루는 것이 마땅할 것이옵니다."

상왕은 잠시 생각하다가 받아 말했다.

"그러면, 의정부에서 논의하여 정하도록 하라."

9월 12일, 임금은 영의정 유정현을 진책관進册官으로 삼아 옥책(왕과 왕비에게 존호를 올릴 때, 송덕문을 새긴 옥 조각을 엮어 만든 책)을 받들게 하고, 우의정 이원을 진보관進寶官으로 삼아 금보(왕이나 왕비의 존호를 새긴 도장)를 받들게 하였다.

면복을 갖춘 임금이 신료들을 거느리고 인정문까지 나아가 상왕을 ≪성덕신공태상왕盛德神功太上王≫이라 존숭하여 새긴 금보와 옥책을 두 진헌관에게 주어 상왕이 계시는 낙천정에 가서 예를 올리게 하였다.

책과 보를 받은 진헌관 유정현과 이원은 의장(나라의 의식에 쓰는 무기, 일산, 깃발)과 풍악을 갖추고 낙천정에 나아가니, 백성들이 연도에 구름처럼 모여들어 봉헌 행차를 구경하였다. 모여든 백성들은 처음에 무슨 행차인지 몰랐으나, 태상왕 봉숭행차라는 것이 알려지며 백성들은 환호하기 시작했다.

태종은 종실과 조정에 피바람을 일으키고 즉위했지만, 백성들은 왕실과 조정의 어지러웠던 실상을 알게 되며 차차 태종을 정당한 군주로 이해하기 시작했다. 태종은 국초의 기반과 안정을 잡기 위하여 백성을 위주로 하는 정책을 펴서 민심을 안정시키는데 주력하였고, 고려조의 세법을 개정하여 조세를 공정히 관리했다. 그중에서도 백성을 괴롭히는 탐관오리와 토착유림, 지방 토호들을 엄히 단속하여 백성들로 하여금 생업에 열중하게 한 것은 임금의 치적 중에도 으뜸이었다. 백성들에게는 관리들과 권세 있는 자들로부터 괴롭힘을 당하지 않고, 착취당하지 않고, 조세가 안정되어 배부르고 등 따시면 더 바랄나위 없음은 당연하다.

태종은 18년간 그러한 정책을 펴기에 노심초사하여 많은 신료들을 죽이고 파직시키고, 귀양을 보내 뉘우치게 하였다. 그리하여 죄를 뉘우치고 깨달은 자는 재등용하여 중히 쓰고, 반성하지 못하는 자는 천인으로 격하시켜 평생토록 죄를 되씹게 하였다.

입에서 입으로 소문이 펴져 대궐에서 낙천정에 이르는 연도에는 백성들이 구름처럼 모여들어 환호하며 만세를 불렀다.

"조선국 만세!"

"태상왕 전하 천세!"

"주상전하 천세!"

진헌행렬은 마침내 낙천정 이궁에 당도했다. 상왕이 호화로운 진헌 행차에 놀라 두 진헌관에게 말했다.

"진헌 행차에 의장과 풍악이라니 이는 백성들에게도 도리가 아니니라. 과인이 국조이신 태상왕께 봉숭 할 때도 예가 이에 미치지 못하였다. 한데, 어찌 감히 넘치는 예를 받겠는가. 책과 보는 과인이 받는 것으로 예를 대신하고 대례는 생략하라. 책과 보는 궁중에 되돌려 보내 인정전仁政殿에 안치하도록 하라."

진책관 유정현이 아뢰었다.

"태상왕 전하, 대궐에서 낙천정에 이르는 연도에 백성들이 자진하여 구름처럼 모여들어 태상왕 봉숭을 경축했나이다. 어찌 백성들에게 도리가 아니라 하시나이까. 대례를 받으시옵소서."

상왕도 이미 봉숭행차 행렬의 경위를 알고 있으면서도 짐짓 나무랐다.

"시절이 추경추수 때가 아니던가? 의장행렬과 풍악으로 농사에 바쁜 백성들 한눈을 팔게 한 것은 옳지 못하였도다. 돌아갈 때는 의장과 악기를 수레에 싣고 조용히 가야 할 것이로다."

진보관 이원이 아뢰었다.

"태상왕 전하, 돌아갈 때는 당연히 그리하겠나이다. 하오나 신 등은 주상 전하께옵서 정중한 예로 모시라는 하명을 받자왔사오니 대례를 사양치 마시오소서."

태상왕은 기쁘게 웃으며 말했다.

"허허허… 그만 되었다. 과인이 소례를 대례로 받아들이면 될 것이로다. 자, 책과 보를 올리라! 어서 보고 싶도다."

두 진헌관은 하릴없이 예를 생략하고 책과 보를 차례로 올리자 태상왕이 비로소 받아 일별하고 감탄했다.

"오-과연 아름답도다! 이로써 주상의 효는 만고에 기리 빛날 것이로다. 하지만 과인은 다만 종묘와 사직에 죄송스런 마음을 금할 길이 없도다."

두 진헌관과 조말생은 탑전에 부복하여 하례를 올렸다.

"태상왕 전하. 하례 드리옵니다!"

진책관 영의정 유정현이 감격하여 아뢰었다.

"태상왕 전하. 사직과 백성들을 생각하시는 전하의 깊으신 뜻은 곧 만백성의 홍복이 될 것이옵니다. 성은이 망극하나이다."

영의정 양옆에 부복했던 두 중신도 예를 올렸다.

"태상왕 전하. 성은이 하해를 덮사옵니다."

때마침 주상이 납시었다는 전갈이 있고, 이어 주상이 이궁에 듭시었다. 태상왕이 반갑게 맞이하며 말했다.

"주상, 어서 오세요. 내가 오늘 주상에게 과도한 효를 받습니다. 이로써 주상은 만백성의 본보기가 될 것입니다."

주상은 읍하여 예를 하고 아뢰었다.

"태상왕 전하, 소자는 다만 법도에 따랐을 뿐이옵니다."

"좋습니다, 주상. 오늘은 즐거운 날입니다. 낙천정에서 주연이 있으니 그리로 나가십시다."

태상왕이 낙천정에 납시어 좌정하자, 임금이 효령대군과 신료들을 거느리고 차례로 상수례上壽禮를 행하였다.

주상이 헌수주獻壽酒를 올리며 축수했다.

"태상왕 전하, 만수무강 하시오소서!"

이어서 효령대군이 헌수주를 올렸다.

"아바마마, 만수무강 하시옵소서!"

태상왕은 상수례도 간단하게 생략하기로 하고, 재상과 대간 한 사람씩만 입시하게 하여 하례를 받고 답례의 술을 내렸다. 이어 호위군사며 이궁의 모든 노비에 까지 술과 고기를 내려주어 즐기게 하였다.

세종 3년(1421) 10월 27일, 왕세자 책봉 날이었다. 임금이 면복을 갖추고 대소 신료들을 대동하여 인정전에 납시어 원자 이향李珦을 세자로 책봉했나. 어린 세자는 복잡한 예절에 따라 사배를 올리고 책문을 받아 예를 올리는 등 주선하고 진퇴하는 동작이 한 점 빈틈없이 예에 맞아 대소신료들이 감탄하지 않는 자가 없었다. 이로써 세제위에 오른 향의 나이 여덟 살이었으니, 후일의 제5대 임금 문종이다.

겨울로 접어들면서부터 좌의정 박은이 병이 위중하여 보름째 등청을 못하고 있었다. 이에두 임금이 편전에 납시어 좌대언 김익정에게 명했다.

"좌대언은 의정부에 가서 우상을 들라 이르라."

우의정 이원이 탑전에 부복하여 아뢰었다.

"태상왕전하, 신을 찾아 계시오니까?"

태상왕이 받았다.

"그렇소. 지금 좌의정 병이 위중하여 보름째 등청을 못하고 있소. 막중한 자리를 하루도 비울 수 없는데 우상은 누가 이를 대신할 만한가?"

이원은 잠시 생각하다가 받아 아뢰었다.

"태상왕전하, 신이 어찌 감히 적임자를 아뢰오리까마는 하명하시니 천거하나이다. 찬성사 조연이라면 적임이 아닐까 생각하나이다."

태상왕이 주상을 돌아보다가 받았다.

"우상은 영상과 더불어 매사를 옳다 그르다 하며 서로 의논하며 국정을 돕는데 조연의 사람 된 품은 그렇지 못하다. 더러 보면 영상을 온종일 모시고 있으면서도 한마디 말이 없고, 옳다 그르다 의견을 내는 적도 없이 그저 무해무덕이었다. 사람이 너무 우직해도 재상의 자질에는 미치지 못하는 것이로다."

태상왕의 정확한 지적에 이원은 목을 쏙 집어넣고 머리만 조아렸다.

태상왕은 주상을 보며 말했다.

"주상, 청성부원군 정탁이 공신이며, 또한 중직을 거치며 보고 들은 것이 많아 박식하니 마땅하지 않겠소?"

"바로 보시었사옵니다. 정탁이라면 능히 박은을 대신할 만하겠나이다."

묵묵히 듣고 있던 좌대언 김익정이 아뢰었다.

"태상왕전하, 신이 감히 아뢰옵기는 황송하오나 정탁은 욕심이 과해 재물에 마음을 두고 있으니 재상으로는 마땅치 못할 것으로 아나이다."

김익정은 태조 5년 5월 1일에 임금이 직접 참관한 친시문과에서 뽑은 33인 중 장원을 한 수재였다. 김익정은 학문을 바탕으로 성정이 곧으며 강직하였고, 불의를 보고는 참지 못하여 중신들 중에는 곱지 않은 눈으로 보는 사람도 있지만 인재를 높이 보는 젊은 임금의 눈에 들어 좌대언이 되었다. 지금도 마찬가지였다. 대언이 감히 재상의 자질을 태상왕 앞에서 논하는 것은 불경일 수도 있고, 조정의 중신에 대한 모독일 수도 있음이었다. 그것도 태상왕이 거론하는 사람을 두고 반론을 폈다.

태상왕이 일순 눈살을 찌푸렸지만 김익정의 사람됨을 아는지라 넌지시 타이르며 말했다.

"정탁은 국초에서부터 공이 많은 사람이었다. 비록 욕심이 많기는 하지만 재상의 임무에 있으면 어찌 근신하지 않겠는가. 게다가 업무추진 능력이 뛰어나니 과인은 정탁을 믿노라."

공과 장점을 들이대는 태상왕 앞에 우의정도 김익정도 이의가 있을 수 없었다.

이틀 뒤인 12월 7일, 마침내 조정이 개각되었다. 병이 깊은 박은을 금천부원군에 봉하여 쉬게 하고, 영의정 유정현은 유임시켰다. 좌의정에 이원, 우의정에 정탁을 제수했다.

이번의 개각은 태상왕의 의지에 따른 것으로서, 주상으로 하여금 친정을 펴는데 있어서 시금석을 삼을만한 인물로 적시적지에 임명되었다고 볼 수 있는 개각이었다. 그럴만한 특이한 점은, 우의정 이원이 좌상으로 추천한 조연과 무장 이종무, 조견을 부원군에 봉하여 쉬게 하였다. 반면에 성정이 곧고 청렴한 맹사성을 재상의 자리에 오를 수 있는 의정부 찬성사로 삼았으며, 미천한 신분의 무장 박자청을 종1품 우군도총제부사로 제수하여 이종무의 자리를 메웠다. 또한 수군 병졸에서부터 왜구와 해적을 물리치는데 공을 세우며 수군 군관에 오른 윤득홍을 경기도 수군도안무처치사에 제수하여 앞길을 터준 점이었다.

이런 점으로 보아 보위에 오른 지 3년이 되는 주상에게 부담이 될 만한 훈신들을 제거하여 부담을 덜어주고, 그동안 눈여겨 보아온 새로운 인물들을 요직에 제수하여 힘을 실어주자는 태상왕의 깊은 배려가 엿보이는 뜻깊은 개각이었음을 중신들은 알고 있었다.

아름다운 최후

태상왕은 이제 정치 일선에서 손을 떼겠다는 생각을 하고 있었다. 태조 대왕이 나라를 건국 한지도 어언 30년이 되었다. 국초의 온갖 혼란기를 겪으며 태상왕이 보위에 올라 기반을 다지기 시작하여 18년, 주상이 보위를 이어받아 친정을 편지도 3년이다. 태상왕은 모든 악업은 혼자 지고 가겠다는 일념으로 공신세력과 종친세력, 외척세력까지 모조리 제거하였다. 이제 주상의 시대는 외란이 없는 한 안정될 것이며, 주상의 성품과 자질로 보아 성군이 될 군주임을 태상왕은 보고 있었다.

태상왕이 생전에 하고자 했던 마지막 한 가지 국책사업이 남았으니 도성 성곽의 완성과 수축이었다. 태조 때부터 쌓기 시작한 도성은 거의 완성단계에 이르렀지만 허술하고 미약했다. 적의 침입이 어려운 험준한 지역과 병사가 지키기에 용이한 도심의 곳곳만 빼고는 거의 완성되었지만, 최초에 쌓아 이미 30년이 넘은 지역이나 20년이 넘은 지역은 곳곳이 허물어지고 장마에 씻겨 수축이 시급한 성곽이 많았다. 태상왕은 그 막중한 사업을 마무리 짓겠다는 생각을 하고 있었다.

사흘 뒤인 12월 10일, 임금은 태상왕의 명에 의하여 우의정 정탁을 도성 수축도감 도제조로 임명했다. 그에 따라 도감제조 33명을 임명하였고, 도감사, 부사, 판관, 녹사(도성 수축과정을 기록하는 관리)를 합하여, 1백 90명의 관리를 임명하였고, 축성인부 10여만 명을 동원하여 도성 수축공에 투입하도록 관계부처에 하명했다. 어전조회가 끝난 다음에 지금까지 도성 수축도감제조를 맡아 도성 성곽을 관리했던 병조참판 이명덕이 아뢰었다.

"신이 2년간 도성 수축도감제조로 일한 경험으로 보건데 공사는 빠른시일 안에 끝내는 것이 타당할 것으로 보았사옵니다. 하여, 각 도에서 정부(정역일과 잡역일을 하는 장정) 45만 여명을 징발하여 수축공사에 투입하면 농사철이 되기 전에 완공될 것으로 보았나이다."

임금이 놀라는 용안으로 잠시 생각하다가 받았다.

"정부를 한꺼번에 45만씩이나 징발하자면 백성들의 원성이 클 것이오. 그 뒷감당을 어찌 한단 말이오?"

좌대언 김익정을 비롯한 대언들이 하나같이 들고 일어나 반대를 했다. 김익정이 아뢰었다.

"신이 도성신축 과정을 살펴보았사온데, 태조께서 처음 한양에 도읍을 정하여 성을 쌓는데 석수장이를 비롯한 인부가 20여만 명이 투입되었나이다. 그러나 지금은 수축을 할 뿐인데 어찌 45만이 투입되어야 한다는 말입니까."

이명덕이 반박했다.

"20만이 아니라 몇만의 인부로도 수축공사를 할 수는 있나이다. 하오나 그리되면 공사는 부지하세월이 될 터이고, 지금까지와 마찬가지로 먼저 쌓은 성은 다시 허물어지고, 수축하고 나면 또 다른 곳이 소실되는 악순환이 되풀이될 뿐 수축공사는 끝이 없을 것이옵니다. 어렵더라도 많은 인원을 한꺼번에 투입하여 단기간에 공사를 마무리 짓는 것만이 기일을 단축하고 공사비용을 줄이는 것으로 신은 보았나이다. 통촉 하시오서서."

임금이 듣고 보니 이명덕의 말이 골백번 옳은 말이었다. 그러나 그 많은 인부를 한꺼번에 그것도 한겨울에 도성 수축공사에 투입한다면 백성들의 원성과 반발이 만만치 않을 것은 불을 보듯 뻔했다. 임금은 논의를 일단 중단하고 두 사람을 대동하여 태상왕전에 들어 이명덕과 김익정의 논쟁을 아뢰었다. 태상왕이 말했다.

"이는 김익정이 말이 맞도다. 한겨울에 그 많은 인부를 동원하기가 어려울 것이로다. 전국에 영을 내려 축성공장築城工匠의 정예 정부丁夫를 가려 뽑아 최소한의 인원으로 성을 수축하는 것이 좋을 것이다."

이명덕이 태상왕의 반대를 무릅쓰고 같은 논리로 주장하자, 태상왕은 곰곰이 생각하다가 일리가 있다고 생각하여 의정부에서 다시 논하라고 하달했다.

"이는 나라의 막중대사로다. 의정부에서 심도 있게 논하는 것이 옳겠다."

명을 받은 이명덕과 김익정은 의정부에 가서 삼정승과 논의했다. 영의정 유정현과 좌의정 이원도 45만 명을 무리라고 말했고, 수축도감도제조로 임명된 우의정 정탁은 20만 명을 주장했다. 삼정승과 이명덕, 김익정은 치열한 논쟁 끝에, 농사철이 되기 전에 공사를 끝내야 한다는 이명덕의 주장이 타당하므로 10만여 명을 감축하기로 하고 양상이 계시는 편전에 들었다.

영의정 유정현이 아뢰었다.

"태상왕전하, 병조참판 이명덕의 말이 타당하나이다. 빠른시일 내에 수축공사를 끝내는 것만이 재정 낭비를 덜고 인력 소모를 줄이는 것임을 신 등은 깨달았나이다. 이에 이명덕의 주장에서 10여만 명을 감하되, 각 도의 군적에 오른 군사들을 자체 수비군만 두어 차출하고, 20만 이상을 각 도의 백성들중에서 징발한다면 큰 무리가 없을 것으로 사료되나이다."

태상왕도 주상과 그 얘기를 하던 참이었음으로 결단을 내렸다.

"의정부에서 논의된 사항이 옳도다. 10여 만을 감하여 각 도의 군사와 백성을 징발하되, 그 도의 인구에 비례하여 무리가 없게 추진하라."

주상이 받아 명을 내렸다.

"영상께서는 지금 즉시 육조에 명하여 담당 관리를 정하고, 특히 호조에서는 호구를 철저히 조사하여 백성들의 원성이 없도록 해야 할 것이오. 삼정승께서는 의정부에서 오늘 중으로 각 도에서 징발할 인부 숫자를 계정하여 계달토록 하세요."

중신들이 명을 받고 물러가자 태상왕도 신궁으로 납시었다.

임금이 남아있는 대언들에게 말했다.

"지신사를 비롯하여 여섯 대언들 모두 각 도에서 축성 인부들이 속속 올라와 공사에 투입될 때까지 궐내에서 비상 근무를 해주기 바라오. 이는 태상왕께서 적극 추진하시는 막중대사로 소홀히 할 수 없는 일임을 명심하기 바라오."

여섯 대언은 임금 앞에 부복하여 명을 받았다.

"전하, 하명받자와 명심하여 거행하겠나이다. 심려 놓으시옵소서."

임금은 밝게 웃으며 받았다.

"고맙소이다. 날은 점점 추워지는데 야밤과 새벽에 입출궁을 하고 당직을 하자면 몹시 추울 것이오. 과인이 특별히 여섯 대언들에게 모의毛衣와 모관을 내릴 것이오."

여섯 대언은 감격하여 일시에 부복하며 성은에 감사했다.

"전하, 성은이 하해와 같사옵니다. 신 등은 다만 맡은바 임무를 충실히 수행하겠나이다."

임금은 내관이 올리는 여섯 벌의 모의와 모관을 일일이 친히 내리며 말했다.

"과인은 오로지 고마울 따름이오. 대소신료들은 물론, 특히 대언들이 내 주위에서 열심히 일하는 것을 보면 저절로 힘이 나고 의욕이 솟습니다."

대언들은 모의와 모관보다 더 따뜻한 임금의 말씀에 감격하며 내리는 하사품을 받았다.

이튿날, 의정부에서 밤새 작업하여 작성한 각 도의 인부징발 계정표를 임금께 올렸다.

경기도 20188명. 충청도 5612명. 강원도 21200명. 황해도 39888명. 전라도 49100명. 경상도 87368명. 평안도 43092명. 함길도 5280명. 도합 322160명. 축성기술자, 2211명. 차사원(중요한 임무를 지워 임시로 파견하는 관원) 한 사람당 세 고을의 군사와 인부를 감독하여 거느리게 하였사옵니다. 각 도의 경력(經歷: 각 도와 부에 딸린 종4품 벼슬)으로 하여금 군사와 징발한 인부를 인솔하여 도성으로 오게 되는데, 그 인원이 115명이옵니다.

의정부에서 올린 계정표를 본 태상왕과 주상은 크게 만족하여 담당 신료들을 격려했다. 이로써 온 나라가 도성 축성과 수축공사 준비에 돌입하였다. 12월 15일부터 도성 인근의 인부들이 속속 도착하였고, 축성현장 요소요소에 인부들의 막사를 짓기 시작하고 축성연장을 만들 대장간이 곳곳에 들어섰다. 태상왕이 도성 수축도감도제조 정탁과 병조판서 조말생을 탑전에 불러 명했다.

“요즈음 날씨가 연일 매우 춥다. 인부들에게 따뜻한 옷과 버선을 넉넉히 지급하고, 공조에서는 군사와 인부들의 숙소를 춥지 않게 단단히 지으라. 먹는 것도 배고프지 않게 할 것이며, 동상이 걸리거나 얼어 죽는 인부가 없게 하고, 부상자는 낱낱이 가려내어 치료를 받게 하라.”

정탁과 조말생은 태상왕의 지극하신 말씀에 감복하여 어전을 물러나왔다.

한 달 뒤인 이듬해 1월 15일, 마침내 도성수축공사 준비가 끝나고 공사가 시작되었다. 태상왕은 도총제 권희달을 보내고, 임금은 총제 원민생에게 주육을 내리어 축성공사 본영인 태평관에 보내 도제조 및 관리들을 위로하게 하였다. 이어서 임금은 특명을 내렸다.

도성을 수축한 후에 혹시 돌 하나라도 떨어지거나 무너지면 그 방면의 감독관으로 하여금 수보하게 하고 그 죄를 엄히 물을 것이다. 도성의 숙청문과 창의문을 항상 열어 축성 인부들과 군사들의 출입을 자유롭게 한다. 도성의 동쪽과 서쪽에 구료소(야전병원) 네 곳을 설치하고, 혜민국(백성들의 질병을 치료하는 의료기관) 제조 한상덕에게 의원 60명을 거느리게 하여 축성 인부들을 치료하게 한다. 대사大師 탄선坦宣에게 승려 3백 명을 거느리게 하여 의원들을 도와 군사와 인부들을 구료하게 하였다.

임금이 수강궁에 들어 태상왕을 문안했다. 문안을 받은 태상왕이 말했다.

"의정부와 육조의 중신들이 가례색嘉禮色을 설치하고 대비를 뽑자고 하는 것을 내가 말렸어요. 나이 예순이 되어 가는데 아무리 대비 궁이 비었기로 새로 대비를 맞아들인다는 것이 번거롭기도 하려니와, 신료들과 그 딸들에게도 못 할 짓입니다. 그렇기도 하려니와 내 주변에는 빈과 궁인이 많아요. 그들에게도 부끄러운 일입니다. 그리 알고 없었던 것으로 하세요."

대비 정비가 훙한지 2년이 되어가므로, 삼정승과 신료들이 태상왕께 대비와 잉첩을 맞아들일 가례색을 설치하겠다고 임금께 주청했었다. 임금도 그리 생각하던 참이라 태상왕께 직접 아뢰라 했었는데, 태상왕은 거절했다.

사실 태상왕에게는 원경왕후가 훙한 뒤에 수강궁 안주인 노릇을 하는 신빈 신 씨 외에도 의빈 권 씨를 비롯한 빈이 넷이었으며, 숙의 최 씨와 궁인 안 씨 외에도 네 명 등 모두 열 명의 후궁이 있었다. 그 자녀만도 원경왕후 소생인 3남 4녀 외에 적실과 후실 소생을 포함하면 15남 22녀로 37명의 자식을 두었다.

임금은 안쓰러운 용안으로 부왕께 권했다.

"아바마마께서 쓸쓸하신 용안을 뵈올 때마다 소자와 중신들을 안타까움을 금할 길 없나이다. 착하고 아리따운 규수를 대비 궁으로 들이시옵소서."

"아니에요, 주상. 그것은 차마 못 할 짓입니다. 더 거론하지 마세요. 그보다는 주상을 위한 가례도감을 설치하고 빈과 잉첩을 뽑아야 합니다. 내가 중신들에게도 그리 부탁했으니 따르세요."

임금은 정색을 하고 말했다.

"아바마마, 그 일을 서둘 일이 아닙니다. 소자는 지금 모후의 상을 입고 있습니다. 상중에 어찌 빈과 잉첩을 들일 수 있겠나이까."

"그렇기는 하지만 지금부터 서둘러서 대상이 끝난 뒤에 들여도 될 것입니다."

"모후의 상이 끝나고 마음의 안정을 잡은 뒤에 이룰 일입니다. 심려치 마시옵소서."

태상왕은 온화하게 웃으며 받았다.

"주상의 효성을 내 어찌 모르리오. 그리 하십시다. 그리고 주상, 내가 부탁이 하나 있다오."

임금은 부왕의 애잔한 옥음에 가슴이 서늘하여 우러르며 받았다.

"아바마마, 무슨 말씀이든지 하시오소서. 소자가 무슨 일인들 못하겠나이까?"

"주상, 이제 황희를 다시 불러야 되겠어요."

임금은 흠칫 놀라 부왕을 우러르며 받았다.

"아바마마, 이제 황희를 용서하시겠나이까?"

"하다마다요. 황희는 올곧은 사람입니다. 주상은 맹사성과 황희를 중히 쓰세요. 그 두 사람만한 인재는 얻기 어렵습니다."

임금은 자세를 바로 하여 옷깃을 여미며 받았다.

"소자가 어찌 모르겠나이까. 소자는 아바마마의 의중을 몰라 기다리고만 있었나이다."

태상왕은 밝은 용안으로 웃으며 받았다.

"허허허… 그랬습니까? 황희는 이제 더 속 깊고 융숭한 사람이 되었을 것입니다. 내일이라도 부를 테니 그리 아세요."

바라고 있던 황희를 재등용 한다는 것은 반갑지만 임금은 한 가지 미심쩍은 사안이 마음에 걸려 숙연히 말했다.

"아바마마, 황희의 죄를 사하신다면 이숙번의 죄도 풀어야 옳지 않겠사옵니까?"

태상왕은 흠칫하며 단호히 받았다.

"아니 됩니다. 황희는 사실 사해줄 만한 죄를 지은 적이 없어요. 다만 성정이 너무 강직하여 불의를 인정하지 못하고 정도를 주장하는 외고집을 꺾지 못하여, 스스로 다스리고 정진하라는 뜻에서 고향에 안치했을 뿐입니다. 이제는 많이 깨달았을 것입니다. 황희는 내 의도와 조정에서 일어나는 국정을 훤하게 알고 있을 것이오. 그러나 이숙번은 아닙니다. 그는 그동안 죄를 뉘우치기는커녕 절치부심했을 겁니다. 이숙번이 내게 진 죄는 죽어 마땅한 죄였어요. 그를 지금까지 살려 둔 것은 지난날의 공이 컸기 때문이기도 하지만 의리를 차마 저버릴 수 없기 때문입니다. 이숙번은 내가 죽더라도 절대 도성에 들이지 마세요. 주상은 그저 모르는 체 하면 됩니다."

임금도 이숙번을 모를 리 없다. 그는 정사공신으로서 두터운 임금의 신임을 등에 업고 온갖 패행을 저지르고 벼슬까지 팔아 부를 축적하는 등 안하무인 격이어서, 세인들은 궐 밖의 임금이라고 빈정거렸다. 나중에는 등청도 하지 않고 대낮부터 기생을 끼고 앉아 며칠씩 노닥거리다가 결국 대소신료들의 탄핵을 받아 경상도 함양으로 귀양을 갔다.

태상왕도 인정했듯이 이숙번은 정안군 이방원이 보위에 오르는데 있어서 달리 말할 수 없는 1등 공신이었다. 이숙번이 아니었으면 후실 왕자인 세자 방석을 싸고도는 정도전과 남은 일파에 의해 정안군을 비롯한 적실 왕자들은 몰살을 당했을지도 모를 일이었다. 정안군은 그때 이미 이숙번의 인간됨을 바로 보았었다. 그리고 생각했다. 이 자와는 백년 영화를 함께 누릴 위인이 아니라는 것을…. 태상왕은 그때를 떠올리며 단호하게 말했다.

"주상, 내가 거듭 당부합니다. 이숙번은 내가 죽더라도 절대 죄를 사해주지 말고, 그 가족들까지도 도성 안에 발을 못 붙이게 해야 합니다."

임금은 숙연히 부왕의 뜻을 받아들였다. 임금 역시 이숙번은 생각하고 싶지 않은 사람이었다.

"명심하겠사옵니다, 아바마마."

"내일 사람을 보내 황희를 부르세요. 아니, 내가 보내겠어요. 황희는 그래야 올 사람입니다."

황희는 고려 공민왕 12년에 개경에서 태어났다. 본관은 장수이며 어릴 때의 이름은 수로壽老였고, 자는 구부懼夫며, 호는 방촌厖村이었다. 27세에 문과에 급제하여 28세에 성균관 학관으로 벼슬길에 올랐다. 그리고 2년 뒤 공양왕 4년에 고려가 멸망하자, 30세의 황희는 71명의 고려 충신과 함께 두문동에 들어가 72현 충신 중의 한 사람이 되었다. 그 후 조선을 개국한 태조 이성계의 간곡한 부름에 하산하여 건국 초기 국가경영의 기틀을 다지는데 헌신하였고, 태종 17년에 이조판서에 올랐다.

이듬해 태종 18년, 임금이 중신들의 강력한 주청에 의하여 세자 양녕대군을 폐할 때, 당시 판한성부사였던 황희는 죽기를 무릅쓰고 폐세자 반대를 했었다. 이미 폐세자를 염두에 두고 있던 임금은 신료들의 탄핵을 받은 황희의 고집을 꺾을 수 없어 파직시키며 말했다.

"경은 늘 세자를 두둔하기를 '나이가 어린 탓입니다'라고 했다. 그리고 번번이 세자를 감싸주어 잘못을 탓하지 않았고 사연이 공정하지 못하였다. 어찌 세자에게 아부하며 과인의 심중을 모르는가."

황희가 눈물을 흘리며 아뢰었다.

"전하, 황공하옵니다. 신이 어찌 무슨 마음으로 전하를 저버리고 세자에게 아부하겠나이까? 신은 다만, 세자를 세우고 폐하는 것은 나라의 근본이옵는데 비록 스무 살이 넘었다고는 하오나 아직 유충하신 세자를 더 다스리고 훈육하여 깨달음에 이르도록 바로잡기를 주청했을 뿐이옵니다. 불행하게도 그동안 신이 올린 주청이 성상의 마음에 위배 되었사옵니다."

임금이 노기어린 옥음으로 말했다.

"과인이 그대를 한성부사에 명한 것은 더이상 세자의 일에 관여하지 말라는 뜻에서 외직으로 내보냈었다. 그런데도 그대는 과인의 뜻을 무시했다. 그 죄로 본다면 당연히 법대로 처리해야 하나 그동안의 공과 정리로 보아 논죄하지 않겠다. 전리로 돌아가 종신토록 어미를 봉양하며 살라."

임금이 황희의 죄를 묻지 않고 관직만 박탈하여 과전이 있는 교하(파주)로 내치자 폐세자를 주장하며 황희를 시기하는 무리들이 벌 떼처럼 들고 일어났다. 귀양지가 한성에서 너무 가까울 뿐만 아니라 죄에 비해 벌이 가볍다는 이유였다. 세자를 폐하는 것이 급선무였던 임금은 하는 수 없이 황희를 전라도 장수로 부처했지만 신하들은 또 반대를 했다. 장수가 멀기는 하지만 황희의 선산이 있는 고향이기 때문이었다. 황희를 아끼던 태종은 신하들의 반대를 묵살하였다. 그리고 4년이 흘러갔다.

도성수축 공사를 시작한 지 꼭 한달 만인 2월 15일에 공사가 완공되었다. 양상은 크게 기뻐하여 예조로 하여금 큰 잔치를 베풀게 하였다. 지신사 김익정에게 선온을 내려 태평관에 보내 도제조 및 감독관과 관리들을 위로하게 하였고, 공사를 한 군사와 인부들에게도 푸짐한 술과 고기를 내려 노고를 위로하고 한 달간의 임금을 지급했다.

이로써 총인원 40여만 명이 투입된 도성 수축공사는 불과 한 달 만에 완공을 보았다. 성곽은 완전히 돌로 쌓았는데 험지는 높이가 16척이었고, 평편한 능선은 높이가 20척, 평지는 23척이었다. 수문은 기존의 수문에서 4간을 더 설치하여 막힌 것을 통하게 하였고, 도성의 서전문을 막고 돈의문敦義門을 설치하였다. 성 안팎 요소요소에 넓이가 15척인 길을 내어 순시하는데 편리하게 하였다. 성곽에 사용된 쇠가 106,200백 근이며, 석회가 9,650석이었다. 한 달간의 축성공사 중에 죽은 사람이 872명이었으니 엄청난 희생이었다.

2월 20일, 마침내 황희가 남원에서 돌아와 임금 탑전에 부복했다.

"전하, 신 황희 문후 여쭙나이다."

임금은 밝은 용안으로 받았다.

"잘 오셨습니다, 방촌. 그동안 고생이 많으셨습니다."

황희는 임금이 세자가 되는 것을 반대하던 사람이었다. 그러나 이들 두 군신 간에는 그러한 감정이 있을 수 없다. 황희는 진심으로 머리를 조아리며 아뢰었다.

"전하, 신은 전하께 씻지 못할 죄를 지었나이다. 태상왕 전하께서는 비록 신을 용서하신다 하시었으나 전하께 지은 죄는 용서 받을 수 없나이다. 신을 벌하여 주시옵소서."

임금은 여전히 밝은 용안으로 받았다.

"나는 경의 충심을 알고 있습니다. 종사와 사직을 염려하여 죽음을 무릅쓰고 직언을 한 경을 어찌 벌할 수 있겠습니까. 이제는 과인을 위하여 그 충심을 다해 주세요."

황희는 눈물을 흘리며 감격했다.

"전하, 성은이 망극하나이다."

임금이 안석에서 일어서며 말했다.

"자, 이제 수강궁으로 가십시다. 태상왕 전하를 뵈어야지요."

임금은 입시한 황희와 함께 상왕이 계시는 수강궁으로 거둥했다. 태상왕은 피붙이를 만난 듯이 황희를 반겼다.

"방촌, 그간 얼마나 고초가 컸는가?"

"태상왕전하! 당치 않사옵니다."

태상왕의 어수에 두 손을 맡긴 황희는 넘쳐흐르는 눈물을 주체하지 못했다. 귀양을 보내면서도 애틋한 정을 주체하지 못해 등을 두드려주던 임금은 이제 태상왕이 되어 백발이 성성했고 몹시 초췌해 보였다.

"방촌…!"

"전하…!"

태상왕이 애잔한 눈길로 황희를 어르며 간곡히 말했다.

"방촌, 과인을 원망했더라도 이제는 모두 잊고 나이 어린 주상을 도와주시오."

"전하! 망극하옵나이다."

태상왕은 여전히 간곡한 어조로 주상에게 말했다.

"주상은 방촌을 늘 곁에 두시오."

"명심하겠사옵니다."

서로가 서로를 알뜰히 알아주는 사람들이었다. 앞에 앉아있는 임금이 세자가 되는 것을 죽음을 무릅쓰고 막으려 했던 황희나, 어쩔 수 없이 내쳤던 태상왕이나 모두 한 마음으로 새로이 건국한 나라를 반석 위에 세우자는 일념 외에는 티끌만한 사감도 없었음이었다.

황희는 그날로 전직인 판한성부사에 제수되었다.

4년간의 귀양살이에서 복권된 황희와 임금은 서로 물을 만난 고기였다. 황희의 59세 탁월한 경륜과, 성군의 자질을 타고난 25세 청년 왕과의 만남은 혼란한 건국 초기 조선의 홍복이었다. 황희의 생각이 임금의 생각이었고, 임금의 마음이 곧 황희의 마음이었다.

왜구들의 끊임없는 노략질을 막아내고, 북방의 조선 땅을 깔고 앉아 횡포를 일삼는 여진족을 몰아내고, 국경 밖 압록강 연안과 두만강 연안의 오랑캐 침략을 막아내는 방법은 오직 튼튼한 국방력, 즉 부국강병이었다. 즉위 초부터 화약제조와 화약무기 주조에 특별히 관심을 쏟던 임금은 국방력 강화를 최우선으로 꼽는 황희의 집념을 뒷받침으로 더욱 활기를 얻었다. 그러나 드러내놓고 할 수 없는 것이 화약제조와 화약무기 개발이었다.

화약제조와 화약무기 주조는 왜인들과 북방 야인들이 탐내는 군사기밀이었다. 그리하여 궁궐 내에 화약도감과 군기감을 설치하고, 화약감조청을 설치하여 최해산崔海山을 도제조로 삼아 관리하고 있었다. 최해산은 고려 말부터 조선 초기까지 화약과 화약무기 주조의 달인이었던 최무선崔武善의 아들이었다.

세종 4년(1422년) 5월 10일, 태상왕이 연화방 신궁에서 훙薨하였다. 춘추가 56세였으며, 재위 18년에 상왕으로 있기를 4년이었다. 임금이 연화방 신궁에 납시어 발 벗고 머리를 풀어 발상을 하였다. 백관이 소복과 검정 사모에 검정 각대를 띠고 연화궁에 들어와 지정한 자리에 나아갔다. 통찬(나라의 제사 때 홀기를 따라 의식을 진행시키는 임시 벼슬)이 '곡하라!' 하면, 백관은 열다섯 번 소리 내어 곡을 한다. 통찬이 '사배하라!' 하면 백관은 네 번 절한다. 백관이 동반(東班: 문관)과 서반(西班: 무관)으로 나누어 꿇어앉으면, 반수班首가 명단을 읽어 빈전에 고한다.

발상 의식을 끝내고 통찬이 문무백관을 인도하여 빈전을 나오는데, 백관의 슬픈 곡소리가 연화궁을 울리었다. 백관들이 모두 섧게 울어 비록 노복이라 할지라도 따라 울지 않는 자가 없었다. 태상왕과 중신들의 관계는 군신 관계를 떠나서 생사고락을 함께하며 나라를 건국한 동지였고, 왕자의 난을 두 번이나 겪으며 보위에 오르게 한 혈맹관계였다. 이들은 건국 초기의 혼란기를 겪으며 즉위한 임금과 함께 건국의 기반을 반석 위에 올리고자 30여 년간 노심초사한 동지적 믿음이 군신 관계를 초월했었다.

좌의정 이원과 우의정 정탁이 국장도감도제조에, 찬성사 맹사성과 호조판서 신호, 공조판서 이천이 제조에 임명되었다. 곡산부원군 연사종을 수릉관으로, 참찬 변계량과 이조참판 원숙을 빈전도감제조에, 도총제부사 박자청과 전 강릉도호부사 심보를 제조에 임명하여 국장준비에 들어갔다.

8월 8일, 예조에서 대행왕께 ≪성덕신공태상왕聖德神功太上王≫의 시호를 올리고, 묘호廟號를 ≪태종太宗≫이라 올렸다. 발인은 9월 초나흘이었고, 국장일을 이틀 뒤인 9월 초엿새로 잡았다.

이방원

초판 1쇄인쇄 2022년 3월 8일
초판 1쇄발행 2022년 3월 10일

저 자 박충훈
발행인 박지연
발행처 도서출판 도화
등 록 2013년 11월 19일 제2013-000124호
주 소 서울시 송파구 중대로34길 9-3
전 화 02) 3012-1030
팩 스 02) 3012-1031
전자우편 dohwa1030@daum.net
인 쇄 유진보라

ISBN | 979-11-90526-62-3 *03810
정가 15,000원

도화道化, fool는

고정적인 질서에 대한 익살맞은 비판자,
고정화된 사고의 틀을 해체한다는 뜻입니다.